三 岛 由 纪 夫 精 品 集

春雪

［日］三岛由纪夫 - 著

张佳东 - 译

北京理工大学出版社
BEIJING INSTITUTE OF TECHNOLOGY PRESS

版权专有 侵权必究

图书在版编目（CIP）数据

春雪 / (日) 三岛由纪夫著；张佳东译. —北京：北京理工大学出版社, 2020.12

（暴烈之美：三岛由纪夫精品集）

ISBN 978-7-5682-9142-2

Ⅰ. ①春… Ⅱ. ①三… ②张… Ⅲ. ①长篇小说—日本—现代 Ⅳ. ①I313.45

中国版本图书馆CIP数据核字（2020）第197661号

出版发行 /	北京理工大学出版社有限责任公司
社　　址 /	北京市海淀区中关村南大街5号
邮　　编 /	100081
电　　话 /	（010）68914775（总编室）
	（010）82562903（教材售后服务热线）
	（010）68948351（其他图书服务热线）
网　　址 /	http://www.bitpress.com.cn
经　　销 /	全国各地新华书店
印　　刷 /	三河市金元印装有限公司
开　　本 /	880毫米×1230毫米　1/32
印　　张 /	12.25
字　　数 /	270千字
版　　次 /	2020年12月第1版　2020年12月第1次印刷
定　　价 /	219.00元（全6册）

责任编辑 / 赵兰辉
文案编辑 / 李文文
责任校对 / 刘亚男
责任印制 / 施胜娟

图书出现印装质量问题，请拨打售后服务热线，本社负责调换

一

在学校谈起日俄战争的话题时，松枝清显询问好友本多繁邦对那时发生的事是否还有印象。但繁邦的记忆也很模糊，只能想起当时有人带自己去门口观看提灯游行。清显本以为战争结束那年两人都已十一岁了，有关那时的记忆会比较清晰。同学们总是得意扬扬地谈起那时发生的事，但也不过是拾人牙慧，用大人的描述来粉饰自己若有若无的记忆罢了。

松枝家族里，清显的两个叔叔都是那时战死的，因此祖母至今还能领取到国家发放的家属抚恤金。但这些钱祖母从未用过，而是将它们供奉在神龛上。

或许正是因为这样，在家里那本关于日俄战争的相簿中，清显对一张拍摄于明治三十七年①六月二十六日，名为"做凭吊得利寺附近阵亡者"的照片留下的印象最为深刻。

这张照片由深褐色的油墨印刷而成，整体构图犹如一张画作，使之与其他各式各样的照片大相径庭。几千名士兵无论怎样看去，都像

---

① 1904年。

是被画师刻意安排好并绘画在其中的人物。照片中央立着的一根高高的、由白木所制的墓牌，在整个画面中尤为突出。

照片的远景是朦胧的群山。左边延伸出一片原野，愈靠近照片边缘地势愈高。右边远处有一片稀稀拉拉的小树丛，这边虽没有群山，但树丛同样是愈靠近边缘愈高。透过树丛中稀疏的枝干的缝隙，能看到后面昏黄的天空。

照片的近景是六棵大树，它们彼此之间保持着适当的间隔，匀称地耸立于照片两端。尽管不清楚是什么种类的树木，但它们都亭亭玉立，树梢上茂密的枝叶随风摇摆，使画面的气氛显得无比悲壮。

原野向远方延伸出去，远处泛着微光，近处是一片倒伏的野草。

画面正中央有一座小小的祭坛，系在上面的白色布条随风飘舞。祭坛上有白木墓牌，还有许多鲜花。

除此之外都是士兵，数千名的士兵。近景中的士兵们全部背对着镜头，头上戴着垂着白布条的军帽，肩膀上斜挎着皮带。他们并没有整齐列队，而是散乱地凑在一起。只有左侧近景处的几个士兵露出半张忧郁的面孔，仿佛文艺复兴时期的画中人。左侧远处则由布满原野的无数士兵共同围成了一个巨大的半圆形。士兵如此之多，自然无法一一识别，但他们依然聚集在树木间，一直延伸向远方。

无论远景还是近景中的士兵，都沐浴在一种奇妙的、阴沉的微光之中。他们的绑腿和军靴的轮廓闪烁着亮光，低垂的脖颈和耷拉的肩膀的边缘，也同样闪烁着亮光。而这也使得整个画面充满了一种难以名状的沉痛感。

所有人都怀着波浪般起伏不安的心情，面对着画面中心那小小的白色祭坛与鲜花、墓牌。从延伸至原野尽头的这一大群人中，诞生出一种难以言说的哀思，这股哀思继而凝成一个沉重而巨大的铁环，向中央慢慢收紧过去。……

正因为照片陈旧褪色，才更令人感到无尽悲哀。

清显十八岁了。

尽管如此，他纤细的内心却常常沉浸在悲伤忧郁的情绪中。可以说，生养他的家庭，几乎没有为他的性格塑造起到任何作用。

清显的家宅坐落在涉谷一处地势较高的地带。在这样的深宅大院里，他很难找到与他意气相投的人。清显生于武士门第，尽管父亲官封侯爵，但幕末时期武士之家仍属下等门第。父亲以此为耻，遂将身为嫡长子的他从小寄养在公卿家中。若非如此，恐怕清显的性情也不会是如今这样。

松枝侯爵的府邸位于涉谷郊外，家宅广袤。在共计十四万坪[①]的土地上，华屋鳞次栉比，不计其数。

正房是日式建筑，但庭院一角却还坐落着一栋由英国设计师设计的宏伟豪华的洋房。它是以大山元帅[②]的宅邸为首的四大豪宅之一，同时也是松枝的宅邸。这栋宅子无须脱鞋[③]即可进入。

庭院中央是一泓宽阔的湖水，以红叶山为背景。湖里可以划船，湖中有一小岛，名为"中之岛"。湖面上漂浮的萍蓬草盛开着花朵，湖中甚至可以采摘莼菜。正房的大客厅面朝湖水，洋房的宴会厅也是

[①] 土地面积单位，一坪约3.3平方米。
[②] 指大山岩，日本政治家，元帅，陆军大将。
[③] 日式房间进屋需要脱鞋。

临湖而建。

湖岸边及中之岛上挂满了灯笼,数量有两百盏之多。岛上立着三只铁铸仙鹤,一只作垂首状,两只作仰天状。

红叶山山顶有瀑布流泻。几道水流绕过山腰,穿过石桥,注入佐渡红石①后的水潭,随后汇入湖中。潭水中浸润着菖蒲,每逢合适季节,它们便会绽放出美丽的花朵。潭内能钓鲤鱼,若是冬天,还可以钓鲫鱼。侯爵同意将这里每年对外开放两次,以供外出郊游的小学生们参观。

清显最怕甲鱼,因为年幼时宅子里的佣人曾用这个吓唬过他。那是有一回祖父生病,有人送他一百只甲鱼用以滋补。家里人把它们倒在湖中任其繁殖。佣人吓唬清显说——要是让甲鱼咬住了,指头可就再也回不来喽!

院内有几间茶室,还有一间大台球厅。

正房后是祖父手植的一片丝柏林,里面常常能挖到不少山药。林间小路一条通往后门,另一条则延伸向平缓的山丘。一座神殿坐落在山丘宽阔的草坪上,家里人称之为"神宫"。这里是用来祭祀祖父与两位叔父的。依照惯例,神殿里石阶、石灯笼、石牌坊一应俱全。只是在石阶下本应放着一对石狮子的地方,如今放的却是两枚在日俄战争中遗留下来的炮弹,炮弹上涂满了白漆。

在比神殿地势稍低的地方,还有一座供奉五谷神的神社,神社前方扎着一排精美的藤萝架。

---

① 产于日本佐渡岛的点景石,较为名贵。

祖父的忌日在五月底，每年这个时候，家里人都会聚在这里凭吊祭祀。五月底也正是藤萝花盛开的时节，家里的女人们怕晒，纷纷躲到藤萝架下。这一天，她们的梳妆会比平日更加用心，藤萝花淡紫色的花影落在她们脸上，雅则雅矣，却显出一丝晦气。

女人们……

事实上，这座豪宅里住着数不清的女人。

为首的自然是祖母，但她并未住在正房，而是距那里稍远的地方。如今祖母已经不再主持家事，由八个女佣来侍候。清显的母亲每天早晨梳洗完毕后，无论阴晴雪雨，都要带着两名佣人去给祖母请安。这是家里的老规矩了。

这位做婆婆的每次都要对儿媳仔细端详一番，然后眯起慈祥的眼睛说：

"你梳的发型不好看，明天梳个洋气点儿的让我看看，那样肯定合适。"

第二天，母亲就会梳一个洋气的发型过去。但祖母又会说：

"我看呀，都志子你是那种古典美人，不适合这种洋气的发型，明儿个还是梳发髻过来吧。"

因此在清显的印象里，母亲的发型总是在不断地变换。

家里住着一位结发师傅，以及他的徒弟。除了为女主人打理头发之外，还要帮四十多个女佣梳头。那时，清显在学习院①中等科一年级读书，当他要在皇宫的新年庆贺会上为皇族提裾时，这位结发师傅唯

---

① 日本为培养公卿子弟而设立的学校，最早建于京都，于1877年迁至东京。

——次关心起了男子的发型。

"虽然学校规定必须剃光头,可今天你应召进宫,又要身着宫廷礼服,怎么能顶着个光头去呢?"

"可头发长了是要挨骂的。"

"别担心,我给您做个发型。反正是要戴帽子的,我保证您摘掉帽子后比那些年轻后生们更像个男子汉。"

话虽如此,十三岁的清显在剃过头后,头皮上留着发青的发茬,显得凉飕飕的。梳子刮得他脑袋生疼,感觉发油都渗进了头皮里。别看结发师傅在自夸时口气不小,但清显照照镜子,觉得也没什么特别。

然而在这场新年庆贺会上,清显却得到了"美少年"的赞誉,这可是十分难得的。

明治天皇曾驾临过这座府邸。当时为了恭迎圣驾,家主在庭院里举行了一场相扑比赛,供天皇观看。庭院里有棵大银杏树,家里人以这棵树为中心张起帷幕,天皇就在洋馆二楼的阳台上观看力士们的角斗。清显对结发师傅说——当时他得到觐见的许可,陛下还摸了摸他的脑袋。这件事距后来的新年入宫提裾一事方才四年,陛下或许还记得自己的模样。

"对呀,对呀,少爷的脑袋可是承蒙天子爱抚过的。"

结发师傅说着在榻榻米上退后几步,恭敬地对清显稍显稚气的后脑勺行起拍手礼来。

提裾童子要穿的及膝短裤和天鹅绒上衣的质地是一样的,都是蓝色的天鹅绒,胸前左右共有四对大大的白色绒球,两边的袖口和裤腿上也同样装饰着蓬松、洁白的绒球。腰间佩剑，脚上穿白色袜子，脚下踏的是装饰着扣带的黑色皮鞋。宽大领饰带着白色花边，中间系着白绢领结。一顶装饰着大羽毛的二角帽用丝带坠在后背。宫里的惯例是每年挑选二十名成绩优异的华族①子弟，由他们在新年三天里轮流出四个人为皇后提裾，两个人为皇妃提裾。清显为皇后殿下与春日宫妃殿下各提过一次裙裾。

在为皇后提裾时，清显随皇后走过舍人焚烧麝香的长廊，谦恭、文静地走向谒见厅。贺年宴开始前皇后要谒见众人，他需要始终侍立在她身后。

皇后德行高尚，聪颖无比，但如今已年近六十岁。相较之下，春日宫妃年约三十岁，国色天香，气质过人，风姿绰约，仿佛一朵粲然盛开的鲜花。

皇后殿下诸事朴素，裙裾方面也不例外。而皇妃殿下的裙裾则显得更加宽大，白色的毛皮上点缀着黑色斑纹，四周更有无数珍珠装饰其上。如今回想起来，让清显依旧记忆犹新的还是后者。皇后殿下的裙裾上安着四个把手，皇妃殿下的则是两个。清显及众侍童们经过多次练习，提着把手遵照规定好的步伐行进，不会有什么困难。

皇妃殿下秀发乌润，云鬓堆鸦，盘好的发髻中垂下几缕发丝，融入她丰腴白皙的后颈，光洁的玉肩裸露在中礼服②之外。她姿态端庄，迈着沉稳的步履前进。清显提着裙裾，完全感受不到她身体的晃动。但在清显眼中，她宽大裙裾上的那一抹洁白在宫廷音乐的映衬下，仿

---

① 明治维新时期至"二战"结束间存在于日本，是仅次于皇族的贵族阶层。
② 源于法语robe décolletée。

佛成了山顶的残雪，在飘忽不定的浮云中时隐时现，若即若离。他生来第一次发现——女性美的优雅本质会令人眼花缭乱。

连春日宫妃的裙裾上都被喷过大量法国香水，浓郁的熏香盖过了陈旧的麝香味。当走在长廊时，清显脚下不稳，稍一趔趄，使得手中的裙裾也向旁边就势一拽。皇妃殿下只是稍稍侧了侧头，对这位犯了小错的少年微微一笑，丝毫没有责怪他的意思。

皇妃殿下的侧头没有被人察觉，她依旧亭亭玉立，只是侧过少许面庞，流露出一丝微笑而已。但就在这会儿，几根发丝拂过她清冽而雪白的面颊，纤长眼角里的黑眸带着笑意，仿佛一点星火闪耀，挺拔的鼻梁是那样端正秀丽……清显看到的甚至不能算作皇妃殿下的侧颜，但就在那一瞬间，仿佛从倾斜的角度透视某种纯净结晶的断面般，他觉得自己看到了一道一闪而逝的彩虹。

另一边，父亲松枝侯爵在此次贺年宴上目睹了儿子身着华美礼服的英姿，感到自己的夙愿终于达成，沉浸在一片欢喜之中。过去无论怎样在家中恭迎圣驾，他都对自己的身份有所疑虑，但如今这份疑虑终于能够一扫而空。侯爵似乎在儿子身上看到了宫廷与新华族亲密交往的新形式，也看到了公卿阶层与武士阶层结合的未来。

侯爵在贺年宴上还听到许多人对儿子的赞誉之词，他起初感到欣喜，继而觉得不安。年方十三的清显显然太过俊美，即使不带偏袒的眼光，他的美貌也明显胜过其他侍童。他白皙的面颊上带着几分红晕，俊秀的眉宇间透着一丝英气，一双稚气未脱的眼睛因紧张而大大地睁着，纤长的睫毛一个劲地忽闪，乌黑的眼瞳里流动着闪耀的光芒。

人们的称赞使侯爵初次发现自己的嫡子竟是如此俊美，他心头闪过一丝不安，因为他知道美丽的事物往往是脆弱无常的。但他性格积极乐观，很快就忘却了这份不安。

然而同样的不安早在清显进宫提裾的前一年，就存在于饭沼的心里了。他是十七岁那年住进府邸的。

饭沼是清显的学仆，由于学业优异，体格健壮，因此受老家鹿儿岛的中学的推荐来到清显家中。松枝侯爵的祖先在当地被称为"豪宕之神"，原本他只能靠家里与学校听到的传闻来想象这位祖先的风貌，但来到这里后一年，侯爵家奢侈的习惯已经彻底摧毁了他脑中原有的幻想，令这位纯朴少年的心灵受到了极大的伤害。

其他方面尚可视而不见，但唯有托付给自己的清显，他却不能不尽心竭力。无论是清显的美貌、纤弱，还是他感受和思考事物的方式，又或是他的兴趣爱好，一切的一切都不能令饭沼感到满意。他对侯爵夫妇教育孩子的方式也多有不满。

他心想："假若我是侯爵，绝对不会这样教育孩子。侯爵对祖训持的究竟是怎样一种态度？"

侯爵只有在祭祖时显得虔诚认真，但平日里却罕有言及先祖。原本饭沼希望侯爵能够时时不忘先祖的教诲，多少表达一下对先祖的追思之情，但一年过去了，他的希望也落空了。

清显提裾归来那天晚上，侯爵夫妇举行了家宴作为庆祝，十三岁的少年也在大家的起哄中被灌了几杯酒。酒后的清显脸颊染上了红晕，到了该睡觉的时候，饭沼扶他进了寝室。

少年将身体埋在缎面的被子里，任脑袋摔在枕头上，口中呼着热气。从后脑勺发际到红扑扑的耳根那一带的皮肤格外薄,仿佛晶莹剔透却一触即碎的玻璃,透过它能看到一道道跳动的青筋。即使在昏暗中,也能看清他嘴唇上的红润,从口中呼出的气息,听上去像是一位"不识愁滋味"的少年为了"强说愁"而赋的新曲。

清显纤长的睫毛,有如水生动物忽闪着的眼皮……望着这张面孔,饭沼知道,今晚算是没法指望这个完成光荣使命、载誉归来的少年口中能有什么感激与忠诚的誓言了。

清显再次睁开了眼睛,他望着天花板,眼眶是湿润的。被他湿润的眼睛注视着,尽管饭沼知道一切都会与意愿相悖,但他依旧只能相信自己的忠诚。清显似乎很热,他正要将光洁的手臂枕在脑后,饭沼就给他提了提棉睡衣的衣领:

"这样会感冒的,早点睡吧。"

"饭沼,今天我犯了个错。我和你说,但别告诉我父母。"

"是什么?"

"我今天给皇妃殿下提裾时不小心绊了一下,但皇妃殿下对我笑了笑,没责怪我。"

听了他的话,饭沼对他话语里的轻薄、责任感的缺失,以及湿润的眼中那心醉神迷的眼神,统统感到无比厌恶。

二

长到十八岁的清显，发现自己越来越想摆脱当下的环境，但他会这么想也是理所当然的。

清显想摆脱的不止是家庭。他所就读的学习院也在向学生灌输"乃木将军①的殉死无比崇高"这一观念——如果将军是因病去世，恐怕才不会如此小题大做地宣扬呢！如今的教育制度越来越倾向于将某种观点强加于人，而清显则格外厌恶这种蛮不讲理的做法，因此也跟着厌恶起弥漫着质朴、坚毅气氛的学校来。

说起朋友，他只和同班同学本多繁邦关系密切。当然，不少人都希望和清显交朋友，但同龄人鄙俗的幼稚感使他生厌。只有本多在高唱院歌时会刻意避开那种矫揉造作的伤感，拥有与年龄不符的沉静、稳重和理智的性格。清显被他这样的性格所吸引。

但实际上，本多与清显无论在外表还是气质方面都不太相似。

本多的外表看上去比实际年龄成熟一些，五官没有什么特别之处，这让他显得有些一本正经。他对法学感兴趣，拥有敏锐的观察

---

① 指乃木希典，陆军大将。于中日甲午战争中率部侵占中国旅顺、辽阳。曾任学习院院长。明治天皇病逝后，与其妻一同剖腹殉死。

力，却总是不显山不露水。他平时从不显露什么欲望，但有时会让人觉得在他内心深处有团火在燃烧，将薪柴烧得劈啪作响。每当这时，本多就会微微眯起他的近视眼，露出犀利的眼神，拧紧眉头，微微张开平常总是紧闭的嘴唇。

清显和本多或许是同根而生的植物，却各自萌发了完全不同的花和叶。清显总是毫无防备地将自己的性格暴露在外，没有遮蔽，脆弱易伤。他的欲望不足以促使行动，这使他像一只被春雨淋湿，眼睛、鼻子上都挂满了水滴的小狗。与他相反，本多天生就能在最开始察觉到事态的险恶。而他的选择是将身体蜷缩在屋檐下，避开将要落下的雨水。

但两人依旧是亲密无间的挚友。每天在学校里见面还嫌不够，每到周日，其中一方必定会去另一方家里待上一整天。当然，清显的家宅更为宽敞，也有足够的空间供两人散心，所以更多时候是本多到清显家里来。

大正元年[①]十月的一个星期日，红叶初上，本多来清显家玩，说想在湖中划船。

往年这个时候正是越来越多的客人前来观赏红叶的时节，但由于当年夏天举行了国丧，松枝家不方便开展铺张的活动，因此庭院里比以往更加冷清。

"小船能载三个人，正好让饭沼给我们划船。"

"干吗非要别人给我们划？我划就行。"

[①] 1912年。

本多在清显家里本不需要引路,但那个眼神阴郁、板着面孔的青年还是固执地把他从大门口带到了房间。两人谈到这里时,本多又想起了他。

清显轻轻一笑:

"你是不是不喜欢他?"

"也谈不上,只是觉得摸不准他的脾气。"

"他在我家六年了,对我来说就像空气一样平常。我和他性子不合,但他对我任劳任怨,忠心耿耿,平日里勤勉用功,总是谨言慎行。"

清显的房间在正房外的一座小二楼里。原本是和式房间,但房内铺上地毯,摆设西式家具,改成了西式的房间。本多坐在飘窗上,扭过身子眺望着红叶山与中之岛的全景。午后的阳光照耀着湖水,泛出点点柔和的波光。小船就泊在楼下小小的湖湾里。

本多继而回头,望着朋友那副倦怠的神情。清显对诸事都提不起性子,总是显得没精打采。但正因如此,他才会因别人的提议而对某事兴致大发。因此诸事都是本多起头,清显被他拖着去做。

"在那儿能看见小船吧?"清显问道。

"嗯,看得到。"本多回过头来,语气有些诧异。

这时候的清显想表达什么意思呢?

若硬要清显解释,他或许会说自己对任何事都不感兴趣。

他早就觉得,自己的家族像一根粗壮的手指,而自己就是扎进这根手指内的一枚小小的毒刺。之所以会如此,是因为他学会了儒雅。

一个五十年前还质朴、坚毅、贫困的地方武士家庭，却转眼之间壮大起来。随着清显的出生、成长，这个家庭内部初次悄然地吹过一阵儒雅之风。与对这种儒雅有着明显抵抗力的公卿贵族之家不同，清显像蚂蚁预知洪水到来那样，明显地感到了家族将要没落的征兆。

自己是一枚优雅的毒刺。清显十分清楚：他厌恶粗鄙，喜爱考究的情感有如无根的浮萍，终究是无处可依的。他试图侵蚀，却并未侵蚀，试图触犯，又并未触犯。他对家族来说固然是一种毒素，但这种毒素却全无用处。而这种"无用"正是他来到这个世界上的意义。

清显认为自己存在的理由就是一种精妙的毒素，这种想法与他十八岁的倨傲紧密相连。他下定决心，终生不让自己洁白而美丽的双手遭到玷污，甚至连一个水泡都不要起。他要成为一面旗帜，只为迎风招展而存在。对他来说，唯一真实的是一种"感情"，这种感情既无边际，也无意义，似死而生，似衰而盛，既无方向，亦无终结。而他也只为这种感情而存活……

所以现在的他对任何事情都不感兴趣。至于那艘小船？它是父亲从国外买来的，样式时髦，刷着蓝白两色的油漆。对父亲来说那就是文化，是一种有形的文化。

而那艘小船对自己来说，又是什么呢？……

本多凭借自己独特的直觉理解了清显突然陷入沉默的原因。尽管和清显同岁，但他已是一名青年，而且早已决心将来做个"有用"的人，也早已确定了自己的使命。而且他清楚，面对清显，自己的态度不能太过较真，而是要马虎一点，这种刻意的马虎才更能为朋友所接受。清显内心的胃口很大，即使在友情方面，也需要大量产生的"人工饵料"才能满足。

"我还是劝你做点什么运动。虽说不是读书过头，但看你这副筋疲力尽的脸色，不知道的还以为你是读了万卷书累的呢。"

本多毫不客气地说。

清显一言不发，只是微微一笑。书肯定是没有读的，可梦却不少做。每晚的梦一个接着一个，不比万卷书中的内容少，他确实"读"累了。

昨夜也是如此。在梦中，他见到了自己的白木棺材。它摆放在一个窗户宽敞、十分空旷的房间中央。窗外还笼罩在破晓前的黑暗当中，整个天空呈现一片浓郁的青紫色，小鸟的鸣叫声在一片黑暗中响彻。一位年轻女子披散着乌黑的长发伏在棺木之上，耸动着纤弱的肩膀低声啜泣。他想看清女子的面容，却只能微微看到她那雪白而含忧带恨的富士额①。白木棺材上半盖着一张巨大的、边缘镶着许多珍珠的豹纹毛皮。拂晓第一道黯淡的光辉洒在一排珍珠之上。房间里没有焚香，但是弥漫着西式香水那熟透水果般的味道。

清显是从半空中俯瞰这幅情景的，他坚信躺在棺材里的正是自己的遗体。尽管如此，他无论如何还是想亲眼加以确认。但他的存在如同清晨的蚊蚋，只能在空中略微歇息羽翅，却绝无可能窥看到棺材的内部。

他的心情由此而愈发焦躁。正当这时，梦醒了。清显有偷偷记录梦境的习惯，于是他将这场梦中的内容也记在了《梦境日记》当中。

---

① 前额发髻的一种，形状若富士山。

最后,两人还是下楼来到船边,解开缆绳。放眼望去,半染的红叶山映在湖中,仿佛火焰在燃烧。

登船时,船身无规则地摇晃起来,这唤醒了他对动荡不安的世界所产生的亲切感。那一瞬间,他的内心仿佛鲜明地映在了刷了白漆的小船上。他因此而快活起来。

本多用船桨在岸边的岩石上一撑,将小船划向宽广的湖面。火红的湖水被冲破,荡漾出阵阵波纹,清显那副茫然的模样也随之尽消,低沉的水声仿佛咽喉深处发出的低吟。他切实地感受到——自己十八岁秋天里某一天的午后时光,就这样匆匆溜走,一去不复返了。

"要去中之岛吗?"

"去了也没什么意思,那里什么都没有。"

"别这么说嘛,还是去转转吧。"

本多划着船,从胸腔里发出活泼的声音,展现着这个年纪的少年应有的兴奋劲儿。清显则一边听着中之岛另一面的瀑布声,一边凝神望着湖面。但湖水混浊,又反射了秋叶的鲜红,因此无法看清。但他知道湖中有鲤鱼游动,水底某块岩石底部还潜伏着甲鱼。年幼时的恐惧一时间浮上心头,但很快又消失了。

和煦的阳光照在他们刚剃过不久的细嫩脖颈上。这是一个令人感到静谧悠闲、富足无忧的星期天。尽管如此,清显依旧觉得世界是个装满了水,并在底部开有小孔的皮袋,而时光就像水滴,他能听到它一滴滴落下的声音。

中之岛上有片松林,林中有棵已经染红的枫树。两人登上小岛,沿石阶来到立着三只铁鹤的圆形草坪上。他们坐在两只仰天长鸣的铁鹤脚下，继而躺在草坪上，仰望着晚秋晴朗如洗的天空。杂草隔着衣服扎着他们的后背，清显感到疼痛难忍，本多却似乎对背后的痛苦甘之如饴。饱受风吹雨打，被白色鸟粪沾染的两只铁鹤映入两人眼中，它们的长颈伸向天空，画出一道和缓的曲线，仿佛在伴随着天上的云朵轻轻晃动。

"多么美好的一天啊。这种安闲无事的好日子，或许一辈子都碰不上几回。"

本多似乎预感到了什么，不经意地脱口而出。

"你的意思是这样很幸福？"

清显问道。

"我不是这个意思。"

"那就好。我没你那么大胆，说不出你那样的话来。"

"你肯定怀着很深的欲望，这种人往往会摆出一副悲天悯人的样子。你已经这样了，还想要些什么？"

"某种决定性的事物。但我还不知道那是什么。"

这位对凡事都表现得琢磨不定的美少年慵懒地答道。尽管与本多甚为亲密，但他那颗任性的心依旧偶尔会对本多锐利的分析能力、充满自信的口吻以及那副"有为青年"的派头感到厌烦。

清显突然翻过身趴在草坪上，隔着湖水抬头望着正房大厅的前庭。庭里铺着白色的沙砾，踏石也以一定的间隔铺设其中，一直延伸到湖边。那边的湖湾更为破碎繁杂，湖边架着几座石桥。一群女人正在那里。

三

　　清显捅了捅朋友的肩膀，示意他看那边。本多回过头，在草丛里望着湖对岸的那一群人。两人就像两个年轻的狙击手一样偷偷地张望着。

　　每当母亲心情好的时候，就会到室外散步。平时都是一群女佣陪伴，今天却还多了一老一少两位客人，她们紧随母亲身后。

　　母亲、老婆子和女佣们身上穿的都很朴素，只有那位年轻客人身着淡蓝色刺绣和服。无论在白沙上还是湖岸边，她身上的绢衣所闪耀的冷冽的光辉都有如黎明的天空。

　　女人们留意着脚下形状不一的踏石，她们的笑声回荡在秋日的长空。但这种过于清脆的笑声显得虚假而做作，清显厌恶府邸中女人们这种装腔作势的笑声。但本多则像一只聆听雌鸟婉转轻啼的雄鸟般双眼放光。两人的胸膛，压断了不少深秋时节干枯发脆的草茎。

　　清显觉得只有那位身着淡蓝色和服的少女不会发出那种做作的笑声。女人们离开湖畔，走上了通往红叶山的小径。她们故意选择了需要经过几道石桥的困难路径。女侍们牵着主人和客人们的手，大摇大摆地开始进发，于是她们的身影就这样消失在草木之后。

"你们家的女人可真不少！不像我们家，尽是些男的。"

本多为自己热心的关注寻找借口，随即站起身来，倚在西边的松树上，眺望着女人们跋涉前行的模样。红叶山西侧的山洼较为开阔，因此在九段瀑布中有四段都向这边倾泻，流向佐渡红石下方的水潭。女人们沿着水潭前方的踏石走过，那一片的红叶色彩格外鲜艳，连第九段瀑布所溅出的白色水花都被树丛掩映，使周围的水流呈现出暗红色。清显远远地望着那位身着淡蓝色和服，牵着女佣的手，脚踩踏石前进的女子。她低垂的脖颈白皙胜雪，令清显想起了春日宫妃殿下那丰腴洁白的后颈。

过了瀑布下的水潭，一条平坦的小路沿着湖畔延伸开来，这是离中之岛最近的湖岸。清显一直满怀热情地注视着那位身着淡蓝色和服的女子，但直到此时才从侧脸看出她是聪子，他不由得大失所望。为什么自己始终没能察觉她是聪子，而坚持认为她是位陌生美女呢？

既然对方让自己美梦落空，自己也就没有必要再躲躲藏藏了。他一边掸去裙裤上的草籽一边站起身来，从松树树枝的遮挡下露出身影，大声呼喊道：

"喂——！"

清显突然干脆地现出身去，让本多吃了一惊。要是不熟悉自己的朋友在幻想破灭时做事会变得爽利的脾气，本多肯定会以为他在抢自己的风头。

"她是谁？"

"她就是聪子。我不是给你看过她的照片吗？"

从语气中能感受到清显对这个名字的轻蔑态度。"在水一方"的聪子的确貌美过人，但少年却坚决不承认这一点，因为他深知聪子倾心于他。

轻视爱慕自己的人，甚至对其冷酷以待——恐怕没有谁比本多更了解清显这种差劲至极的性格了。本多觉得，清显从十三岁那年清楚众人都会为自己的美貌而喝彩后，名为倨傲的霉斑就悄悄地在他的内心滋生开来，并最终对他的性格产生了影响。那银白色的霉斑有如银铃，仿佛一碰就会发出声响。

事实上对本多来说，清显作为朋友对他最危险的诱惑或许正源于此。在同班同学里，不少人想与清显成为朋友，最终却铩羽而归，甚至遭到他的奚落，唯有本多在他冷漠的剧毒中得以保身。或许这是种误解，但清显之所以厌恶那位目光阴郁的学仆饭沼，是因为他从饭沼的脸上看到了那些司空见惯的失败者们的神情。

本多虽未见过聪子，但这个名字却在有关清显的故事里听说过许多次。

绫仓聪子家是羽林二十八家[①]之一，发源于人称"藤家蹴鞠之祖"的难波赖辅。其家由赖径家分出，至第二十七代以侍从身份迁至东京，居于麻布区旧武士宅邸，以擅长和歌和蹴鞠闻名。家中嗣子在童稚之时即受赐从五位[②]下，可官至大纳言[③]。

松枝侯爵家族世代欠缺风情雅致，故侯爵始终心向往之，盼望下一代人能获得与名门贵族相称的风雅。因此他在征得父亲同意后，

[①] 镰仓时代以来公家的家格等级，属武官职之家，最高可晋升至大纳言。
[②] 官阶的一种，于平安时代所创，属中务省官员，负责"劝谏、拾遗补阙诸事"。
[③] 日本太政官制度下设立的一个官职，属第四等级的次官。

将幼年的清显寄养在绫仓家中。于是清显得以受到公卿家风的耳濡目染，又被比他年长两岁的聪子所疼爱。在上学前，聪子始终是他的姐姐和唯一的朋友。绫仓伯爵京都口音未脱，性情温厚，他教年幼的清显学习和歌与书法。绫仓家至今还保存着王朝时代遗留下来的双六盘①，常常玩至深夜，获胜的一方能够获得皇后御赐的糕点之类的奖品。

清显接受着伯爵家高雅文化的熏陶，尤其是每逢新年，宫中惯例举行和歌吟咏会，伯爵担任执事，允许清显从十五岁那年起年年参加。起初清显觉得这是一种义务，但随着年龄渐渐增长，不知不觉中他开始盼着参加这种年初举办的，充满高雅风情的活动。

如今聪子芳龄二十。清显有一本相册，记录着两人的成长过程，从两人孩童时亲密无间的样子，到聪子最近参加五月末皇宫庆典的芳姿都在其中。二十岁的聪子虽然已过豆蔻妙龄，但至今仍未出嫁。

"原来她就是聪子。那么那个大伙都细心照看，身穿深灰色外褂的老妇人又是谁呢？"

"我想想，那位是……对了，她是聪子的大伯母，皇家寺院②的主持尼。她戴着那种古怪的头巾，第一眼没认出来。"

她的确是位稀客，想必是第一次来这儿。如果聪子独自前来，母亲不会如此兴师动众。她一定是为了招待这位月修寺的主持尼，才会带她们来庭院游览。主持尼极少进京，所以一定是聪子带她来松枝家

---

① 一种棋盘游戏，通过掷骰子的方式移动棋子，先将棋子移入敌方阵地者胜。
② 日本寺院的一种，由皇室成员或贵族出家后担任主持。

观赏红叶的。

　　清显寄养在绫仓家时,这位主持尼也对他颇为疼爱,但清显已经完全记不清那时候的事了。在他读中等科时,有一回主持尼来京,绫仓家请他前去,两人仅仅在那时又见了一面,但主持尼亲切、高雅而白皙的面孔,以及和蔼中带着严厉的谈吐,至今令他记忆犹新。

　　对岸的人们听到清显的声音,一同停下了脚步。接着两个年轻人便从中之岛的铁鹤旁,穿过深深的草丛,随即突然钻出身来。可以清楚地看到,她们对两人的出现大吃一惊。

　　母亲抽出别在腰带中的小扇,指了指主持尼示意行礼,清显便在岛上向主持尼深鞠一躬,本多也跟着鞠了躬,主持尼则还了一礼。当母亲打开扇子招呼他们过去时,红叶映在金色的扇面上,令扇面变得一片火红。清显会意,知道自己必须赶忙敦促朋友将船划向对岸。

　　"只要有机会来我家,聪子一定不会放过。这次借口陪大伯母过来,也是显得理所应当。"

　　即使在忙着帮本多解开缆绳时,清显也不忘用责怪的语气抱怨着。此时本多不禁怀疑——清显说要和主持尼打招呼,如此着急地想去对岸,恐怕只是一种借口。本多的动作原本有条不紊,但清显看上去明显感到焦急,他用纤细而洁白的手指急着去解开粗大缆绳的样子,足以令本多感到怀疑。

　　本多背朝对岸,将小船向那边划去。在火红水面的映照下,清显的目光显得更加兴奋,但他神经质般地躲避着本多的目光,只是一心望着对岸。大概是少年成长时期的虚荣心作祟,清显不愿意让朋友发现这位非常熟悉自己的童年，又在感情上完全支配过自己的女性，在他心灵上最为脆弱的部分引发的反应。那时候的聪子，说不定还瞧见过他身体上那洁白而呈葱头状的小蓓蕾呢！

本多把小船划到岸边，清显的母亲夸道：

"本多划船的本事可真不错！"

她有着一张瓜子脸，一双八字眉使她的表情显得有些忧伤，即使微笑时也依旧带着几分苦相，但这不能说明她是个多愁善感的妇人。她为人既现实又麻木，并使自己尽量适应丈夫粗鲁乐观的性格与放荡的行径。但也正因如此，她绝不可能走进清显细腻而脆弱的内心世界。

聪子望着清显走出小船来到岸上，没有放过他的一举一动。她那双神采奕奕、澄澈如洗的双眼看上去令人感到爽洁而宽容，但却令清显感到畏惧。这也难怪，因为他总能从聪子的视线中感到几分哀怨。

"主持尼法师今日大驾光临，殊为难得，今日欲求赐教，正要请她移步红叶山，没想到你们却突然吱哇怪叫，害得大家吓了一跳。你们究竟去岛上干什么？"

"无所事事，望望天空而已。"

面对母亲的询问，清显故意模棱两可地答道。

"望望天空？天空有什么可看的？"

母亲无法理解肉眼看不见的事物，她并不觉得这种想法有什么不好意思的。清显反而觉得这是母亲唯一的优点。而这样的母亲居然想要聆听佛法，想法固然可嘉，却令人感到啼笑皆非。

听着母子这番对话，主持尼始终不失为客之礼，脸上挂着沉稳的笑容。

清显刻意将目光避开聪子,但聪子却始终瞧着清显垂到面前的乌黑发亮的头发。

于是一行人结伴出发,沿着山路攀登。众人一边观赏山中红叶,一边猜测树梢上交相啼鸣的小鸟的种类,一路上好不愉快。两位少年无论怎样放慢脚步,都会自然而然地走在前面,将围着主持尼的女人们甩在身后。本多借着这个机会初次谈论起聪子,夸赞她美貌过人。

"你是这么觉得的?"

清显神经质般地淡淡答道。本多清楚,如果自己贬低聪子的容貌,定然会伤到清显的自尊。显然,清显认为无论自己是否在乎,但与他哪怕只有一点点关系的女人,也必须是美丽的才行。

一行人终于来到瀑布下的水潭前面,站在桥上仰望湍急的第一段瀑布从高处奔腾而下的样子。母亲一心期盼初次参观松枝家瀑布的主持尼说几句褒扬的话语。就在这时,清显有了个不祥的发现,这使他对这个日子难以忘怀。

"怎么回事?为什么瀑布出口的水流会分成两岔?"

母亲也注意到了这点。她打开扇子,遮住树枝间刺眼的阳光,并抬头向上望去。为了使倾泻的瀑布别有一番风致,在设计时固然要巧妙安排岩石的堆砌,但也不可能让瀑布在刚落下时就分成两岔,搞得如此难看。瀑布口的确有一处岩石突出水面,但也绝不可能把水流分割成这副模样。

"这是为什么呢?看上去好像是有什么东西卡在那儿了……"

母亲用疑惑的语气向主持尼说道。

主持尼立刻看出了端倪，但她只是笑而不语。于是，说破这件事的担子就落到了清显头上，但他又怕自己的发现扫了大家的兴，因此犹豫不决。而且他知道，其实大伙早就看出了那东西的真面目。

"是条黑狗吧？正头朝下挂在那儿呢。"

聪子直截了当地把情况说出口，大伙这才恍然大悟般喧闹开来。

清显感到自负心受到了伤害。聪子用女人似乎所不应有的勇气点破了那是一具不祥的狗尸，但她那与生俱来的甜美清亮的声音，对事态轻重拿捏得恰到好处的开朗态度，都在正直和率真中展现了她恰到好处的优雅。这种优雅好似玻璃容器中的水果一样鲜活。清显既为自己的犹豫感到羞耻，也害怕聪子这种带着教育性的态度。

母亲立刻命令女佣把失职的园艺师叫来，并为这件有失体统的事向主持尼致歉。出人意料的是，主持尼心怀慈悲地提了一个建议：

"既然凑巧见到，那也是种缘分。还是尽早送它入土，建一座坟，为它念佛祈福吧。"

这条狗多半是受伤或生病，到水源处饮水，失足后溺水淹死，才被冲到这里，卡了了瀑布口的岩石上。本多钦佩聪子的勇气，但又觉得瀑布口一碧如洗的空中飘浮着淡淡的云彩，悬挂在那里，沐浴着清冽水花的漆黑的死狗、狗尸身上湿漉漉的皮毛以及它张开的口中白森森的牙齿和黑红的口腔都仿佛近在眼前。

原本是欣赏红叶，却突然变成要埋葬死狗，这种变化似乎让在场的人都感到愉快。女佣们的动作顿时活跃起来，以此来掩饰内心的躁动。大伙来到石桥对面，在一座仿造观瀑茶室的凉亭中歇息。不久，园艺师匆匆赶来,口中不住道歉,继而冒着危险登上崖头,将湿漉漉的狗尸抱了下来,并找了个合适的地方挖坑埋了。

"我去摘些鲜花过来,清少爷能来帮帮忙吗?"

聪子说着,拒绝了女佣想要帮忙的表示。

"给狗祈福,要用什么花呢?"

清显勉强应了一句,大伙纷纷笑了起来。这时,主持尼脱下短裤,露出披着小袈裟的紫色法衣。众人顿时觉得:有这位功高德劭的法师在此,定能在顷刻间化凶为吉,将这种小小的凶兆消融在充满光明的万里长空之中。

母亲笑着说道:"有您为它祈福,这条狗真是造化不浅,下辈子必能转世成人。"

另一边,聪子正在攀登山路,清显跟在她的身后。聪子眼力好,发现一株还没凋谢的龙胆花,旋即摘了下来。清显却只看到几株干枯的野菊。

聪子落落大方地弯下腰去摘花,隔着浅蓝色和服的下摆,清显看出她丰腴的腰肢与曼妙的身姿显得不是那么匹配。他感到自己透明而孤独的脑海中涌起一股水底的泥沙,继而泛起一阵略显污浊的涟漪。

清显跟在她身后,正心不在焉地望着远方。摘下几株龙胆花的聪子忽地站起身来,正好挡住他的视线。清显平日里一直不敢细看的,聪子那秀丽的鼻梁和动人的明眸,蓦地出现在他眼前,他脑中顿时如梦似幻般觉得一阵朦胧。

"假如有天我突然不在了,清少爷,你要怎么办?"

聪子压低声音,冷不丁地向他问了这么一句。

四

聪子早就有这种习惯，喜欢故意用吓人的语气说话。

她看上去并不像是故弄玄虚，但也不会用表情告诉对方"我是在开玩笑"，从而让对方放下心来。相反，她的语气中满是严肃与忧愁，好像在透露一件极为紧要的大事。

尽管清显早就熟悉她这套把戏，却还是不禁开口问道：

"突然不在了？为什么？"

他表面上漠不关心，实际上却在心中感到不安，而这正是聪子所希望的。

"原因我没法说出口。"

清显的内心仿佛一杯清水，聪子却在其中点入一滴墨汁，令清显猝不及防。

清显用锐利的目光盯着聪子——她总是这样，突如其来地令清显感到一阵莫名的不安，这就是他怨恨聪子的原因。那滴墨汁转眼在他心里扩散开来，将杯里的水染成一片深灰。

聪子忧郁而带些紧张的双眸因愉悦而微微颤动着。

当两人返回时，清显看上去不太高兴，这令大家感到惊讶，而这件事也成了松枝家众女茶余饭后的谈资。

　　清显那颗任性的心有种奇妙的习惯，那就是他会自行加深那侵蚀内心的不安。

　　如果这是一种爱恋之心，那它的坚韧和持久会无比符合年轻人的个性，但对清显来说并非如此。比起美丽的鲜花，他更倾心于会结出带刺而黯淡花朵的花种。聪子或许正因为深知这点，才播下了这样一颗种子。而清显除了为它浇水培芽，等待着它在自己心里成长到枝繁叶茂以外，对其他任何事物都不甚关心。他只管专心致志地培育着心中的不安。

　　聪子令他产生了一种"兴趣"，自此，他心甘情愿地成为这种不悦的俘虏。他气令他疑惑、抛给他难题的聪子，但更气没能坚持解开谜题、优柔寡断的自己。

　　与本多在中之岛的草坪上休息时，他曾说想得到"某种决定性的事物"，尽管还不清楚那究竟是什么。但在那"决定性的事物"闪着光芒就要来到他手上的紧要关头，聪子却伸出淡蓝色的衣袖挡在中间，把他再次推回了摇摆不定的沼泽中。清显常常认为：那决定性的事物实际上就在自己伸手所不能及的位置闪耀，但每当离它只差一步时，聪子就会来干扰他。

　　更令人气愤的是，他自己的骄矜恰恰堵死了一切能够解开谜题、消除不安的途径。

　　"聪子说她'突然不在了'，这是怎么回事？"

　　如果他这样向人询问，对方一定会觉得他非常在乎聪子。

"怎么办？怎样才能使人觉得我的不安与聪子无关，只是自身抽象情绪的表现呢？"

清显苦苦思索这个问题，但思来想去，最终也没能得出结论。

每当这时，连平日里向来厌恶的学校，也成了他散心的好去处。每到午休时间，他都与本多形影不离，但和本多谈起的话题多少有些无趣。自从那天本多在正房客厅与众人共同听过主持尼讲法后，就突然一心沉迷于此。当时清显只是当耳旁风，因此这会儿本多正将当时听到的主持尼谈经讲法的内容按自己的理解讲给他听。

有趣的是，这些佛法的妙义并未在常常耽湎于梦幻的清显心中留下印象，反而在本多充满理性的头脑中注入了一股新鲜的力量。

这可能是由于坐落于奈良近郊的月修寺罕见地属于法相宗[①]，因此它蕴含逻辑性的学问才能使本多沉迷其中。不过主持尼在讲法中引用了许多通俗易懂的故事，以便引导众人进入唯识论[②]的大门。

"主持尼说她那段讲法的内容，是由在瀑布口看到的那具狗尸所联想到的，对吧？"本多说道，"那毫无疑问是主持尼对你家表现出的一种亲切的慈悲。她那带着贵族气息、充满古色古香的京都口音，仿佛被微风轻轻摇晃的帷幔，面容看似平淡，当中却又潜藏着无数各异的表情，这使她带着京都口音的讲法更加令人不胜感动。"

"主持尼讲的是古时唐代一个叫作元晓的人。他为寻求佛法，深

[①] 佛教宗派之一，强调不许有心外独立之境，又称"唯识宗"。
[②] 大乘佛教瑜伽行派的重要术语之一。意谓世界一切现象都是心识所变现，心外无独立的客观存在，亦称"唯识无境"。

入崇山峻岭之中。有一天，日落西山，他夜宿于一片枯坟野冢之间。半夜梦醒，口渴难耐，便伸手从身旁的洞穴中掬水来喝。他感到自己从未喝过如此清凉甘甜的水。喝罢水后他又睡去。早晨醒来，曙光照在半夜他喝水的地方，没想到那水竟是蓄在一个骷髅之中。元晓顿觉一阵恶心，张口吐了出来。但他也因此领悟到一个道理：心生则种种法生，心灭则与骷髅无异。"

"不过令我感兴趣的是，元晓在悟道后，还能否发自内心地认为骷髅中的积水清凉甘甜，并将其喝下去呢？你不觉得纯洁也与此无异吗？无论与自己交往的女人有多鄙劣，纯洁的青年都能在她身上感受到纯洁的恋情。但当他知道这个女人有多么厚颜无耻，发现过去的世界只是自己心中美好的想法时，他还能再次从同一个女人身上感受到纯洁的恋情吗？如果能够做到，那可谓了不起。而能将自己心灵的本质与世界的本质牢固地结合在一起，也不得不说是件十分美妙的事。这不就等于是掌握了能够解开世界之谜的钥匙吗？"

本多清楚自己并不了解女人，清显也同样不懂，却无法反驳他这番奇特的言论。但无论如何，这位任性的少年在内心里自认与本多不同。他觉得自己才是生来就掌握着能够解开世界之谜的钥匙，但他自己也不清楚这股自信从何而来。他觉得自己容易沉湎于梦境的习惯、时而自命不凡又时而惴惴不安的性格以及与生俱来的美貌，仿佛深深地嵌入他柔软肉体中的一颗宝石。尽管这没有为他的身体带来肿痛，但那时不时从他肉体深处放射出的光芒，或许令他产生了一种病态的自豪感。

清显对月修寺的来历不感兴趣，也不想了解，反倒是与这座寺庙毫无关联的本多去图书馆详细地查阅了一番。

月修寺建于十八世纪初期，这个时间不算太早。第一百三十代东山天皇的公主为了追思英年驾崩的父皇，便身入清水寺，供奉观音菩萨。在此期间，她对常住院的老僧所讲述的唯识论深感兴趣，便逐渐皈依法相之教义，并削发为尼。之后，她离开原有的皇家寺院，新创学问寺。这座寺院便是如今月修寺的前身。尽管尼寺至今还保持着法相宗的特色，但历代由宫中人担任主持尼的传统却已经在上代断绝。聪子的大伯母尽管有着皇家血统，却也是第一位身份属于臣下的主持尼……

本多突然毫不掩饰地问道：

"松枝！你最近到底是怎么回事？无论我说什么，你都一副心不在焉的样子。"

"才没有这样。"

冷不防被问到心虚处，清显只得含糊其辞地应了一句。他用那双美丽而清冽的眼睛望着朋友。朋友觉得自己傲慢无礼，他并不会感到羞耻，却独独害怕朋友察觉到自己的烦恼。

他清楚，如果自己对本多敞开心扉，对方就会鲁莽地闯进他的内心世界。而一旦这样，无法容忍任何人做出这种事的清显，就会立刻失去本多这个唯一的朋友。

不过本多也立刻察觉到了清显的想法。要维持他们的关系，就必须悉心维护这段友情。就像一面刚刚涂好油漆的墙壁，决不能轻易触碰，以免在上边留下痕迹。哪怕朋友正在经受着极大的痛苦，在必要情况下也要视而不见。尤其是在这种痛苦会因隐瞒而产生优雅的情趣时，就更要这样了。

每当这时，清显的双眸中就会流露出一种真切的求恳之情，本多甚至会对此感到一丝怜爱。那种眼神，仿佛在期盼着一切都能停留在充满模糊而美丽的彼岸……只有在这种友情濒临冷酷的破裂、处于一种不得不进行交易的无情对峙时，清显才会成为求恳的一方，而本多则成为有权利进行审美的旁观者。这才是两个人都在默认中期望的状态，也是旁人口中的"两个人之间友情"的本质。

五

大约十天后，身为侯爵的父亲偶然早归，一家三口少见地有了一次共进晚餐的机会。父亲爱吃西餐，三人便在洋馆的小餐厅里进餐，侯爵还亲自到地下酒窖去挑选葡萄酒。他带着清显，详细地为他介绍葡萄酒的牌子，告诉他什么酒配什么菜肴，什么酒只能用来招待皇家贵客，等等。虽然教的都是些用处不大的知识，但父亲唯有在这种时候会显得格外愉快。

在喝开胃酒时，母亲得意扬扬地提起前天她乘坐一位少年马夫赶着的单套马车去横滨购物的事情。

"没想到连横滨人都对洋装大惊小怪的，真叫人吃惊。那些脏兮兮的泥孩追在马车后面，'洋妾，洋妾'地喊个没完。"

父亲在话语中暗示要带清显观看"比睿号"军舰的下水典礼。当然，他是知道清显一定会拒绝才这么说的。

随后，连清显都能感受到父母在苦苦思索着共同话题。就在这会儿，三人不知怎的，突然谈起了三年前庆祝清显十五岁生辰的"待月式"来。

"待月式"是种古老的习俗，依照惯例，要在旧历八月十七日这天晚上，用崭新的木盆盛满清水放在院子当中，再摆上各类供品。如果孩子十五岁那年的夜晚阴云密布，就说明他一辈子都不会走运。

听父母聊起这个，清显也鲜明地回忆起了那天晚上的情景。

当晚，虫声唧唧，白露未晞。草坪中间放着一个盛满清水的新木盆，清显身穿印有家徽的礼服站在父母中间。庭院刻意熄了灯火，周围的树丛和远处房屋的瓦顶、红叶山等错落有致的景色仿佛被缩小了，统统汇聚在木盆中的圆形水面之上。丝柏木盆那光亮的边缘既是这个世界的尽头，也是另一个世界的起始。由于庆祝十五岁生辰的仪式事关自己终生吉凶，清显不禁觉得那放在沾满露水的草坪上的，正是自己赤裸裸的灵魂。以盆缘为界，自己的内心在木盆内侧扩散开来，而形体则被隔绝在木盆之外……

所有人都一言不发，清显从未觉得庭院里的虫声如此聒噪。他聚精会神地盯着木盆内侧。由于水藻般的阴云遮蔽着夜空，盆里的水起初显得黑乎乎的。接着，那片"水藻"随风一晃，光芒刚刚要从云层中渗出来，旋即又消失了。

众人不知等了多久。又过了一会儿，原本仿佛凝固在木盆中的黑暗突然破开，一轮小巧而明亮的满月不偏不倚地出现在水面中央。人群中爆发出一阵欢呼声。母亲终于放下了压在心里的石头，这才摇起扇来驱赶衣服下摆附近的蚊子，并开口说道：

"太好了，这孩子能交好运。"

接着，众人异口同声地表示了祝贺。

然而，清显却不敢仰望天空中那轮真正的皓月。他只是望着那轮金色贝壳般落在圆形水面上，落在自己内心深之又深处的月亮。终于,他就这样在自己的内心深处捕获了一个天体。他那张灵魂的捕虫网,捉到了一只金光闪闪的蝴蝶。

但是灵魂的捕虫网网眼过大,会不会令那只刚刚捕到的蝴蝶转瞬间再次飞走呢?他刚刚十五岁,就已经过早地害怕失去。他的内心也因此变得患得患失。一旦得到月亮,今后岂不是要住在没有月亮的世界里?尽管他怨恨着月亮,但这种情况依旧是多么的令人恐惧啊……

百人一首的纸牌就算只缺一张,也会使所处世界的制度出现无法弥补的裂痕。尤其是清显,他生怕某种秩序只因丧失了极小一部分,就会像钟表缺少了一枚小小的齿轮那样,使整个秩序体系都被封闭在浓重的迷雾中。而为了寻找那张失去的纸牌,真不知道要耗费多大的精力。最终何止那一张,连整副纸牌都将成为争夺王位般震惊世界的大事。清显的情感总是像这样无可抑制地产生波动,他无法抵抗这种思考方式。

清显注意到——当回忆起十五岁那年八月十七日的"待月式"时,自己总会在不经意间联想到聪子。这不禁使他感到惊愕。

就在这时,松枝家的管家穿着仙台凉绸制的裙裤,带着"窸窸窣窣"的声音走来,报告晚餐已经准备完毕。于是三人来到餐厅,在餐桌前坐下来,他们面前摆放的餐具是在英国定做的,上面刻着精美的家徽。

清显从儿时起,就接受父亲关于用餐礼仪的严格教育,但母亲至今还吃不惯西餐。用餐的姿态最是落落大方又不出格的人要数清显,就连父亲的动作中都还保留着刚刚回国时那种过度的讲究感。

汤一上桌,母亲就悠悠地说:

"聪子这孩子真不让人省心,听说今早又让信使回绝了那门亲事。明明头几天还是一副定下心来的样子。"

"那孩子都二十了吧。再这么使小性子,今后还怎么嫁人哪。咱们也是,净给人家张罗,可最后都是白操心。"

父亲表示。

清显继续留神听着父亲的话。

"可总得有个原因不是?可能是觉得门户不登对吧。绫仓家虽然也是名门大族,但已经没落到现在这个地步。想与她结亲的是位高材生,如今在内务省①工作,前途不可限量。对这么优秀的男人还计较什么家室,就该欢天喜地应承下来才是。"

"可不是嘛,再这样下去我也懒得帮她家操心了。"

"话是这么说,可清显在他们家寄住过,承着人家的情。而且咱也该为他们家族振兴尽一份力,最好能介绍个她没法回绝的对象。"

"上哪儿去找这么合适对象啊?"

听着父母的对话,清显的神情渐渐变得愉快。萦绕在他心头的谜题终于解开了。

"假如有天我突然不在了"——聪子这句话指的只是自己的婚事。那天聪子的心情倾向于同意这门婚事,于是她暗示清显,想试探他的态度。如果真的如方才母亲所说,她在十天后正式拒绝了这门亲事,其理由也是显而易见的——因为聪子爱着清显。

于是,原本的忐忑消失得无影无踪,清显的内心世界再次回归一

---

① 日本政府机关名称,负责辅佐天皇、发布诏敕与叙位等一切朝廷相关职务的事务。

片澄净,仿佛一杯清澈的水。清显的内心有一片小巧而宁静的庭院,这十天来,他始终想回而不能回。而如今,他终于又能回到这片庭院中惬意地歇息了。

清显极为罕见地沉浸在一种巨大的幸福感中,之所以会这样,毫无疑问是由于他重新感受到了自己大脑的明晰。那张被人特意隐藏起来的纸牌回到手中,再次变得完整……纸牌凑成了一副正常的百人一首……这是一种难以用言语形容的幸福感。

至少在刚刚那一瞬间,他成功地将"感情"从自己身边驱赶开来。

然而侯爵夫妇不够敏锐,并没有感受到儿子心中突如其来的幸福感,只是隔着餐桌相互望着对方的面庞。侯爵望着妻子那张有着一双悲戚八字眉的面孔,侯爵夫人则望着丈夫坚毅的红脸膛。侯爵原本只在行动力方面与那副面庞相匹配,但现在透过皮肤,立刻就能看出他那副养尊处优的派头。

每当父母谈得起劲,清显总觉得他们是在举行某种仪式。他们谈话的内容仿佛遵照某种固定次序,恭敬地供奉给神社的玉串①,连上面光洁的杨桐枝叶都是精挑细选过的。

这种情景,清显从少年时代起就已多次见过。但他们的对话中,既没有白热化的危机,也没有情感上的高潮。母亲非常清楚接下来会发生什么,侯爵也清楚妻子对此心知肚明。这种情况仿佛瀑布向着水潭流泻,但在真正坠落之前,就算是漂浮在水中的杂物也要携手

---

① 敬献神明的用具,通常为缠有白纸的带叶杨桐树枝。

相伴,带着一副什么也没有预感到的表情,滑过倒映着蓝天白云的水面。

清显没有猜错。晚餐后,侯爵匆匆用了杯咖啡后便开口提议:

"走,清显,去打场台球吧。"

"那就不打扰你们了。"侯爵夫人说道。

清显沉浸在幸福中的内心,并没有因父母之间的虚与委蛇而感到受伤。母亲回到正房,父子二人走进了台球厅。

台球厅模仿英式风格建造,使用橡木板作为壁板,墙上挂着松枝家老一辈人的肖像画以及日俄海战的巨幅油画,这个房间也因此闻名。曾描绘过格莱斯顿[①]肖像的英国肖像画家约翰·米莱斯[②]的弟子在访日期间为祖父绘制了这张巨幅肖像。画作构图简洁,画面中只有昏暗的背景和身着宫廷礼服的祖父。作者既将严谨的写实风与理想化结合得天衣无缝,也将祖父身为明治维新功臣那为世人所敬仰的坚毅风采与脸上那颗令家人感到亲切和蔼的瘊子巧妙地结合在了一起。每当新雇的女佣从松枝家的老家鹿儿岛来到此处,都会被带到这里,对祖父顶礼膜拜一番。在祖父去世数小时前,明明没有任何人来到这个房间,悬挂画框的绳子也没有朽烂,这幅画像却突然掉在地上,发出一声巨响。

台球厅里并排摆放着三张台球案,桌面由意大利大理石制成。家

---

① 威廉·尤尔特·格莱斯顿(William Ewart Gladstone),英国政治家,曾作为自由党人四次出任英国首相。
② 约翰·埃弗里特·米莱斯(John Everett Millais),十九世纪英国拉斐尔前派画家,作品有《释放令》《盲女》等。

里人从不玩日清战争①时期传来的三球制打法，父子二人向来只玩四球制。管家将红白两色的台球分开一定距离，分别放在左右两侧，随后将球杆分别递给父子二人。清显拿起意大利火山灰制成的壳粉，一边在杆头摩擦，一边望着台球案。

红白双色象牙球像贝类伸出触手那样，在绿色的呢绒上留下了顶部浑圆的影子。清显对台球毫无兴趣。对他来说，它们就像大白天走在一条陌生而又空无人烟的街道上，突然滚到他面前的球体一样毫无意义。

侯爵也对自己俊美的儿子这种似乎对一切都漠不关心的眼神感到忧虑，即使是今晚这个最为幸福的时刻，清显的眼里依旧是这种眼神。

"你知道吗？最近暹罗会有两位王子来日本学习院留学。"

父亲突然想起一个话题。

"不知道。"

"他们大概和你同岁，我已经和外务省打过招呼，安排他俩来我们家住上几天。他们的国家最近解放奴隶，修建铁路，似乎在采取进步的政策，你要记清楚，好方便和他们交流。"

父亲弯下腰来，手持球杆瞄准台球，他像一头肥胖的豹子，从身躯中迸发出一种外强中干的精悍劲儿。清显望着他的后背，脸上突然泛起一丝笑容。他让幸福感与热带国家在心里轻轻触碰，仿佛红白双色的象牙球在轻吻。于是，那如水晶般抽象的幸福感在映照出热带丛

---

① 即甲午中日战争。

林耀眼的翠绿后，突然迸发出五彩斑斓、充满生机的色彩。

侯爵球技高超，清显自然不是对手。打完头五杆，父亲匆匆离开球案，说了句清显意料之中的话：

"我外出散散步，你呢？"

清显默不作声，父亲的下一句话有些出乎意料：

"要不送我到大门口吧，就像你小时候那样。"

清显感到吃惊，用漆黑明亮的眸子望着父亲，看来侯爵至少成功地让清显感到了惊讶。

大门外有几栋宅子，父亲的妾室就住在其中一处。还有两处住着西方人，院子里都有通往侯爵府庭院的栅门，洋人的孩子们可以随意在院内游玩。只有妾室住宅的后门上了锁，那锁头早已锈死。

正房离大门大约有八百米。在清显小时候，每当到妾室那里去，侯爵总会牵着清显的手散步到大门口分别，再由佣人带着清显回去。

父亲出门办事一定会乘马车，因此一旦步行出门，必然是去妾室那里。父亲总是要求陪伴，这让清显幼小的心灵很不舒服。他总觉得就算为了母亲，他也有义务将父亲拽回去，却又无法办到，这令他为自己的无能为力感到愤怒。母亲自然不愿在这种时候陪父亲一起"散步"，可父亲却偏要牵着自己出门，清显觉得父亲是在隐隐地盼望自己能够背叛母亲。

已经十一月了，还在如此寒冷的夜里散步，这种情况令人觉得异常。

侯爵命管家为自己穿好外套，清显也走出台球厅，换上装饰有双排金色纽扣的校服。在主人"散步"时,按规矩,管家应在身后十步左右的位置跟随。此时的他正手捧包着礼物的紫色包袱。

月色明朗,晚风掠过树梢,发出嘶号般的声音。管家山田像幽灵一样跟在父亲身后,但父亲却对此毫不在意。倒是清显有点担心,便回过头去望了一眼。外边天这么冷,他连件披风也没穿,只是像平常那样穿着带有家徽的礼服,戴着白手套,捧着紫色包袱。山田的腿脚有点毛病,在父子身后一瘸一拐地跟着。眼镜镜片反射着月光,像是结了一层清霜。清显平日里很少同他讲话,也不知道到底有多少早已锈蚀的情感方面的发条在这个忠心耿耿的男子心里咬合。不过这位性格开朗、精于人情世故的父亲,却远远不如自己貌似冷若冰霜、对凡事都漠不关心的儿子更能体会到别人内心的感情。

枭鸦鸣叫,松树枝头沙沙作响。清显有些微醺,在他听来,这声音仿佛那张"做凭吊得利寺附近阵亡者"的照片中,茂盛的树丛随风摇摆所发出的阵阵响声。在一片寒意中,父亲幻想的是深夜等待着自己的满面春风的温香软玉,而他的儿子只联想到死亡。

侯爵醉醺醺地走着,时不时用手杖的杖尖挑开地上的小石子。突然他对清显说道:

"我看你好像不怎么爱玩。我在你这个岁数,都有好几个女人了。下次我带你一起去怎么样?再多叫上几个艺伎。偶尔也要放开手脚好好玩玩。乐意的话,还可以带上几个要好的同学。"

"我没兴趣。"

清显的身体不由自主地震颤起来,接着,他的双脚仿佛被钉在地面般一动不动。父亲的这句话,使他的幸福感仿佛玻璃瓶般掉在地上摔得粉碎。

"你怎么了？"

"我失陪了，祝您好梦。"

清显掉转身体，向着比灯光昏暗的洋馆门口更远处的，隔着树丛能看到绰绰灯影的正房门口快步走去。

当天晚上，清显彻夜未眠，但他脑中思索的事情与父母丝毫无关。

他一心苦思的是要怎样报复聪子。

"她骗我踏进这个无聊透顶的圈套，让我吃了整整十天的苦头，目的只有一个，那就是千方百计地搅乱我的内心，折磨我的情感。此仇不报非君子，但我又没有信心能做到像她那样施展阴谋诡计，害得人感到痛苦。究竟要怎么做呢？看来最好的办法莫过于让她知道，我也和父亲一样，视女人为草芥。当面表达也好，写信告知也罢，难道我就不能打击到她的内心，好好羞辱她一番吗？我心肠软弱，做不到有话直说，所以才总是吃亏。光表示对她不感兴趣还远远不够，这样她依然会有那些多余的幻想。必须羞辱她！侮辱她！让她在我面前再也抬不起头来！到那时她才会后悔当初不该来折磨我。"

可清显想破了脑袋，也没能想出任何具有可行性的方案。

卧室里的床铺周围摆着一对六折屏风，上书寒山①所作的诗歌。脚边安放着一副紫檀木架，一只青玉雕成的鹦鹉停在栖木之上。清显对

---

① 唐代白话诗人，其诗通俗，多表现山林逸趣与佛教出世思想，蕴含人生哲理。

最近流行的罗丹和塞尚不感兴趣，倒不如说，他是那种容易被动的产生兴趣的人。而现在他无法入睡，只是盯着那只鹦鹉。鹦鹉翅膀上的雕纹清晰可见，恍若一阵如烟的青影中包含着剔透的光亮。他觉得鹦鹉的中心在慢慢融化，只剩下外部模糊的轮廓。这种怪象令他感到惊讶。接着他发现，这是月光从窗帘的边缘微微渗入，倾洒到鹦鹉身上的缘故。他粗暴地扯开窗帘，发现月挂中天，月光洒满了床铺。

月光璀璨，甚至带着那么一丝轻佻。清显不禁想起了聪子绢衣上冷冽的光辉。而月亮本身也恍似聪子近在咫尺、炯炯有神的美目。窗外的风已经停息。

清显的身子如同着火般燥热，同时因此感到耳鸣，这并非由于暖气开得太足。于是他掀开毛毯，解开睡衣敞露出前胸。但体内的火势没有减弱，火舌依旧在向全身各处延烧。清显觉得只有沐浴在冰冷的月光中才能使自己冷静下来，于是他脱去睡衣裸露出上身。过度思虑令他疲惫不堪，他将后背对着月光，脸孔埋在枕头里面，但太阳穴依旧发烫，怦怦直跳。

就这样，清显裸露着他那无比光洁而白皙的后背，让其沐浴在月光之下。月光在他柔美的身躯上勾勒出微微的起伏，表明这并非女性，而是青涩的小伙子透露着一丝冷峻的肌肤。

尤其是月光刚巧深深照射进的左侧腹部，那里的肌肉随着胸口的心跳微微起伏，更加凸显出他令人目眩的洁白肌肤。那里长着三颗不起眼的细小黑痣，仿若犁星[①]一般，在月光的照耀下消失了踪影。

[①] 二十八宿之一，因状似犁头而得名。

六

一九一〇年，暹罗国王拉玛五世将王位传于六世。此次来日留学的王子中，其中一位正是新国王的王弟，拉玛五世的儿子，号普拉奥·乔（Praong Chao），名为帕拉纳迪特（Pattanadid），英文敬称为西斯·海涅斯·帕拉纳迪特。

与他共同前来的另一位王子也是十八岁，是拉玛四世的孙子，两人是极为亲密的堂兄弟。他号蒙·乔（Mom Chao），名为克利沙达。帕拉纳迪特殿下通常用爱称称他为"克利"，克利沙达殿下则始终不忘对嫡系王子的敬意，称其为"乔·彼"。

两人都是十分虔诚的佛教徒，但平日却以英国的方式穿衣打扮，进行生活，讲一口流利动听的英语。

新国王担心王子受过多西欧文化熏陶，特地安排他们到日本留学。两位王子对此并无异议，只是有件事情令人难过，那便是乔·彼与克利之妹的暂别。

宫中上下都对这对年轻男女的恋情赞不绝口。双方已经约定当乔·彼留学归来时，两人就举行婚礼，因此他们的未来丝毫无须担心。尽管如此，出航时帕拉纳迪特殿下脸上流露出的悲伤，从该国国民感情不形于色的习性看来，不禁令人感到异常。

但在航海之旅与堂弟的安慰下，年轻王子的心里还是少了几分离别之苦。

当清显在家迎接两位王子时，两人呈浅黑色的、朝气蓬勃的脸庞给他留下了开朗的印象。寒假之前两位王子可以随意参观学校，年后入学。但要等到他们熟悉日语和日本环境后的春季新学期时，才能正式编入班级。

由于洋馆内装有从美国芝加哥进口的暖气设备，因此两位王子被安排居住在洋馆的两间客房中。当松枝一家人共进晚餐时，清显与客人都有些拘束。但当晚餐用罢，只剩年轻人共处时，他们立刻打成了一片。两位王子拿出许多照片给清显看，照片里拍的是曼谷金碧辉煌的寺院和美丽的风景。

尽管年龄相同，但克利沙达殿下天真随性，稚气未脱。当清显发现帕拉纳迪特殿下与自己天性相仿，容易耽湎于梦幻时，他感到非常高兴。

在他们展示给清显的一张照片中，有一张是以供奉着巨大卧佛像而闻名，名为"涅槃寺"的寺院全景照。这张照片由人工上色，无比精美，仿佛令人身临其境。热带的蓝天中积云高耸，轻舞婆娑的椰子树叶点缀其中。美轮美奂的佛寺整体呈金白红三色，一对金色神将在大门两侧护定，朱红的门扇裹着金边，白色的墙壁与廊柱上方垂挂着金色的精致浮雕。这些要素共同构成了被繁复的金黄、朱红二色浮雕所包覆的屋顶与檐板，最后在中央屋顶汇聚出一尊金碧辉煌的三层白塔，直指明媚耀眼的蓝天。这恍若天成的结构令人心驰神往。

清显坦率地表示了对美的赞叹，这使两位王子非常高兴。帕拉纳迪特殿下望向远方，他修长而锐利的眼角与柔和的圆脸显得不太协调。

"我十分喜爱这座寺院，在来日本的航海途中，我也多次梦见过它。它那金色的屋顶在夜晚的大海中浮现，随即，整座寺院缓缓浮出海面。在此期间，轮船依旧在向前航行。当我能看清寺院全貌时，轮船已经渐行渐远。沐浴着海水、浮出水面的寺院，恍若从夜间遥远的海面上升起的一轮新月，而我在甲板上向它合十行礼。梦境是多么奇妙，明明寺庙如此遥远，又是在夜间，却连那金黄、朱红二色的精致浮雕都能看得一清二楚。"

"我对克利说，这简直像寺院跟着我们来到日本一样。克利却拿我寻开心，笑着说跟过来的恐怕是别的回忆吧。每次他这么说我都生气，可如今却有些赞同。"

"为什么这么说呢？因为一切神圣之物，都是由与梦幻及回忆相同的要素组成，由于所处的时空不同，于是和我们保持一定的距离。而当它们出现在眼前时，就会成为一种奇迹。这三者的共同点是都无法用手触及。而从触手可及的事物旁边远离一步，它们就会成为神圣之物，成为奇迹，获得不可思议的美丽。一切事物都拥有神圣性，但哪怕只是微微触碰，也会使它变得污浊。我们人类真是奇妙，明明自身内部有着神圣的潜质，却又会冒渎自己触碰过的事物。"

"乔·彼的话听上去复杂难懂，但其实他讲的只不过是自己离别的情侣。把照片拿给清显同学看看吧。"

克利沙达殿下打断了他的话语，帕拉纳迪特殿下面颊微红，但由于肌肤是浅黑色的，看上去并不明显。清显见他有些犹豫，便不勉强这位客人，转而说道：

"你常常做梦吗？我会把自己的梦记在《梦境日记》上面。"

"等我学会日语，请务必让我拜读。"乔·彼双眼放光地表示。

清显对梦境的迷恋，甚至不敢向自己的挚友公开，但他却可以通过英语与对面这位王子开怀畅谈。在他心中，乔·彼变得越发可亲起来。

但之后的谈话并不顺畅，望着克利沙达滴溜溜不停转动的圆眼，清显猜测这是自己没有执意要看刚才提到的那张照片的缘故。乔·彼大概正盼着他强烈要求看看那张照片呢。

"请让我看看追随你前来的那个梦境的照片吧。"

清显终于提出要求后，克利沙达殿下又在一旁打岔道：

"是指寺院的，还是情侣的？"

乔·彼责怪克利沙达这样胡乱比较，有失尊重，但克利沙达依旧调皮地伸长脖颈，指着照片特地解释道：

"贞特菈帕公主是我妹妹，她的名字——Chantrapa的意思是'月光'，我们平时都叫她金婵（Ying Chan——月光公主）。"

清显望着照片，但没想到里面的人只是位平平无奇的少女，不禁有些扫兴。她身穿洁白的西式花边礼服，头上扎着白色缎带，胸前挂着一条珍珠项链，表情显得僵硬做作。要说这是女子学习院一名学生的照片，恐怕谁也不会觉得奇怪。尽管那头美丽的波浪形的披肩长发为她增色不少，但她那透着要强的眉毛，似乎因受惊而张大的双眼，以及仿佛炎热的旱季中干枯花朵般微翘的嘴唇，都令人觉得她稚气未脱,而且还没有意识到自己的美。诚然,这也是一种美,但更像是一只尚未梦想着翱翔天际的雏鸟,心中充满了温情的自我满足。

"同样作为女人,聪子可真比她强上千百倍。"清显不由自主地拿她与聪子比较起来,"她动不动就逼得我那么恨她,但这不恰好说明她太有女人味了吗?聪子不但比她要美得多,更对自己的美心里有数。她无所不知,最糟的是,她连我的幼稚也知道得一清二楚。"

见清显死死地盯着照片,乔·彼仿佛怕他夺走自己的情侣般,突然伸出纤细的琥珀色手指将照片收了回去。清显看到乔·彼的手指上闪耀着翠绿的光芒,这才注意到他手上戴着一枚华丽的戒指。

这枚戒指有二三克拉,中间镶嵌着一颗四角形的深绿宝石,周边装饰着一对用黄金精心雕刻的门神雅斯卡半兽人面。如此显眼的饰品,清显居然到现在才发现,足见清显对他人究竟有多漠不关心。

"这是我的生辰石,因为我在五月出生。它是金婵在饯别时送给我的。"

帕拉纳迪特殿下有些不好意思地解释道。

"学习院的老师看你戴着这么奢华的戒指,说不定会批评你,让你摘下来呢。"

听清显这么一吓唬,两位王子立刻用本国语言讨论起平时要把戒指收到哪里的问题,继而又向清显道歉,说一不留神就讲起了母语,并用英语把商量的内容告诉了他。清显表示可以让父亲帮忙介绍一家靠谱的银行,将戒指存放在银行保险柜里。就这样,三人的关系越发融洽,克利沙达殿下也将女友小小的照片给清显看了。接着,他们开始缠着清显,要看他心上人的照片。

在年轻人虚荣心的驱使下，清显急切间这样说道：

"日本不像你们那样，有交换照片观看的习惯。不过短时间内我一定把她介绍给你们。"

尽管相簿里有清显和聪子从小到大的许多照片，但他没有勇气将这些照片展示给王子们看。

他注意到了，尽管自己始终被誉为美少年，人人都对他赞不绝口，但直到十八岁，他的时光都是在这栋宅院中度过的，除了聪子以外，他居然没有任何女友。

聪子既是他的女友，也是他的敌人，却并非王子们心中那种由甜腻的情感之蜜所塑成的甜心宝贝儿。清显对自己和身边的一切都感到恼怒，就连在"散步"途中醉酒的父亲对自己所说的那番慈爱之语，也仿佛饱含着对常常耽溺于梦幻之中的儿子的轻蔑哂笑。

如今，他因自尊心所拒绝过的一切，都反过来伤害着他的自尊。两位南国王子身心健全，无论是他们浅黑色的皮肤、尖刀般锐利逼人的目光，还是频繁抚摸的纤长的琥珀色手指，都仿佛在此刻嘲笑着清显：

"是吗？都这么大了，怎么连个情人都没有？"

清显抑制不住自己的情绪，但依旧勉强保持着优雅的风度。他开口讲道：

"近期我一定将她介绍给你们。"

接下来，怎样才能向这两位异国朋友好好炫耀一番聪子的美貌呢？

在长时间的犹豫后,清显终于在昨天写好了一封充满尖刻羞辱之语的信。信件的内容经过反复修改,每句话、每个词汇都牢牢记在他的脑海之中。

……面对你的恐吓,我不得不写下这样的一封信,此事实属遗憾。

以此为开头,清显继续写道:

你将一道毫无意义的谜题伪装成可怕的谜团,又不加任何提示地将谜团抛掷给我,令我双手麻木,变得漆黑。这使我不得不对你在情感上的动机感到怀疑。你的行为可谓残忍无情。爱情姑且不论,连友情也不见半分。在我看来,你会采取这种恶魔般的行动,恐怕连自己也未必了解其中深刻的动机。然而对这件事,我却已经基本得出一个相当准确的结论,不过出于对你的尊重,我姑且不做明说。

不过事到如今,可以说你的一切努力和企图都已经化为泡影。因为心情不悦(是由你间接造成的)的我,已经跨过了人生的一道门槛。出于偶然,我接受了父亲的邀请,在花街柳巷中玩乐,走过了那条男人的必经之路。老实说,我已经与父亲为我介绍来的艺伎共度良宵。说得明白一点就是,我已经毫无顾忌地享受了一个男人为社会道德所容许的乐趣。

幸运的是，这一夜彻底改变了我，也改变了我对女人的看法。我学会了将女人当作一种肉体淫荡的小动物，并以轻蔑和玩弄的态度对待她们。我觉得这是社会赐给我的一个绝佳教训。过去我始终无法认同父亲的女性观，但如今我已用自己的身体感受到，我终究还是父亲的儿子。

读至此处，你或许会怀着明治时代一去不复返的陈旧思想看待我的行为，从而为我的进步感到高兴。继而暗自窃喜，认为我对艺伎肉体上的侮辱，会提高对良家妇女精神上的尊重。

错！绝非如此！自从那晚起（若说这是进步，那也的确如此），我冲破一切桎梏，闯入了人迹罕至的旷野。在这里，无论艺伎还是贵妇，无论淑女还是娼妓，无论全无教养的女人还是学识丰富的女人之间都没有任何区别。所有的女人都只是善于欺骗的"肉体淫荡的小动物"，其他不同之处就只在于妆容或服饰罢了。尽管难以启齿，但也必须明说，今后你在我眼里也只不过是"One of them"而已。我希望你知道：你从小所熟知的那个老实巴交、清纯无知、容易对付、甚至会被你当成玩具来耍的可爱的"清少爷"已经彻底死去……

夜还不算晚，但清显向两位王子道过晚安，就匆忙离开了房间。这样的行为虽然使王子们有些纳闷，但清显保持着绅士风度。他是在不失礼节地查点了两位客人的寝具及其他用品，并了解他们的要求之后，才彬彬有礼地退离房间的。

"为什么偏偏这种时候，我会连一个自己人都没有呢？"从洋馆沿着长长的走廊跑回正房的路上，他一个劲儿地想着。

清显有好几次想到本多，但他那种别扭的友情观使他抹去了本多的名字。夜风呼啸，走廊里的窗子也被吹得咯咯作响，那列昏暗的灯光仿佛无穷无尽般延伸向前。他担心这样跑得气喘吁吁，被人发现后会受到责怪，便停下脚步，在走廊角落里歇气。他将手肘支在万字形雕花窗框上，一边装作望着庭院里的景色，一边拼命梳理着脑海中混乱不堪的思绪。他不禁感叹，与梦境相比，现实是一种多么缺乏可塑性的材料。如今必须拥有这样一种思想，它不应是那种朦胧不清的空中楼阁，而应该像一颗浓缩的黑色药丸，只要服下就能药到病除。清显深深感叹自己的软弱无力。从开着暖气的房间里来到冰冷的走廊，他不禁打了个冷战。

窗玻璃被风吹得咯咯作响，他将额头顶在上面望着庭院。今夜没有月亮，红叶山与中之岛融为了一体，变成了一个黑乎乎的影子。借着走廊里昏暗的灯光，他只能隐约看到晚风吹皱湖水所泛起的波纹。他觉得有甲鱼正在那边探出脑袋望着自己，不禁打了一个寒战。

清显回到正房，刚要上楼回到自己房间，却在楼梯口碰到了学仆饭沼，脸上瞬间流露出难以名状的不悦。

"客人已经安歇了？"

"嗯。"

"少爷也要歇息了？"

"我还得学会儿习。"

二十三岁的饭沼已是夜大的应届毕业生。他似乎刚刚放学归来，一只手里还抱着几本书。过去年轻气盛的面孔上如今多了几分忧郁，他那如深色衣橱般高大壮实的身躯，令清显有些打怵。

　　回来后，清显连火炉也不点，在冰冷的房间里坐立不安，脑海中的各种念头不断浮现，又随即消失。

　　"总之得尽快才行，但怕是赶不上了吧？明明寄给她那样一封充满羞辱之词的信，过几天却还要邀她在王子面前扮演他亲密的情侣，更何况还要装出一副无比自然的样子。"

　　没能来得及读完的晚报散乱地放在椅子上，清显随手拿起一张，看到上面刊载着帝国剧院歌舞伎表演的广告，他突然灵光一闪。

　　"对了！不如带王子们去帝国剧院看戏。而且昨天发出的信应该还没送到，或许还有希望。父母大概不会允许他和聪子一起看戏，但装作是偶然相遇就没问题了吧。"

　　清显冲出房间，跑下楼梯，奔往正门门厅侧面的电话室。进去之前，他往漏出一丝灯光的学仆房间那边偷偷张望了一眼，饭沼似乎还在用功读书。

　　清显摘下话筒，将号码告诉接线员。此时他心潮澎湃，刚刚烦闷的心情已经一扫而空。

　　听筒那边，一个说话声听着耳熟的老太婆接起了电话。

　　清显开口问道："请问是绫仓家吗？聪子小姐可在府上？"

　　对方的声音尽管彬彬有礼，却带着些许不悦。那声音来自麻布遥远的夜空：

　　"是松枝家的小少爷吗？非常抱歉，夜已经深了……"

"她已经睡下了？"

"不……我想小姐还没歇息，不过……"

在清显的强烈要求之下，聪子终于过来接了电话。她开朗的声音令清显倍感幸福。

"清少爷，这么晚了，找我有什么事吗？"

"是这样的，昨天我给你送了封信，打电话也是为了此事。我想求你收到这封信后，千万不要打开，立刻烧掉，希望你能答应。"

"可我不太清楚清少爷说的是什么……"

聪子总是这样，对任何事都刻意地去模糊处理。她的语气乍听上去毫无起伏，但清显依旧察觉到她是在故技重施，想令自己心急如焚。尽管如此，聪子的声音在这个寒冷的夜晚依旧有如六月的黄杏，成熟得恰到好处，捧在手心里沉甸甸、暖洋洋的。

"这你就别管了，什么都别问，答应我好吗？见信后绝不拆封，立刻丢到火里面去。"

"好呀。"

"就这样说好了。"

"说好了。"

"另外我还有个请求……"

"清少爷，您今晚对我的请求好多。"

"请买两张帝国剧场后天的戏票，到时候叫老婆子陪你过去。"

"哎呀……"

聪子的话到这儿突然断了。清显起初怕她拒绝，而后突然发现不是这样的。他清楚，以绫仓家如今的财政状况，想买两张每张两元五角的戏票只怕也是件难事。

"抱歉，戏票我找人带给你。只是我们坐在一起被人看见会说闲话，所以可以稍微坐开一点。我陪两位暹罗王子一同看戏。"

"呀，那多谢您的好意了，蓼科一定也很高兴。届时我一定开开心心地去见您。"

聪子坦率地流露出喜悦之情。

七

　　本多在学校受清显邀约第二天一同去帝国剧场看戏。尽管觉得要陪伴两位暹罗王子有点令人拘束，但本多还是愉快地答应了。当然，清显并没有将他们会在那里偶遇聪子的事情透露给朋友。

　　回家后，本多在晚餐时将这件事告诉了父母。尽管父亲不认为所有戏剧都适合观看，却也认为儿子已经十八岁了，不该束缚他的自由。

　　本多的父亲是大审院①法官，住在本乡的宅邸。本多府上有许多房间，其中也有着明治风格的西式房间，充满了严谨、正直的氛围。学仆也雇了几个，藏书室和书房里到处都是书籍，连走廊里也摆满了一排排装帧着皮革书脊、印着烫金文字的精装本。

　　本多的母亲也是个严肃无趣的女人，同时也是爱国妇女会的一名干部。由于松枝家的侯爵夫人对爱国妇女会活动的参与一向不够积极，因此她不太满意本多与侯爵夫人的儿子往来过于密切。

　　不过除此之外，无论在校取得的成绩、在家学习的态度，还是身

---

① 相当于日本近代的最高法院，设立于明治时期。

心健康的状况、待人接物的态度，从各方面来讲，本多都是个无可挑剔的好儿子。她为自己的教育成果感到自豪，无论亲戚还是朋友，逢人总要夸耀一番。

家里的一切物品，小到家具什物，一律讲究规范。门前的松树盆栽、写有"和"字的屏风、会客室的套装烟具、带穗子的桌布等自不必提，就连厨房的米柜、厕所的毛巾架、书房的笔盘镇纸之类的物品，都有着难以言说的讲究。

甚至连家中可以谈论的话题也是如此。朋友家中，总会有一两个老人爱讲些有趣的故事，例如从窗户里向外望去，看到天上挂着两个月亮，对着天空大声呼斥，其中一个便突然现出原形，变成狐狸逃之夭夭之类的。讲故事的人一本正经，听故事的人也信以为真。可是在本多家，家长严格管束这种行为，连婆子们都不许谈论这些愚昧的话题。本多家家主曾长期留学德国攻读法律，信奉德国式的理性思想。

本多繁邦常常拿松枝侯爵家与自己家进行比较，发现了一件有趣的事：松枝家过着西方式的生活，家中的舶来品数之不尽，家风却出人意料地守旧；而自己家虽然过着日式的生活，精神方面却是西方思想占先。父亲对待学仆的态度也与松枝家大相径庭。

这天晚上，本多预习过第二外语——法语之后，为了提前获得将来可能在大学中学到的知识，也为了满足自己凡事喜欢寻根究底的性子，他开始浏览起从丸善书店邮购的法语、英语和德语法典解说。

自从聆听了月修寺主持尼的讲法后，本多突然觉得过去自己一直倾心不已的欧洲自然法思想仍有不足之处。这种思想始于苏格拉底，通过亚里士多德根深蒂固地对罗马法进行过控制，在中世纪借由基督教形成完善体系，又在启蒙时代掀起一股被称为"自然法时代"的推崇之风。尽管如今一时不再受到推崇，但两千年来，它始终随着时代浪潮不断披上新的外衣，以焕然一新的面貌重新出现在人面前，可以说没有任何一种思想能够拥有像它这样顽强的生命力。之所以会这样，或许是由于其中保存着欧洲最古老的理性信仰传统。但本多认为：正因如此坚韧不拔，这种光明、充满人道主义、仿佛太阳神阿波罗般的力量，才会两千年来不断受到来自黑暗势力的威胁。

　　不，不仅仅是黑暗势力，这道光芒还要受到来自更加耀眼的光明的威胁，因此出于一种洁癖，它还要源源不断地排斥掉更加光明的思想。而由法律所维护秩序的社会，最终还不是接纳了那种包含着黑暗的、更加耀眼的光明吗？

　　话虽如此，本多的思想却没有被十九世纪浪漫主义历史法学派以及民俗法学派思想所束缚。明治时代的日本需要的固然是这种诞生于历史主义的国家主义法律学，可他关心的反而是作为法律基础的普遍性真理。也正因如此，他所倾心的是早已不再流行的自然法思想。但最近，他想了解的是法的普遍性所能够容纳的范围。他常常沉浸在这样一种幻想之中——如果法能越过希腊时代之后被人生观所制约的自然法思想，踏入更加广阔的普遍性真理（前提是存在这种真理），那么或许法的本身就会彻底崩溃。

　　年轻人有这种思想的确相当危险，然而罗马法的世界正是这种飘浮在空中的几何学式建筑，仅仅将影子清晰地投在明亮的大地之上。而它就牢牢地矗立在本多所学习的近代实定法身后，一旦本多厌倦了它的模样，自然会摆脱明治时期的日本至今依旧忠实遵循的继承法，将目光投向亚洲其他更广阔、更古老的法律秩序。

丸善书店所寄来的，由L.德伦尚翻译的法译本《摩奴法典》①似乎可以解答本多的疑惑。

《摩奴法典》是约公元前二百年至公元二百年间集大成的印度古典法之本源，至今依旧在印度毗湿奴教徒中保持着法的生命力。全书共十二章，分为两千六百八十四条，内容涵盖宗教、习俗、道德和法律，自成一大体系。它从宇宙起源讲起，一直讲到有关盗窃罪和遗产继承的规定。这种亚洲式的混沌世界，与基督教中世纪自然法学那种宏观世界与微观世界层次清楚、条理分明的体系形成了鲜明的对照。

不过罗马法规定的诉讼权是一种基于反对近代权利概念的思想，即"无救济就无权利"。《摩奴法典》与此相同，对国王与婆罗门在法庭上的仪容有着森严的规定，并将诉讼限定在欠债不还等十八个项目之内。

就连本多原本认为枯燥无趣的诉讼法，这部法典也进行了独特、生动地描写。例如，将国王确认案发事实是否存在的样子比作"沿血迹寻找负伤之鹿巢穴的猎人"；又或是在列举国王的义务时，将国王赐予的恩惠比作"因陀罗在四月的雨季降下甘霖"。本多被这些描述所吸引，不知不觉间就读到了最后一章那既不似奇特规定，也不似宣言的内容。

西方法律的定言律令②终究源于人类的理性，而《摩奴法典》则

---

① 古印度国家有关宗教、道德、哲学和法律的汇编之一，是印度古代法和印度法体系中最具代表性的一部法典。传说由天神之子摩奴制定。
② 英语Categorical imperative，德语Kategorischer Imperativ。

用平易近人的语言提出了以理性无法推量的宇宙法则,也就是"轮回",而且表现得自然而然,理所应当。

"行为诞生于身体,语言和意识产生行为,同时产生善恶的结果。"

"意识①与现世的肉体相关联,有善、中、恶三种。"

"人因心灵产生的结果由心灵承担,因语言产生的结果由语言承担,由身体产生的结果由身体承担。"

"人因行为产生过错,来世转生为草木;因语言产生过错,来世转生为鸟兽;因意识产生过错,来世转生为低阶百姓。"

"对一切生物来说,若能保持对语言、心灵和身体的三重抑制,且能完全控制爱欲与嗔怒,便能修成正果,即获得终极的解脱。"

"人必须以自身的睿智认清个人灵魂基于守法或非法的趋向,并始终坚持守法的意识。"

《摩奴法典》在这里与自然法相同,"法"与"善业"成了同义词。但二者间不同的是,《摩奴法典》的根基是凭借悟性无法捉摸的轮回转生。从另一方面来讲,它并非诉诸人类的理性,而是一种因果报应方面的威吓。与罗马法的基本理念相比,这或许是一种对人性更加缺乏信任的法律理念。

本多无心在这个问题上过多纠结,也不想深入这种古代思想的暗渊。但身为钻研法律的学生,尽管他站在确立法律的一侧,却又无法彻底摆脱对当今这种实定法的怀疑和愧疚。他发现,在当今实定法繁

---

① Manas。

琐的黑暗框架与双重结构之内，有时也必须瞭望自然法神格的理性与《摩奴法典》的根本思想，正如人们既要仰望澄澈如洗的蓝天，也要仰望群星闪烁的夜空。

想到这里，本多不禁感叹：法律学真是一门不可思议的学问！仿佛一位贪得无厌的渔夫，首先用一张网眼细密的网，将日常生活中的细枝末节一网打尽，同时撒开一张网眼粗大的网，连日转星移都网罗其中。

本多埋首于书本，不知不觉中忘记了时间。他想自己该睡觉了，否则明天因睡眠不足，带着难看的表情去应清显的约就不好了。

每当本多想起自己那个俊美而充满谜团的朋友，就会预感到自己的青春将是如何平淡无趣，从而感到有些畏缩。他心不在焉地回想起一个同学向他炫耀自己在祇园①茶屋将坐垫卷成橄榄球，与一群舞伎尽情玩乐的事。

随后，本多又想起了一件发生在今年春天，在外人眼里无关紧要，在自己家里却算得上惊天动地的大事——今年家人在日暮里菩提寺为祖母举行十周年忌辰的法事，出席的亲戚们在此之后都聚集在作为家族正支的本多家里。

在所有的客人中，最为年轻漂亮、性格活泼的姑娘是繁邦的堂妹——房子。在本多家阴沉的气氛中能听到少女清脆的笑声，甚至令人觉得讶异。

说是举行法事，但家人们对死者的记忆早已淡薄，许久未见的亲

---

① 京都最大的艺伎区，茶屋通常为供客人与艺伎玩乐之处。

戚们更多地是借此机会谈天说地。比起死者,亲戚们谈论得更多的是各个家庭新添的小生命。

三十多位亲戚在本多家的各个房间逛来逛去,并对每个房间里都装满书籍的状况感到惊叹。有几个人表示想参观本多的书房,便走上楼在他桌旁转了几圈,随后其他人陆陆续续地出去了,屋里只剩下房子和繁邦两人。

两人坐在靠墙的皮质沙发上。繁邦身穿学习院的校服,房子则身穿紫色长袖和服。其他人一离开,两人都觉得有些拘谨,房子也不再发出清脆的笑声了。

繁邦本想给房子看看相簿之类的东西,不巧的是手头没有。而且房子好像突然变得不太开心。繁邦过去一向不怎么喜欢房子过于活泼的性格、频繁的高声大笑、对比她年长一岁的繁邦说话时那副戏弄的口吻以及不够稳重的举止。尽管她的美貌像盛夏的大丽花那样火热而艳丽,但繁邦决不会娶这样的女人为妻。

"我好累呀。繁哥,你不累吗?"

话音刚落,房子那腰带系至胸脯下侧的身躯,忽然像墙壁崩塌般软倒,房子的脸也伏在了繁邦的膝盖上。繁邦顿时感到自膝盖至大腿处传来的房子的香气和体重。

繁邦有些手足无措,只是低头望着压在他膝盖和腿上的沉重而柔软的负担。时间似乎已经过了很久,这是因为繁邦觉得自己没有能力改变这种状况。房子将脑袋埋在堂兄那穿着藏青色哔叽面料裤子的大腿上后,似乎就再不想动弹了。

这时,拉门突然被人打开,母亲和伯父伯母突然走进屋来。见此情景，母亲顿时变了脸色，本多心脏狂跳。但房子只是缓缓移过目光，带着一副倦怠的表情抬起头来：

"我累了，头好痛。"

"哎呀，这可不好，吃点药吧？"

这位爱国妇女会的干部立刻用公益护士般的语气说道。

"不用啦，没那么严重。"

这段小插曲后来便在亲戚当中传开，幸亏只有繁邦的父亲不知道这件事。但他依旧被母亲狠狠责骂了一顿，房子之后也再没有来过繁邦家里。

但繁邦对当时那种压在膝盖上的沉甸甸、暖洋洋的感触始终无法忘怀。

当时那股沉甸甸的重量，应该是房子的身体、和服和腰带的总和，但如今回忆起来，其实那应该是她美丽而难以揣测的头脑的重量。那位少女将有着浓密秀发的脑袋，像香炉一样压在他的膝盖之上。隔着藏蓝色哔叽裤，他觉得那尊香炉仿佛在不断燃烧。那股热量，仿佛在远处观看火灾般的热量究竟是什么？房子似乎在通过陶制香炉中熊熊燃烧的火焰，想要表达某种难以言说的过度亲热。尽管如此，她的脑袋所带来的沉重感似乎也在对他表示着强烈的不满。

那么房子的眼睛呢？

她是侧着脸趴在膝盖上的，因此繁邦一低头就能看到她那双脆弱易伤、小巧湿润、漆黑欲滴的明眸。它们恰似一只轻盈飞舞后停下来歇息的蝴蝶，忽闪的纤长睫毛仿佛蝴蝶振翅，而瞳孔正是翅膀上奇妙的花纹……

繁邦从未见到过这样一双眼眸，它们是如此缺乏诚意，明明近在咫尺却充满冷漠，同时也充满了不安与飘忽，仿佛即刻就要飞走；仿佛水平仪中的气泡在倾斜与平衡，涣散与集中间无休止地变换。

但那绝不是一种勾引。与说说笑笑的时候相比，她当时的目光显得无比孤寂。只能说这种目光毫无意义，但准确地投射出了她内心茫然而耀眼的游离。

而且，她那令人迷惑的甜美和馨香，也绝非刻意地在向繁邦献媚。

那么，究竟是什么东西，彻底占据了这段漫长到接近于无限的时间呢？

八

从十一月中旬到十二月十日，在帝国剧场上演的剧目不是当红女星的话剧，而是由梅幸和幸四郎①等演员演出的歌舞伎。之所以选择歌舞伎表演，是因为清显认为这个更适合外国人观看，但其实他对歌舞伎不怎么熟。就连今天演出的剧目——《平假名盛衰记》②和《连狮子》③都没怎么听过。

正因如此，他才会邀请本多前去观看。本多利用午休时间，早已在学校图书馆查好了上演剧目的资料，做好了向暹罗王子们讲解剧情的准备。

当然，对两位王子来说，观看外国戏剧顶多是满足下好奇心。这天刚一放学，清显就带本多回家，把他介绍给两位王子。本多用英语给王子们简略地介绍了一下今晚戏剧的剧情，但王子们看上去兴趣不大。

清显对朋友老实认真的态度抱有歉意，又不禁因怜悯而苦笑。因

---

① 指尾上梅幸和松本幸四郎，两人都是歌舞伎俳优。
② 取材于剧目《源平盛衰记》，展现了木曾义仲战死与一谷会战的场景。
③ 歌舞伎舞蹈，内容主要为母子两代狮子的舞姿。

为在今晚对他们来说，看戏并不是主要目的。只不过，清显依旧担心聪子会违背约定，把信件拆开来看，因此有些心神不定。

管家来报告说马车已经准备完毕。马匹向着冬日的黄昏仰天长嘶，鼻腔里喷出一股股白气。冬天，马匹身上的味道不再那么浓重，马蹄铁踩踏着冻硬的地面，发出高亢的声响。清显喜欢这个季节的马匹束缚在鞍具之中的威严的力量。在细枝嫩叶间疾驰的马匹是鲜活的灵兽，而在狂风暴雪中飞奔的骏马本身就与暴雪融为了一体，其形体在凛冽的北风中化为寒冬飞舞盘旋的气息。

清显喜欢马车，在心神不安时更是如此。马车的摇晃能打断他感到不安时心中那种独特、固执而精准的节奏。除此之外，他还能感受到近在咫尺的、赤裸的马臀上甩动的马尾，感受到坚挺的马鬃与咬牙时冒出的唾沫与悬垂的唾沫丝。他喜欢这种兽性的力量与车内优雅的气氛相结合的感觉。

清显和本多穿的是校服加外套。两位王子穿的是带着高高毛领的大衣，尽管如此，他们看起来还是一副冻坏了的样子。

"我们怕冷。"帕拉纳迪特殿下带着苦闷的表情说，"之前我有个亲戚去瑞士留学，我还吓唬他，说那儿可冷了，没想到日本也这么冷啊。"

"过一阵子就习惯了。"

本多安慰道。他和王子们已经聊得很熟了。

穿着披风、外套的人们纷纷走在街上，路边的商家也早早地挂起了宣传年末大甩卖的长条旗帜。见此情景，两位王子不禁询问这些旗帜是用来庆祝什么节日的。

来到日本一两天后,王子们的眼睛里开始出现了黛色的乡愁。这种感情甚至给平日里开朗活泼、略显浮躁的克利沙达殿下的身上平添了一种别样的气质。当然,他们并未任性到无视清显的好意招待,可清显始终觉得他们的灵魂仿佛离开了躯壳,孤零零地在大洋中间飘荡。但这反而令清显感到畅快,因为他觉得一切被禁锢在现存肉体之中的、毫无波动的心灵,会令他感到沉闷。

黄昏早早地降临在冬季的日比谷护城河畔,帝国剧场也离清显一行人越来越近,那是一栋贴着白色瓷砖的三层建筑。

当他们来到剧场时,第一场新编剧已经上演。清显发现聪子与一同跟来的老婆子蓼科正坐在自己座位斜后方两三排的位置上,于是与她们交换目光进行致意。聪子能来,再加上刚刚她瞬间展露的微笑,已经足以让清显原谅她所做的一切。

舞台上上演的似乎是镰仓时代的武将们纵横驰骋的一幕,但清显因幸福而双眼模糊,看得并非十分清楚。他那从不安中得到解放的自尊心,感到舞台上满是自己光辉耀眼的投影。

"今晚的聪子比平日更加美丽,她是在精心打扮后过来的,完全符合我的心意。"

他心里反复想着这句话,却不敢回头望向聪子。而且,他感到聪子的美不断从身后向他袭来,这是一种多么理想的状态啊!安心、丰足、体贴,一切事态都是那么理所当然。

今晚清显只希望有一个美艳绝伦的聪子,这种情况从未有过。仔细想来,清显原本就不觉得聪子仅仅是一个娇美的女子。清显能感受到,聪子尽管表面上没有发起积极的攻势,却总是怀着绵里藏针、柔中带刚的态度，不顾清显的想法，一门心思地爱着他。而清显则假装她是个娴静的女人，从不把她搁在心中。聪子是一轮冉冉升起的朝阳，只以自我为中心，而清显则略显烦躁地牢牢关闭着心扉，小心地不让批判性的锐利光芒从缝隙中射入。

到了幕间休息时，一切都发生得无比自然。清显首先低声对本多说，聪子正巧也过来看戏了。但本多向后瞟了一眼后，明显不信这是巧合。清显望着本多的眼神，反而放下心来。本多的眼神有力地说明，这位不苛求诚实的朋友所展现出来的，正是清显理想中的友情。

观众们熙熙攘攘地挤向走廊，经过吊灯下方，聚集到玻璃窗前。这里能够看到夜晚的护城河与石墙。清显一反常态，他心情激动，双耳发热，将聪子介绍给两位王子。他当然也可以摆出一副冷冰冰的态度，但出于礼节，他是模仿王子们谈论情侣时那种孩童般热情的口吻来介绍聪子的。

无须怀疑，清显之所以能将别人的感情模仿得如此逼真，是因为他如今感到心情放松，自然舒适。平时他的情感是充满忧郁的，而离这种心情越远，清显就越感到自由。这是为什么呢？因为他丝毫不爱聪子。

老婆子蓼科无比恭敬地退到了大厅的柱子后面，并紧拢着绣着梅花的衣领，借此表现出坚决不与外国人坦诚相见的决心。但她也因此没有大声对自己说些"感谢招待"之类的话，清显对此感到满意。

面对美女，王子们的心情立刻好了起来。同时他们也注意到，清显在介绍聪子时明显使用了与平时不同的语气。乔·彼做梦也想不到清显在特意模仿自己朴素的热情，还以为自己初次见到了清显发自内心的真情流露，觉得他更加亲切了。

本多见聪子虽不懂外语，却在两位王子面前表现得不卑不亢，温文尔雅，因此对她钦佩不已。身处四位年轻男子之间，身穿京都风格三层窄袖和服的聪子，仿若一枝亭亭而立的鲜花，显得既雍容华贵，又凛然不可侵犯。

两位王子各自用英语向聪子提出询问，清显负责翻译。而聪子每次回答前，都会仿佛征求同意般对着清显微笑，这种效果就更遂清显的意了，反而令他多了几分担心。

"她真的没有看过那封信吗？"

不，如果她看了，一定不会是这种态度，从一开始她就不会过来。可以确定的是，给她打电话时，信件应该还没送到，但无法确认她收到信后究竟是否看过。只有向她询问，才能得到"没看过"的回答，但清显气自己始终不敢将问题问出口。

与前天晚上接电话时那欢快的声音相比，聪子的声音和表情似乎没有什么显著的不同。他又在心里犯起了嘀咕。

从侧面看去，聪子象牙人偶般端正的鼻梁高挺而不显冷漠，眸子里眼波流转，时而黯淡失色，时而熠熠生辉。这种眼神在一般人看来是下流而不雅的，但聪子会将其表现得略显迟缓。她总在话毕时流露微笑，微笑过后继续流露出动人的眼神。她将整套表情蕴于优雅的流动之中，不管谁看到她，都会满心欢悦。

每当她嫣然一笑，藏在微薄的嘴唇后的皓齿便会微露，反射着枝形吊灯的光辉。紧接着，她会迅速用纤细的手指掩住口中那清润的光芒。

清显翻译了王子们盛赞的话语，聪子听后，不禁耳垂绯红。只见从她鬓发间微微露出的那对耳垂，如雨滴般秀丽。那一抹红晕，究竟是因为害羞，还是因为抹过了胭脂呢？清显无法分辨。

　　然而无法遮掩的，是她美目中无比坚定的目光。那里有着依旧令清显感到畏惧的、奇妙的穿透力。那才是她这颗果实的核心。

　　《平假名盛衰记》的开幕铃声响起，人们各自向座位走去。

　　"她是我来到日本后见过的最漂亮的女子，你真是太幸福了！"

　　并排走在剧场通道上时，乔·彼低声对清显说。这时，在他的眼里已经看不见乡愁了。

九

　　松枝家的学仆饭沼在六年有余的工作中，年少时期的雄心壮志早已消磨殆尽，疾风烈火般易怒的性子也渐渐消退。但他发现与过去的愤怒不同，如今的他怀着的是一种冰冷而别样的愤怒，他只能怀着怒气注视着身边的事物，却又对此无计可施。他之所以会这样，固然是因为松枝家的新式家风，但归根结底，还是因为十八岁的清显。

　　临近新年，清显也快十九岁了。如果能令清显以优异的成绩从学习院毕业，并在他二十一岁那年秋天考进东京帝国大学法学系，饭沼的工作便算圆满结束。然而令人想不通的是，侯爵对清显的成绩从不过问。

　　照这样下去，清显考入东京帝国大学法学系的希望渺茫，只能去上华族子弟免试的京都帝国大学或东北帝国大学。清显的成绩总是飘在不上不下的位置，既不用功读书，也不热衷运动。要是清显成绩出众，饭沼也能跟着沾光，受到同乡们的赞誉。饭沼起初还为此着急，但现在已经顺其自然了，因为他清楚，清显就算再没出息，将来至少也能当个贵族院议员。

　　清显在学校与成绩拔尖的本多十分要好，但这个本多身为清显的好朋友，不但没有敦促朋友进步，反而赞扬清显，为清显大捧臭脚，这令饭沼心中有气。

当然，饭沼的感情中也带着几分嫉妒。本多再怎么说也是清显的同学，能够接触到清显真实的一面。可对于饭沼来说，清显本身就是时时刻刻在他面前，提醒着他彻底失败的一个证据。

清显那俊美的样貌、优雅的气质、优柔寡断的性格、缺乏质朴的风度、不求上进的态度、沉湎于梦幻的心性、风度翩翩的姿态、柔弱易碎的青春、吹弹可破的肌肤、梦中人般修长的睫毛，这一切都在对饭沼的期待上演着绝美的背叛。他觉得这位年轻的主人，其存在本身就是对自己无尽的嘲笑。

这种挫折带来的愤恨与失败带来的痛苦，会在漫长的折磨中，令他产生一种近似于崇拜的感情。每当听到别人对清显有什么非议时，他都会火冒三丈。而且他还会以一种不合情理的直觉去理解这位年轻主人无可救药的孤独，尽管他自己都对这种情况感到莫名其妙。

清显常常想远离饭沼，想必也是因为他看出了饭沼内心深处这种蠢蠢欲动的饥渴。

在松枝府上众多佣人当中，只有饭沼会如此无礼，明目张胆地在目光中展现出这种饥渴，以至于一位客人在看到他的目光后向侯爵夫人问道：

"冒昧一问，您家的学仆是位社会主义者吧？"

侯爵夫人听后大笑起来，因为她对饭沼的身世、日常言行与他每日必做的参拜"神宫"的举动都了如指掌。

这位失去了谈话对象的青年，每日清晨都会去参拜"神宫"，在心里向从未见过的伟大的先祖们倾诉,这已经成了他的必做之事。

过去他只是直截了当地发泄自己的愤怒,随着年龄的增长,他开始倾诉起连自己都不清楚具体有多大的不满——那份不满简直大到能够吞噬整个世界。

清晨,他起得比任何人都早,洗漱完毕后,他就穿上藏青底碎白花纹和服与小仓裙裤,朝着神宫走去。

饭沼穿过正房后的女佣宿舍门前,走进丝柏林中的林间小径。地面上鼓着霜柱,木屐厚厚的锯齿踏过,能够看到晶莹纯净的断面。丝柏树褐色的叶子夹杂着些许干巴巴的绿叶,冬日的朝阳洒下光芒,宛如在树林里铺了一层白纱。饭沼吐出一口白气,似乎感受到了自己被净化的心灵。小鸟婉转的啼鸣不断从清晨淡蓝色的天空传来。凛冽的寒意不断侵袭着他胸口裸露的肌肤,使他心潮澎湃。"为什么我没法陪着少爷一起来呢?"他对此感到悲伤。

这种男子汉的豪爽之情,他从未有机会向清显透露。之所以会这样,一半是饭沼的错,他没有能力在清晨硬拉清显出来散步,另一半则错在饭沼,他在六年的时间里都没能让清显养成一个"良好的习惯"。

登上平缓的小丘后,便到了树林的尽头。面前出现一片宽阔的草坪,里面的野草早已枯萎。草坪中间有一条小鹅卵石所铺就的通道,通道尽头,神宫祠堂、石灯笼、花岗岩制的石牌坊、摆在石阶左右的那对炮弹,在一片晨曦中都显得井然有序。清晨,这一带的气氛舒适宁静,与弥漫在松枝家正房与洋馆附近的那种豪奢的气氛截然不同。饭沼仿佛走进了一个用崭新的白木制成的容器,感到心情舒适。他从小在教育中所学到的美和善，在这座宅院里就只存在于死者所属的领域边缘。

饭沼登上石阶，站在神殿前，他抬起头，隐约望见了胸口有着红黑色绒毛的小鸟。它们撞乱杨桐树叶的光影，发出击打梆子般的叫声，从饭沼眼前掠过。那似乎是一种鹞鸟。

"祖宗有灵。"饭沼一如往常，双手合十，心中默念，"时代变迁，为什么会成了今天这个样子？为何力量、活力、雄心和质朴这些优秀的品质势微力衰，社会变得越来越没有人情味？您杀过人，也险些命丧人手，最终战胜千难万险，开拓了一个崭新的日本。于是您登上了开天辟地的英雄所应得的宝座，大权在握，最终安然离世。请恕我愚钝，不知怎样才能让您所生活的时代得以复苏。这种软弱而冷漠的社会究竟要持续到几时？不，难道说还只是刚刚开始而已？人们的脑子里装满了金钱与女色。男人们忘记了男子汉该有的样子。属于圣洁伟大的英雄与神明的时代，随着明治天皇的驾崩而一同破灭。那个能令年轻人尽展身手的时代难道就这样一去不复返了吗？"

"这个时代，街上开满了招揽顾客的咖啡馆；男女学生们在电车里做些有伤风化的事，导致不得不开设女性专用车厢；人们心中早已失去了全力以赴、奋不顾身的热情，他们能做到的顶多是动动末梢神经，晃晃娘们儿般纤细的指尖罢了。"

"究竟是为什么？为什么社会变成了这种样子？难道说一切纯洁之物都要变得污秽不堪了吗？我所侍奉的令孙正是这个软弱不堪时代的产物，如今我已拿他没有任何办法，只能一死以尽职责吗？抑或是仰仗先祖显灵，借您的高思圣虑为我指点迷津？"

饭沼忘记了寒冷，一心沉浸在内心的对话当中。从藏青底碎白花纹和服的领口中，露出了他充满男子气息的、长着胸毛的前胸。他望着自己的胸口，只恨自己没有一副与纯洁的心灵相匹配的肉体。而另一边，肉体白净无瑕的清显所缺少的正是一颗充满男子气息的、爽朗而质朴的心。

正当情绪在虔诚的祈祷中达到最高点时，饭沼突然感到燥热不安。凛冽的晨风吹鼓了饭沼的裙裤，他感到胯间某物突然勃起。于是他从神宫的地板下取出扫帚，发疯似的扫起周围的地面来。

十

过年后没多久，饭沼被清显叫去房间。他一进门，发现聪子家的老婆子蓼科早已坐在里面。

聪子已经给松枝家拜过年了，今天是蓼科单独前来拜年，还带来了京都产的面筋。做完该做的事后，她悄悄来到清显房中。饭沼隐约知道蓼科这个人，但今天也是初次被引见，他不知道为什么要这样。

松枝家庆祝新年的仪式格外隆重，从鹿儿岛赶来的几十名代表会先到旧藩主府上稍作滞留，随后来松枝家里拜年。黑漆格子天井的大厅里，摆放着在星冈定做的年菜。饭后还有乡下人难以品尝到的冰激凌和蜜瓜，因此广为亲朋好友所知。但今年考虑到明治天皇驾崩，只有三人上京。其中一位受过松枝家先祖的关照，也是饭沼所就读的中学的校长。每当侯爵给饭沼赐酒时，总要当着这位校长的面称赞"饭沼干得非常出色"，今年也是如此。而校长的回答也总是老样子一成不变。或许是由于人数太少，饭沼觉得今年的仪式徒有其表，空虚无物。

另有一桌酒席是为向侯爵夫人拜年的女宾们布置的，饭沼自然不能出席。而且过去也从未有年长女宾进入过少爷的房间。

蓼科身穿印着黑色家徽的礼服端正地坐在椅子上，但她已经喝过了清显招待的威士忌，因此带着几分醉意。她头上的白发梳得整整齐齐，脸上也以京都式的化妆风格施了厚厚的白粉，此时她的额头仿佛雪中红梅，稍显酡酊之色。

饭沼进屋时，两人正巧聊到西园寺公爵。蓼科看了饭沼一眼后立刻移开视线，并立刻把话题拉了回来：

"据说西园寺先生打五岁起就嗜烟好酒。武士门第对子女管教严格，至于公卿门第，不用老婆子说，少爷您也清楚，打小父亲就不做任何管教。因为这孩子一生下来就官居五位，等于是天皇陛下将家臣寄养在那里。父母考虑到陛下，对孩子的管教自然也就宽松。而且，公卿家庭对朝中大小事务守口如瓶，绝不会像大名家那样，家族之间就有敢公开议论皇室的风言风语。所以我们家小姐和其他人，自然是衷心敬重陛下。当然，还不至于连外国的国王也要一并尊重。"

蓼科顺口对招待暹罗王子一事表示了揶揄，又急忙加上一句：

"不过托您的福，老婆子我也是难得看了场戏，感觉自己又能多活上几岁啰。"

清显任蓼科絮叨个没完。他之所以特地将这个老婆子叫到房里，完全是为了打消在心头萦绕已久的疑惑。他先是向蓼科劝酒，接着就心急火燎地问起聪子收到自己的信后，是否将它原封不动地付之一炬。但没想到蓼科的回答相当干脆：

"您说那件事啊。小姐一挂电话，就立刻吩咐我了。所以第二天信一送到，我立刻就原封不动地把它给烧掉了。要是为了这个，那您尽管放心。"

清显听后，仿佛沿着小道走出竹林，突然来到一片广阔的原野，心情顿时无比舒爽，眼前浮现出各种令人激动的念头。聪子没有看那封信，他们之间的关系也只不过是回归原点罢了，但清显却感到一幅全新的景象在自己面前展开。

事实上，反倒是聪子向前坚实地迈出了一步。每年她都会挑所有亲戚家的孩子聚集到松枝家的那一天来拜年。这一天里，面对这些从两三岁到二十多岁的客人，侯爵总会拿出一副慈父的派头，与孩子们亲切交谈，回应他们的要求。一群孩子想看大马，清显就带他们去马厩，聪子也跟在后面。

马厩挂着庆祝新年用的注连绳①，里面养着四匹马，它们时而将头伸进料槽吃食，时而猛地扬起头来，后退着去踹马厩的壁板。几匹骏马神采奕奕，光滑的脊背上焕发着新年应有的精气神儿。孩子们向马夫打听每匹马的名字，欢笑着将紧紧捏在手中的已经半碎了的落雁点心②向马匹已经泛黄的臼齿那边扔去。孩子们被几匹马儿用充血发红的眼睛斜瞪着，觉得自己被当成了大人，感到十分高兴。

聪子害怕马儿口中垂下的长长的唾沫丝，躲到了远处冬青树较暗的树荫下。清显让马夫去哄这些孩子，随后来到她身边。

聪子的美目中还残留着几分屠苏酒带来的醉意，因此她在孩子们的欢声笑语中所说的这段话，也可以认为是酒后之言了。聪子见清显走来，用放纵的眼神瞧着清显，毫不间断地说道：

---

① 又称"标绳""七五三绳"。一种用稻草织成的绳子，属于神道中用于洁净的咒具。大小相差可以很大，有些绳子光直径就有数米，通常与纸垂一起使用。
② 一种由米粉和糖混合后，用木制模具拍出各种形状的传统日式点心。

"那段时间发生的事儿真是令人开心。您在介绍我的时候,简直像在介绍自己未过门的妻子,真是太感谢了。见到我这么个老女人,一定把王子们吓了一跳,但当时我只觉得哪怕立时死了,也心甘情愿。其实您有能力让我幸福,只是不肯去做而已,对吧?我从未有过如此幸福的新年,想必今年一定会好运连连。"

清显不知如何作答,最终他用沙哑的声音回道:

"为什么你能说出这样的话?"

"人在感到幸福的时候,就像新船下水典礼上的彩球里飞出的鸽子一样,会省去许多顾忌,直白地将话语说出口来。清少爷,您很快也会明白的。"

聪子在热情似火地吐露心声后,却又加了一句清显最为厌恶的话——"您很快也会明白的"。这种预测是多么狂妄!只不过是大了几岁,就如此自以为是……

几天前听过这番话,今天又得到蓼科明确的回答,清显不禁大感畅快,新年带来的吉兆充满了他的内心。他一反常态地将每晚阴沉的梦境忘得干干净净,如今只想投身于光明的白日梦与希望之中。于是他想一反常态地放手大干一番,将笼罩在身边的阴影和烦恼一扫而空,令所有人都能感到幸福。对他人施以恩惠和好处,需要操作精密仪器般的熟练技巧,但清显在此时却表现出异乎寻常的轻率。

然而他把饭沼叫到房间的行为,却并非完全出于扫除身边的阴影,想看到饭沼开朗面孔的善意。

几分醉意助长了清显轻率的行为。此外,别看蓼科这个老婆子彬彬有礼,态度谦恭,看上去却像一个经营着一座拥有几千年历史的古老青楼的老鸨，脸上每一道皱纹里都嵌着浓重的浪荡味儿，而这股气质又从侧面默许了清显的放纵。

"有关学习的内容，饭沼全部教导过我。"清显故意看着蓼科说出这句话，"不过也有许多他没教过的。其实有许多事饭沼也不太懂，所以在这方面，还请蓼科你今后多多指点一下。"

"少爷，瞧您这话说的。"蓼科毕恭毕敬地说，"人家可是大学生，我这种没文化的老婆子怎么敢……"

"都说了嘛，不是让你在学问方面做指点。"

"您就别取笑我这种老太婆啦。"

清显与蓼科聊着，始终没理会过饭沼，也没让他找把椅子坐下，所以饭沼始终侍立在一旁。他望着窗外的湖水，天空阴沉沉的，成群的野鸭在中之岛周围游弋，山顶松树碧绿的松针中透出几分寒意，被枯草覆盖的小岛仿佛披上了一件蓑衣。

直到清显吩咐饭沼落座，饭沼才坐在一把小椅子的边缘。饭沼怀疑清显并非真的没有注意到自己，而多半是为了在蓼科面前展示身为主人的威严。他对清显这种新鲜的心理行为感到高兴。

"对了，饭沼，刚刚蓼科在女佣那边聊天时，不经意间听到一个传闻……"

"哎呀，少爷，那件事……"蓼科使劲儿摆手，但已经来不及阻止。

"听说你每天早晨去参拜神宫，其实是另有目的。"

"您指的是？"

饭沼的表情紧张起来，放在膝盖上的拳头不住颤抖。

"求您别再说了，少爷。"

老婆子像歪倒的陶瓷人偶般将身子靠在椅背上，表现出一副打从心底感到为难的样子。然而在轮廓鲜明的双眼皮底下，她微睁的眼里却透出锐利的目光。她嘴角的肌肤早已松弛，嘴里还镶着一口难看的假牙，但此时一丝快感正浮现在那里。

"去神官要经过正房房后，自然也会经过女佣宿舍的格子窗前。听说你每天早上都会在那和阿峰私会，前天还隔着窗户递给她一封情书，是这样吗？"

没等清显说完这句话，饭沼就站起身来。他脸上每一块细致的肌肉都像在咯吱作响，从苍白的脸色能够看出他在拼命抑制着内心的情感。过去总是仿佛笼罩着一层阴影的面孔，如今却像在孕育着暗沉的火花，随时都会爆裂开来。清显愉悦地看着这副光景。他非常清楚饭沼内心痛苦不堪，但硬是在心中将饭沼那扭曲难看的表情当成了洋溢着幸福的面孔。

"请允许我……今天辞掉这份工作。"

饭沼扔下这句话，就要拔足离开房间。这时蓼科突然跃起身来，一把拽住了他。清显不禁目瞪口呆，没想到这个喜欢装腔作势的老婆子，动作居然如猎豹般灵敏。

"您可千万不能离开，不然老婆子我就没脸见人了。要是因为我多嘴，害得人家的学仆辞职，那我也只有离开待了四十年的绫仓家才能弥补了。求您可怜可怜老婆子我，静下心来再想一想。您能明白的吧？年轻人总是冲动行事，这样是会吃苦头的。当然，这也是年轻人的优点，没有办法呀。"

蓼科拽着饭沼的袖子，以老年人心平气和的口吻和简明扼要的话语，带着几分责备之意劝说着他。

在过去的人生里，蓼科已经用过这套把戏十多次了，可谓游刃有余。她清楚这个时候，自己是世界上最被需要的人。她能够装作若无其事地背地里维持世界的秩序，这种自信源于她对出现于各种事态中的意外状况的通晓，例如在重要的仪式中和服突然开线或是本不应该忘带的讲稿突然丢失等。对她来说，发生意外状况反而才是常事，而她则仗着一双善于补救的巧手，赌自己能解决这些意外。对这个沉着冷静的女人来说，世界上没有什么东西是绝对安全的，就连万里无云的蓝天里，也会在不经意间掠过一只燕子，划破这份平静。

而且，蓼科的这次补救堪称干脆利落，完美无缺。

这件事发生后，饭沼常常觉得：一瞬间的犹豫，有时会彻底改变一个人今后的人生。那一瞬间多半就像白纸上锐利的折痕，犹豫则将人永远包覆在里面，让纸的正面变成背面，于是那个人便再也无法回到正面去了。

当在书房门口被蓼科拽住时，饭沼鬼使神差地产生了瞬间的犹豫，一切便结束了。阿峰是带着嘲笑的意味将情书展示给大家看的？还是无意中被人看到了情书，她自己也十分痛苦？这些疑问像游鱼的背鳍划破波浪般，在他年轻的心中徘徊。

清显望着坐回小椅子上的饭沼，初次感到自己获得了一次微小而不值得骄傲的胜利。他已经不再打算向饭沼表达自己的善意，而是要随心所欲，只为了让自己更加幸福。他确切地感到自己现在像一个成年人，拥有了能够优雅行事的自由。

"我跟你说这些，既不是为了伤害你，也不是为了嘲讽你。要知道，我是为了你好才打算和蓼科商量的。这件事我决不会告诉父亲，也会想办法不让他知道。"

"至于今后要怎么做，我想蓼科会帮我们出主意的。对吧，蓼科？阿峰是我们家最美貌的女佣，所以会有些小小的问题，不过这种事就包在我身上。"

饭沼仿佛一个被逼至绝路的密探，只能带着怀疑的目光沉默不语，一字不漏地听着清显的话。如果细细品味清显的话，还是有不少部分会令人担心，但饭沼没有这样去做，而是只打算按表面意思将清显的话语铭刻心间。

望着这位比自己年龄要小的青年一反常态地侃侃而谈，饭沼觉得他现在比任何时候都更有主人的样子。这的确是饭沼求之不得的成果，只是没想到它会以如此出人意料、如此冷酷无情的方式实现。

饭沼就这样被清显彻底击败。他觉得这种感觉和自己被内心的肉欲打败的感觉一样，因此感到十分讶异。他又觉得在刚才那一瞬间的犹豫之后，一种他始终引以为耻的快感，突然与光明正大的忠心、诚意结合在一起。其中一定存在着什么圈套和欺诈，但在那令他无地自容的羞耻与屈辱底部，却又无比真实地打开了一扇金闪闪的小门。

蓼科特地掐细了嗓音附和道：

"少爷所言极是。别看少爷年轻，考虑得可相当周到。"

饭沼原本丝毫不这么认为，但如今这样的话听在耳中，他却不觉得有什么问题。

"不过有个条件，"清显说道，"今后饭沼也不要为难我，得和蓼科齐心协力帮我做事，我也会成全你的恋情。大伙就和睦相处吧。"

十一

"最近很少与暹罗王子们见面,但不知为什么,至今依旧会做关于暹罗的梦,还是一个自己去了暹罗的梦……

"房间中央摆着一张华美的椅子,我坐在上面,身体动弹不得。在这样的梦里总是头痛,因为我头上戴着一顶又高又尖、镶满了宝石的金冠。天花板上的屋梁纵横交错,梁上有许多孔雀,它们紧紧挨着站在一起,时不时排出白色的粪便,落在我的金冠之上。

"户外日头毒辣,生满了杂草的荒废园林沐浴在一片灼热的日光中。若说有什么声音,就只有苍蝇振翅的嗡嗡声、时而更换方向的孔雀用硬爪踩踏屋梁的声音以及它们用尖喙梳理羽毛的声音。荒废的园林周围围着高高的石垣,上面开着大大的窗子,隔窗望去,能看见几株椰子树的树干和凝在空中一动不动的、洁白耀眼的云层。

"目光下移,能看见我的手上戴着一枚绿宝石戒指。那原本是乔·彼的戒指,却不知何时到了我的手上。一对怪异的门神雅斯卡黄金面围绕着宝石的精巧构思也与乔·彼的戒指一模一样。

"翠绿的宝石反射着户外的日光,当中浮现出的不知是白斑还是龟裂,仿佛霜柱般晶莹剔透的物事。我望着它,突然发现宝石里浮现出一张属于女人的、娇小可爱的面孔。

"我还以为身后站着一个女人,宝石映照出了她的面孔。但回头望去,却空无一人。宝石中女子的面孔微微有了些动作,刚刚看上去还一脸严肃,如今却露出了明朗的微笑。

"手背上落满了苍蝇,令人奇痒难耐,我忙甩了甩手,再次看向戒指上的宝石。但这时,女子的面孔已经消失不见。

"没能看清那是谁的面孔,我感到一种莫名的悔恨和悲伤,就在这时,梦醒了……"

清显在记录《梦境日记》时,从不随意加入自己的理解。无论可喜的梦还是不祥的梦,他都尽己所能地回忆并如实记叙。

这种不过分寻找梦境的意义,而是重视梦境本身的想法中,或许潜藏着一种对自己的存在感到不安的想法。与他在清醒时飘忽不定的情绪相比,他身处梦境时的情绪则更加稳定。尽管无法确认情绪是否是种"事实",但至少梦境是。而且情绪是无形的,梦境则既有形态,又有色彩。

清显在记录《梦境日记》时的心情,并不一定是要单纯封闭对不遂人意的现实的不满,最近他反而觉得现实一直在顺遂他的想法。

屈服后的饭沼成了清显的心腹,他经常与蓼科联络,寻找安排聪子与清显幽会的机会。拥有这个心腹后,清显感到心满意足,这种性格令他觉得不需要其他朋友了,于是在无意识间渐渐疏远了本多。本多感到了孤单,他敏锐地察觉到自己不再被清显需要了。但他认为拥有这种敏锐感,也是他们友情中重要的一部分。于是他将本该与清显在一起无所事事的时间花在了用功读书上。他广泛涉猎英国、法国、德国的法律典籍与文学、哲学书籍，对卡莱尔①的《成衣匠的改制》深表赞叹，没有步内村鉴三②的后尘。

某个雪日的清晨，清显正打算去上学，饭沼却突然左顾右盼地走进了他的书房。望着饭沼身上这种新鲜的卑贱样儿，清显过去在他那副阴郁的面孔和木头人似的身姿上感到的压力终于烟消云散。

饭沼告知清显：蓼科给他打来电话，说聪子对今早的雪深感兴趣，想同清显一道乘车赏雪，问他能不能向学校请假前去接她。

清显有生以来从未听到过如此使小性儿的要求。上学的准备都已经做好，他只得单手拎着书包愣在原地，茫然地望着饭沼的脸。

"你说什么？这真是聪子的主意？"

"是的，蓼科是这么说的，应该不会有错。"

令人感到奇怪的是，饭沼在斩钉截铁地说出这句话时，似乎恢复了些许威严。看他的眼神，如果清显不遵照去做，似乎就会遭受道德上的谴责。

清显瞟了一眼身后庭院里的雪景。他感到聪子这种不容拒绝的做法，与其说伤害了他的自尊，不如说像是用手术刀敏捷而灵巧地切掉了他那死要面子的肿瘤，让他感觉通体爽快。她动作迅速，完全不顾自己的想法，这种快感令人感到新奇。"现在只能按聪子说的去做了。"清显一边想着，一边瞄了眼还没有积雪，但已经笼罩在纷纷雪花中的中之岛和红叶山，并将这幅景色记在心头。

"你去给学校打电话，说我今天感冒，想请个假。绝不能让我

---

① 指托马斯·卡莱尔，英国哲学家、评论家。
② 日本明治、大正时期的基督教宗教教育家，著有《圣书之研究》《求安录》等。

父母知道。然后再去人力车驿站，雇两个可靠的车夫和双人坐的人力车。我步行去驿站。"

"顶着雪过去？"

饭沼看着自己年轻主人的脸上突然开始发烧，泛起美丽的红潮。再加上清显背后的窗外纷纷扬扬地下着雪，衬得他脸上出现了一片阴影，红潮从这片阴影中渗出来，显得更加艳丽动人。

饭沼也感到惊讶，这位由自己亲手培养长大的少年，从未有过什么英雄气概，但如今不论目的为何，他已经能眼中带着一团火焰走出家门。饭沼看在眼里，感到十分满意。诚然，清显如今走去的正是他过去所鄙视的方向，但在这种"不务正业"当中，或许也潜藏着他尚未发现的重要意义吧。

十二

居于麻布的绫仓家是一座武士宅第，长院门两边建有带格子窗的守卫室。不过家里没有足够人手，所以里面没安排人。落雪覆盖了屋顶的瓦棱，但看着更像是瓦棱将积雪忠实地托成了一定的形状。

大门上的小偏门前站着一个撑伞的黑影，看上去像蓼科。人力车靠近时，黑影匆忙消失了。清显让车等在门前，他一时只能见到偏门门框中落下的雪花。

不久后，聪子身披紫色披风，用双袖遮掩胸前，低头从偏门中走了出来，蓼科在身边微撑着伞替她遮挡。这幅情景在清显眼中，仿佛从狭小的储藏室里拽出一个紫色的大包裹来，令人感到一种勉强而忧闷的华美。

聪子在蓼科和车夫的搀扶下，仿佛半个身子浮在空中般地登上了车。掀开车上的门帘接她进来时，清显的领口和头发也飘上了几片雪花。聪子光洁白皙的笑脸伴随着雪花一同靠近清显，此情此景令他感到似乎有什么东西从平淡的梦境中突然起身向自己袭来。人力车的车身因多了聪子的重量而摇晃，一瞬间加深了清显脑中的印象。

她仿佛一件带着阵阵香气猛然涌来的紫色物事，清显觉得连自己冰冷的面颊旁飞舞的雪花,都突然散发出好闻的味道。借着上车时的劲儿,聪子的脸颊差点儿贴上清显的面孔,她赶忙坐直身体。清显看着她刹那间摆正脖颈的样子,仿佛看到一只白天鹅僵硬地挺着脖子。

"为什么……为什么突然间找我出来?"

清显底气不足地问道。

"京都有位亲戚病危,父亲和母亲昨晚坐夜车赶去探病,剩下我一个人在家。我对清少爷想念难耐,昨儿惦记了一整夜,又恰好赶上今早下雪,所以无论如何都想和您一起出来看看。这是我有生以来第一次这么任性,请多多包涵呀。"

聪子说话的语气与以往不同,她喘息着,用撒娇般的声音说道。

两位车夫已经喊起号子,一拉一推地让人力车走了起来。从车篷里的小窗向外望去,能看到发黄的雪花阵阵飞舞,而车内的一片微暗则不断摇晃着。

两人的膝头盖着清显带来的深绿色苏格兰格子毛毯。除去早已忘记的幼时记忆之外,他们还是头一次挨得这么近。清显看到车篷的缝隙周围布满灰色的微光,一开一闭,不断有雪花从车外飞入,飘在绿色的毛毯上融化成水珠。雪花落在车篷顶部,仿佛雨打芭蕉般发出响亮的声音。比起聪子来说,清显的注意力反而集中在这两种现象上。

车夫询问两人要去什么地方,清显答道:

"随便,有多远走多远。"

他知道聪子也是这样想的。车夫抬了抬车把,两人的身体顺势往后一仰,姿势依旧显得无比局促,连手都没有握一下。

但在毛毯下面，他们的膝盖却不可避免地碰在一起，仿佛被大雪掩盖的星星之火，将闪烁的念头传到两人心中。在清显脑中挥之不去的谜团再次开始躁动——"聪子真的没有看过那封信吗？蓼科的语气那样坚定，应该不会有假。既然如此，聪子会依旧当我是个纯情处男，并加以愚弄吗？我又该怎样忍受这种屈辱呢？之前我明明衷心祈祷她不要看那封信，如今却觉得她还是看了的好。这种在雪日清晨的疯狂幽会，明显是一个女子对已识女人味的男人真诚的撩拨。如果是这样，那我也有办法应对……只不过，我还未品尝过女人的事实就会暴露……"

车内这方小小的昏暗空间的晃动，搅乱了他的思绪。即使他想将视线离开聪子，可除了蒙在明亮车窗上那小巧而泛黄的赛璐珞板外的雪花之外，也没什么可看的了。他终于把手伸到盖在膝盖上的毯子底下，在那温暖的巢穴里，聪子的手正狡黠地等着他。

一片雪花飞进车内，正好停在清显的眉毛上。聪子见到，轻声叫了句"哎呀"，清显不禁将面孔转向她，同时感到眼皮上传来的凉意。聪子突然闭上了双眼。清显近距离地直视着她闭着眼睛的面庞。一片昏暗中，只有她涂了京红①的嘴唇光泽诱人。聪子的面孔仿佛指尖轻弹过的鲜花般微微颤动，轮廓变得模糊起来。

清显心脏狂跳，他清楚地感到高领校服的领圈紧紧地勒着自己的脖子。他觉得没有任何事物比聪子那张文静而双目紧闭的洁白脸蛋儿更令他感到为难。

---

① 一种较为名贵的京都特产口红。

聪子在毛毯下面的手指微微握紧了些。如果将这理解为一种信号，清显一定又会受到伤害，但在这轻轻一握的引诱下，清显极其自然地将自己的嘴唇贴上了聪子的樱唇。

下一个瞬间，车身一阵摇晃，仿佛要分开他们贴在一起的双唇。于是清显自然而然地以两人嘴唇相接的部分为"圆心"，调节身体的姿势以抗拒嘴唇的分离。他感到两人在这个圆心周围慢慢地扫出了一个巨大而芳香四溢的扇形。

此时，清显理解了忘我的感觉，但没有忘记自己的美貌。如果他能站在一个公正对等的位置审视自己的美与聪子的美，一定会发现二者如同水银，完美地交融在一起。他领悟到：抗拒、焦躁与苛刻等特性与美毫无关联，盲目相信个体就该孤身一人的想法，不是肉体，而是精神方面的疾病。

清显心中的不安被一扫而空，当他切身感受到幸福后，接吻变得更加热烈果断，聪子的嘴唇也随之变得更加绵柔。清显甚至感到害怕，他怕自己整个儿融化在她温润如蜜的口腔里，因此想用手指触碰些有形的事物。他从毯子底下抽出手来，抱着女人的肩膀，抬起她的下巴。此时，女人纤细而柔弱的下颌骨触感从他手指上传来。这令他再次清楚地感受到自己以外的另一具肉体的确切存在，于是这个吻变得更加缠绵。

聪子泪流满面，直到泪水流淌到清显脸上他才发现。清显心中有一股骄傲感油然而生，但他此刻的骄傲绝非像以前那样，源于向人施恩的满足感，而是因为聪子以姐姐的身份对他评头论足的那种态度已经荡然无存。清显用指尖抚摸她的耳朵和胸脯，一次又一次地为初次感受到的柔软而心潮澎湃。他领悟到，原来这就是爱抚！他成功地让自己那如雾霾般即将散去的肉欲化作有形之物，并将其拴在了身边。此刻，他完全沉浸在喜悦之中。而这是他能够做到的最高级的自我放弃。

接吻结束时的感觉，就像无可奈何地从梦中醒来，尽管还睡眼惺忪，却无法抵抗玛瑙般朝阳的阳光透过薄薄的眼皮。他心里充满了对那份倦怠感的不舍，因为直到这时，酣睡的甜美才刚刚到达顶峰。

两人的嘴唇分开后，仿佛一只刚刚还在婉转啼鸣的小鸟突然不再出声，车内只剩下一片不祥的静默。两人一动不动，也不出声，都不敢去看对方的脸。但人力车的颠簸大大缓解了沉默的气氛，因为这带来一种忙着去做其他事情的感觉。

清显向下望去，他看见女人穿着足袋①的纤足，那足尖仿佛感知到危险，在绿色的草丛中张望的小白鼠一样，怯生生地从毛毯下探出头来，那上面还微微落了几片雪花。

清显感到脸上发烧。他童心一起，用手去摸聪子的脸颊，发现那里同样火热，感到十分满意。一片天寒地冻中，夏天只存在于他们俩的脸颊之上。

"我要掀开车篷了。"

聪子点了点头。

清显将手臂大幅张开，掀开了前面的车篷。眼前一片四方形的、充满了白雪的截面，像一扇白色的拉门悄无声息地倾倒过来。

---

① 一种在大脚趾处分开，方便穿"人"字带木屐的短布袜，通常使用没有弹性的棉布制成。

车夫注意到身后的动静，停下了脚步。

"不要停，接着走！"清显叫道。车夫听到背后明朗而富有青春气息的声音，便又起身向前走去。只听身后的声音喊着："走！一直往前走。"

人力车在车夫的号子声中再次行进起来。

"会被人家看见的。"

聪子说着，垂下湿润的眼睛里透出的目光。

"管他的。"

清显甚至对自己声音里的果断劲儿感到惊讶。他懂了，自己是想直面这个世界。

抬头望去，空中飞雪乱战正酣。风雪直接扑在脸上，只要一张嘴就能飞进口腔。如果这场雪能将两人就此掩埋该有多好！

"刚刚雪花都飘进这儿来了……"

聪子的声音仿佛从梦中传来，她似乎想说雪花飘到她的喉咙处，融化后都淌到她的胸脯上了。但滚滚飞雪却丝毫不为所动，带着一种充满仪式感的庄严。清显脸颊上的温度降了下来，与此同时，他的心情也冷静下来。

霞町的坡地处宅邸众多，坡顶的山崖有一片空地，可以远远望见麻布第三联队的兵营。清显和聪子所坐的人力车恰好来到此处。兵营在雪中披上了白装，连一个士兵的影子也没有。但突然间，清显仿佛看到日俄战争的相簿内"做凭吊得利寺附近阵亡者"的幻影。

几千名士兵聚集在一起，他们都低着头，远远地围绕着白木所制的墓牌和系着白色布条的祭坛。但与那张照片不同，在幻影中，士兵们的肩膀和军帽帽檐上都落了积雪，呈现出白色。见到幻影的瞬间，清显想到：他所见到的其实正是死去的士兵。聚集在那儿的几千名士兵，他们凭吊的不只是战友，也是他们自己……

幻影转瞬间消失了，风雪中的景色重新呈现在清显眼前——兵营高墙内长着高大的松树，为了防止树枝被雪压断，上面系着鲜亮的棕黄色吊绳，绳子上的积雪摇摇欲坠。二楼带着毛玻璃的窗户紧紧关闭，尽管是白天，里面却隐约透出灯光。

"还是放下来吧。"聪子说。

车篷放下来后，车内重新变得昏暗，但方才那种令人陶醉的气氛却一去不返。

"她是怎样看待这个吻的？"清显再次习惯性地感到疑惑，"她会不会觉得我太过陶醉忘我、自以为是、天真幼稚、不成体统呢？老实说，我当时的确只沉浸在自己的喜悦当中了。"

这时聪子说："我们回去吧。"

这句话来得无比及时。

"她又在任性地使唤我了。"

清显想着，在思忖的瞬间错过了表示反对的机会。要是他说不回去，骰子就等于掌握在清显手中。但他还没拿惯这个沉甸甸的象牙骰子，哪怕只是轻轻一碰，都会感到手指冰凉。此刻，这个骰子还不属于他。

十 三

　　清显回了家，撒谎说自己在学校浑身发冷，从学校早退了。母亲来房间探望他，硬是给他测了体温，把家里闹得一团乱。就在这时，饭沼报告说，本多打了电话过来。

　　母亲本想代他去接电话，清显费了不少劲儿才拦住她。见他非要亲自去接，母亲从背后给他披上了一条开司米羊绒毯。

　　本多是借学校教务处的电话打过来的，清显回话的声音显得很不愉快。

　　"这边有点事，对家里人说今天我一上学就早退了，其实是一早就没去上学。感冒？"清显向电话室的玻璃门那边瞥了一眼，压低声音继续说道："感冒没什么大碍，明天上学我再和你细说……再说了，只是请一天假而已，至于担心到打电话过来吗？真是小题大做。"

　　本多挂了电话，想到自己怀着好心问候清显，却反过来被他一顿数落，不禁有些生气。过去他从未这样生过清显的气。伤害到本多的，既不是他冰冷而不悦的口吻，也不是他无礼的态度，而是他在迫不得已的情况下，极不情愿地向朋友透露秘密这件事情。本多对此感到遗憾，因为他从未强迫过清显与他分享秘密。

本多稍微冷静下来之后，不禁反省了自己的行为：

"只不过是请一天假而已，我何必多管闲事，特地打电话过去问候呢？"

但这种急切的问候，并非出于两人间深厚的友情，而是出于本多心中一种难以名状的不祥预感。因此他才会趁着课间跑过积雪的校园，到教务处去借电话。

清显的课桌一大早就空着，这让本多感到一种强烈的恐惧，似乎某种过去曾经出现过的恐惧再次出现在眼前。清显的课桌靠着窗户，那张伤痕累累、新涂着清漆的旧书桌映着窗外明亮的雪景，仿佛一具笼罩着白布的坐棺①……

回到家后，本多依旧闷闷不乐。这时饭沼打来电话，说清显对刚刚一事深感抱歉，今晚想派人力车接他去松枝家。饭沼那沉郁而呆板的腔调令本多更加不悦，便一口回绝了此事，说等清显能来学校时，慢慢再谈就好。

饭沼向清显汇报了此事，清显听后无比苦恼，仿佛真的得了场病。深夜，清显明明无事，却将饭沼叫到房中，说了一番令他大吃一惊的话：

"都怪聪子不好。都说女人会破坏男人的友谊，看来此话不假。要是聪子早上不对我使小性儿，本多又怎么会那么气我。"

夜里雪停了，第二天万里无云。清显不顾家人劝阻去了学校。他

---

① 一种以坐姿收纳遗体的棺材。

想赶在本多之前到校,好主动开口打招呼。

然而过了晚上,迎来光辉灿烂的早晨后,清显内心深处压抑不住的幸福感再次苏醒,使他再次像变了一个人似的。本多到校时,清显向他露出微笑,对方也若无其事地回给他一个平静的笑容。清显本打算把昨天早上发生的事毫无保留地说给本多听,此时却又改变了主意。

尽管本多对清显回以微笑,却没打算说些什么,只是将书包放进课桌里,然后倚着窗边,眺望外面雪后天晴的景色。随后,他瞟了一眼手表,发现离上课还有大约三十分钟,便头也不回地走出教室。清显自然而然地跟了上去。

高等科教室的所在地是一栋木质结构的二层楼房,旁边有一处按照几何学布置的花坛,中间是一座凉亭。花坛的外侧是山崖,一条小路通往下面的树林,林间有一汪水池,名为"洗血池"。因为积雪融化,通往崖下的小路很不好走,清显觉得本多应该不至于走到洗血池那边去。果然,本多在凉亭处停下了脚步,拂去长凳上的积雪坐了下来。清显穿过大雪覆盖的花坛,来到本多身边。

"为什么跟过来?"本多像面对强光般眯着眼睛问道。

"昨天的事怪我不好。"清显直白地向本多道歉。

"没什么。昨天是装病吧?"

"是啊。"

清显同样拂去长凳上的积雪,坐在本多身边。

本多感到目眩般眯眼望着对方的样子,起到了在感情表面镀金的作用,这大大缓解了二人间尴尬的气氛。站立的时候,清显能够透过积雪的枝头望见下面的池塘，但坐下之后就看不见了。雪化后"滴答"的落水声从校舍的屋檐、凉亭的屋顶以及周围树木的枝头等各处传来。原本覆盖着花坛的凹凸不平的雪壳也纷纷塌陷，形成花岗岩断裂般粗糙的截面，细密地反射着阳光。

本多原以为清显一定会向他透露心中的秘密，却又不想承认自己在等待这个。又或者说，他甚至半是盼着清显什么也不要对他说。他无法忍受清显像施舍什么恩惠般将秘密透露给自己。于是他在不经意间主动开口，刻意拐弯抹角地说道：

"最近我琢磨了一下'个性'方面的问题。我认为在这个时代、这个学校和这个社会里，自己还算是个与众不同的人，也希望自己能这么认为。你也是这样的吧？"

"那当然了。"

每到这种时候，清显就会用一种极不情愿、兴致全无的语气作答，透露着一种独特的幼稚感。

"但是过了一百年后又会怎样？不管我们情不情愿，都会被卷入时代的潮流中，被后人所观察、评判。美术史在各个时代模式的差异，就无情地证明了这一点。而当人身处一个时代的模式中时，都只能通过这种模式认识事物。"

"不过，如今的时代有什么模式吗？"

"我猜你是想说，明治时代的模式正在日渐消亡吧。但身在模式里面的人绝不会知道自己正身处其中，所以我们也无疑处在某种模式当中，就像金鱼不知道自己身在鱼缸之中一样。"

"你只生活在感情世界中。在别人眼中你有些古怪，你也觉得你是在忠于自己的个性，但任何事物也不能证明你的个性。与你生活在同一时代的人所说的话都不可靠。或许你的感情代表了世界本身及时代模式最纯粹的形态……但依旧没有任何证据能够证明此事。"

"那什么能够证明呢？"

"时间。只有时间能够证明。时间的流逝会概括你我，残酷地提取出我们没有意识到的时代方面的共性……将我们共同归纳为'大正初期的青年是这样思考、这样穿着、这样说话的'。你不是特别讨厌和瞧不起剑道部的那帮家伙们吗？"

"是啊。"清显隔着裤子感到渗透过来的寒意，觉得有些难受。他望着凉亭栏杆旁边的山茶树，树叶上的积雪已经滑落，反射出顺滑的光亮。"是啊，我非常讨厌他们，瞧不起他们。"

对清显漫不经心的回应，本多如今已经见怪不怪了。他继续说下去：

"那么你想想看，几十年后，你和你曾经最瞧不起的那些人会被当作同一种人。他们粗野的思维、可悲的灵魂、辱骂别人'文弱'的狭隘心胸、欺凌低年级学生的行为、对乃木将军狂热的崇拜以及每天清晨打扫明治天皇亲手种植的杨桐树并为此感到狂喜的神经……这一切都会与你的感情生活被人笼统地归结在一起。"

"而在此基础上，人们会轻而易举地把握我们如今所生活的时代的本质。就像一汪被搅浑的水，平静下来后立刻会在水面泛起七彩的油膜一样。当我们死后，时代的本质也会轻易地被分离出来，变成一目了然的样子。而百年以后，人们会知道这种'本质'是一种错误的想法，在他们的归纳中，我们也仅仅是某个时代中怀着错误思想的人。"

"你觉得这种归纳的标准是什么?是身处那个时代的天才或伟人的思想吗?错了!后世定义这个时代的基准,正是出于我们与剑道部那帮家伙们在无意识间所表现出的共通性,也就是最为通俗的一般性信仰。时代这种东西总是会被归结在一种愚神信仰之中。"

清显不知道本多究竟想表达什么,但在倾听的过程中,一种想法也在他心里渐渐萌生。

隔着二楼的窗户,已经能看到几个学生的脑袋出现在教室里。其他教室关闭的玻璃窗反射着朝阳炫目的阳光,倒映着碧蓝的天空。这便是清晨的校园,清显不禁在心里将今天与昨天那个雪日的清晨做起了对比。他感到自己从充满肉欲、阴暗不安的环境里,被拽到了如今这个明亮洁白、充满理性的校园中。

"这就是历史啊。"清显知道一旦陷入讨论,自己的谈吐要比本多幼稚太多。他为此感到不甘,却依然想与本多讨论。"你的意思是,我们无论思考什么、祈愿什么、感受什么,历史都会按原有的轨迹行进吗?"

"正是。西方人总认为是拿破仑的个人意志改变了历史,就像有人认为是你祖父和他的同志们开始了明治维新。"

"但果真如此吗?历史曾有过哪怕一次因为人的意志而转移吗?每当看到你,我就会这样想。你既不是伟人,也不是天才,但却十分独特。你极度缺乏意志这种东西,但一旦思考到这样的你与历史之间的关系,我总会感到一种异乎寻常的兴趣。"

"这算是在嘲讽我吗?"

"不，不是嘲讽。我考虑的是与毫无意志的历史相关的问题。例如，假设我拥有意志……"

"你的确拥有意志。"

"而且是种试图改变历史的意志。我要花费毕生精力和全部财产，努力将历史扭转至自己所希望的方向，同时竭力去获取地位和权利，最终也的确成功得到了它们。就算这样，历史也未必会向我所期望的方向发展。"

"或许在一百年、两百年、三百年以后，历史会突然在与我毫无关系的前提下，完全变成我的梦境、理想和意志中的样子。或许那正是我一百年或两百年前所梦想的形式。这就仿佛我眼中至高无上的美，面带微笑，却用冰冷的眼光俯视着我，嘲笑着我的意志。"

"人们或许会说——这就是历史。"

"然而这不就是时机的问题吗？只是因为时机到那时才终于成熟不是吗？别说一百年，哪怕三五十年的间隔，也往往会出现这样的事。当历史以这种方式行进时，你的意志或许暂时消亡，随后变成一根肉眼无法看见的丝线潜伏其中，帮助历史成为你想要的样子。如果你从未在这个世界上享受过生命，那就算等上一万年，历史也不会以那样的形式前进。"

清显觉得自己身处一片淡漠的、由抽象语言组成的冰冷森林之中，他身体微微发热，感到一阵兴奋。他知道这是本多的话语造成的影响。对他来说，这依旧是一种不太情愿的愉悦。然而当他远远地望着白雪皑皑的花圃内枯木拉长的影子，以及到处都是雪水清冽滴答声的白色世界，清显觉得，即使本多凭借直觉察觉到自己昨天的记忆中滚烫而香艳的幸福感,也会坚定地选择视而不见。本多能做出这种雪花般洁身自好的决定,清显为此感到开心。这时,教学楼的房顶上滑落下榻榻米那么大的一块积雪,露出了黑黢黢、亮闪闪的一片房瓦。

"于是到了那时。"本多继续说道,"就算一百年后的历史成了我所期望的样子,你会将其称作'完成'吗?"

"毫无疑问是一种完成吧。"

"那又是谁所完成的?"

"你的意志所完成的。"

"开什么玩笑。刚刚就说过,到那时我已经死了,它与我毫无关系。"

"那不能认为是历史意志的完成吗?"

"历史拥有意志吗?将历史拟人化是件很危险的事情。我认为,历史没有意志,也与我的意志毫无关系。因此这种并非出于任何意志的结果绝不算'完成'。证据就是,这虚有其表的'完成',转瞬之间又将开始崩溃。"

"历史永远处在崩溃之中,同时也在不断地准备着形成下一个虚无缥缈的结晶。为此,历史的形成与崩溃只能拥有相同的意义。"

"我非常了解这一点。尽管如此,我却与你不同,没法不去做一个拥有意志的人。提到意志,或许这是我性格中与生俱来、不可割裂的一部分,是对任何人都说不清、道不明的。不过,人的意志从本质上来说,都可以看作一种'试图与历史产生关联的意志'。我的意思并不是说它们就等于是'试图与历史产生关联的意志'。我的意思是:它们根本不可能与历史产生关联,只是'试图产生关联'。可以说这是一切意志的宿命,当然,意识本身是不愿承认任何宿命的。"

"但是从长远来看,每个人的意志都会遭遇挫折。所谓人生不如意,十有八九。这种时候,西方人又是怎么考虑的呢?他们会觉得:'意志是坚定的,失败是偶然的。'所谓偶然,就是在排除一切因果规律后,自由意志所能承认的唯一非合乎目的性。"

"因此,西方的意志哲学若不承认'偶然'便无法存在。偶然是意识最后的避难所,也是一场孤注一掷的赌局……没有这种想法,西方人就没法解释意志为何会一再遭遇挫折与失败。我认为这种偶然、这种赌局正是西方人心中神明的本质。如果意志哲学最终的避难所是偶然这一神明,那也只有这样的神明能够鼓舞人类的意志。"

"但如果偶然这一事物被全盘否定又会如何呢?如果人们认为一切胜负都与偶然无关又会如何呢?如果是那样,一切自由意志就都会失去避难所。在一个不存在偶然的地方,意志失去了自己身体的支柱。"

"你想象一下这种状况。"

"意志独自站在日间的一个广场上,他装作靠着自己的力量站立,装着装着,自己也产生了同样的错觉。阳光倾泻下来,巨大的广场上无一草一木,只有他的影子伴随着他。"

"此时,万里无云的天空中突然传来一阵轰鸣声。"

"'偶然已死,偶然已经不复存在。意志啊,你今后将永远无法为自我辩护。'"

"听到声音的同时,意志的身体瘫软下去,开始融化。血肉从他身上腐烂掉落,白骨渐渐裸露出来,渗出透明的汁液,甚至同样开始融化。尽管意志还坚持用双脚牢牢地踏在大地上,但这份努力无济于事。"

"伴随着恐怖的声音,充斥着白光的天空裂开了,必然之神从裂缝中探出面孔,就在这个时候……"

"无论怎样,必然之神的面孔在我的想象中都是那样的恐怖而可憎。这一定是我坚持怀有意志这一性格的缺点。但如果偶然不复存在,意志也就没了意义,历史也不过成了因果规律这把时隐时现的大锁上的铁锈。而与历史相关联的事物,也不过成了一些华美的颗粒,它们独一无二、光辉耀眼、永恒不变,却也只能无意识地起着作用。人类存在的意义就仅限于此。"

"你不会懂得这些,也不会相信这样的哲学。恐怕与其说你相信自己的美貌、善变的感情、个性还有性格,不如说你只是模糊地相信着自己毫无个性而已。是这样吧?"

这个问题清显难以回答。他并不认为朋友在侮辱自己,于是只好无可奈何地笑笑。

"对我来说,这也是个最大的谜。"

本多发出一声叹息,这声叹息饱含真挚之情,甚至显得有些滑稽。在旭日的光辉下,本多的叹息化作一道白气飘散在半空。清显望着白气,觉得那是朋友对自己隐约的关心,在心中暗暗感到更加幸福。

就在这时,上课铃响了,两位青年站起身来。有同学在二楼将窗边的积雪捏成雪球扔到两人脚边,溅起一片晶莹的雪花。

十 四

　　清显负责替父亲保管藏书室的钥匙。

　　这间位于正房、朝向北面的房间，是松枝家平时最为罕有人至的地方。父亲松枝侯爵并不读书，但这里收藏着他从祖父手中继承的汉籍书本、出于学识方面的虚荣心从丸善书店订购的西方书籍以及不少其他人赠送给他的书。清显升入高等科时，松枝侯爵像是将知识的宝库转交给儿子一样，煞有介事地将藏书室的钥匙交给了他。于是，只有清显能够随时、自由地出入这个房间。这里还收藏着多套明显不适合父亲阅读的古典文学丛书与少儿图书。每当这类书籍出版时，出版社总会求父亲提供一张身穿宫廷礼服的照片与一段简短的推荐语，好在书上用烫金文字印上"松枝侯爵推荐"的字样。而父亲则会得到全套丛书作为赠礼。

　　然而清显也并非一个合格的主人。与读书相比，他更喜欢在这儿胡思乱想。

　　饭沼每个月都会从清显手里拿到一次钥匙，以便打扫这个房间。对饭沼来说，光凭这里摆满了先祖们生前所爱的汉籍，就足以有资格成为松枝府上最神圣的房间了。他称这间藏书室为"圣书室"，光是提到这个名字,他就饱含敬畏之心。

与本多和好的这天晚上,清显将刚要去上夜校的饭沼叫到房内,一言不发地递过这把钥匙。每月打扫藏书室的时间是固定的,而且应该是在白天打扫。在并非打扫日的夜晚得到这把钥匙,饭沼不禁讶异地望着清显。那把黝黑的钥匙如同一只被扯掉翅膀的蜻蜓,趴在他质朴而厚实的手掌上面……

直到很久很久以后,这一瞬间的情景依然会浮现在饭沼的记忆中。

这把钥匙被人扯掉翅膀,毫无庇护地以这副残酷的姿态躺在他手中!

他花了很长时间来思考清显这样做的用意,但百思不得其解。当清显终于向他解释原因时,他的胸膛因愤怒而颤抖。与其说是对清显感到愤怒,不如说是对言听计从的自己感到愤怒。

"昨天早上你帮我逃学,今天轮到我帮你逃学了。你先假装出门去上夜校,然后绕到院后,从藏书室侧面的栅门进来,用这把钥匙打开藏书室的门,在里面等着就行。但记得绝不能开灯,把门从里面锁上更加安全。"

"蓼科已经给阿峰讲过暗号了。她会给阿峰打电话,询问'聪子小姐的香袋什么时候做好?',这句话就是暗号。阿峰不是做香袋、手工这方面的能手嘛,大伙都常常求她做,聪子拜托她帮忙做一个金线绣花的锦缎香囊,然后打电话来催促也是理所当然。"

"阿峰接了电话之后,会算着你上夜校出门的时间,约莫你回来了,就会去轻轻敲藏书室的门,到那儿去和你幽会。那会儿刚过晚餐点,正是家里嘈杂的时候,就算阿峰三四十分钟不露面,也不会有人注意到的。"

"蓼科认为你们在家门外幽会反而更加危险,也更难实行。女佣想要外出得找很多借口,反而显得可疑。"

"我觉得这样可行,也没提前跟你商量就自行决定了。阿峰今晚已经接了蓼科的电话,所以你千万得去书库才行,否则就太对不起她了。"

饭沼听清显说到这个份儿上,深感被逼无奈,差点儿没让钥匙从颤抖的手心里掉出去。

藏书室里冰冷异常。窗户上只挂着一层薄薄的白布窗帘,庭院里的灯光微微透进屋内,但无法借助这亮光看清书籍的名字。屋内弥漫着一股霉味儿,仿佛冬日里蹲在淤堵的下水沟旁闻到的味道。

不过饭沼大致清楚哪个书架上放着什么书。上一代家主曾熟读的线装版《四书讲义》已经快要脱线,书套也不知去了何处。但他知道《韩非子》《靖献遗言》与《十八史略》都还好好地摆在那里,知道有次打扫房间,无意间翻看到贺阳丰年[①]《高士吟》那本书的位置,也知道铅印版《和名汉诗选》摆放的位置。在打扫藏书室时,那首《高士吟》中的诗句抚慰了饭沼的心灵:

一室何堪扫,九州岂足涉?

寄言燕雀徒,宁知鸿鹄路。

饭沼心里清楚,正因为清显知道他崇拜这间"圣书室",才会刻

[①] 平安时代初期汉诗人,任东宫学士时,与著名学者小野岑守编纂《凌云集》,收录平安时代的优秀汉诗。

意安排他和阿峰在这里幽会……没错，刚刚清显亲切地向他讲述自己的安排时，口吻中明显充满了冷酷的沉醉。清显想要饭沼亲手玷污自己心中的圣地。饭沼回头想想，从清显还是一位美少年的时候起，就常常用这种方式沉默地威胁自己。亵渎是快乐的，而最为快乐的莫过于饭沼必须亲自亵渎心中最宝贵的事物。这种快乐仿佛拿着献神用的洁白御币①包裹住一片生肉，又或者是素盏鸣尊②所喜爱的冒犯他人的快乐……饭沼屈服后，清显的力量开始变得无比强大。但令饭沼疑惑不解的是：清显的一切快乐在人们眼里都是美好而纯洁的，而自己的快乐在人们眼里却越来越显得污秽而充满罪孽。这种想法使饭沼更觉得自己下贱不堪。

藏书室的天花板上传来老鼠仓皇逃窜的脚步声与低沉的叫声。为了驱鼠，上个月他打扫卫生时曾在天花板上撒了许多带刺的栗子壳，不过没起任何作用……饭沼突然想到一件最不愿意想起的事，不禁浑身颤抖。

每当看到阿峰的面孔，饭沼总会觉得眼前掠过一个挥之不去的污点般的幻影。如今，当阿峰火热的身体即将在一片黑暗中向他走来时，这种思绪又阻塞在他的心中。清显恐怕知晓此事，只是从未说出口。饭沼也早已清楚，但他决不会将此事讲给清显听。在松枝府上，这件事已经算不上什么了不得的秘密了，但饭沼却越来越无法忍受。这种苦恼正如一群肮脏的老鼠在他脑袋里面上蹿下跳……阿峰早已被

---

① 日本神道教仪礼中献给神的纸条或布条，通常会串起来悬挂在直柱上，折叠成若干"之"字形。
② 即须佐之男命，日本神话《古事记》中三大主神之一，相貌丑陋，力大无穷。

侯爵玷污，就连最近偶尔也会……饭沼在心里想象着老鼠们血红的双眼与它们无可比拟的惨状。

房间里冰冷彻骨。清晨参拜神宫时，饭沼尚能抬头挺胸，如今却因从背后袭来的、如同膏药般贴在肌肤上的寒意而不住颤抖。阿峰这会儿一定是装作若无其事的样子，瞅着机会准备离开众人的视线。

就在等待的过程中，饭沼的心里突然涌起一股迫切的欲望，令人憎恶的念头、刺骨的寒意、老鼠们的惨状以及那股霉味儿，这一切都令他心潮澎湃。同时他感到这一切也像下水沟里的垃圾一样，被冲到他那条小仓产的裙裤里，随后缓缓流下。他不禁想到："这就是我的快乐！"饭沼今年二十四岁，世间所有的荣誉与辉煌的行动，都在等待着他这个年龄的大好男儿去获取……

有人轻轻敲响房门，饭沼猛地站起身来，身子重重地撞在书架上。他开了门锁，阿峰斜着身子钻了进来。饭沼反手锁上门，立刻抓着阿峰的肩膀，粗暴地将她推到藏书室最深处。

刚刚饭沼从藏书室背后迂回过来时，在房外贴着墙壁的地方看到了被扫到一处的略显肮脏的残雪。不知为何，如今饭沼的脑海里浮现出这些积雪的颜色。同样不知为何，他想要在残雪与墙壁相接的那个角落里侵犯阿峰。

饭沼因这种幻想而变得残酷。一方面他加深了对阿峰的怜悯，另一方面却增加了蹂躏她的力度，并将此事作为对清显的报复。但当他注意到心里潜藏的这种感情后，又觉得自己是如此悲惨。既不能发声，能够进行支配的时间也很短，阿峰老实地任他摆布，但这种坦诚的顺从令饭沼感到同类人对自己体贴与周到的理解，反而伤害了他的心。

但阿峰的这种体贴却未必出于饭沼所想的原因。一定要说的话，阿峰算是个伶俐而开朗的姑娘。无论是饭沼的沉默所带来的莫名恐惧感，还是他猴急而僵硬的手指，这一切都令阿峰感到一种笨拙的老实感。至于对方能怜香惜玉这种事，她做梦也没指望过。

被掀起的裙摆下，阿峰突然感到一阵凉意，仿佛黑暗中有什么钢铁般冰冷的事物接触过来。她在一片昏暗中抬头望去，隐约望见摆放着的一排排书脊上带着褪色烫金书名的书本和线装本书套的书架仿佛从四面八方向自己涌来。得抓紧时间才行，得赶快在这个她所不知道的地方，在精心准备好的、狭窄的时间缝隙中藏匿身躯才行。无论这里有多不适，阿峰知道自身的存在与这个缝隙无比吻合，只要坦率地将身体填进那里就好。她所渴望的，或许只是一个与自己那娇小成熟、肌肤细致亮白的肉体所契合的小小坟墓罢了。

若说阿峰喜欢饭沼也不为过。饭沼追求她，她也了解这位追求者的一切长处。她原本就未曾与其他女佣一起对饭沼轻蔑地说三道四。阿峰通过自己女性的直觉，直白地感受到了他常年遭到压迫和打击的男性气概。

阿峰觉得眼前突然掠过如同参观庙会般欢快、嘈杂的场景。接着在一片黑暗中，泛起煤石灯强烈的光辉，乙炔燃烧的臭气和气球、风车、五颜六色的糖果的光彩，随即又消失无踪。

她在黑暗中睁开了双眼。

"为什么要把眼睛睁得那么大？"饭沼的声音显得急躁不安。

天花板上面再次跑过一群老鼠，脚步声显得细碎而急促。群鼠闹作一团，仿佛在无边旷野的黑暗中，从一个角落向另一个角落猛蹿。

十五

寄到松枝家的信件，通常会先经过管家山田之手，由他郑重其事地摆放在有泥金花纹的漆盘上，亲自交到收信人的手中。聪子知道这个规矩，便小心提防着，决定让蓼科亲自把信送来，交给饭沼。

饭沼正忙着准备毕业考试，但依旧接待了蓼科，随后妥当地将信交到清显手中。那是聪子写的一封情书：

每当我回想起那个大雪纷飞的清晨，即使第二天是晴空万里，我心中的雪花依旧簌簌而落，毫无止息。每一片雪花都带着清少爷您的面容，为了思念您，我情愿住在一年三百六十五天终日下雪的国度。

若是生活在平安时代，清少爷想必会以和歌赠我，我则作歌回应。然而令人惊讶的是，我幼时所学的和歌，如今却不能表达我的哪怕一分心意。难道这只是我文采不足的缘故吗？

我使着小性儿提出要求，清少爷您答允听从，希望您万万不要认为这样便是我幸福的全部。那岂不是意味着我是个通过随意摆布您而感到开心的女人？这是最令我感到痛苦的事。

最令我感到欣喜的，就是清少爷您心中的体贴。您看穿了藏在我任性深处那份迫切的心意，二话不说便带我出门赏雪，实现了藏在我心中的最羞以启齿的梦想，这便是您的体贴。

清少爷，即使现在回想起当时的事情，都令我又羞又喜，忍不住浑身颤抖。日本传说中有种雪之精灵，名为"雪女"，我记得西方传说中也有一种年轻俊美的男性雪之精灵。在我心中，身着校服的英俊潇洒、威风凛凛的清少爷就是将我掳走的雪之精灵，我融化在清少爷您绝美的臂弯中，就仿佛与白雪融为一体。即使冻死，那也是无上的幸福。

情书的末尾写道：

阅后请勿忘记将信投入火中。

在这行字之前，信里还写了很长一段情意绵绵的话语。令清显惊讶的是，尽管聪子在字里行间使用了许多极为优雅的词句，但整封信却犹如露骨地表现着她迸发般的情欲。

读罢此信，清显感到得意扬扬。但隔了一会儿再看，又觉得这封信像极了聪子学校课本上优雅的课文。她似乎是想告诉清显：真正的优雅是不避讳任何淫秽的。

经历了赏雪那天清晨发生的事,明确了清显与聪子两情相悦的事实后,按理说两人应该"一日不见,如隔三秋"才对。但清显的内心却并未如此,反而像是随风飘扬的旗帜。只为感情而生活的方式往往令人规避自然发展的趋势。究其原因,顺应自然发展的趋势总会令人觉得是被强迫的。而如果讨厌这种感觉,想要从中脱身的话,反而会使出于本能的自由遭到束缚。

清显之所以决定在一段时间内不与聪子相会,既不是因为他克己守礼,也不是因为他像情场高手那样熟知恋爱的法则,而是因为他那笨拙生硬的优雅以及与虚荣心相差无几的那份幼稚的优雅。他对聪子那种既优雅却又近乎淫荡的自由感到既羡慕又自卑。

仿佛流水返回了熟悉的水渠,清显的内心再次钟爱起这种痛苦。他与聪子并非处于相思却不能相见的状态,这反倒使他因极度任性的性格与严苛的幻想癖而感到心急如焚,他甚至因此怨恨起饭沼和蓼科多管闲事的牵线搭桥。他们在中间撮合两人的行为,是清显保持感情纯洁的大敌。清显注意到自己对纯洁的执着,编织出了让自己仿佛周身被啃噬的痛苦和想象力过于活跃的烦恼,这使他的自尊心受到了伤害。恋爱的烦恼本应是五彩斑斓的绸缎,而在他自己的家庭小作坊中,却只存在色调单一的纯白丝线。

"当我的恋情好不容易即将成型时,他们两个究竟要把我领到哪儿去?"

但将自己的一切感情都归结为"恋爱"时,清显又成了个爱闹别扭的人。

若是平常的少年回忆起那个吻时,一定会扬扬自得,欣喜若狂。

可对这位少年来说，扬扬自得的感觉早已是家常便饭，因此这件事反而日益伤害着他的内心。

接吻的那一瞬间，的确闪烁着有如宝石般的愉悦。但仅限那一瞬间，那颗宝石毫无疑问地嵌在了记忆深处。四周围绕着灰蒙蒙的雪，显得一片迷茫，但就在那不知从何处起始，又在何处终结，始终飘忽不定的感情中心，千真万确地有过一颗璀璨而血红的宝石。

愉悦的记忆与心灵的创伤，两者的日益对立使清显感到烦恼。最终他只得躲进熟悉而令自己感到消沉的回忆当中。换句话说，就连两人之间的吻，清显也当成是聪子留给他的一种莫名其妙的屈辱回忆了。

他想要写一封口吻冷淡的回信，却接连撕毁信纸，重写了许多次。最后，他终于写出一封自以为是杰作的情书，且信内包含着冰霜般冷漠的情感。就在搁笔时他突然发现，自己在不知不觉中又以批判和谴责为前提，使用了那种风流浪子般的文体。这种显而易见的谎言这次反倒伤害了清显自己。于是清显又重写了一封信，信内将自己身为一个男人，初识接吻滋味后的喜悦如实记叙，使这封情书显得天真烂漫而又热情奔放。清显闭上双眼，将信纸装入信封，微微伸出鲜亮的淡红色舌尖，润了润信封上的干糨糊。那上面带着一股微甜的药水味。

十六

松枝府的红叶固然广为人知，樱花却也别有一番风致。一条延伸至大门，足有八百米长的林荫路旁并非只有松树，也掺杂着许多樱树。尤其是站在洋房二楼的阳台上放眼望去，无论林荫道旁的樱树，还是与前庭那棵大银杏相接的几棵樱树，抑或是曾为清显举行过"待月式"的那座小山丘上草坪周围的樱树，又或是湖对面红叶山上为数不多的樱树，都能毫无遗漏地尽收眼底。不少人都认为想要赏花，与充斥着樱树的庭院相比，还是这种错落有致的景色更加具有风情。

由春至夏，松枝家依惯例要举行三大活动：三月的女儿节、四月的赏樱会与五月的祭祖典礼。由于先帝驾崩未满一年，家里决定这年春天的女儿节和赏樱会一切从简，只在家庭内部举行，这令家里的女人们大失所望。早在冬天，管事那边就会不断传出今年的女儿节和赏樱会又要搞什么新花样，又要请来哪位艺人来表演之类的小道消息，这令她们按捺不住心中对春天的期待之情。如今取消这次活动，简直不亚于取消了春天。

尤其是那鹿儿岛风格的女儿节，其盛名甚至借着西方客人之口流传到了国外。每到这个时节，来到日本的西方人甚至会寻关系，找门路,只为参加这场盛典。

天皇天后的人偶由象牙雕刻而成,它们面颊上春日的寒意在烛光的照耀下,映着铺在架上的红毯,更显几分冰冷。烛光仿佛陷入般照进人偶身着的衣冠束带与十二单礼服①的衣领深处,将人偶纤细的脖颈映得白亮。一百叠②大的客厅里铺满了红毯,木格天花板上挂着数不清的大绣球,四周贴满了风俗人偶的贴画。每年二月都会有位老太婆来到东京,她叫阿鹤,是贴画的名手,专程为松枝家精心制作贴画。她有个口头禅,喜欢动不动就说"遵从您的旨意"。

尽管如此盛大的女儿节变得黯然失色,但能预见的是,即将到来的赏樱会虽不会过分张扬,却还是会比说好的要盛大华丽。这是因为洞院宫殿下在私底下表示要驾临松枝府邸赏樱。

凡事讲究排场的侯爵原本还在顾忌社会上的看法,此时洞院宫殿下要莅临,他当然一万个乐意。既然这位明治天皇的堂兄肯在服丧期间出宫赏樱,侯爵自然也就操办有名了。

洞院宫治久王殿下恰巧于前年以皇家代表的身份出席了拉玛六世的加冕仪式,与暹罗王室颇有交情,因此侯爵计划邀请帕拉纳迪特与克利沙达两位王子殿下参加此次赏樱会。

侯爵是在一九〇〇年举行奥林匹克国际运动会时,在巴黎结识洞院宫殿下的。当时他曾带洞院宫殿下夜游花街柳巷,因此回国后,洞

---

① 日本公家女子传统服饰中最正式的一种。既是平安装束之一,也是现代日本皇室女性的在神道祭礼、婚礼、即位式等庆典上的正式礼服。
② "叠"是表示日本房间面积大小的单位,通常为90厘米×180厘米,即1.62平方米。

院宫殿下喜欢说些只有他们两个才能心领神会的话：

"松枝，带香槟酒喷泉的那家店可真有意思。"

赏樱会的日期定在四月六日，自打女儿节一过，整个松枝家都为了准备这件事情开始忙里忙外。

清显在整个春假期间都无所事事，父母建议他出门旅游，他也提不起什么兴趣。尽管没法频繁与聪子见面，但他就是一刻也不愿离开聪子所在的东京。

清显怀着预感到恐惧的心情迎来了这个乍暖还寒、姗姗来迟的春天。他在家里待得无聊且难受，便去了平时很少拜访的祖母的闲居处。

清显之所以不常过去，是因为祖母老改不了把他当小孩儿看待的毛病，而且动不动就说他母亲的坏话。祖母有着严厉的面孔和男人般硬挺的肩膀，身子骨看上去颇为硬朗。祖父去世后，她丝毫不在外人面前露面，过着等死般的生活。她平时吃得极少，却反而因此变得健壮。

每当老家有人来这儿，祖母就会无所顾忌地讲起鹿儿岛的方言，但在清显的母亲和清显面前，她却坚持操着不太利落的东京口音。可她发"ga"音时的鼻浊音又不到位，因此听上去更显生硬。清显觉得祖母刻意保持这种口音，是想责怪他的忘本，因为他能轻易地发出那种东京腔调的鼻浊音。

"听说洞院宫殿下要前来赏花。"坐在被炉中的祖母一见清显就这样问道。

"嗯，听说是这样。"

"我就不露面了。你母亲来请过我,但还是谁都当我不在比较轻松。"

接着祖母担心清显整天游手好闲,便劝他练习柔道或击剑,还抱怨说自从父亲拆掉家里的武道场,建起洋馆之后,松枝家就开始家道衰落了。清显发自内心地赞同祖母的说法,他喜欢"衰落"这个词儿。

"要是你的几个叔叔都还活着,也不能让你父亲这么乱来。我看呢,在家里招待皇室,钱花了不老少,可顶多能长点面子,其他的啥也得不到。一想到我那几个一丁点儿荣华富贵都没享受就战死沙场的儿子,我就没心情和你父亲还有他那些朋友们一起寻欢作乐。你叔叔他们的家属抚恤金,我一分钱都没动过,全都供在神龛上呢。我的儿子们流尽了宝贵的鲜血,那是圣上赐给他们的抚恤金,这么一想,我哪儿舍得动它。"

祖母喜欢做这种道德方面的说教,但无论衣裳、吃喝、零钱还是佣人,都是由侯爵无微不至地替她准备好的。清显怀疑,祖母对乡下人的出身感到丢脸,所以才尽量避免接触这些充满洋气的社交活动。

但清显觉得只有会见祖母时,自己才能短暂地从自己和自己所处的虚伪环境中解脱出来,通过接触身边质朴、刚健的血亲而感到喜悦。但这种喜悦,倒不如说是种讽刺。

祖母那粗大的双手是这样,仿佛粗犷的线条一笔勾勒而成的脸庞也是这样,充满威严气息的唇线亦是这样。当然,祖母聊的也不尽是些严肃的话题,这会儿她就突然在被炉里捅了捅孙子的膝盖,朝他打趣般地说道:

"你一过来，奶奶这边的丫头们都毛躁起来了，这怎么行。在我眼里你还是个乳臭未干的毛小子，可在她们眼里就是另一回事儿啰。"

清显望着挂在门框上方横木上两位叔叔的照片。他们身穿军装，身影已经模糊不清。他觉得那身军装与自己没有丝毫关联。尽管照片中的那场战争刚刚过去八年，但自己和照片之间的距离已是如此遥不可及。或许我天生只会流淌感情的鲜血，而绝不会流淌肉体的鲜血吧——清显用掺杂着些许忐忑的傲慢之情想道。

阳光倾洒在关闭的拉门上，六叠大的房间里暖洋洋的，拉门上的白纸仿佛巨大的半透明茧壳。清显和祖母被包裹在里面，沐浴着透过茧壳的阳光。祖母开始犯困，打起了盹儿。明亮的房间陷入一片沉默，清显聆听着挂钟响亮的嘀嗒声。微微低头打着盹儿的祖母的发际处零星散落着用来染发的黑粉，下面露着光洁厚实的前额，那里似乎还残留着六十年的前少女时代，鹿儿岛湾夏日的骄阳带给她的晒痕。

清显由此联想到海潮以及漫长时光的流逝，而自己很快也会老去。想到此处，他不禁胸口憋闷。他从未渴望过长者的智慧，只想着如何能在年轻时尽可能不带痛苦地死去。那种优雅的死有如一件华丽的绸缎和服，脱下后随手扔在桌面，继而在不知不觉中滑落到昏暗的地板上去。

关于死的联想使他第一次受到鼓舞，令他突然想见到聪子，哪怕看一眼也好。

清显给蓼科打过一通电话后，匆匆忙忙地去见了聪子。聪子还好好地活着，既年轻又美丽，自己同样也好好地活着。他觉得好不容易保住了相见的机会，自己是异常幸运的。

在蓼科的安排下，聪子装作出门散步，与清显在距麻布府邸不远处的小神社里见面。聪子首先对赏花的邀请表示了感谢，她相信这份邀请是清显刻意安排的。而清显还是一如既往地不够坦率，明明从未听说过此事，却摆出一副早已知晓的样子，含糊地接受了她的谢意。

十七

　　松枝侯爵再三考虑后，决定将赏樱会客人的数量压缩到最少，只邀请一些有资格陪洞院宫殿下和妃殿下进餐的人，即两位暹罗王子、家庭间常有来往的新河男爵夫妇以及聪子和她父母——绫仓伯爵夫妇。新河财阀的总裁喜好诸事模仿英国人，而他的夫人最近与平冢雷鸟①交往甚密，可以说简直成了"新女性"的赞助者，这一定会使得这次赏樱会大放异彩。

　　侯爵与管家山田在反复商量后，最终定下了活动方案：下午三点，两位王子殿下驾临，在正房的屋子里稍作休息后，请他们来到庭院。五点之前，表演元禄②赏花舞的众艺伎会以园游会的形式招待客人，随后为客人表演集体手舞。黄昏后，将客人们请至洋馆，并为他们献上餐前的开胃酒。正餐后进行第二轮娱乐，由专门雇来的电影放映师播放西方新拍的电影，随后活动结束。

　　至于放映哪部电影，也令伯爵为难不已。有部电影由法国百代电

---

① 日本思想家，评论家，作家，女权主义者。战前和战后女性解放运动、妇女运动的领导人。
② 日本年号之一（1688—1704）。

影公司[①]拍摄,主角是法国国家剧院著名女演员布莉艾尔·罗本德。她演技高超,名声显赫,由她担任主演的电影必然赏心悦目,可惜这部作品会败坏赏樱的兴致。从这一年的三月一日起,浅草电影院改为专门放映西方电影的影院,《失乐园的撒旦》在上映后大受欢迎,但把在大众影院中放映的电影拿到赏樱会上以飨宾客,似乎也不太合适。如果放映德国的武打片,王妃殿下与其他女性客人只怕不会喜欢。挑了半天,最终还是决定稳妥起见,选择了由英国赫普沃斯公司拍摄,根据狄更斯的作品改编,足有五六卷长的爱情故事片。尽管气氛有些低沉,但雅俗共赏,还带有英文字幕,想必客人们都会喜欢。

若是当天下雨该怎么办?在正房的大厅里赏樱不够尽兴,因此可以先在洋馆的二楼欣赏雨中花景、观看艺伎表演集体手舞,随后饮用餐前开胃酒并开始用正餐。

准备工作方面,从绿草如茵的小丘上俯视下来,一片湖畔清晰可见,先在此处搭建一座临时舞台。如果活动当天天气晴朗,殿下想去各处赏樱,就要在沿途两侧挂起红、白两色幕布,如此一来,需要使用的布匹数量就非寻常可比了。此外,洋馆内部需要用樱花树枝装点,餐桌也要花费一番功夫,布置成充满春日田园气息的风格。光是这些活计就需要不少人手。到了赏樱会的前一天,结发师傅和徒弟们更是忙得焦头烂额。

所幸活动当天是个晴天,阳光又并非过于强烈。太阳在云朵中时隐时现,清晨时甚至还有些凉飕飕的。

[①] 法国人查尔·百代及哥哥爱米尔·百代于1896年创建的法国电影公司。

正房里有个平时不用的房间，人们把所有化妆台都搬进这里，当作艺伎们的化妆室。清显一时兴起，跑来这里窥探，但很快就被首席女佣赶了出来。为了迎接即将到来的女子们，这间足有二十叠的房间已经被打扫得干干净净。房间里摆好了屏风和坐垫，化妆台上挂着友禅①绸缎的遮帘，掀开一角，能看到光洁明亮的镜面。虽然这会儿还闻不到脂粉香气，但小半个钟头后，这里马上就会充斥着娇声软语，女子们会像在自己家里一样毫不羞涩地更换和服。清显这么一想，心中不禁更觉香艳。与庭院里那座散发着新木香气的临时舞台相比，这里的"马厩"明显更加香艳妖娆。

由于暹罗王子时间观念比较淡薄，清显特地派人请他们用罢午餐后就过来。于是两位王子一点半就来到了松枝府邸。清显看他们身上还穿着学习院的校服，不禁感到惊讶，随即把他们先领进自己的书房。

"你的情侣，那位美丽的姑娘今天会过来吗？"

刚一进屋，克利沙达殿下就用英语高声喊道。

一向谦恭有礼的帕拉纳迪特殿下责怪了堂弟无礼的言语，并用不怎么流利的日语向清显道歉。

清显说："她的确会来，但今天请不要在洞院宫殿下和自己的父母面前提及此事。"

两位王子面面相觑，这才惊讶地发现清显和聪子之间的关系原来还没有公开。

---

① 日本一种独有的染色技巧，染出的布料通常为高级品。

经历了一段时间乡愁的折磨后，两位王子似乎已经颇为习惯日本的生活了。有时他们穿着校服前来做客，清显简直觉得他们就是自己亲密无间的同学。这会儿，克利沙达殿下惟妙惟肖地模仿起学习院院长的派头，把乔·彼和清显逗得哈哈大笑。

庭院里的景色与以往大不相同。乔·彼站在窗边，一边望着庭院里各处的红、白幕布迎风摇摆，一边用略显不安的声音问道：

"这下天气真的要暖和起来了吧？"

王子的声音里，充满了对炎热夏日的向往之情。

听到他的声音，清显从椅子上站起身来。此时，乔·彼突然用带着孩子气的清脆声音叫了一声，让他的堂弟也吃惊地站起身来。

"是她，那个清显不让我们提的美丽姑娘。"事发突然，乔·彼又用回了英语。

清显定睛一看，发现正是聪子。她身着美丽的粉红色长袖和服，由双亲伴随着，正沿湖畔向正房这边走来。远远望去，和服的底襟花纹似乎是生长在春季田野上的笔头菜和嫩草。乌黑亮丽的秀发下，是聪子白皙而明媚的面容，能隐约看见她正伸手指着中之岛的方向。

中之岛上虽然没有挂着红、白幕布，但远处的红叶山此时却是一片新绿。悬挂在登山小径两侧的幕布倒映在湖水中，仿佛红、白两色的干点心。

恍惚中，清显耳畔仿佛听到了聪子的娇声软语，但隔着关闭的窗户，聪子的声音自然传达不到这里。

就这样，一位日本少年和两位暹罗少年，屏息凝神，并排站在窗子后面。清显有一种奇妙的感觉，当他与这两位王子在一起时，或许是被他们充满热带气息的情感所波及，清显也更容易相信自己内心的激情，从而觉得自己能直率地表达内心的想法。

现在，他能够毫不犹豫地对自己说：我爱她，而且爱得发狂。

聪子的身体从湖水那边转了过来。她虽然没有直接望向窗子这边，但还是满面喜悦地向着正房走来。这时，清显突然想起自己幼年为春日宫妃殿下提裾的事。当时她没有彻底回头，导致自己未能一睹芳容，以至在心中留下了一丝遗憾。六年后的今天，这份遗憾终于得以弥补。

清显觉得这恰如一块截面绚丽的时间结晶，时隔六年后改变了角度，终于令他一睹那无比绚丽的光彩。春日的阳光时不时地被云彩遮挡，只见聪子嫣然一笑，随即抬起她纤美而白皙的手，弯成弓形遮住嘴巴。她婀娜的身姿，仿佛在奏响一曲美妙的弦乐。

十八

新河男爵夫妇简直就是一对安静茫然与狂躁的结合体。男爵完全不在意夫人的言行举止，夫人则毫不在意旁人的反应，喜欢一直说个不停。

无论在家里还是在他人面前都是如此。看似一直很安静的男爵偶尔也会用犀利的语言对他人进行尖锐的批评，但绝不会拖泥带水，长篇大论。然而夫人对她要讲到的人物，就算费尽千言万语，也完全无法描绘出鲜明的形象。

他们是全日本第二辆劳斯莱斯轿车的买主，因而为此感到骄傲和得意。吃过晚饭，男爵穿上丝绸质地的吸烟服在一旁休息，至于夫人在一旁说的话，他全部当作耳旁风。

为了召开"天火会"每月一次的例会，夫人把平冢雷鸟一众人请到家里做客。"天火会"这个名字是从狭野茅上娘子①的一首著名和歌中得来的。然而每次开会时都赶上阴天、下雨天，报纸上因此戏称她们为"雨日会"。夫人对思想方面的事一窍不通，却喜欢无比兴奋地

---

① 日本天平年间著名女歌人。

关注着女性的思想觉醒。那副模样简直像是注视着一群学会了生出新型鸡蛋——例如三角形那种——的母鸡。

男爵夫妇收到松枝侯爵邀请他们参加赏樱会的请柬，心里既为难又高兴。为难的是不用想也知道这个活动十分无聊，高兴的是可以用自己正宗的西方做派进行无言的示威。这位富商的家族一直和萨长政府①保持着良好的合作关系，从父辈那一代开始，对乡巴佬的蔑视便埋藏在心底，成为他们展现出不屈、优雅的崭新内核。

"估计松枝先生又要大张旗鼓地邀请皇室成员去他们家里做客了。毕竟他们家向来都把皇室成员的光临当作一出好戏来演。"

男爵说道。

"咱们的思想太过新颖，以至于不能向外张扬。"夫人应答道，"不过能做到不显山不露水，不是显得很大度嘛。悄悄地混在那些守旧的人群里，其实也蛮有意思的。松枝侯爵对洞院宫殿下卑躬屈膝，称兄道弟，绝对算得上一场好戏。我得穿哪件西服呢？总不能大白天的就穿晚礼服出门吧，不如穿件底襟带花的和服吧，这样显得恰到好处。就这样告诉京都的北出，让他立即赶制一件带有夜樱与篝火图案的和服。可是我总觉得自己不太适合穿底襟带花的和服。这件事我一直搞不清楚，究竟是其他人觉得适合，只有我不这样认为，还是说在别人眼里也显得不太适合呢？对这件事你怎么看？"

侯爵家有过通知，请他们赶在皇室成员之前到达，可当天新河男爵夫妇却有意迟到了五六分钟。当然，即使这样，等待殿下到达的时

---

① 日本江户时代长州、萨摩两藩组成的联合政府。

间依旧十分富裕。男爵对这种守旧的"乡巴佬"作风十分不悦,刚到达侯爵家就立马嘲讽道:

"王府马车上的马匹怕不是在半路上中风了吧?"

然而无论男爵怎样嘲讽,都只会像英国绅士那样面无表情地小声嘀咕,旁人谁也无法听见。

这时传来急报,说王府的马车已经进了侯爵家的大门。于是主方立刻在正房门厅处列队恭候。当马儿将路上的沙石踏得四处飞溅,把车子拉进一处松荫环绕的空地时,清显看到马匹愤怒地张着鼻孔,脖子上青筋暴起,头上灰白色的鬃毛也根根竖起,有如汹涌波涛破碎后倒卷的白色浪峰。此时,车厢上的金色徽章沾着一丝新泥,只见金色的漩涡忽明忽暗,随即沉寂下来。

洞院宫殿下头戴黑色圆顶礼帽,留着漂亮的花白胡须。妃殿下紧随其后。白色的地毯从屋内一直铺到门口,方便两位殿下能够穿鞋走进大厅。当然,进屋之前大伙也稍微寒暄了几句,不过正式的问候要在进入大厅之后。

清显看到妃殿下黑色的鞋尖在雪白的衣摆下交替出现,仿佛在一片退去的海浪中时隐时现的马尾藻果实。那身姿过于优雅,令清显不敢瞻仰这位殿下的年迈的尊荣。

大厅里,侯爵把今天光临的各位客人介绍给两位殿下,其中只有聪子是殿下没有见过的。

"这么漂亮的女儿,以前怎么从来都没让我见过啊?"殿下对绫仓伯爵抱怨道。

站在一旁的清显瞬间脊背一凉。他发现在旁人眼里,聪子简直像

十八 | 129

个华丽的皮球，被人高高踢向空中。

两位暹罗王子与殿下关系深厚，一来日本就受到了殿下的接待，因此很快相谈甚欢。殿下询问学习院的同学对他们是否亲切。乔·彼面带微笑，恭恭敬敬地回答道：

"大伙就像相识十年的老朋友一样，无论我遇到什么事都好心帮助，没有什么不便之处。"

话虽这么说，但清显知道，两位王子除了自己以外没有什么朋友，也不常在学校露面。听了这话，清显心里不禁感到好笑。

新河男爵的内心像一块银锭，即使在出门前磨得锃光瓦亮，可一旦接触到人，就立即染上无趣的锈迹。这种对话光是听着，耳朵都好像要生锈一样……

终于，在侯爵的带领下，大伙跟着殿下走向庭院进行赏樱。在日本人的聚会上，人们常常无法随意凑到一起交谈，夫人们也往往跟在丈夫身后。男爵精神恍惚的样子已经十分显眼，他趁着前后的人离自己都很远时对夫人说道：

"侯爵在国外游学归来以后变得时髦起来，不再遵照妻妾同住的惯例，而是让妾室搬到外边的出租房去住。那些房子离府上的正门只有八百多米，看来他的时髦也只有八百米的程度罢了。'五十步笑百步'这个成语简直是为他量身打造的。"

"既然接受了新思想，就得贯彻到底嘛！不管外人怎么说，都得像咱们家这样遵从欧洲的风俗习惯，无论受邀出席还是夜间散步，都得夫妻同行。你看，对面山上那两三株樱树与红白相间的幕布倒映在湖中，显得多么美丽！我衣服上的花纹怎样？在今天到场的客人中，我这身可是最下功夫的，图案也最为大胆新颖，从池塘另一边看到我倒映在水中的样子，想必是美轮美奂的。而我却不能同时站在湖水两边，真是让人不太自在。你不这么觉得吗？"

新河男爵感觉自己的思想比别人领先一百年，因此乐于忍受一夫一妻制这种优雅的折磨（也是出于他自己的喜好）。男爵本来就不是个在人生中寻求感动的人，所以无论多么难以忍受的辛苦，如果这其中有着感动的容身之处，他就会认为这是时髦的、有气魄的事儿。

小丘的园游会场上，在元禄赏花舞中扮演武士、女侠、奴仆、盲眼艺人、木匠、卖花的、卖版画的、年轻小伙、农村姑娘、俳谐师等角色的柳桥艺伎们正以独特的方式挥手前进，聚在一起欢迎客人。洞院宫殿下对身旁的侯爵露出满意的微笑，两位暹罗王子也高兴地拍着清显的肩膀。

清显的父母分别专心陪同着洞院宫殿下与妃殿下，这样一来，清显与两位暹罗王子自然被撇下了。艺伎喜欢围着清显，使他在照顾这两位言语不便的王子时劳心费神，更无暇顾及聪子了。

"少爷，过来玩一会儿嘛，今天可是多了不少单相思的人儿呢。您要是不理不睬，对她们也未免太残忍啦。"扮演俳谐师的老艺伎对清显说。

年轻的艺伎和女扮男装的艺伎都在眼眶上抹了红色的胭脂，连微笑起来都像在流露醉意。临近黄昏，清显原本感到丝丝寒意，但此刻他身边围绕着丝绸、刺绣和浓妆艳抹的肌肤，它们像六曲的双面画屏，替他遮挡了晚风。

这些女人欢笑着，面带笑容，陶醉的神情好像将身体泡在温度刚好的浴池里。在说话时,她们翻飞的手指和白皙柔嫩的咽喉处就像是装着小巧的金属合页,让自己的脑袋在点头时停在合适的角度,从而能在应对别人的戏谑时瞬间流露出嗔怪的眼神,同时依旧保持着嘴边的微笑、倾听客人讲话时忽然严肃的举止以及抬手轻撩发丝时刹那间略显忧愁的茫然……清显看到她们的千姿百态,不由自主地比较起艺伎频繁送出的秋波与聪子那独特眼神之间的不同。

这些女人的秋波固然轻巧,但眼神和思想是分离开来的,只会像扰人的飞虫盘绕在身边,绝不像聪子那样充满着优雅的律动。

清显看到聪子在远处与洞院宫殿下谈话。她的侧脸映着夕阳恬淡的余晖,仿佛遥远的水晶、琴音和山褶,充满了距离酿造的玄幽之美。加之有树木间渐渐浓郁的暮色作为背景,她的侧脸仿佛夕阳下的富士山那样轮廓分明。

新河男爵与绫仓伯爵三言两语地聊着。两人身边都有艺伎服侍,但从举止看来,他们对艺伎的样貌丝毫不感兴趣。两人站在散落着樱花花瓣的草坪上,新河男爵发现绫仓伯爵光亮到能映出落日余晖的鞋尖上沾着一片染脏的花瓣,那鞋子小得像女鞋一样。除此之外,伯爵那只端着玻璃杯的手掌也像孩子那样白皙小巧。

男爵对这种濒临衰亡的血脉深感嫉妒,同时又觉得伯爵那种极其自然、面带微笑的恍惚状态,与自己这种英国式的恍惚状态之间,产生了一种与其他人无法进行对话的情景。

"在各种动物里,还是啮齿目最可爱。"伯爵突然说道。

"啮齿目啊……"男爵心里对啮齿目动物没什么概念。

"比如兔子、天竺鼠、松鼠之类的。"

"您养着这些动物吗？"

"不，没养过，家里会有不好的味道。"

"就算可爱也不养吗？"

"问题在于它们没办法写进和歌里面。不能用和歌吟咏的事物不得放在家里，这是我们家的家规。"

"是这样啊。"

"虽然不养，但这些小动物毛茸茸的，它们战战兢兢时的样子我觉得比什么都可爱。"

"这倒也是。"

"不知道为什么，越是可爱的东西气味也就越大。"

"是有这么一说。"

"听说新河先生在伦敦长期居住过……"

"在伦敦喝茶的时候，侍者会向每个人都问上一遍——先倒牛奶，还是先倒红茶？其实混在一起能有什么区别？然而先倒牛奶还是先倒红茶这个问题对于他们来说，简直比国家政治还重要……"

"您讲的故事很风趣。"

两人没有给艺伎插嘴的机会，虽说是来赏花，但他们的思绪看来并不在樱花上。

侯爵夫人陪伴着妃殿下。因为妃殿下喜欢长歌，也常弹三味线，因此论伴奏在柳桥首屈一指的老艺伎也在一旁陪着说话。侯爵夫人说，有一次在亲戚的订婚宴上，大伙曾用钢琴、三味线和古琴合奏了《松之绿》，玩得非常开心。妃殿下对此很感兴趣，表示如果当时自己也在场就好了。

侯爵动不动就放声大笑，而洞院宫殿下笑的时候总是用手掌优雅地遮掩住胡须，声音显得没那么大。这时，扮演盲眼艺人的老艺伎在侯爵耳边小声说了一句，侯爵立刻大声对客人们宣布：

"诸位，赏花舞表演即将开始，请大家都来舞台前……"

负责说这句话的本应是管家山田，如今却突然被主人抢走了工作，他不禁眨了眨镜片后那双黯淡的眼睛。这是他遇到突发状况时能够露出的、象征忍耐的唯一表情。当然这种表情不会让任何人发现。

既然自己绝不干预主人的工作，那主人也不该插手他的工作。去年秋天也发生了一件差不多的事情。住在伯爵家里的外国小孩在府邸里捡橡子玩。这时山田的孩子们也来了，外国小孩便将手里的橡子分给他们，但他们坚决不要，这是因为山田平日里严格教育他们绝不能碰主人家里的东西。外国小孩的父母对山田家的孩子们的态度产生了误解，便去找山田讨个说法。孩子们一本正经地板着脸，嘴角露出恭敬却有些畏惧的神色，但山田了解情况后，却大大赞扬了他们……

山田一刹那间想起这件事情，便用不太利索的腿踢起自己的裙裤，带着悲伤的心情猛地冲进客人中间，急匆匆地将他们领到台前。

就在这时，从湖畔舞台上红白相间的幕布里传出两声梆子响，仿佛有人撕裂空气，将一把崭新的木屑扬在空中。

十 九

　　清显与聪子的独处，是在赏花舞表演结束，宾客们伴随着即将降临的黄昏进入洋馆后得到的短暂机会。欣赏过表演的宾客与艺伎们掺杂一处，醉意渐浓。灯光还未亮起，洋馆里一片喧闹。这是个欢乐与不安交织的时刻。

　　清显远远地使了个眼色，知道聪子已经心领神会，保持适当距离跟在他身后。山丘上的小径一条通往湖边，一条通往大门，在岔路口处，红白两色的幕布上有个接缝，这里又恰巧长着一棵巨大的樱树，遮蔽了众人的视线。

　　清显先钻出幕布藏好，聪子刚要过来，却遇上了几名游罢红叶山归来，刚从湖畔登上此处的妃殿下的随侍女官。清显没法露头，只得在树下等待聪子寻找机会脱身。

　　只有像这样独处时，清显才初次有机会仔细仰头观察着这棵樱花树。

　　盛开的樱花挤满了朴实无华的漆黑色枝头，仿佛充斥在礁石表面的白色贝壳。晚风吹鼓了幕布，也首先晃动着低矮的树枝。只见枝头的花朵颤颤巍巍，仿佛在相互低声私语。那些伸得远远的长枝上，花朵也在大幅度地一摇一摆着。

樱花洁白，只有成串的蓓蕾呈浅红色。但细细看去，洁白的花朵中却藏着星形的茶红色花蕊，如同穿过纽扣的丝线，紧紧地绷在中间。

傍晚时分，蓝天白云相互交融，彼此冲淡了对方。花枝纵横相间，将天空分割成许多小块，花朵的轮廓融进傍晚的天空，仿佛快要无法看见，树枝与树干的黑色也因此显得愈发深沉。

每过一分一秒，清显都觉得自己与傍晚的天空和樱花变得更加亲近。在仰望的过程中，清显的内心逐渐变得不安。

幕布鼓胀起来，清显原以为又是风儿作祟，却是聪子沿着幕布钻了进来。清显捉住了聪子的手，它被黄昏的风儿吹得冰凉。

清显想吻聪子，她怕被人发现，没有同意。但在她小心地不让和服沾到树干上粉末般的青苔时，被清显趁势搂入怀中。

"这样只会觉得难受，清少爷，请放开我。"

聪子低声说着，似乎很害怕被附近的人发现。清显不由得对她这副心慌意乱的样子感到不满。

如今，在他们所在的樱花树下，清显想得到自己身处幸福顶峰的保证。尽管躁动的晚风助长了焦灼不安的情绪，但他想证明在这一瞬间，自己与聪子真的置身于别无所求、至高无上的幸福当中。因此只要聪子表现出一丝抗拒，这愿望便无法实现。此时的清显简直像个嫉妒心极强的丈夫，只因妻子没能和他做相同的梦便大加责怪。

聪子被他搂在怀里，欲拒还迎地闭着眼睛，那美丽找不到合适的言语形容。恰到好处的线条勾勒出的面庞，既端庄稳重又风流妩媚。

樱唇微微翘起，不知是泫然欲泣，还是要莞尔一笑。清显不禁着急地想借着傍晚仅存的些许光线加以辨认，但就连爬上她鼻翼的阴影，都在预示着夜幕即将降临。清显望见了聪子半掩在秀发中的耳朵。她的耳垂呈粉红色，耳轮精致无比，仿佛曾在他梦中出现过的，容纳着一尊精致佛像的小巧珊瑚佛龛。天色已暗，她的耳窝深处似乎藏着什么神秘的物事。难道那是聪子的芳心？如果不是的话，那颗芳心究竟藏在何处？莫非藏在她那微张的樱唇后，温润的皓齿间吗？

　　清显苦于如何才能抵达聪子的内心。聪子似乎不想让清显继续端详自己的脸，便突然将面孔贴近清显，和他吻在一起。清显搂着她纤腰的手指感到一阵温暖，仿佛置身于无数花朵尽皆腐烂的温室中。他觉得如果能将鼻子埋进花丛里猛嗅一气，即使窒息而死，也是无上的幸福。尽管聪子一言未发，但清显的幻想已经只差一步，就能到达完美而均衡的状态了。

　　两人的嘴唇分开后，聪子将覆盖着浓密秀发的脑袋一动不动地埋在清显穿着校服的胸膛上。清显沉醉在她发油的馨香气味中，同时视线越过幕布，眺望着远处那片泛着白银色的樱花，他不禁觉得带着一丝忧伤的发油香味，其实就是樱花的香味。落日余晖中，远处的樱花层层叠叠，如蓬松的羊毛般稠密厚实。那些樱花的颜色是接近银灰色的浅粉，但花团锦簇的深处藏匿着一丝不祥的殷红，与死者妆容颜色相同的殷红。

　　清显突然察觉到聪子的脸颊已经被泪水沾湿。还没等他用不幸的探求精神分析那究竟是幸福的泪水还是难过的泪水时，聪子的面孔就离开了他的胸膛。她连泪水都存不上拭去，就一反常态地用锐利的眼

神望着清显,并用一种近乎无情的语气不间断地说道:

"清少爷,您只是个孩子!是个孩子!您什么都不懂,也什么都不想懂。如果我当初没有那么多的顾忌,把一切都教给您就好了。不管多么自以为是,清少爷,您都还只是个在襁褓中的小婴儿!要是我能再多照顾您些,多教导您些就好了,可是一切已经晚了……"

说完这些话后,聪子便转身消失在幕布的另一边,将这位心灵被深深伤害的年轻人独自留在原地。

究竟发生了什么事?聪子精心罗列出一串最能深深伤害他的话语,瞄准他最为脆弱的部位狠狠射出一箭,箭上还涂满了对他最能见效的剧毒。可以说,这简直是一篇能够伤害到他的语言集锦。清显首先应该察觉到这种非比寻常的毒素有多剧烈,更应该想想自己为什么会得到这样一个如此纯粹的恶意结晶。

清显顿时心跳加速,双手止不住地颤抖,泪水因委屈夺眶而出,同时心头又翻涌着怒火。他呆立原地,完全无法在逃脱出这种感情后思考问题。他发现想要在这种情况下重新出现在客人面前,装作一副若无其事的样子,并在深夜活动结束前与他们共度时光,真是难上加难。

二十

宴会圆满结束，没有发生什么明显的疏漏。侯爵性格粗犷豪放，他本人对这场活动自然满意，也乐意相信宾客们都心满意足。在他眼中，侯爵夫人只在如今这一短暂的时机最具有光辉耀眼的价值，如下的一问一答能够体现这点。

"宫洞院殿下和妃殿下始终都眉开眼笑的，想必是尽兴而归吧。"

"可不是嘛。两位殿下说，自先皇驾崩以来，他们还是头一回这么开心。"

"这话虽然有失敬重，却也算真情流露了。不过活动从下午一直开到半夜，时间这么长，没累着客人吧？"

"哪儿的话，计划安排得细致周密，流程也井然有序，有趣的节目一个接着一个，大伙儿哪儿会有工夫觉得累呢！"

"没有哪位客人看电影看到打盹儿吧？"

"没有，大伙儿都睁大了眼睛，看得可带劲儿了。"

"这么一说，聪子可真是个善良的姑娘啊，那部电影的确相当感人，但只有她看得直掉眼泪。"

播放电影的时候，聪子毫不掩饰地哭着，直到灯光重新亮起来时，侯爵才注意到她的泪水。

清显感到筋疲力尽，回到了自己的房间，但双目清醒，全无睡意。他打开窗户，面对阴暗的湖面，只觉得有无数青黑色的甲鱼脑袋，正探头仰望着自己……

最终他还是忍不住，按铃叫来了饭沼。如今已经从夜大毕业的饭沼，晚上一定会在家中。

饭沼走进屋来，一眼就看出少爷因愤怒与焦灼而面目全非。

近来，饭沼渐渐学会了察言观色，这是过去的他万万做不到的。而如今他看清显的表情就像观察万花筒般，无论细碎而多彩的玻璃片以怎样的方式组合，他都看得一清二楚。

这样所导致的结果，就是饭沼的心境与爱好都产生了变化。曾经饭沼觉得主人那张多愁善感以至憔悴的面孔，反映着他那颓废而懦弱的灵魂，因而对此感到憎恶。但现在他甚至觉得这副光景别有一番趣味。

清显那带着忧郁气息的美貌，的确与幸福和欢喜不太相称，能令他的气质上升一个台阶，反而是悲伤与愤怒。而当清显显得愤怒和焦灼时，又必然会表现出一种无依无靠、试图撒娇的双重特征。只见原本白皙的脸颊变得更加苍白，清秀的双目充血发红，扭曲的眉毛歪到一旁。因失去重心而踉跄不稳的灵魂寻求倚扶的渴望，恰如一首飘荡在荒野中的歌曲，颓废中透露着娇痴。

不知道清显要等到何时才会开口，饭沼于是不等清显吩咐便坐到椅子上。清显的桌上放着今晚正餐的菜单，饭沼将它拿在手中看着。

他知道自己就算在松枝家再待上几十年,也没机会享受到这些佳肴。

大正二年①四月六日赏樱会晚餐

一、羹汤 清炖老鳖汤

二、羹汤 鲜鸡浓汤

三、鱼肉 奶油炖鳟鱼

四、畜肉 牛里脊烩洋菇

五、禽肉 鹌鹑烩洋菇

六、畜肉 烤羊里脊配西芹

七、禽肉 冷盘肥鹅肝

配菠萝果汁冰激凌

八、禽肉 斗鸡烩洋菇

(纸盒盛装)

九、蔬菜 奶油芦笋

奶油菜豆

十、点心 冷奶油布丁

十一、点心 双色冰淇淋

各色小点心

饭沼拿着菜单看个没完。清显眼中既透出轻蔑的眼光,也满是求恳的神色,内心久久无法平静。饭沼等着对方主动开口,这种没有眼

---

① 1913年。

力见儿的谦恭令清显有些气愤。要是此时饭沼能忘记主仆关系，像一位大哥那样将手搭在清显肩上问他发生了什么，那么想尽抒胸臆就方便得多了。

清显没有发现，此刻坐在他面前的饭沼已经不是过去的饭沼了。清显不知道这个过去只会笨拙地压抑着胸中一腔激情的男仆，如今已经在用平和、温顺的心情面对自己，而且在努力地踏足于原本并不擅长的、纤细脆弱的感情领域中了。

"你一定不懂我现在的心情。"清显终于主动开口，"聪子狠狠羞辱了我一番，听她那副语气，简直没把我当人看。在她眼中，我过去的行为都是些愚蠢的儿戏。她真就是这么说的。她偏偏用我最不愿听到的话对我一顿训斥，这种态度真是令人失望透顶。这么说来，那个雪日的清晨，我对她千依百顺，可她只是把我当玩具来耍……在这方面你有没有什么线索？比如说从蓼科那里听说过什么……"

"不清楚，没想到什么。"

尽管饭沼这样说，但他用来思考这个问题的时间却长到令人觉得蹊跷。这种情况仿佛藤蔓般缠绕在清显变得格外敏锐的神经上。

"胡扯！你肯定知道些什么。"

"不，我什么都不知道。"

在这种强硬的问答过后，饭沼终于说出了一件过去没有告诉清显的事。尽管饭沼已经能看穿别人的心思，但对内心的反应却依旧迟钝。他并没有意识到自己语言的斧刃将在清显心里留下多深的伤口。

"这是我从阿峰口中听到的，她只对我一个人说过，还叮嘱我千万不能告诉别人。但既然此事和少爷有关，我也不便隐瞒。

"新年举行的家庭团圆会上,绫仓小姐不是来过这儿嘛。每年那天,侯爵老爷都会与亲戚家的少爷和小姐们亲密交流,有问必答,知无不言。那天,侯爵老爷带着一副开玩笑的语气向绫仓小姐这样问道:

"'聪子有没有什么心里话儿想和我说?'"

"于是绫仓小姐也用玩笑似的语气说道:

"'有的,侄女有件非常重要的事儿想请教伯父您,是有关您教育方针的问题。'

"事先强调一下,这些内容都是侯爵老爷与阿峰同床共枕时说的(在说这句话时,饭沼饱含着难以言说的悲痛),他在床上笑呵呵地告诉阿峰,阿峰又将这件事原封不动地说给我听。

"接着刚才的话,绫仓小姐所说的话勾起了侯爵老爷的兴趣,他向绫仓小姐问道:

"'你说的教育方针具体是指什么?'

"绫仓小姐回答:

"'侄女听清少爷说,伯父您带他去花街柳巷野游,进行实地教育。后来清少爷在侄女面前摆架子,炫耀自己学会如何玩女人,成了真正的男子汉。请问伯父您真的做过这种不道德的实地教育吗?'

"这种话题虽然难以启齿,绫仓小姐却问得极为流畅。

"侯爵老爷听后哈哈大笑,接着说道:

"'这个问题可真够尖锐的!简直像贵族院答辩会上,矫风会[①]的

[①] 全称"日本妇女矫风会",于1866年由日本基督教信仰者发起,其宗旨是致力于和平、女性权利和节制酒烟三大目标的实现。

那些人所提的问题一样。如果事实真如清显说的那样，我依然解释得清，只可惜我的这种教育方式，恰恰遭到了他本人的严词拒绝。他这个不肖子一点也不像我，既晚熟又有洁癖。我是大力邀请过他，可这小子却一怒之下转身就走。只是没想到他会在你面前打肿脸充胖子，自吹自擂起来了，这倒有点儿意思。可就算再亲密，也不能和淑女提起花街柳巷的事儿啊，我可没这么教过他。看来真得把他叫过来好好责骂一通，这样一来他或许能振作起精神，想去品尝一番花街柳巷的滋味了。'

"绫仓小姐费尽唇舌，才说服侯爵老爷停止这种轻率的举动，老爷也答应她把那天听到过的话当作耳旁风，不会讲给任何人听，但最终还是说给了阿峰听，而且像谈笑话一样有说有笑。当然，老爷也叮嘱阿峰，这件事绝对不能透露。

"可阿峰毕竟是女流之辈，心里藏不住话，于是把这件事告诉给我了。我严肃地警告她此事关乎少爷名誉，要是敢说给别人听，我们就断绝关系。她可能没想到我会这么认真，在我的威胁下，应该不敢再说给别人听了。"

听着饭沼的话，清显的脸色愈发苍白。过去他始终被蒙在鼓里，在迷雾之中碰壁，如今云消雾散，一排洁白的玲珑玉柱出现在他面前，一切模糊不清的事物，都清晰地展现出了轮廓。

首先，尽管聪子曾无比坚决地否认自己看过清显的信，但她还是看了。

信中的话语当然会令她多少感到担忧，但在新年举行的家庭团圆会上，她从侯爵的口中得知清显是在说谎，于是便得意忘形，沉醉在她所谓的"幸福新年"中了。这样一来,那天在马厩前聪子受热情驱使,突然大胆地向他告白,其中缘由也就一目了然了。

正因如此,聪子才会像那天那样,放心大胆地邀请清显外出赏雪!

尽管光凭这些还无法解释聪子今天的泪水以及她粗鲁的指责,但如今可以明白的是,聪子从头到尾都在说谎,从头到尾都在发自内心地瞧不起清显。无论如何辩解,她将自己的快乐建立在清显痛苦之上的事实是任何人也无法否定的。

"毫无疑问的是,聪子一边责怪我,说我像个孩子,一边却又想让我永远做个孩子。真是个奸诈狡猾的女人!有时她表现得小鸟依人,充满了女人味,但心中却始终不忘对我进行轻侮。她表面上敬我爱我,实际上却只是玩弄我的感情。"

清显怒不可遏。但他忘记了整件事情原本就是因自己那封骗人的书信而起,最先说谎的也正是他自己。

清显将所有的过错都归结于聪子的背信弃义。一个处于少年与青年交界线上的小伙子,最看重的就是自己的自尊心,但聪子伤害了他的自尊心。在大人眼里,这只不过是件微不足道的小事(父亲松枝侯爵为这件事而笑就是很好的证明),然而男性在某个时期的自尊心,是世界上最为脆弱、最容易被这些小事所伤害的东西。无论聪子是否清楚这一点,她都以最无情的方式彻底蹂躏了清显的自尊心。清显感到了巨大的羞辱,简直不啻于生了一场大病。

看着清显面色苍白,始终一言不发,饭沼也跟着心痛。他没有意识到令清显受伤的正是他自己。

多年以来，都是饭沼受到这位俊美少年的伤害。但他未能发现，尽管毫无复仇之意，刚刚他已经深深伤害了清显。但他也是第一次发现，这位少年垂头丧气的样子竟是如此可爱。

饭沼多想扶他起身，将他抱到床上。如果他伤心哭泣，自己一定也会流下同情的眼泪。正当他感动于自己甜美的想象时，清显抬起了面孔，那上面没有眼泪，甚至没有一丝泪痕，他眼中射出的冰冷目光瞬间击碎了饭沼的幻想。

"知道了，你可以走了，我要睡了。"

清显从椅子上站起来，将饭沼向门口推去。

二十一

从第二天起,蓼科多次打来电话,但清显都没接。

蓼科找到饭沼,说小姐有要事想直接对少爷讲,请务必转告一声。但这方面清显有过吩咐,因此饭沼不肯去请。聪子甚至亲自打电话来恳求饭沼,但依旧被饭沼强硬地拒绝了。

电话一连打了好几天,搞得松枝府上的佣人们议论纷纷,但清显坚决不接,最后蓼科终于找上门来。

饭沼在昏暗的后门门口接待了蓼科。他穿着笔挺的小仓裙裤,端正地坐在门口台阶上方的正中央,摆出一副绝不让她进门的架势。

"少爷不在家,你见不着他。"

"他不可能不在家。你要是再这么拦着我,就叫山田先生来和我说话吧。"

"山田来了也是一样,少爷绝对不会见你的。"

"好吧,那我就硬闯进去面见少爷。"

"房间里上了锁,你根本进不去。想闯进去,那是你的自由,但你使命在身,要是让山田知道,或是闹得府上大乱,事情传到侯爵老爷耳中,你觉得这成吗?"

蓼科不吭声了，在一片阴暗中咬牙切齿地盯着饭沼那因酒刺而凹凸不平的面孔。在饭沼眼里，蓼科酷似一个画在皱纹纸上，以明媚春日里种植在马车停放处的五叶松遍布的叶梢为背景的人物。她老迈的面孔上遍布皱纹，皱纹的缝里堆着厚厚的白粉。在蓼科那厚重的双眼皮下，深陷在眼窝里的双目充满了凶狠的怒意。

"好吧。不过就算有少爷的命令，你把话说得这么死，看来也是做好心理准备了吧。过去我没少成全你的好事，今后就算一拍两散了。少爷那边，你替我向他问好吧。"

——四五天后，聪子寄来一封厚厚的信。

聪子过去都是顾忌着山田，吩咐蓼科直接把信亲手交给饭沼，再由饭沼送到清显手中。但这封信却是光明正大地装在装饰着泥金花纹的漆盘里，由山田送来的。

清显特地将饭沼叫到屋里，给他展示了这封还没拆开的信，然后让他打开窗户，当着他的面把这封信丢进了火盆。

饭沼望着清显白皙的手躲避着摇晃的火苗，拨拉着厚厚的信纸，以免火被压灭。望着信纸的碎片像小动物一样在桐木火盆里被热气激得乱窜，饭沼觉得自己仿佛目睹了一场精妙的犯罪活动。如果自己成为共犯，一定能使这起案件变得更加巧妙，但他生怕被清显拒绝，便没有去帮忙。清显把自己叫来，只是为了让自己充当案件的证人。

清显躲避不及，被烟熏出了一滴眼泪。饭沼曾渴望对主人进行严厉的教导，并且在泪水中获得他的理解。如今就在自己眼前，那张被火苗烤得发热的面颊上流下了一滴绝美的眼泪，但这却与饭沼的力量丝毫无关。为什么无论何时何地，自己在他面前都只会感到无能为力呢?

大约一周之后,又到了父亲松枝侯爵早归的一天。清显在正房的日式房间里与父母共进晚餐,上次这样做已经是很久之前了。用餐时,伯爵兴高采烈地说道:

"时间过得真快啊,明年你就会被天皇赐官从五位。等到那时,就让家里的下人们叫你'五位少爷'吧!"

清显打心眼儿里诅咒着明年即将到来的成年礼。才十九岁的他,就早早地对成长感到了倦怠,他怀疑自己是受到了疏远聪子的影响。小时候清显曾掰着指头盼望着新年,急切地盼望着能快快长大,但如今他已经没有了这种心情。他只是冷冷地听着父亲的话语。

用餐时,一家三口依旧遵循惯例。母亲顶着略显忧伤的八字眉,体贴周到地照顾着丈夫和儿子,红着脸膛的侯爵刻意表现得非常开心,每个人都扮演着自己的角色。这时,父母轻轻对视了一眼,这种动作甚至称不上眼神交流,但清显立刻察觉到了。他对此感到惊讶,因为没有什么比这对夫妇之间的默契更加值得怀疑的了。清显先向母亲脸上望去,母亲表现出一丝怯意,连话都有些说不顺畅了。

"……是这样,有点不太好问出口,但其实也不是什么大不了的事儿,只是想打听一下你的想法。"

"什么事?"

"其实呢,又有一户人家向聪子提亲了。撮合这门亲事可不容易,一旦谈下去,就没法儿轻易拒绝了。尽管现在聪子的态度还是模棱两可,却也没像过去那样一口回绝。她父母在这方面也相当积极……所以就想问问你的想法。你和聪子从小就要好,她和人家结婚，不知道你反不反对。你愿意就说愿意，不愿意就说不愿意。要是有什么意见，就如实说给你爸爸听。"

清显连筷子都没停下，母亲话音刚落，他就面无表情地答道：

"没意见，这事儿和我又没什么关系。"

短暂的沉默后，侯爵毫不慌乱，依旧用愉快的口吻说：

"怎么说呢，事态还能挽回。所以吧，如果，我是说如果，心里还有什么迈不过去的坎儿，你就跟我说。"

"没什么过不去的坎儿。"

"都说只是'如果'了嘛，总之没有就好，毕竟咱们受人家多年的恩惠。这门亲事咱们得尽心尽力帮着人家，能使多大劲儿就使多大劲儿，该花的钱也得花着……对了，祭祖的日子就在下月，如果那边的亲事顺利进展下去，聪子就会忙碌起来，到时候可能就没法来参加了。"

"那打从一开始就别叫她，不就好了？"

"这可真是令人吃惊，没想到你和她居然成了冤家对头。"

侯爵哈哈大笑，笑声刚好终止了这个话题。

在父母眼里，清显终究是个谜一般的存在。两人与清显之间的思维方式差异太大，导致他们每次寻找他感情的踪迹，总会迷失方向，最终只得死心。如今侯爵夫妇甚至对清显在伯爵家受到的教育颇有微词。

自己曾经心怀向往的公卿贵族之家的优雅，难道就只是意味着这种意志松散、难以理解的性格吗？尽管远远望去是那样美好，但近距离查看儿子的教育成果，却陷入了深深的谜团之中。侯爵夫妇内心的衣物尽管看上去花费过不少心思，却只是南国风格鲜艳的单色；而清显的内心，却毋宁说是古代宫中高级女官的华服，灰黄里透着鲜红，鲜红里又透着竹青，五色缤纷，直让人眼花缭乱。光是试图揣度清显的内心，就足以令侯爵筋疲力尽；光是看着对一切事物都漠不关心的儿子那冷漠而无言的美貌，就足以让侯爵劳心伤神。探寻自己少年时代的记忆，侯爵从未有过这种模糊不清、忐忑不安的烦恼，

仿佛水面看上去荡漾着涟漪，水底却清澈平静。

过了一会儿，伯爵又说：

"说点别的吧，最近我打算把饭沼辞掉。"

"为什么？"

清显脸上好不容易终于露出了惊愕的神色。这件事的确出乎他的意料。

"他照顾了你这么久，你明年就要举行成年礼，他的大学也读完了，这一阵子离开正好。至于直接原因，是最近我听到有关他的一些丑事。"

"什么丑事？"

"听说他在家里的行为不检点，说白了就是他和女佣阿峰私通。这事儿放在过去可是要杀头的。"

听到这番话时，侯爵夫人的态度异常平静。在这方面的问题上，无论从哪个角度来讲，她都会坚定地站在侯爵这边。清显又问了一句：

"听谁说的？"

"谁都无所谓吧。"

清显的脑海中立刻浮现出蓼科的面庞。

"虽说放在过去是要杀头，可在如今的世道已经行不通了。他是老家推荐的人，那边的中学校长每年也都会来咱家拜年。我觉得不要把事情闹大，低调一点，让他离开就好，这样也不至于损害他的前途。此外，我还想成全他们俩的名分，把阿峰也辞掉。如果本人有意，就让他们结为夫妻，再帮饭沼找份工作。总而言之，主要的目的是让他离开咱家，但最好也别招来什么怨恨。毕竟他照顾你这么多年，这是不可否认的事实，这方面他没有任何过失。"

"为他做到这个份儿上，也算是仁至义尽了……"

侯爵夫人说道。

当他晚上，清显见到了饭沼，但什么也没说。

清显任自己倒在床上，脑袋里浮想联翩。他知道今后自己将孤身一人。尽管还有本多这个朋友，但他又不可能将整件事情原原本本地告诉本多。

清显做了个梦，这个梦是如此虚无缥缈，错综复杂。他在梦中都觉得这个梦境很难记录在自己的《梦境日记》当中。

梦里出现了各种各样的人，他一会儿看见本多，他在大雪纷飞的第三联队军营里当上了军官；一会儿看见一群孔雀飞落到雪地上，两位暹罗王子正给聪子戴上一顶垂着长长璎珞的金冠；一会儿看见饭沼和蓼科在唇枪舌剑地争吵，又突然相互扭打着共同摔入了无尽深渊；阿峰突然坐着马车前来，侯爵夫妇恭敬迎接；而清显自己则划着木筏，漂流在漫无边际的海面上。

清显在梦中想，由于自己在梦里陷得太深，梦境已经满溢而出，进入现实世界，导致梦境泛滥成灾。

二十二

洞院宫第三王子治典王殿下今年二十五岁，刚刚晋升近卫骑兵大尉一职。他卓文强识，为人豪爽，是父亲洞院宫殿下最器重的王子。但也正因为这种性子，在选妃问题上，他从不听从别人的意见。人家给他张罗了不少人选，都没入他法眼，以至年纪渐长，却未娶亲，父母正为此事感到发愁。此时，松枝侯爵邀请两位殿下参加赏樱会，并假装在不经意间将绫仓聪子引见给了他们。两位殿下对她十分满意，并索要了一张聪子的照片。绫仓家便迅速呈上了一张聪子身穿盛装礼服的照片。治典王接过照片后目不转睛地望着，往常那种尖酸刻薄的话连一句也没说。这样一来，尽管聪子二十一岁的年龄曾经是个问题，现在却也都无关紧要了。

为了报答将清显寄养在伯爵家的恩情，松枝侯爵始终惦记着帮助中落的绫仓家族振兴家业，而与皇室结姻就是一条捷径。即使并非成为天皇直系血亲的皇妃，也算是相当不错了。绫仓家是羽林出身的名门公卿世家，与皇室结姻也实属正常，只是需要身后有座靠山。既要出一大笔钱作为陪嫁，逢年过节还要给皇家侍从和家仆赠送礼金，而这笔钱对于绫仓家来说简直难以想象。因此松枝家已经做好了替伯爵出这笔钱的准备。

　　身边的人忙得焦头烂额，但聪子对此却只是冷眼旁观。四月份没几个晴天，昏昏沉沉的天空下，春意渐渐淡薄，夏日即将到来。这座武士宅第只剩门面气派非凡，房间构造却异常朴素。隔着房间里的矮窗，聪子望着宽敞而无人打理的庭院。山茶花已经掉了，漆黑坚硬的叶丛里冒出了新芽。石榴细小的枝叶顶端生满尖刺，也像过敏般冒出了淡红色的嫩芽。它们的新芽都挺立着，让整个庭院像是踮起脚尖、挺直脊背一样，看上去长高了几分。

　　聪子最近明显变得沉默寡言，常常独自陷入沉思。蓼科看在眼里，不禁感到着急。一方面，聪子对父母的吩咐百依百顺，父母要她做什么都老实照办，不像过去那样总是唱反调了，而是面带笑容接受一切安排。然而在温顺背后，隐藏着聪子对万事都漠不关心的态度，有如阴云密布的天空。

　　入了五月，一天，聪子收到邀请她去洞院宫别墅出席茶会的请柬。往年这个时候，聪子早该收到松枝家发来的邀请她出席祭祖典礼的请柬了，但如今她最为期盼的邀请却未曾到来。取而代之的是，王府的事务官将请柬冷淡地交给管家之后便离开了。

　　这一切看上去无比自然的事态，实际上都经过了极其隐蔽和周密的安排。父母并未透露过什么，却与周围的人们一起，在聪子身边的地面上偷偷地画了一道道复杂的符咒，想将她封锁在其中。

　　绫仓伯爵夫妇自然也受邀参加了这场茶会。但若由王府派马车迎接，未免显得太过隆重，于是借了松枝家的马车前往。洞院宫家这座别墅在明治四十年①建于横滨郊外,若没有参加茶会的事,这趟前往横滨的马车之旅,倒是全家人不可多得的一场愉快郊游。

这是个许久未有的晴天,伯爵夫妇觉得是个吉兆,都很高兴。一路上南风猛吹,家家户户的鲤鱼旗②迎风招展。依照惯例,家里有多少孩子就要挂出多少面旗,或是大黑鲤与小红鲤掺杂在一起挂上五条。这样显得较为繁盛,旗帜被风吹起后也不会乱飘。伯爵突然用白净的手指指向山脚处一户人家,隔着车窗能够望到,这家的鲤鱼旗居然挂了十条。

"这家人可真能生。"

伯爵抿着嘴巴笑道。聪子觉得父亲开的这个玩笑颇为粗鄙,有失身份。

新绿色的嫩叶喷薄而出。放眼望去,群山遍岭之间有无数种绿色涌至眼前,既有接近黄色的嫩绿,也有深沉的墨绿。其中最为特别的是从枫树嫩叶投射到地上的阴影,仿佛在地面铺了一片透着绛紫色的黄金。

"哎呀,有灰……"

母亲偶然间盯着聪子的脸,拿出一块手帕想要擦拭,却被聪子一下子闪开了。与此同时,聪子脸上的灰尘消失了,母亲这才发现原来是玻璃上有一处污点,把阴影投到了聪子脸上。

母亲的错觉没有让聪子觉得有趣,她只是轻轻一笑。母亲只有

---

① 1907年。
② 日本庆祝五月五日男孩节时所挂的旗帜,用来祈愿男孩像鲤鱼般健康成长,奋发向上。

今天才会那样细心照看自己的脸，仿佛在细细检查人家送她的一匹绸缎，这使她不太高兴。

怕风吹乱头发，因此马车的窗户紧闭着，车里热得像个火炉。车身不停地颠簸着，道旁连绵不绝的水田还没插秧，田里的水倒映着一片新绿的群山……聪子不清楚要对未来作何期待。她一方面胆大到令人蹊跷，放任事态沦落到无路可逃的境地，刻意品尝危险的味道；另一方面却又在等待着什么事情的发生。现在还来得及，还来得及。她期待自己能在千钧一发之际得到一张赦免令，却又怨恨着一切希望。

洞院宫家的别墅坐落在一处能够俯瞰大海的高崖上。这栋具备宫殿风格的洋馆里有着大理石的楼梯。绫仓一家人受到了宅邸总管的迎接，当他们走下马车时，低头看见港口泊着各式各样的船只，不禁发出赞叹。

茶会在一条窗口向南，能够观望海景的宽阔长廊中举行。长廊内布置有许多茂盛的热带植物，入口两旁还摆放着一对由暹罗王室馈赠的巨大月牙形象牙。

两位殿下就在这里招待客人。他们请客人不要拘谨，放松就座。佣人端来刻有皇室菊花纹章的银制茶具，里面泡的是英式茶叶。茶桌上还摆放着小型三明治、西式糕点和饼干。

妃殿下表示前些日子参加的赏樱会非常有趣，随后又聊起了麻将和长歌的话题。伯爵替默不作声的女儿说着好话：

"在家里都当她是个孩子，还没让她打过麻将。"

但妃殿下却笑着表示：

"哎呀，我们有闲工夫时会搓上一整天呢。"

聪子想到自己家里也有黑白十二子的古典式双六盘，但没有说出口。

洞院宫殿下今天比较随意，穿了身普通的西服。他陪着伯爵坐在窗边，像教小孩子一样指点着港口的各种船只，告诉伯爵哪个是开阔甲板型英国货船、哪个是遮浪甲板型法国货船等，卖弄着自己的学识。

看得出在现场的气氛中，两位殿下在选择话题方面很是发愁。无论运动还是美酒，哪怕有一个共同爱好也好，但绫仓伯爵却唯唯诺诺，只是带着一副笑脸被动地听着对方的话语。聪子今天初次感到从父亲那里学来的优雅竟然如此全无用处。原本伯爵偶尔还习惯在谈论的话题中插科打诨，装疯卖傻，开些颇具特色的玩笑，但今天明显不敢那样去做。

稍过了一会儿，洞院宫殿下看了看表，像是突然想起来般说道：

"小儿治典王今天恰巧从军队请假回家，他是个粗人，还请不要介意。别看他外表粗鲁，但心眼儿却不坏。"

话音刚落，大门口处就传来一阵嘈杂的声音，似乎是王子回家来了。

伴随着腰间军刀与足下军靴铿锵作响的声音，治典王殿下身着军服的雄壮身姿出现在长廊内。他向父王行了个举手礼，刹那间，聪子在他身上感到了一种徒有其表的威风。但洞院宫殿下明显十分欣赏他儿子这威武的气质，王子殿下也没有辜负父王的期望。这也是由于王子的两位兄长性格窝囊、体弱多病，早已令父王失望透顶。

治典王殿下之所以会摆出这样一副态度，似乎也是由于初次见到美丽的聪子，想隐瞒自己腼腆的模样。无论是寒暄致意，还是在那之后，殿下始终都不好意思正眼去瞧聪子。

王子身材虽不甚高，但体格健壮、行事机敏、个性高傲、意志坚定。尽管年纪轻轻，举手投足间却透着威严的气息。洞院宫殿下眯起眼睛打量着儿子，在心里大为满意。这似乎也是因为外界有这样的风言风语：治典王的父王尽管仪表堂堂，气质洒脱，内心深处却意志薄弱。

说到治典王殿下的兴趣，乃收集西洋音乐唱片，看来他在这方面有独到见解。这时，母亲对他说：

"给大家放一张听听吧。"

"是！"

治典王殿下说着，回屋取留声机去了。这时，聪子不由自主地用目光向他的身影追去。当他迈着大步离开走廊走进房间时，那双擦得锃亮的黑色皮质长靴上鲜明地滑过一道窗外的亮光，恍惚间，就连窗外的蓝天都宛如在靴面上一闪而过的青色陶片。聪子轻轻闭上眼睛，等着音乐开始播放。就在这时，等待的不安突然宛如一片黑漆漆的雾霾盘踞在她心中，就连唱针落在唱片上瞬间发出的微响，都像在她耳中炸开了一个雷霆。

后来，聪子与王子之间也只是随意交谈了几句。到了傍晚，伯爵一家便从洞院宫家告辞。过了差不多一周，王府总管来访，与伯爵交谈良久。最终，洞院宫家决定正式向宗秩寮[①]提交了一份请求授意的材

[①] 官内省下属机关，负责管理皇族、华族等贵族的日常相关事务。

料。聪子在私下里也看到了这份材料，内容如下：

宫内省①大臣阁下敬启：

　　现有治典王殿下与从二位勋三等伯爵绫仓伊文之长女聪子之间愿结姻亲一事，特此奏请，愿谨听圣意。

洞院宫府总管　山内三郎
大正二年②五月十二日

三天后，王府收到了宫内省大臣的通知：

关于答复洞院宫府事务官事由

洞院宫府总管：

　　关于治典王殿下与从二位勋三等伯爵绫仓伊文之长女聪子之间愿结姻亲一事，本省已予办理并转奏，谨候圣上旨意。

宫内省大臣
大正二年五月十五日

这样一来，请求授意的手续就此完成，过后可以随时奏请天皇御批。

---

① 日本政府机关名称，总管皇室的收支、衣食、杂务等官中之事。
② 1913年

二十三

　　清显已经升入学习院高等科最高年级，来年秋天就要读大学了。有人早在入学考试前的一年半就开始复习了。本多却没有这样做，这使清显非常满意。

　　由乃木将军恢复的全体住校制度，原则上讲是要严格遵守的，但还是允许体弱多病的学生进行走读。像本多和清显这种家里不打算让他们住校的学生，都持有像模像样的医师诊断书。至于是什么假病——本多是心脏瓣膜病，清显是慢性支气管炎。两人动不动就拿自己的假病跟对方开玩笑，本多装成心脏病患者喘不过气来，清显则是假装干咳。

　　谁也不相信他们真的得了那样的病，他们也用不着硬装，不过在上督武课的时候是个例外。督武课由几位在日俄战争中幸存的下级士官担任教官，他们总是不怀好意地假装不知道本多和清显没得病。训话时，他们就会表示：连住校都做不到的那些病夫，一旦国家需要，怎么指望他们报效国家？

　　两位暹罗王子也住了校。没住校的清显感到过意不去，便常常带些礼物拜访他们。已经成了清显挚友的两位王子相继对他大发牢骚，抱怨行动不便。那些既活泼又冷漠的住校生,未必能与两位王子相处得来。

清显疏远了本多许久,如今却仿佛一只厚着脸皮的小鸟,飞舞着回到他身边。但本多还是若无其事地接纳了他。清显看上去似乎也已经忘了自己之前冷落本多的事。一进入新学期,他像变了个人似的,总是表现出一种虚假的开朗和愉快,这令本多感到惊讶。当然,他什么也没问,清显也什么都没说。

即使对朋友也不敞开心扉,如今这对清显来说是最为明智的做法。这样就不用担心本多把自己当成一个被女人玩弄在掌心里的傻小孩。他知道,正因如此,自己如今才能在本多面前表现得自由而开朗。而且他唯独不想让自己在本多心中的形象破灭,唯独想在本多面前表现得像一个意志自由、思想解放的人。这种心情对清显来说,是补偿了被冷落的本多之后,对自己友情的最好证明。

清显反而对自己的开朗感到吃惊。后来,父母以平静的口吻跟他提起洞院宫家与绫仓家商谈婚事的进展,像讲笑话一样告诉清显——那个平时争强好胜的姑娘,在相亲时也免不了拘谨,连话都说不出几句。清显从他们的话中自然感受不到聪子当时的悲哀。

一个想象力贫乏的人,通常会在现实事件中直截了当地提取出自己需要进行判断的内容。但想象力丰富的人,却会在转眼间构筑起想象的城堡,把自己关在里面,并关上所有的窗户,清显就类似于这种人。

"这下就等圣上敕许了。"

母亲的这句话在他耳边久久不散。仿佛一条宽阔而幽深的长廊,在那深处有一扇门,门上挂着一把小巧而坚固的黄金锁。而在母亲说出"敕许"二字时,清显感觉自己就像咬紧牙关亲手扣上那把黄金锁一样,耳边真切地响起了上锁声。

清显仿佛在远处出神地望着那个平静地听着父母说话的自己,不禁感叹既不为愤怒也不为悲伤所动的自己是如此坚强可靠——"原来我是个远比自己想象中更不易受伤的人。"

过去父母大大咧咧的情感表达方式曾令他感到疏远,但现在他欣喜地发现自己毫无疑问地延续了父母的血脉。他不是容易被伤害的人,而是主动伤害别人的人!

想到聪子的存在一天天离自己远去,不久后就会变得无法触及,清显的心里不由得涌起一种妙不可言的快感。这种感觉仿佛目送着超度亡灵的灯笼将灯影投在水面上,乘着夜晚的潮水渐渐远去,心中只盼望它飘得越远越好。因为只有它飘得远远的,才能证明自己法力高强。

然而大千世界当中,却没有一个人能为他如今的心情做证,这使得清显很容易对自己的心情作假。因为平时总是会说"少爷您的意思我懂,交给我解决吧"的那个"心腹"的目光也被赶离了自己。比起摆脱蓼科这个满嘴谎言的老太婆,他更为能够甩掉那个亲密到近乎谄媚,也对自己忠心耿耿的饭沼而感到高兴。这下一切令人厌烦的事物就全部消失了。

父亲充满宽容的驱逐是饭沼自作自受,清显通过这种想法袒护着自己那颗冷酷的心。而且多亏蓼科告密,让自己没有打破"这件事我决不会告诉父亲"的约定,这让清显十分高兴。他觉得一切都归功于自己那颗水晶般冰冷透明、棱角鲜明的心。

饭沼离开松枝府前来到清显的房间告别,他哭了。清显从他的眼泪里看到了许多种意思。饭沼似乎在通过这种做法倾诉着他的忠诚,令清显感到不悦。

饭沼一言未发,只是一个劲儿地哭着。他想用这种方式向清显传达些什么。他们七年以来的关系,始于清显感情和记忆都还模糊不清的十二岁那年春天。每当清显回忆些什么时,记忆里总有饭沼的存在。饭沼的身影几乎覆盖了清显整个少年时期——那是一个穿着脏兮兮的藏青底碎白花纹和服的身影。他总是觉得不满,总是充满愤怒,总是想去否定。清显越是装作对他漠不关心,内心就越是感到沉重。但另一方面,饭沼将自己的情绪都藏在了阴郁的眼神里,才得以让清显在少年时期避免经受这些不满、愤怒和否定。饭沼所追求的事物只在他心中燃烧,他越对清显抱有期望,清显就离那期望越远,这倒不如说是极其自然的结果。

当清显将饭沼变为自己的心腹,饭沼给他的压力变得软弱无力时,清显或许就已经在精神方面向着两人的别离迈进了一步。这对主仆之间,本不该这样相互理解的。

饭沼垂头丧气地站在那儿,藏青底碎白花纹和服的领口处露出几缕杂乱的胸毛。望着他,清显也有些郁郁不乐。他那种强加于人的忠诚,被包裹在一具粗糙、厚重、惹人厌烦的肉体中。而这具肉体的存在本身,就是对清显的一种责难。他那张凹凸不平,长满脏兮兮的酒刺,连阳光照射过去都像是一滩泥泞在反光的面庞,仿佛在厚颜无耻地表示着阿峰信任自己,而且要跟他一起离开这个家。这是何等傲慢无礼！少爷遭到女人的背叛，孤身一人，学仆却能得到女人的信任，趾高气扬地离开家门。而且饭沼也坚信着今日的分别，是在自己忠心耿耿的基础上所发生的事，这令清显感到焦躁。

但清显还是保持着贵族气质，冷冰冰地表现出些许人情味。

"你离开这儿，不久后就要娶阿峰了吧？"

"是。侯爵老爷一番好意，我们就恭敬不如从命了。"

"到时候跟我说一声，我给你们送些贺礼过去。"

"多谢少爷。"

"找好住处后写信告诉我，我说不定会去打扰。"

"要是少爷能光临寒舍，那自然是再高兴不过了。但到时候的住处想必狭窄脏乱，不堪招待少爷。"

"这就别放在心上了。"

"是，既然少爷您这么说……"

饭沼又哭了起来，继而从怀里掏出一张劣质的草纸擤了擤鼻涕。

清显觉得自己口中的一言一语都与这种场合十分相称。流畅地说出这种心中早已构思好的、不带任何感情的话语，反而更能令人感动。清显原本应该生活在情感世界当中，如今由于需要而学习了政治心理学，它在必要时也适用于自身。他学会了身披情感的铠甲，并把它擦得精光锃亮。

如今这位十九岁少年的所有烦恼尽皆消失，又从一切的不安中得到了解脱。他感到自己成了一个冷酷而无所不能的人。一切都干脆利落地结束了。饭沼离开后，清显透过敞开的窗户，眺望着染上一片新绿的红叶山在湖中美丽的倒影。

窗边的榉树枝叶茂盛，如果不将头探得很远，就无法望见第九段瀑布奔入水潭的景色。靠近岸边的湖面上布满了薄薄一层嫩绿的莼菜叶。尽管还未能看见萍蓬草的黄花，但隔着大厅前那座九曲桥的桥洞，能望见从菖蒲花那一丛利箭般的绿叶中，冒出了几朵紫色与白色的鲜花。

清显的目光停在一只落在窗框上，正缓缓向屋内爬的吉丁虫身上。它那闪着绿色与金色光芒的椭圆形甲壳上，带着两道鲜艳的紫红色条纹。只见它缓缓地摆动触角，一点点地挪动着如同线锯般的细腿。在无尽的时间长河里，它近乎滑稽地郑重地保持着凝聚在全身的沉静色彩。在凝视的过程中，清显的心被它所深深吸引。这只小虫保持着璀璨的样态，一点点向清显靠近，这种毫无意义的移动似乎在训诫着他：时间的每个瞬间都在无情改变着现实的局势，究竟要怎样度过，才能令这时间显得美好而璀璨呢？他自己情感的铠甲又是什么样的？是否也像这只甲虫的铠甲一样，反射出自然而美丽的光彩，同时坚实到拥有抵抗一切外部事物的能力呢？

此时，清显觉得周围繁盛的树木、蓝天、白云、鳞次栉比的房屋等一切事物都围绕、侍奉着这只甲虫。这只吉丁虫如今就是世界的中心与核心。

今年祭祖典礼的气氛似乎不同于往年。

首先，往年举行典礼之前，饭沼早就鼓起干劲儿把场地打扫得干干净净，祭坛和椅子也会布置妥当，但如今他已不在，这份工作就落到了山田肩上。它过去并非山田的职责，又是后生小辈的工作，如今却要他来接管，山田对此感到不满。

其次，今年也没邀请聪子。这不过是意味着参加典礼的亲朋好友少了一人，更何况聪子也不是松枝家真正的亲戚，但众女客中没有一个人的长相能与聪子媲美。

神明似乎也对这种改变感到不悦。今年的典礼刚举行到一半，天空中就阴云密布，雷声作响。听着神官长祷念颂词的女人们担心下雨，没法静下心来。幸好当身穿深红色裙裤的巫女在众人的杯中斟入神酒之时，天空恢复了晴朗。强烈的日头晒得女人们用衣领遮掩并施了厚厚白粉的脖颈上冒出了汗珠。这时，藤萝架上的一串串花朵投下浓厚的影子，为后排的参加者遮挡了阳光。

典礼上人们对祖先的敬意与追悼的气氛一年比一年淡薄。如果饭沼还在，一定会大为光火。尤其在明治天皇驾崩之后，祖先们似乎都成了遥远的神明，被放置到帷幕深处，他们与当今社会的关系也变得越来越淡薄。尽管在参加典礼的人中以清显的祖母为首，还有着几位祖先年老的遗孀，但她们哀悼的泪水也早已流干。

在漫长的仪式中，女人们窃窃私语的声音一年比一年高。侯爵也有意不予责怪，因为就连他自己也觉得这种活动是一种负担，希望能够轻松一些，不至于使人感到沉闷。他始终注视着一位浓妆艳抹、有着琉球人长相的巫女。在仪式举行中，她那双黑亮的眼眸倒映在陶杯之内的神酒内，令侯爵瞧得出神。仪式刚一结束，侯爵便匆匆走到他那任职海军中将的酒鬼表弟身边，似乎开了一个跟那位巫女有关的下流玩笑，中将发出一阵阵尖锐的笑声，惹得人们纷纷注目。

有着一双悲戚八字眉的侯爵夫人，知道自己的面孔与这种仪式搭调,因此表情丝毫未变。

而清显则敏锐地察觉到弥漫在祭祀场地中的一股浓郁的气氛。女人们相互之间窃窃私语,态度越来越不够谦卑。五月即将过去,全家的女人都聚集在藤萝花架的阴影下。包括叫不出名字的低等使女在内,所有的女人都面无表情,甚至没有一丝悲伤,只是听从命令聚集于此,不久又将纷纷散去。她们心中充满了莫名其妙积淀下来的凝重的不悦,一张张呆板的白脸仿佛出现在白昼的月亮。聪子也曾是她们中的一员。这种气氛无论怎样挥舞挂着洁白御币、带着光洁而坚硬绿叶的杨桐玉串,也难以驱散干净。

二十四

一种因丧失而导致的安心感抚慰着清显。

他在心里总是这样去想：知道已经失去，总比惧怕失去要好。

他失去了聪子，但这样也好。在这段时间里，连原本高涨的怒气也渐渐平息。除此之外，还省下了不少感情。这种状态好比一支蜡烛，点燃时显得明亮而欢快，身体却一点点地融化为烛泪，熄灭后虽然在黑暗中茕茕孑立，却不必再担心身体损伤。清显初次明白：孤独是种休息。

梅雨时节越来越近，清显像一个处在康复期的患者，小心翼翼地停止了繁杂的保养。他故意回忆起聪子，仿佛在试探自己是否真的对她不再动心。清显拿出相簿，看着过去的照片。幼小的清显和聪子并排站在绫仓家的槐树下，胸前都系着白色的围兜。看到自己那时的身高就已经胜过了聪子，清显感到十分满意。擅长书法的伯爵热情地教他们临摹日本古代书法，那是藤原忠通①的法性寺体。有时两人厌倦了写字，伯爵为了激起他们的兴趣，便让他们在卷轴上轮流誊写《小

---

① 日本平安时代公卿，擅长诗文和歌，尤长于书法，称"法性寺流之祖"。著有汉诗集《法性寺关白集》、日记《法性寺关白记》。

仓百人一首》中的和歌。两人用来写字的卷轴至今还留在松枝家中。记得当时,清显写下源重之①的和歌"狂风挟巨浪,掼碎礁石间。我心亦如是,唯盼君能知",聪子便紧接着在旁边写下大中臣能宣②的和歌"卫士焚篝火,昼熄夜乃燃。我心亦如是,相思寂无边"。一眼就能看出清显的字体颇为稚嫩,而聪子的笔法却灵巧细致,看上去完全不像孩子的笔迹。清显在长大后很少去动这个卷轴,因为他发现卷轴里聪子领先一步的成熟与自己的幼稚之间,有着惨不忍睹的差距。不过如今客观地看来,自己的笔法尽管稚嫩,拙劣的字体中却跃动着一股独特的男儿豪气,与聪子流畅无阻的优雅字体恰好形成了绝妙的对照。不只如此,当他回忆起自己毫无畏惧地将饱吸了墨汁的笔尖按在印着袖珍松树并以金粉点缀的美丽纸卷上时,那时的一切情景都逼真地浮现在眼前。聪子那时还留着厚厚的河童发③,当她弯腰在卷轴上写字时,由于太过专注,即使那头浓密的黑发像雪崩一样从肩膀处垮下,她也毫不在意,只顾着用细小的手指牢牢握着笔杆。从头发的缝隙之间望去,能看到她那张可爱的侧脸上写满了专心致志的表情;小巧而伶俐的门牙紧紧地咬着下唇,微微反射出亮光;尽管年纪稚嫩,却已轮廓分明的鼻梁……那副模样清显再怎么看也看不厌。还有那给人带来淡淡忧郁的阴沉墨香、纸上下笔时轻风掠过竹叶般的声响、"砚海"与"砚山"等奇妙的名称;墨条上的金箔剥落飞散,从波澜不惊的墨海边冷不防坠入目不能视物的幽深海底,沉入一片黑暗,恍

---

① 日本平安时代中期歌人,《拾遗和歌集》中有收录其作品。
② 日本平安时代中期贵族、歌人,《拾遗和歌集》中有收录其作品。
③ 指一种齐刘海短发。

若一片月影倾洒在亘古不变的夜海……

"我居然能做到像这样怀念往事,心头却波澜不惊了。"

清显在心里为此感到自豪。

聪子甚至已经不会出现在他的梦中。在他的梦中只会出现一个女人的身影,当他以为那是聪子时,她却霎时转身离去。此外,他的梦里开始经常出现一个地方,那里仿佛白昼里的街道,只是空无一人。

帕拉纳迪特殿下在学校请清显帮他做一件事:取回清显代他寄存的戒指。

两位暹罗王子在学校不怎么受欢迎,毕竟他们的日语还很生疏,难免对学习产生影响。同学友好地对两位王子开些玩笑,他们也完全无法领会,大伙感到不耐烦后,便对他们敬而远之。尽管两位王子脸上始终挂着笑容,但在大大咧咧的学生们眼里,只会显得莫名其妙罢了。

清显听说让两位王子入住宿舍是外务大臣的决定,因此舍监为安置这两位贵客可谓操碎了心。舍监给他们提供了准皇室级别的房间,床铺也是上等品,为了使他们能与宿舍里的同学和睦相处也是尽心尽力。但一段时间过后,两位王子总是蜗居在自己的一方天地里,连晨会和体操也很少参加,因此与同宿舍同学之间的关系日益疏远。

这种结果是诸多原因所共同导致的。两位王子来到日本后,只有半年不到的准备时间,根本不够他们熟悉日语课程。再加上准备期间,王子们也不够勤奋用功。即使在本应大放异彩的英语课上,英译日和日译英的练习也令他们感到万般无奈。

说回帕拉纳迪特殿下请松枝伯爵代为保管的戒指。由于这枚戒指存放于侯爵在五井银行的私人金库当中，因此清显不得不特地向父亲借出印章，随后去银行将其取出。傍晚，他再次返回学校，来到两位王子的宿舍。

尽管是梅雨季，这天却没下雨，只是阴云密布，天气闷热。王子们热切期盼的明媚夏日仿佛近在咫尺，却又无法触及。这个令人无精打采的日子，正是王子们焦躁心情的写照。学校的宿舍是栋粗糙的木制平房，被一片厚重的树荫所遮挡。

操场那边传来练习橄榄球的同学们发出的叫喊。清显讨厌从年轻人的嗓子眼里发出的那种带有理想主义的叫喊声。那些粗鲁的友情、新人文主义、没完没了的谐音梗与俏皮话、无休止地赞颂罗丹的天才与塞尚的完美……都只不过是与过去练习剑道时所喊的号子相对应的，在新式运动中要喊的口号罢了。他们的喉头总是血气翻涌，他们的青春散发着青桐树叶的味道，他们的头上高高地戴着一顶无形的、象征着唯我独尊的礼帽。

言语不够通晓的王子们被新旧两股潮流裹挟其中，究竟要怎样熬过这些不够称心如意的日子呢？想到这里，已经从忧虑中得到解脱，心头豁然开朗的清显不禁对他们产生了同情。此外，两位王子居住的虽然是特殊的高级房间，却位于简陋而昏暗的走廊尽头。只见一扇陈旧的门上挂着两位王子的名牌，清显轻轻地敲了敲门。

两位王子开门将清显迎进房间，一副拉着他不放的样子。在两人中，清显比较喜欢生性认真、喜欢沉湎于梦幻的帕拉纳迪特殿下，也就是乔·彼。但在最近，原本生性浮躁、爱说笑喧闹的克利沙达殿下也变得寡言少语起来。两个人总是待在房间里用母语低声交谈。

房间里除了床铺、书桌和衣柜外，没有任何像是用来装饰的物品。这栋建筑充满了兵营风格，体现了乃木将军的喜好。墙裙上方只有光秃秃的白墙，墙上挂着一个小小的木架，上面摆着一尊金色的释迦牟尼像，想必王子早晚都要虔诚膜拜。这尊佛像光是摆放在那里，就显得独具特色。窗户两旁挂着满是雨水水渍的白纱窗帘。

傍晚时分，在两位王子被阳光晒得黝黑的面孔上，只有微笑时露出的牙齿格外惹眼。他们让清显坐在床边，迫不及待地催他快点拿出戒指。

那枚由黄金门神雅斯卡的半兽人面所拱卫着的绿宝石戒指，放射着与这个房间极不协调的光芒。

乔·彼欢呼着，接过了戒指，随后立刻戴在了自己柔软的浅黑色手指上。他的手指柔软细腻，充满弹性，仿佛是为了爱抚而生。它像透过狭窄的门缝，深深嵌入木质地板的一缕热带月光。

"这样一来，月光公主金婵总算又回到我的手指上了。"

乔·彼说着，忧伤地叹了口气。克利沙达殿下也没像过去那样开他玩笑，而是打开衣柜里的抽屉，从几件衬衫之间拿出仔细收藏在里面的自己妹妹的照片。

"这所学校里，连把妹妹的照片摆在课桌上面都会遭人嘲笑，我只好把金婵的照片珍藏在这里。"

克利沙达殿下带着哭腔说道。

不一会儿，乔·彼将想要取回戒指的原因告诉了清显。月光公主金婵已经两个月没来过信了，他向公使馆询问，却得不到明确答复。

就连她的哥哥克利沙达都没得到妹妹平安与否的消息。如果她身染重疾或遭遇其他事端，总该通过电报等方式告知。如果发生什么变故，以至于连兄长都要隐瞒，在乔·彼的想象中可能是暹罗朝廷在急于利用公主搞政治联姻之类的事，这是他难以接受的。

想到此处，乔·彼闷闷不乐。明天会有消息吗？即使有消息，又会是怎样的坏消息呢？光是想着这些，他就无心学习。这种时候，他也只能想到取回与公主饯别时得到的那枚戒指，将全部相思都寄托在那颗颜色有如晨曦中的密林般浓郁的绿宝石之上了。

这会儿，乔·彼好像忘记了清显的存在，将戴着绿宝石戒指的手指伸到桌上，放在公主的照片旁，看上去像是要呼唤两个实体隔着遥远时空凝聚在一起。

克利沙达殿下打开了天花板上的电灯，乔·彼戴在手指上的绿宝石将光芒反射到相框的玻璃上，恰巧将一个暗绿色的方影印在公主洁白花边礼服的左胸处。

"这样看上去如何？"乔·彼仿佛沉浸在梦境中，他用英语说道，"像不像是她拥有了一颗燃烧着绿色火焰的心？恐怕只有一条在密林的树枝间来回游走，仿佛绕树藤蔓般的细长绿蛇，才能拥有这样一颗寒绿色的、带着细微裂纹的心脏。或许她一直期待着我能像这样，从她那充满柔情蜜意的饯别礼中解读出这样的寓意吧。"

"才不是那样的，乔·彼！"克利沙达殿下用尖锐的声音打断对方的话语。

"不要生气，克利。我绝没有一丝侮辱你妹妹的意思。我只不过想表达情侣是一种多么奇妙的存在。"

"这张照片所定格下来的，只不过是她的身形，而临别时她送我的这枚戒指，则忠实地反映着她如今的内心，不是吗？在我的记忆中，照片与宝石、她的身形与内心原本都是分离的，但现在它们终于合而为一了。"

"哪怕深爱的人近在眼前，我们也会愚蠢到将她们的身体与心灵分开来看待。但如今她真的与我相隔万里，我似乎更真切地看到了一个有如结晶般的月光公主。若说离别苦，相聚也苦，那相聚快乐，离别便也必然是快乐的。"

"你说是不是这样，松枝同学？我想探寻一个秘密，即恋爱是如何像变戏法一样穿越时间与空间的。即使伊人近在眼前，也不一定会迷恋上她的实体，而且她美丽的身形对实体来说又是不可或缺的。因此如果相隔着时间与空间，就会加倍感到困惑，但反过来也有可能是在加倍地向她接近……"

清显不知道王子这种充满哲学性的思辨究竟深奥到何种程度，却无法不仔细倾听。王子说的话令他领悟到许多道理。清显相信自己如今就在"加倍地向聪子接近"，同时他十分清楚自己迷恋的并非聪子的实体，但有什么证据能证明这点呢？自己更有可能只是"加倍感到困惑"而已，也就是说自己迷恋的最终还是她的实体……清显不由自主地微微摇了摇头。这时他想起自己曾经做过的梦，乔·彼戒指上的那颗绿宝石里浮现出的一张谜之美女的面孔。那女子究竟是谁？是聪子？还是那位素未谋面月光公主金婵？又或者是……

"不说这个了，夏天到底什么时候来啊？"

克利沙达殿下忧心忡忡地望着窗外被黑夜笼罩的茂密树木。透过枝叶，能影影绰绰地望见对面学生宿舍的灯光。一些嘈杂的声音隐约传来，应该是宿舍食堂开饭的时间到了。有的学生一边念诗一边走在树木之间的小道上，那粗率、马虎的念法惹得其他学生发出阵阵哄笑。王子们皱起了眉头，仿佛在惧怕着出没在夜晚时分的妖魔鬼怪……

清显将戒指还给了王子，却在不久后引发了一起令人不愉快的事件。

几天后，女佣报告说蓼科打来一通电话，但清显没有接。

第二天又打来电话，清显依旧没接。

尽管清显对此还是抱有芥蒂，但他在心里给自己画了条红线：聪子姑且不论，但蓼科的无礼行为依旧使他心怀怒火。那个满嘴谎言的老太婆，居然又想恬不知耻地欺骗他。每当想到这里，清显就火冒三丈，没接电话所带来的些许不安，也被这怒气冲散了。

三天过后，入了梅雨时节，整日阴雨霏霏。清显放学回家后，山田毕恭毕敬地送来一封放在托盘里的信件。清显把信翻到背面一看，发现那里用清秀的字迹写着蓼科的名字，不禁大吃一惊。封口粘得十分仔细，信件非常厚实，用手一捻就能知道双层信封里还装着另一个信封。清显怕自己一个人会忍不住拆开信封，因此特地当着山田的面将这封厚厚的信撕得粉碎，并命令山田将它丢掉。他担心如果丢进自己房间的废纸篓里，会忍不住把纸片拼起来查看。山田藏在镜片背后的眼睛吃惊地眨着，不过什么也没有说。

又过了几天。这段时间里，撕碎信件一事越来越使清显心头沉重,他也因此而感到恼火。如果只是被这封原应与自己毫无关系的信而扰乱心神那还罢了,但他无法忍受的是,自己的心情里居然掺杂着后悔,后悔当时没有凭着一股冲劲儿把信拆开来看。当时他的确是凭借着一股强大的意志力,决定把信撕毁并丢弃的。但随着时间流逝,他又觉得自己会这样做,或许只是出于胆小怕事。

　　装着那封信的双层信封是白色的,看上去平平无奇。清显在撕碎它时,觉得信纸中掺着柔软而坚韧的麻线,顽强地抵抗着他手指上的力量。信纸中自然不可能掺着麻线,只是因为如果清显不拿出强大的意志力,他的潜意识就会令他无法撕碎信件。这是种多么可怕的事情啊!

　　他再也不想因聪子而感到苦恼,也不想让聪子那香气逼人的迷雾笼罩自己的生活。毕竟自己好不容易才恢复头脑的清醒……只不过,在撕毁那封厚厚的信件时,清显的心中有一种感觉——自己撕碎的仿佛是聪子洁白而黯淡的肌肤。

　　星期六中午,梅雨停歇,骄阳似火。清显从学校回家,发现正房门口一片吵嚷,家里的马车正准备出门,佣人们正将打着紫色包袱的大号礼物向车里搬去。每当有东西被搬进车里,马匹就呼扇一下耳朵,从脏兮兮的臼齿处垂下晶亮的唾沫丝。在阳光猛烈的照射下,马儿那长着铁青色鬃毛的脖子上像是上了层油似的闪闪发亮,连皮毛下面细密的静脉都清晰地显现了出来。

　　清显刚要进门,正巧母亲身穿带有家徽的三层礼服迎面向他走来。

"我回来了。"

清显说道。

"哎呀,你回来啦。我正要去绫仓府上表示祝贺。"

"祝贺什么?"

母亲向来不愿意让佣人们听见重要的事儿,便将清显拽到宽阔的门厅,在下雨时摆放伞架的阴暗角落压低了声音说道:

"今天早上,圣上终于下了敕许,你也一同过去道个喜吧。"

还没等儿子回答,侯爵夫人就发现他的眼睛里闪过一丝黯淡的喜悦。但夫人急着出门,没工夫细细揣摩这其中的含义。

夫人迈过门槛,又转过身来,八字眉上依旧带着一副忧伤的模样,说明她从清显的眼神中完全没有领悟到什么讯息。夫人开口说道:

"喜事终归是喜事,就算你们最近关系不太好,这种时候还是该坦诚表示祝贺嘛。"

"您替我带个好吧,我就不去了。"

清显站在门口目送母亲乘坐的马车离去。马蹄踢飞地上的小鹅卵石,发出下雨般的声响。隔着五叶松的枝叶,能看到车厢上金色的松枝家纹不住晃动,越来越远。主人出门后,佣人们也纷纷松了口气。清显感到自己背后像是发生了一场无声的雪崩。他回过头去,望着主人离开后变得空荡荡的府邸,只见佣人们都低眉顺目地等着他先进屋。清显感到自己确切地获得了一份用以思考的庞大材料,能够立即填补他心中深深的空虚。他没向佣人们望上一眼,大跨步地走进正房,急匆匆地穿过走廊,只想尽快把自己关进房间。

返回房间的途中,清显胸口炽热,心跳也不可思议地加剧。与此同时,他在心里盯着"敕许"这两个尊贵而光芒万丈的文字。敕许最终还是下了。蓼科那频繁打来的电话与厚厚的信件,便是圣上赐下敕许前最后的挣扎。她想在此之前心急如焚地请求清显的宽恕,试图抚平内心歉疚的想法简直一目了然。

在这余下的一天内,清显放飞想象,并乘着它肆意翱翔。他将一切外界的事物都从眼中剔除;将过去那面安放着的明镜摔得粉碎;放任热风吹乱自己的心神,发出嘈杂的声响。过去他些许的热情必然伴随着忧郁的阴影,但在如今这种激烈的热情中,那阴影已经消失殆尽。若要找出一种与此相似的感情,最为符合的就是"喜悦"了。但在人类的感情中,也没有什么比这种如此激烈又毫无来由的喜悦更令人感到不寒而栗的了。

要问是什么使清显感到如此喜悦,那就是"不可能"这一概念,而且是"绝无可能"。连在聪子与自己之间的那根红线仿佛一根琴弦,被"敕许"这柄闪着寒光的刀刃伴随着琴弦的绷裂声而斩断。在漫长的少年时代中,优柔寡断的清显一次次暗中梦想、暗中期盼的就是这种情况。当清显为皇妃殿下提裾时,曾抬头望见她积雪般白皙的后颈,那贵气凛然、不可侵犯的又无与伦比的美丽,正是他这种梦想的源头,也在坚定地预言着他的愿望能够实现。"绝无可能"——这正是清显坚持忠于自己那极度扭曲的感情,从而自行招致的事端。

但这种喜悦又是怎么回事呢?清显已经无法将视线离开这阴暗、危险而可怖的喜悦了。

对清显来说,唯一的真实就是为了那既无方向也无归宿的感情而活……如果说这种活法终将把他引至"喜悦"那阴暗而旋涡四起的深渊边缘,那他接下来需要做的就只有纵身一跃,跳入万丈深渊中了。

　　清显再次找出小时候和聪子轮流写在卷轴上的《小仓百人一首》仔细观看,还把鼻子凑过去闻嗅,想着十四年前聪子焚香的味道会不会还留在上面。他闻到一种算不上霉味的久远的馨香,这种气味让那使他那痛切的、在这个社会中软弱无力又自由不羁的感情故乡就此苏醒。他记起小时候玩双六,聪子赢了,得到了皇后殿下御赐的糕点,她用小巧玲珑的牙齿咬着菊花形状的红色糕点,边缘的花瓣融化在她口中,显得更加嫣红可爱;她又用舌头舔着白菊形状的糕点,那糕点有如雕刻般棱角分明,但被她舔过的地方却尽数化作一滩甜蜜的泥泞,继而崩塌……那些昏暗的房间、绘着秋草的京都宫廷式屏风、寂静的夜晚、在黑发遮掩下轻轻打着哈欠的聪子……回忆过往,一切都徘徊在一片孤寂的优雅中,显得历历在目。

　　于是,清显觉得自己渐渐在向一个令人目不敢视的观念靠拢。

二 十 五

一阵仿佛高音喇叭所发出的轰鸣声响彻在清显心头。

"我深爱着聪子!"

他感到自己生平第一次拥有这种情绪,无论从任何角度审视,都容不得半分怀疑。

他想:"优雅就是犯禁,而且是触犯至高无上的禁忌。"这种观念初次激发了他长期以来压抑着的肉欲。仔细想来,他飘忽不定的肉欲无疑在暗中寻求这种强烈的情绪作为支柱。为了发现自己真正的使命,他是花费了多大的一番功夫啊。

"只有现在,我才真正深爱着聪子。"

想要证明这种情绪的正确性与可靠性只需要一点就已足够,那就是让眼前的事态成为"不可能"。

清显感到惴惴不安,从椅子上站起身来,继而又坐下去。过去的自己常常沉浸在担心和忧虑之中,如今却感到体内充满了青春的活力。原来他以为自己被悲伤和敏感打击得一蹶不振的想法,都只不过是错觉而已。

他敞开窗户,眺望着波光粼粼的湖水,继而深深吸了口气,榉树嫩叶的味道扑面而来。红叶山上的天空里浮云攒聚，云朵的缝隙间透着光芒，看上去很有分量感，已经有了夏天的味道。

清显面颊火热，眼神熠熠生辉。他脱胎换骨，成了一个崭新的人。毕竟，如今的他已经十九岁了。

二十六

清显在热切的幻想中消磨时间,一心等待母亲归来。母亲在绫仓府上拜访时,他不方便过去。但最终他还是等不下去,于是脱掉校服,换上藏青底碎白花纹夹层和服与裙裤,并让佣人为他备车。

他特地在青山六丁目①下车,换乘上新开通不久,往来于六丁目与六本木之间的市内电车,并在终点下车。

鸟居②坂的拐角处有三棵高大的榉树,当初是六棵,此地也因而得名"六本木"③。即使市内电车开通后,树下依旧挂着上书"人力车停车场"六个大字的牌匾,周围插着木桩,一群头戴圆笠、身穿藏青短褂和紧腿短裤的车夫们在这儿等待客人。

清显叫了个车夫过来,事先付了他一大笔小费,让他赶去其实已经离这儿很近的绫仓家。

松枝家的英式马车进不去绫仓府上的长院门,因此只要门前停着

---

① "丁目"是表示地点的用词,类似于汉语中"街道"和"胡同"的概念。
② 类似牌坊的日本神社附属建筑,代表神域的入口,用于区分神栖息的神域和人类居住的世俗界。
③ "六本木"意为"六棵树"。

马车，大门敞开，就说明母亲还在。反之，如果门前没有马车，大门紧闭，就说明母亲已经离去。

人力车经过门前，清显发现大门关着，门口的地上有一来一去共四道车辙。

清显叫人力车返回鸟居坂附近，自己留在车上，吩咐车夫叫蓼科过来。在等待期间，这辆人力车俨然成了他的隐蔽所。

蓼科久久未至。清显从车篷的缝隙向外望去，看到夏日的骄阳渐渐远离中天，阳光像果汁般浸泡着新绿色的树木，让树梢处显得一片明亮。鸟居坂附近，橡树新绿色的高大树冠伸出红砖围墙，上面开着无数略显红晕的白花，远看仿佛洁白的鸟巢。这使他忆起那个雪日清晨的景色，心中不禁泛起一种难以名状的激动之情。但在此时此地，勉强聪子与自己相见并非上策。他内心的激情已经变得足够理智，因此无须意气用事。

蓼科跟着车夫从便门中出来，一见清显掀开车篷露出脸孔，顿时茫然失措，呆若木鸡地站在原地。

清显拉住蓼科的手，将她强行拽进车里。

"我有话跟你说，找个隐蔽的去处吧。"

"冷不丁的……您这让我上哪儿找去……松枝夫人刚刚离府……我还得忙着准备今晚的贺宴呢。"

"少说废话，赶快想个地方让车夫前去。"

清显拽着她不撒手，蓼科迫不得已地对车夫说：

"麻烦去趟霞町那边，顺着霞町三番地绕过第三联队正门后有个下坡道，走到坡下边就行了。"

车夫拉起了车,蓼科神经质般地拢着双鬓的头发,始终瞅着前方。清显还是头一回与这个脸上扑着厚厚白粉的老太婆挨得这么近,心中一阵厌恶。但也是头一回感到她的身材居然如此矮小,简直像个侏儒。

车身晃个不停,蓼科嘴里不住嘀咕着,声音像起伏的波浪般听不太清楚。

"已经晚了……全都晚了……"

又或者说:

"为什么不回个话儿……为什么之前连话儿也不回一句呀……"

清显缄默不答。不一会儿,车子即将到达目的地,蓼科解释说:

"我有个远房亲戚,开了家专门租给军人的公寓房。虽然不太干净,但独间总是空着,有什么事儿在那里可以放心说。"

明天是星期日,每到这天六本木就会摇身一变,成为军人的天下,街上也会满是与前来探亲的亲属结伴而行的、身穿卡其色军装的士兵,但在周六夜晚之前暂时不会这样。清显闭目回想,发现这次人力车所经过的各处,那个雪日的清晨似乎也都走过。正当清显想着"这条下坡路也曾经过"时,蓼科叫车夫停下了脚步。

眼前这栋位于坡道下方的两层公寓既无正门也无门厅,由墙板围成的院子倒是很大。蓼科在墙外向这栋粗糙建筑物的二楼望了一眼,那里似乎没人,廊檐下方的玻璃窗也悉数紧闭。六扇并排的木门上都带有玻璃窗,镶在龟甲形格子里的玻璃尽管透光,却无法隔着它望见屋内的样子,只能看到劣质玻璃歪歪扭扭地映着傍晚的天空以及在对门屋顶上修缮的工匠。在玻璃的映照下,工匠的身影仿佛倒映在水面般拧歪,傍晚的天空也犹如黄昏的湖面,带着一丝忧郁,显得扭曲而濡润。

"士兵们一回来就闹哄哄的,所以这里一向只租给军官使用。"

蓼科一边说着,一边拉开贴着鬼子母神①符咒的细木格门,开口打了声招呼。

一位头发花白、身材高大的男人走了出来,他看上去中年偏老,年纪在五十岁上下。

"啊,原来是蓼科大姐,请进。"

男子用略显沙哑的声音说道。

"能用下独间吗?"

"您请,您请。"

三人穿过靠近房后的走廊,走进一间四叠半大小的独间。

"我们用完马上就走。和这么英俊的公子哥儿待在一起,万一有人看见,不知道要讲些什么闲话呢。"

刚一坐下,蓼科就突然用放浪的语气说道。也不知是对老板还是对清显说的。

房间里收拾得格外整洁,门口有处半叠大的壁龛,里面挂着装饰用的画卷,还用绘着源氏的隔扇与房间隔开。给人的感觉丝毫不像是从外面看到的那栋简陋的军人公寓。

"您有什么事要对我说?"

老板刚一离开,蓼科立刻问道。清显一言不发,她按捺不住焦

---

① 护法二十诸天之一,又称为"欢喜母"或"爱子母"。在日本,诸如天台宗、日莲宗等奉行《妙法莲华经》的佛教宗派常会在寺里塑造鬼子母神像而祭祀之。

躁,又问了一遍:

"您到底有什么事?还偏偏挑了今天这个日子。"

"挑的就是今天。我想让你安排我跟聪子见面。"

"您在说些什么呀,少爷!已经晚了……到了这个时候,您怎么还能这么说?从今天起,就只能照着上头的意思办了。正因为这样,之前才三番五次地给您打电话,发信件,可您愣是无动于衷。结果到了今天,您又起这个兴,就算是开玩笑也别太过火儿啊!"

"这不都是你的错吗?"

蓼科那抹了厚厚白粉的太阳穴处青筋毕露。清显望着她,尽力保持着自己的威严。

清显指责蓼科鬼话连篇,不仅让聪子读了自己的信,还多嘴告密,害得自己失去了心腹饭沼。听了这话,蓼科终于哭哭唧唧地趴在地上向清显道歉,不过谁知道她那副模样到底算是真情还是假意。

蓼科掏出一张手纸抹着眼泪,连眼睛周围一圈的白粉都被蹭了下来,露出了老态龙钟的模样。但这样反而让人看到她蹭红的脸颊,它仿佛一张用来抿过口红的软纸,上面布满了艳色的皱纹。蓼科抬起哭肿的眼睛向上望着,继而说道:

"的确,都怪我不好。我知道,事到如今再怎么道歉都无法挽回事态。但比起向少爷道歉,我更该向小姐道歉。没能将小姐的心意如实转告给少爷,都是我蓼科的错。我自以为安排得天衣无缝,结果却适得其反。请您想想,小姐读了那封信后,会是多么的痛苦。而且她在少爷面前还得装作若无其事,这需要一颗多么坚强的心啊!后来她听了我的主意,在新年家庭团圆会上豁出胆量直接询问松枝老爷。

得知实情后，小姐高兴坏了，打那以后，她就日夜思念少爷。最后在那个雪天，小姐终于下定决心，放弃了女儿家的矜持，主动邀请少爷出门赏雪。那段时间，小姐只觉得活着是如此幸福，连做梦都念叨着少爷您的名字。后来经侯爵老爷安排，王府派人上门提亲，小姐只盼着少爷能做决断，甚至将一切都赌在少爷身上，可您却一声不吭，对此置之不理。从那以后，小姐经历的痛苦与折磨可谓难以用言语来形容。敕许即将下来前，小姐说想把最后的希望传达给您，于是不顾我的劝阻，以我的名义给您写了之前那封信。但就连那最后的希望也破灭了。从今天起，小姐也只能死了这条心。可就在这要紧关头，您突然又强人所难，这是何等的冷酷无情啊！少爷您也知道，小姐自幼受到教育，全心全意敬重圣上。事情到了这个地步，她是不可能回心转意的了……一切都来不及了。要是您心里不好受，无论拳打脚踢，我蓼科都愿意经受，只要能让您出了这口气……事态已经无法挽回，一切都为时已晚。"

听着蓼科的话，清显感到自己的内心仿佛被一种利刃般的喜悦割裂开来。与此同时，蓼科所讲的故事中的细节，没有一处是自己所不知道的，他在心底对这一切都知道得一清二楚。蓼科的讲述，只不过是在复述他早已熟悉的内容。

此时，清显感到大脑中萌生出一种过去从未有过的敏锐智慧，他感到自己有能力打破这个将他逼到穷途末路上的世界。他年轻的眼眸里充满了光芒——"既然你们看了我要你们烧毁的信，那我也可以反过来利用先前撕掉的那封信威胁回去。"

清显一言不发，只是死死地盯着这个身材矮小、满脸白粉的老太婆。蓼科依旧用手纸掩着哭红的眼角。暮色渐深的房间里,蓼科缩着肩膀,似乎只要猛抓一把,就能令她的骨架发出脆响,并瞬间化为一堆碎片。

"这事儿还不算晚。"

"不,已经晚了。"

"不晚。如果我把聪子最后那封信拿给王府看会怎样?那可是在请求敕许之后写的。"

蓼科听完这句话抬起头来,脸上转眼间失去了血色。

接下来是漫长的沉默。一道光束落在窗户上,是正房二楼的客人回屋后开灯的缘故。从这里望去,甚至还能看到他们卡其色的军裤一闪而过。墙外传来了豆腐小贩用喇叭叫卖的喊声,在这个梅雨间歇的夏日,带着法兰绒触感的黄昏渐渐扩散开来。

蓼科似乎还在嘀咕着什么,听上去似乎是"我都拦着您了……我都那么拼命地拦着您了……"之类的话。看样子她似乎劝过聪子不要写信。

长久的沉默令清显觉得自己胜券在握,这感觉就像一只无形的野兽缓缓昂起头来。

"那好吧。"蓼科说道,"我只安排你们见上一面,但条件是您要把那封信还给我。"

"可以。但光是见面还不够,到时候你得退开,让我们俩真的单独相会。之后才能把信还给你。"

清显说道。

二十七

三天后。

阴雨连绵。清显放学后,披上雨衣遮住校服,前往霞町的公寓。蓼科传信过来——伯爵夫妇不在家,聪子只能挑这会儿出来。

即使来到独间,清显依旧担心别人看到校服,不肯脱下雨衣。老板为他端来一杯茶,继而说道:

"既然来了这儿,您就放心吧。在我们这些避世的人面前不必顾忌什么,随意一些就好。"

老板退下了。清显一看,发现能够仰望正房二楼的那扇窗户上如今挂了一块布帘。窗户为了防止溅雨而紧闭着,因此屋子里极为闷热。清显无所事事,随手打开桌子上的一个小匣子,看到盖子内侧涂着红漆的部分结了一层水珠。

绘着源氏的隔扇后,传来衣服的窸窸窣窣声与窃窃私语声。清显知道应该是聪子到了。

这时,隔扇被人拉开,只见蓼科以三指撑地,向清显行礼。在难以察觉地翻了翻眼白后,她一言不发地将聪子送进来,随即拉上隔扇，如乌贼般沿着隔扇边缘迅速消失在日间潮湿的阴影中。

如今，聪子实实在在地坐在清显面前。她低着头，用手帕掩着脸。单手撑着榻榻米，身子呈倾斜状。白皙的后颈露在外面，仿佛一片小小的山顶湖。

清显感到身边萦绕着雨滴敲打房顶的声音。他默默地与聪子相对而坐，心中几乎不敢相信这个时刻终于到来。

把聪子逼到说不出一句话的人正是清显，如今她已经再也没有余力以大姐姐的身份教训清显，只能默默哭泣。而这正是她在清显心中最渴望的形象。

再加上她穿着一身色调里深外浅的绀紫色和服，作为猎物而言是极其豪华的。不仅如此，她身上还洋溢着一种绝无仅有的美，那种美象征着禁忌、象征着绝无可能、象征着坚定的拒绝。聪子就该是这样的！而在过去始终与这样的形象相背离，从而逼迫清显这样做的正是聪子本人。看啊！只要她愿意，完全可以化身为如此神圣而美丽的禁忌。但她却心甘情愿地既关怀清显，又小看清显，总想伪装成姐姐的角色。

清显过去之所以会坚决拒绝同妓女玩乐，毫无疑问，是因为他早就像隔着蚕茧注视着浅蓝色的蚕蛹那样，透视并预感到了聪子体内最为神圣的核心。而且它必须与清显的贞洁结为一体。只有到那个时候，他才能打破这个禁锢着自己、弥漫着淡淡悲伤的世界，从而令从未有人见过的完美曙光涌现。

打清显小时候起，绫仓伯爵就在他心中培育了一种优雅的品性。他感到这种品性如今就要化作一条柔软而凶暴的丝绳，既绞杀自己的贞洁,也将绞杀聪子的神圣。他过去始终不清楚这条光洁丝绳的真正用途,但现在他终于懂了。

毫无疑问,他坠入了爱河。于是他挪着膝盖靠近聪子,将手搭在她的肩上。她的肩膀顽强地表示着抗拒,清显无比喜爱这种抗拒的反应。这是一种盛大的、充满仪式感的、与人们所居住的世界同样宏伟的拒绝。这是她那温柔而诱人的肩膀,借着重重地压在上面的敕许而做出的抵抗和拒绝。只有这种拒绝才能温暖他的双手,焚尽他的心灵。聪子头上梳着蓬松而整齐的东洋髻,带着阵阵香气的漆黑光泽从梳痕中透出,一直延伸到她的发根。清显只是微微瞥了一眼,就感到自己仿佛迷失在了月夜的密林里。

清显将自己的脸颊贴近聪子那用手帕掩着的、被泪水打湿的脸颊。聪子只顾一言不发地摇头表示拒绝,但她的动作显得半推半就。清显知道她的抗拒并非源于内心,而是来自更加遥远的彼方。

清显推开手帕想要与她接吻,但在那个雪日清晨曾向他主动索吻的樱唇,如今却一味地拒绝着他。抗拒到最后,她甚至背过头去,像睡着的小鸟一样将嘴唇死死地埋在衣领当中一动不动。

雨水击打房顶的声音愈发响亮,清显抱着聪子的身体,打量着她那固执的模样儿。只见绣着蓟草花纹的衬领合得严严实实,只露出少许倒人字形的胸口,仿佛神殿的大门般死死关闭。系到胸部的丸带①显得冷酷而牢固,一枚闪闪发光的黄金带扣别在腰带中央。但清显感受到从她和服外褂腋下的开口和袖口中,荡漾出一阵带着肌肤温度的微

---

① 和服腰带的一种,较宽。

风,轻轻地抚着清显的脸颊。

他从聪子身后撤回一只手来,牢牢地捏住她的下巴。她的下巴被捏在清显手中,仿佛一枚小小的象牙棋子。她那秀美的鼻翼扇动着,上面的泪痕还未干涸。这样一来,清显就能强硬地将嘴唇吻上去了。

突然,聪子内心中的火炉仿佛被打开了炉门,火势瞬间大增,蹿起一道奇妙的火焰。她的双手肆意活动起来,想推开清显的面颊,却又被反推回来,她的嘴唇始终无法离开清显的嘴唇。湿润的双唇在她抗拒之余左右摇摆,令清显的嘴唇沉醉在一种绝妙的柔滑中。这样一来,原本如封似闭的世界也仿佛红茶里的一颗方糖,渐渐融化在深不见底的甜美中。

清显不知道如何解开女人的腰带,只觉得系在她背后的鼓形带结在顽固地抗拒着他的手指。正当清显没头没脑地乱解一气时,聪子把手伸到背后,似乎在用力制止清显的动作,实际上却是微妙地协助他。两人的手指在腰带周围不住纠缠,腰带很快被解开了,并发出窸窸窣窣的声音,腰带猛地向前弹去,看上去简直像自己飞出去的一样。这成了一场暴行的开端,事态变得复杂而一发不可收拾。和服上的所有部位似乎都在发动着一场叛乱,清显迫不及待地想解开聪子胸前的衣物。在这一过程中,衣服上众多的系带有些变得更紧,有些则变得松散。聪子胸前那小巧而白嫩的倒人字形原本被遮挡得严严实实,如今则终于露出嫩白而喷香的肌肤,完整地出现在清显面前。

聪子一言未发,自始至终都没说过一个"不"字。令人分不清这究竟是无言的拒绝,还是无言的诱导。可以说她既在表示无限的诱惑,也在表示着无限的抗拒。只是这让清显感到:自己不是在以一己之力与那种"神圣"的、"绝无可能"的状况作战。

那究竟是什么呢？清显清晰地望见聪子眼眸轻阖的脸上渐渐泛起红晕，浮现出放浪的神色。他搂着聪子后背的手上感到了一种极其微妙而含羞带涩的压力。就这样，聪子仿佛无力抵抗般地仰面躺了下去。

清显掀起聪子和服的下摆，胡乱地左右拨开友禅染布的长衬衣下摆和印着"卍"字花纹与盘旋在六角云纹之上的凤凰五彩斑斓的尾巴，终于远远地瞧见了聪子那重重包覆下的大腿。然而清显觉得依旧离她十分遥远，还有一层层云彩等着自己前去拨开。他感到在深邃遥远的地方有个核心正狡黠地支撑着这一系列的繁杂，而这个核心如今正屏住呼吸等待着他。

好不容易，清显的身体接近了纯白的一线曙光——那正是聪子的大腿。聪子将纤纤玉手伸到下面温柔地替他支撑，但这反而帮了倒忙，在他将触未触那一线曙光的要紧关头，一切都结束了。

两人躺在榻榻米上仰望着天花板，激烈的雨声又从头上传来。他们胸中的悸动一时无法平复。清显不要说疲惫，甚至不愿承认结束，依旧斗志昂扬。不过两人之间显然还留有一丝顾忌，仿佛房间里逐渐浓重的阴影。他仿佛听见了绘着源氏的隔扇后面传来的老迈的咳嗽声，刚要爬起身来，聪子却轻轻拉住他的肩膀制止了他。

少顷，聪子跨越了这层顾忌。直到这时，清显才在聪子的诱导下品尝到了那份欢愉。在这之后，清显已经能够原谅聪子的一切。

此时，清显的朝气立即从死气沉沉中复苏。聪子像一架平稳的雪橇，而他如今正乘在这雪橇之上。他有生以来第一次感受到：在女人的指引下，眼前的一切坎坷都会不翼而飞，他也得以享受到一派明媚祥和的风光。身体燥热难当，清显早已把衣服脱得到处都是。他确切地感受到肉体的存在，仿佛一艘采藻船突破水面与水藻的阻力向前行进。聪子的脸上没有浮现出任何痛苦的神色，只是像微光倾洒般流露出虚无缥缈的微笑。清显看到这幅情景也不以为异，他心中的一切疑惑都已烟消云散。

事后，清显将情绪仍未平复的聪子抱在怀里。他用脸贴着聪子的面颊，发现聪子已经泪流满面。

他相信那是幸福的眼泪，同时，也没有什么能比她脸上的眼泪更有力地说明：自己刚刚犯下了无可挽回的罪孽。但这种犯罪的感觉反而激发了清显内心的勇气。

聪子帮清显拿过衬衫，催促着说：

"会感冒的，穿上吧。"

这是她今天见到清显后的第一句话。清显正要一把抓过衬衫，聪子却轻轻地拽住了它，把它捂在脸上深深地吸了口气，之后才还给清显。她的泪水微微打湿了洁白的衬衫。

清显穿上校服，整顿好了仪容。聪子突然拍了拍手，把他吓了一跳。蓼科故意等了好长一会儿，才拉开绘着源氏的隔扇，探着头问：

"您叫我吗？"

聪子点了点头，用目光向身边凌乱的腰带示了示意。蓼科拉上隔扇，看都不看清显一眼，只是一言不发地挪着膝盖进来，替聪子穿衣系带。接着从房间的角落处拿来一面梳妆镜，重新为聪子绾好发髻。在这段时间里，清显无事可做，感觉自己像个死人一样。房间里的电灯已经打开,在两个女人举行仪式般的漫长时间里,他已经变成了一个多余的人。

一切收拾妥当,聪子垂着头,看上去娇艳无比。

"少爷,我们得回去了。"蓼科替聪子说,"我们已经履行了约定,今后就请您忘记小姐。答应过的那封信也请少爷还给我吧。"

清显盘腿而坐,一言不发。

"前面说好了的,请把那封信还给我。"

蓼科又把话说了一遍。

清显依旧默不作声,专心致志地望着坐在对面的聪子。她装束整齐,秀发一丝不乱,仿佛什么事情都没发生一样。聪子突然抬起目光,和清显对上了眼神。这一刹那,清显从聪子闪着清澈而耀眼光芒的眼中,读懂了她的决心。他终于从中获得了勇气,于是说道:

"信是不会还的,因为我还想继续和她见面。"

"别闹了,少爷!"

蓼科的话语中充满了愤怒。

"您到底在想什么呀!任性得像个小孩子一样……您不知道这样做会导致多么可怕的后果吗?到时候要遭殃的可不止我蓼科一个呀!"

"别说了,蓼科。在清少爷心满意足并将那封信还给我们之前,也只能继续见面了。只有这种方法能让你我得救,如果你打算连我也一起拯救的话。"

聪子打断了蓼科的话语。她清澈的声音仿佛来自另一个世界,就连清显听着都会不寒而栗。

二十八

　　清显来到本多家,说想与他长谈一番。由于此事殊为难得,本多特地拜托母亲准备晚餐招待客人,今晚的功课也不打算复习了。在这个一向枯燥无趣的家中,光是有清显光临就显得蓬荜生辉了。

　　白天,太阳始终被云层笼罩,看上去像一团白金。到了夜晚闷热未消,两个青年挽起带着碎白点的单衣袖子,开怀畅谈。

　　朋友还没到,本多就有一种预感。等到他们并排坐在靠墙的长条沙发上聊起来时,本多真的感到如今的清显好像彻底变了个人。

　　本多第一次发现清显的眼睛里闪烁着如此坦诚的光辉。尽管那毫无疑问是属于青年的双眼,但看不到朋友低垂着的带着忧郁的眼神,依旧令他感到惋惜。

　　不过朋友将如此重大的秘密毫无保留地透露给自己,依旧使本多感到幸福。尽管这是本多期待已久的事,但他却从未勉强过清显。

　　仔细想来,如果秘密只是关于自己心里的问题,清显甚至连朋友都会隐瞒;但如果秘密涉及名誉和罪行,变成真正严重的事件时,他反而会爽快地对朋友坦诚相告。作为倾听的一方,没有什么比这种至高无上的信赖更令人高兴的了。

或许是心理作用，但在本多看来，清显成长了许多。原本那个优柔寡断的美少年形象已经渐渐淡去，在这里说话的，是一个坠入爱河、处在热恋中的青年，过去他言谈举止中的那股勉为其难与优柔寡断的劲儿，如今已经消失得无影无踪。

清显面色发红，皓齿亮白，话说到一半时还有点不好意思，但声音却始终充满张力，眉宇间带着一股威严的气息，完完全全是一副陷入热恋中的年轻人的派头。这不禁让本多觉得：或许最不适合清显的，反而是他过去那种内向的性格。

听完清显的话，本多不由得按捺不住冲动，抢着说了这样一番牛头不对马嘴的话：

"听了你的话，我不知为何想起一件有点离题的事。我忘了具体是什么时候，但有一次我们聊起了是否还记得日俄战争的事。后来我去你家时，你给我看了一本日俄战争的相簿。我还记得当时你说自己最喜欢一张叫'做凭吊得利寺附近阵亡者'的照片，令人感到不可思议的是——照片里的构图仿佛一场有人精心编排过的群演戏。当时我很疑惑，为什么一向讨厌硬派作风的你会喜欢这样的照片。"

"但刚才我听着你说的话，突然就在脑子里将这个美丽的恋爱故事，与那幅漫天黄尘的原野景色重叠在一起了。至于为什么会这样，我也说不清楚。"

本多有些一反常态，像是头脑发热般不停地说着意义不清楚的话语。其实他是怀着赞赏的心态来看待清显那种逾矩犯禁的行为的，这令本多自己都感到吃惊，因为他是一个决心遵纪守法的人。

这时，佣人端来了晚餐。为了这对挚友能毫无顾虑地用餐，本多的母亲特地多加关照，让人将晚餐送到房间里。两人的食案上都有酒壶，本多一边为朋友斟酒一边随口说道：

"你在家里吃的尽是些好饭好菜，我母亲还担心家里的伙食不合你口味呢。"

见清显吃得津津有味，本多十分高兴。于是这两位年轻人暂时不再交谈，食欲旺盛地享用起了面前的晚餐。

饭后，两人在舒适的沉默中沉浸了片刻。听到与自己同岁的清显透露恋爱的心声，本多既不嫉妒也不羡慕，只是内心无比幸福。这种幸福感浸润着自己的心田，宛如雨季的湖泊在不知不觉间浸润着湖畔的庭院。

"今后你打算怎么办？"

本多问道。

"不是怎么办的问题。我轻易不干什么，要干就干到底。"

要是在以前，本多就算做梦也没法指望清显这样回答，因此吃惊地瞪大了双眼。

"就是说，你打算迎娶聪子？"

"那不成，敕许已经下了。"

"那你不打算冒犯敕许迎娶她吗？比如逃去国外结婚。"

"……你还是不懂。"

清显说到一半就不再吱声了，他的眉头今天第一次浮现出过去那种朦胧的忧郁。恐怕本多正是想看到清显这副神情，才特意追问个不停。但是看到这副神情以后，本多内心的幸福感却笼罩了一层不安的阴影。

清显那俊美的侧脸宛如一尊由精挑细选出的线条所组成的巧夺天工的工艺品。"他所期待的究竟是怎样的未来？"本多望着他，不禁浑身发抖。

餐后的水果是草莓。清显拿着果盘离开饭桌，坐到本多的书桌前，用胳膊肘撑着那张总是收拾得井井有条的桌面，左右轻轻扭动转椅。以肘部为支点，他不断改变着微露的胸口与面孔的角度，同时用拿着牙签的右手不断扎起草莓送入口中。他这副没规没矩的样子也表示着他挣脱严谨家规后的舒畅心情。沾在草莓上的砂糖零星地掉落在清显敞露着的洁白胸口，他不慌不忙地伸手掸去。本多表示：

"喂，会招蚂蚁的。"

清显含着草莓笑了。他已有些醉意，白皙而吹弹可破的眼皮上起了一丝红晕。每当扭动转椅的幅度太大时，清显就放倒那只白里透红的胳膊，身体拧成奇特的形状，仿佛突然遭到本人没有意识到的袭击，感受到一种说不清道不明的痛苦。

清显平缓的眉毛下炯炯有神的双目中确实充满幻想，但本多真切地感受到，那道目光绝非向着未来。

本多突然一反常态，想让朋友知道自己心急如焚的感受。他越来越觉得自己必须亲手摧毁刚刚的幸福感。

"然后呢？你到底打算怎么做？你考虑过你们爱情的结果吗？"

清显抬起目光注视着朋友。本多从未见过如此熠熠生辉，却又如此黯淡失色的眼睛。

"为什么非得考虑这个？"

"可是围绕着你和聪子的所有事态都在渐渐走向一个结果，只有你们两个像对蜻蜓，飘在空中一动不动。这怎么可能呢？"

"这我也知道。"

清显只扔下这一句，随即便沉默了。他双眼茫然四顾，望向房间里的各个角落，例如书柜下面废纸篓旁小小的影子。随着夜幕降临，在这个朴素而带着学生气的书房里，总会在不知不觉间渗入几道仿佛情念般微弱的阴影，偷偷地藏在角落里。清显那对浓黑而平缓的眉线仿佛将这些阴影绞成了流畅而华美的一张硬弓。他的眉毛由情念而生，同时也汇聚着情念。它有如一名英伟的侍从，既一心一意地保卫着那双常常黯淡不安的眼睛，又忠心耿耿地始终与目光对准同一个方向。

本多咬了咬牙，终于将一直萦绕在脑海中的想法说出了口。

"刚刚我不是说了些莫名其妙的话吗？说听了你和聪子的故事后，想起了关于日俄战争的照片。"

"我想了想其中的原因，硬要说的话或许是这样的。"

"那段绚丽辉煌的战争年代已经伴随着明治时代一同远去。过去的战争佳话，如今已经沦落为督武课上幸存教官们杀敌立功的往事和乡下人的夸夸其谈。今后再也不会有年轻人奔赴沙场去抛头颅、洒热血了。"

"可是行为的战争时代结束后，如今我们又迎来了情感战争的时代。迟钝的家伙们几乎无法察觉，甚至不会相信还有这样的事。但毫无疑问，战争打响后，也有些年轻人被特别选中后送上战场。而你正是其中一员。"

"与行为的战场同样,情感的战场上也会有年轻人战死沙场。恐怕这就是我们这个时代的命运,而你则是其中的代表……也就是说,你已经下定决心在这场崭新的战争中战死沙场了,是这样吗?"

清显笑而不答。突然窗外刮进一阵潮湿的风,看来要下雨了。一阵凉意扫过两人沁着汗珠的额头。在本多看来,清显之所以没有回答自己,要么因为答案一目了然,无须回答;要么因为自己说中了清显的心事,但形容的方式太过浮夸,让他无法认真回答。而其中必定有一个说法是正确的。

二十九

三天后的这天，恰巧学校停课，本多上午就回了家，便与家中的学仆去地方法院参加一场旁听。这天一早就下起了雨。

父亲是大审院法官，在家里也是个极其严厉的人。他见儿子在十九岁还没读大学时就专心研读法律，觉得孺子可教，便下定决心让他继承自己的事业。过去，法官这一职业是终身任职，但这年四月法院在结构上进行了大刀阔斧的改革，两百多名法官接到停职或退职的命令。大审院法官本多想与不幸的老友们同进退，便提交了辞呈，但未能获得准许。

但这位父亲的想法也因此而转变，他在对儿子的态度中多出了一种类似于上司对接班人展现的关爱，放宽了对儿子的管束。本多初次感受到父亲这种崭新的态度，为了不辜负父亲的期待，他变得更加勤奋好学。

让自己还未成年的儿子旁听庭审，也是这种新变化的其中一环。尽管本多法官不会让儿子出席自己的庭审，但无论民事诉讼还是刑事诉讼，他都允许儿子带着家中研习法律的学仆自由出入法院旁听。

让只在书本上接触过法律学的繁邦接触日本庭审的实态，令他从实际操作方面学习法律知识——这不过是表面上的理由。在刑事案件的审理过程中，揭露人类本性的情景层出不穷，让十九岁的儿子还柔弱的感受能力通过这些案件获得洗礼，并学到更多经验，无疑才是本多法官的本意。

这是种危险的教育方式。不过如今的年轻人整日游手好闲，沉醉于靡靡之音，只接纳迎合自己柔弱感受能力的事物，有被它们同化的危险。与此相比，参加庭审的旁听，至少一方面能让繁邦感受到法律秩序严肃的视线，起到教育的效果；另一方面让繁邦目睹人类那黏液般千奇百怪、污浊炽热的情感，被冷酷无情的法律组织进行"烹调"的情景。这就仿佛亲临厨房进行参观，会对技术方面的学习有所裨益。

在赶往刑事第八科小法庭的路上，本多繁邦感到法院阴暗的走廊里透进了些许光亮，他知道这是大雨浇在中庭的植被上反射进来的光芒。他觉得这座建筑本身就是由犯人熔化后的内心浇铸而成，作为理性思想的化身，给人的感觉未免太过阴郁。

这种消沉的心情，直到本多坐在旁听席的椅子上之后也没有消退。急性子的学仆老早把繁邦带到这里，此刻却像忘记了法官家的少爷般，只顾阅读起随身携带的案件卷宗来。本多厌恶地瞥了他一眼，随后望着法官席、检察官席、证人席和律师席上空荡荡的座椅，那上面似乎笼罩着一层雨水带来的潮气。本多觉得那些椅子正是自己内心空虚的最佳写照。

繁邦原本有着开朗、明快的性格，觉得自己是个前途有为的青年，但听清显吐露心声之后，却有了一种奇妙的变化。与其说是发生变化，不如说是他们两位挚友间不可思议的转换。长时间以来，他们都小心翼翼地呵护着对方的性格，从未试图把什么强加给对方。但三天前，清显突然像一个自己痊愈却把疾病传染给了他人的病患，在朋友的心里留下了内向的病菌。这些病菌在极短的时间内繁殖开来。如今与清显相比，反倒是本多与这种内向的性格更加匹配了。

病菌繁殖后出现的症状，首先是莫名其妙的不安。

"清显今后究竟会怎样？身为他的朋友，我光是茫然地坐视事态发展下去，这样真的好吗？"

在等待下午一点半的开庭期间，他的内心已经离开了需要去观看的庭审，而是一味沉浸在这种不安的情绪中了。

"我是不是该对朋友进行忠告，制止他的行动比较合适？"

尽管本多坚信：过去他对朋友的痛苦视而不见，始终捍卫着朋友优雅气度的行为，就是自己友情的体现。但如今，对方既然向他挑明一切，自己起码也该像平凡人那样，行使为朋友操心监管的职责，将他从迫在眉睫的危险中拯救出来。哪怕最后清显怨恨自己，甚至同自己绝交，他也绝不后悔。或许在十年、二十年后，清显会理解他，但就算一辈子也不能理解又有何妨？

"可以确定的是，如今清显正在通往悲剧的道路上狂奔。尽管这种行为如此凄美，但我真的要只为了欣赏鸟影瞬间掠过窗口般的美丽，就眼睁睁地看着朋友断送自己的一生吗？

"没错，今后我要毅然投身于凡夫愚者般的友情之中，就算他嫌啰唆，我也要给他那危险的热情浇上一盆冷水，全力阻拦他在命中注定的道路上行走。"

想到这里,本多感到头脑发热,根本不想在这个与自己毫无关系的法庭上继续等待下去。如今他只想立刻冲出门去,跑到清显身边,费尽唇舌地说服他回心转意。无法这样做的焦躁又令他产生了新的不安,变得心急火燎起来。

当本多回过神来时,旁听席上已经坐满了人,他这才明白学仆早早带自己过来占座的用意。现场既有看着像法律系学生的人,也有看上去平平无奇的中年男女,更有胳膊上套着臂章的新闻记者在忙来忙去。这些被卑微的好奇心吸引而来的人,摆出一副假正经的模样,有的留着一丛小胡子,有的像煞有介事地摇着折扇,还有的用纤长的小指指甲挖着耳朵,掏出硫磺般的耳垢,用以消磨时间。盯着他们,本多感到自己看透了这些坚信着"绝不用担心自己会犯法"的人们的丑恶嘴脸,心想"一定要防止自己成为那样的人,和他们千万不要有哪怕一丁点儿相似的地方"。透过因下雨而紧闭的窗户,一片仿佛白灰般的亮光洒在旁听席上,将人们的脸孔映照得无比呆板,只有法警黑色帽檐上的光泽格外显眼。

人群突然嘈杂起来,原来是被告人出庭了。被告人身穿蓝色囚服,被法警押到被告席上,旁听席上的人们争先恐后地想看清被告人的长相,因此遮挡了本多的视线。他只能从人群缝里稍稍看到一张微胖而洁白的面孔与轮廓鲜明的酒窝。过后,本多也只能瞧见这名被告人扎着女囚式兵库髻①的后脑勺,以及她圆润厚实的肩膀。那肩膀尽管动不动就缩紧一下,但从上面感受不到僵硬和紧张。

---

① 一种在唐轮髻的基础上发展起来的发髻,有多种形式,既有扎高的一束,也有倒下的两束。

二十九 | 205

辩护律师也出庭了，只剩法官和检察官还未到来。

"少爷，就是她，你看她哪儿像是个会杀人的女子。都说人不可貌相，此话果然不假。"

学仆对繁邦咬着耳朵。

依照庭审惯例，法官询问了被告人的姓名、住址、年龄和籍贯。话音刚落，法庭上鸦雀无声，甚至能听见书记员匆匆书写时所发出的沙沙声。

"东京市日本桥区浜町二丁目五番地，平民，增田富。"

被告人站起身来，流畅地答道。但她声音低沉，几乎难以听清。旁听者们担心听不到后面的审讯，一同将身子向前探去，用手掌兜在耳后仔细倾听。被告人先前的回答十分流利，但说到年龄时却犹豫了片刻，不知是不是故意。在辩护律师的追问下，她才如梦初醒般稍稍提高声音说道：

"三十一岁。"

这时，她回头看了看律师，本多得以看到散落在她两鬓的短发和那剪水双瞳的眼角。

这位女性娇小的肉体，在旁听者眼中宛如一只半透明的蚕虫，正吐着令人难以想象的、复杂而罪恶的丝线。连轻微动动身子，都会令人联想起她沾湿囚服的腋下部位的汗珠、因悸动不安而不停颤抖着乳头的乳房以及对各种事物的反应迟钝而冰冷的肥臀。她从肉体中放射出无数罪恶的丝线，最终结成一个罪恶之茧，并将自己封闭其中。肉体和罪恶之间竟能产生一种如此精密的对应……这才是世上的人们所追求的事物。一旦陷入这种热情的梦境中，平日里一切勾起人们爱情与欲望的事物，就都会成为罪恶的起因及结果。无论干瘦的女人还是丰满的女人，她们各自的肉体会转化为罪恶原本的形态，甚至人们想象中的渗到她乳房表面的汗珠也是如此……就这样，旁听者们以无害的想象力作为媒介，陶醉于逐一接受她肉体罪恶后油然而生的愉悦当中去了。

不知为何，本多发现自己能感受到旁听者们的内心所想，这种想象甚至掺入了自己这个年轻人的幻想当中。本多耻与他们为伍，不再思考这些，而是专心致志地听起了被告人对法官问讯所做的陈述，希望掌握案件的核心。

女人对案件的陈述显得冗长而啰唆，而且颠三倒四。但唯有一点非常清楚——这起杀人案是在一连串的冲动行事下，才鬼使神差地发生的剧。

"你是从什么时候起与土方松吉同居的？"

"是在去年……我无法忘记，是从六月五日那天起。"

她那句"我无法忘记"，引得旁听席一阵哄笑，法警喝令全场肃静。

增田富是一家餐馆的女侍，与厨师土方松吉相好。土方当时妻子新丧，增田一直对他关怀备至。两人从去年起开始同居，但土方从一开始就没打算娶她续弦。同居之后，他反而更热衷于在外面拈花惹草。浜町还有一家餐馆叫作"岸本"，去年年底，他被这家餐馆的一名女招待迷得神魂颠倒。这位女招待名叫阿秀，年方二十，却颇有手段，迷得松吉常常夜不归宿。今年初春，阿富约她外出，恳求她把松吉还给自己,但阿秀对她嗤之以鼻,冷嘲热讽。阿富气不过,将她杀了。

这起案件本是市井中常见的三角恋纠纷,并无任何特殊之处,但随着对案情的审理渐渐深入细节,许多微妙的真相纷纷浮出水面。

这个女人有一个八岁的私生子,过去一直寄养在乡下的亲戚家。但为了让孩子接受东京的义务教育,就把他给接了过来。这件事坚定了她要与松吉成婚的打算。但身为人母,阿富最终却被逼成了杀人犯。

被告人开始陈述起当晚行凶的经过。

"唉,如果当时阿秀不在那儿就好了,那样也许就不会发生后来的事。我去岸本餐馆找她出来时,要是她得了感冒之类的病,躺在床上起不来就好了。

"凶器是一把片鱼用的菜刀[①]。松吉很有匠人气质,手头总是留着几把趁手的专用菜刀。他常说'这就是我的武士刀',从不让女人和孩子触碰,从来都是自己细细研磨后像宝贝一样收着。后来他和阿秀鬼混在一起,怕我吃醋,可能觉得危险,就不知道把刀子藏在哪儿了。

"原来我在他心里是那种喜欢争风吃醋的女人,这叫我非常恼火,就用开玩笑的口吻吓唬他:'没有菜刀,别的刀还不有的是!'后来松吉好久都没回家。有天我收拾壁橱,一不小心在里面发现了他包好的菜刀。令我惊讶的是,菜刀几乎都生锈了。光看刀上的锈

[①] 日本的菜刀通常刀幅较窄,带有尖头。

迹,就知道他到底有多鬼迷心窍。我手里握着菜刀,气得浑身打颤。这时孩子放学回家,我的心情才平复了些,想着自己如果能有个贤内助的样儿,把松吉最宝贝的那把片鱼刀送到研磨匠那儿打磨光亮,他或许会十分高兴。于是我将菜刀裹在包袱皮里打算出门,这时孩子问我:'妈妈,你要去哪儿?'我说:'出去办点事儿,你留下来乖乖看家。'可孩子回我:'妈妈你不用回来了,我回乡下去读小学。'我十分疑惑,便追问是怎么回事,这才知道附近的孩子们都笑话他,说:'你爸嫌弃你妈老缠着他,把你妈给甩了。'孩子们会这么说,肯定是从父母口中听来的。我这个当妈的成了人家的笑柄,孩子可能觉得与其跟着我,还不如回到乡下的养父母身边。我一气之下揍了孩子,也不管他还在哇哇大哭,便奔出了家门……"

据阿富的供述,她奔出家门时还没想到阿秀,只是想着去把菜刀磨好。

研磨匠正忙着给前边的客人干活,一时倒不出手。阿富等了一个小时,刀才终于磨好,但她离开研磨铺后又不想回家,便晃晃悠悠地往岸本饭馆走去。

饭馆内,阿秀因为无故出门闲逛,直到下午才回店来,被老板娘狠狠地训斥了一顿。事情与松吉有关,阿秀哭得像个泪人儿似的道歉认错,这事才算过去。此时,阿富刚好来这,说想找她去外边谈谈,没想到阿秀十分爽快地答应了。

此时阿秀已经换上了一身干净整洁的服装准备接客,她脚下踩着

二十九 | 209

木屐,迈着花魁①似的八字步,带着一副慵懒的神态边走边用轻佻的语气说:

"刚刚我已经向老板娘保证,今后再也不勾搭男人啦。"

阿富心头一喜,但阿秀紧接着粲然一笑,转眼就反悔了,她说:

"可谁知道能不能撑过三天呢?"

阿富拼命抑制住心头的怒火,请阿秀到浜町河岸的寿司店里喝上一杯,并以老大姐的口吻费尽口舌同她商量。但阿秀光是脸上挂着冷笑,嘴里一言不发。阿富借着醉意,半真半假地向她低头表示求恳,可阿秀却一点不给她台阶下,将头扭向一边。一个小时过去了,门外的天色渐渐昏暗下来。阿秀说再不回去又要挨老板娘骂了,便起身打算回店。

随后两人是怎么走到浜町河畔薄暮沉沉的空地上的,阿富已经记不清了。但阿秀想要回饭馆,阿富却拽住不放,两人不知不觉就来到这里。总而言之,阿富并不是动了杀心后把她带到这里来的。

两人争执了三言两语后,阿秀在河面上仅存的一丝余晖的映照下,露着洁白而整齐的牙齿笑道:

"就算说破了嘴皮子也不管用。你这么死乞白赖的,难怪阿松嫌弃!"

这句话起到了决定性的作用。在阿富的供述中,她当时的心情是这样的:

"……听到这句话后,我头脑中血气上涌,唉,要怎么形容才好

---

① 江户时代东京吉原花街的头牌妓女,通常极难接触。

呢？好比在一片黑暗里，一个婴儿需要什么，或是心里难受得紧，却因为说不出话，只能心急火燎地哇哇大哭，拼命地挥胳膊蹬腿。我当时也是怀着这种心情，手上一阵乱挥，忘乎所以地解开了包袱皮，拿出菜刀。在一片昏暗中，手上的刀不知怎地就撞到了阿秀身上。我要说的就这么多。"

她的话语让包括本多在内的所有旁听者眼前，都鲜明地浮现出那个在黑暗中挥胳膊蹬腿的婴儿的幻影。

增田富说完这些，捂着脸抽泣不止。从背后望去，能看到她囚服下面的肩膀在不住耸动，微胖的身材反倒勾起了人们的同情。起初那股弥漫在旁听席中的好奇氛围，如今也为之一变。

淅沥的雨水让窗户变得一片灰白，透进来的光线令法庭的气氛变得更加凝重。似乎只有站在法庭中心的增田富才是生存着、呼吸着、悲痛着、呻吟着的所有人的感情的代表。也就是说，只有她拥有表达情绪的权利。之前，人们还在关注着这个三十多岁的女人微胖而汗津津的肉体，如今却都屏息凝神，目不转睛地盯着这个被情念所千刀万剐的女人，仿佛望着一只被做成了生虾片却还在微微蠕动的大虾。

她的全身在人们面前暴露无遗。原本不为人知的罪行，如今却借着她的身体出现在众目睽睽之下，为人们展示了比善意和道德更为清晰的罪恶的本质。舞台上的女演员尚且只能展示她想让观众见到的部分，而增田富则能被人们一览无余。这就相当于：既然整个世界都属于观众，那不如将一切都展现给他们。看来她身边的律师能给她的帮助十分有限。身材娇小的阿富头上既无发簪，也无珠宝，身上更没有任何惹人注目的穿着，她只是一个犯人，一个十足的女人，这就足够了。

"要是日本也实行陪审制度,这件案子搞不好会判无罪呢。这女人嘴皮子这么厉害,没几个人说得过她。"

学仆又在繁邦耳边低声说了一句。

繁邦也寻思着:人类心里的冲劲儿一旦遵守一定的法则,其行动就无人能够阻止。这是以人类能保持理性和良心为前提的近代法绝对无法接受的理论。

另一方面,他原以为这场庭审的旁听与自己毫不相关,但如今却又不这么认为了。增田富在他面前所爆发出来的,有如鲜红色熔岩般的情感,是与他丝毫不相容的事物。

雨还在下,但天空已经明亮不少。一些云层散开,呈现出太阳雨的景象。阳光照耀着挂在玻璃窗上的雨滴,映得它们如幻影般熠熠生辉。

本多希望自己的理性也能永远如那束光芒般熠熠生辉,却又无法舍弃会被炽热的黑暗所吸引的心性。但那种炽热的黑暗是种魅惑,并非其他事物,而是单纯的魅惑。清显也是一种魅惑,而且是动摇了生命根基的魅惑。实际上这种魅惑又必然并非与生命,而是与命运联系在一起的。

本多本想劝告清显,如今却打算先等上一阵,观望一段时间再说。

三十

临近暑假，学习院里发生了一件事。

帕拉纳迪特殿下的绿宝石戒指丢失了。克利沙达殿下大吵大闹，说一定是有人偷了，这使事态变得严重起来。帕拉纳迪特殿下责怪堂弟沉不住气，希望能低调解决此事。但他也和堂弟一样，相信自己的戒指是被人偷走的。

面对克利沙达殿下的吵闹，校方给出了理所当然的回答：学习院里不可能发生盗窃。

这些纠纷令王子们的思乡情结变得更加浓重，终于提出了回国的要求。不过使两位王子与学校彻底对立的，还是下面这件事情。

舍监仔细听取了两位王子的表述后，发现他们的证词有所出入。两位王子是在傍晚出门散步后返回宿舍，接着离开宿舍去用晚餐，再次回到宿舍后发现戒指不见的。但在这期间，克利沙达殿下说堂兄在散步时戴着戒指，出门用餐时将戒指留在了屋里，戒指一定是在用餐期间被盗走的。但另一边，帕拉纳迪特殿下本人却越回想越觉得含混不清。他说散步时确实是戴着戒指出去的，但记不清用餐时有没有把它留在房间里了。

这是判断戒指究竟是丢失还是被盗的关键信息。于是舍监问出了他们当天散步的路线，那是个美丽的傍晚，王子们翻过禁止入内的天览台的栅栏，在里面的草坪上面躺了一会儿。

舍监是在一个下午问出这一情况的，当时天气闷热，细雨断断续续地飘着。于是他当机立断，催促王子们和自己一同去天览台仔细搜寻。

天览台位于武道场的角落里，是一处草坪环绕的小小高地。这里是明治天皇曾观看学生练武的、极具纪念意义的场所。天皇曾在校内亲手种植过杨桐树，除了供奉那棵树的祭坛以外，就属这儿最为神圣了。

今天两位王子有舍监陪同，公然越过栅栏，登上了天览台。雨水微微打湿了草坪，想在这足有五六十坪的高地上搜遍每个角落绝非易事。

光在两位王子躺着聊天的地方寻找显然不够，于是三人兵分三路，各自从不同的角落开始寻找，打算将这里搜个遍。雨势微微大了一些，他们不顾淋在后背上的雨水，扒拉开每一棵青草，仔细地在草根处搜寻。

克利沙达殿下一副不太乐意的样子，寻找的时候一直小声发着牢骚。性情敦厚的帕拉纳迪特殿下因为是自己丢了戒指，便老老实实地从高地一角的斜坡处开始仔细寻找。

王子们还是第一次如此细致地观察每一根草茎。虽然可以借助黄金门神雅斯卡反射的光芒寻找戒指，但那绿宝石的翠色却彻底掺杂在青草的颜色中，极难辨认。

雨水沿着校服的领子渗进后背，这种感觉令王子们思念起故国雨季温暖的雨水。草根处的淡绿色令人误以为是阳光洒落，但云层依旧未开。被打湿的草坪上，几株杂草开出了小小的白花，尽管因雨水的击打而低下头来，但微微透着粉色的花瓣却依旧保持着干燥的光泽。高高的杂草那锯齿状的叶子背面时而会有影子微微一闪，尽管知道戒指不会藏在那里，仍免不了让人翻开叶子查看一番，结果是只小小的甲虫躲在那里避雨。

因为眼睛离地上的草坪太近，在王子的意识中，青草的叶子也逐渐变得巨大，这让他们回想起了故国雨季那茂密的丛林。草丛间，一片透着电光的积雨云突然在上空展开，天空一半是蔚蓝，一半是昏暗，仿佛马上就要雷鸣大作。

王子如今还在热切找寻的，已经不是那枚绿宝石戒指，而是月光公主金婵那虚无缥缈的面影。但王子的视线被一棵棵青草用自身的碧绿所混淆，这使他心乱如麻，几欲放声大哭。

这时，运动社团的学生们身穿运动服，肩上搭着毛衣，手里撑着雨伞路过此处。他们见到王子们的样子，纷纷停下脚步。

丢失戒指的消息早已在学校里不胫而走，但同学们普遍认为戴戒指对男人来说是软弱的习惯，因此极少有人对戒指的丢失和王子们积极的寻找抱有好感与同情。他们得知两位王子在草地里伏身寻找的是那枚戒指，基于对四处吵嚷戒指失窃的克利沙达殿下的厌恶，便阴阳怪气地加以嘲讽。

但这些人没有发现舍监的身影，待他站起身子后都吓了一跳。舍监用一种温和到瘆人的语气招呼大家帮忙寻找，他们便都一言不发地转身离开了。

三人渐渐找向高地的中心，彼此离得越来越近，他们都感到希望已经越来越小。雨已停息，空中洒下一片淡淡的阳光。在临近傍晚的阳光照射下，被雨水打湿的青草熠熠生辉，叶梢投射在地上的影子也显得深浅不一。

此时，帕拉纳迪特殿下突然认准自己的戒指在一株青草的阴影内闪烁着碧绿的光辉。但当他用湿漉漉的双手拨开草丛后，只看见散在泥土上的微光将草根映得金灿灿的，却全无戒指的踪影。

清显事后才听说这次徒劳无功的搜寻。舍监的做法固然有其诚意所在，但这也无可否认地令王子感到了屈辱。因为这件事，王子们最终收拾行李离开了宿舍，搬到了帝国酒店去住，并对清显表示无论如何也要在近期返回暹罗。

松枝侯爵听儿子说起这件事后非常痛心。如果对王子回国一事坐视不理，必将在他们心中留下难以抚平的伤痕。或许在他们有生之年，想到日本都会郁郁不乐。因此侯爵想在学校和王子间排难解纷，但王子们的态度十分坚决，这种调解暂时似乎无济于事。于是侯爵想拖延一段时间，至少先挽留住两位王子，接着再考虑怎样安抚他们的情绪。

刚巧暑假就要到了。

侯爵和清显商量了一番，决定等暑假一开始，就请王子们去松枝家位于海边的别墅游玩，由清显作陪。

三十一

清显还征得了父亲许可,邀请本多一同前去。于是在暑假第一天,包含两位王子在内的四名年轻人,坐上火车从东京出发了。

每当父亲来到镰仓的别墅,镇长、警察局局长等一大批人都会来到车站迎接。从镰仓车站到位于长谷的别墅之间,一路上还要铺满从海岸运来的白色沙砾。但这次侯爵事先和镇政府打过招呼,说即使贵为王子,也当他们是学生就好,千万不要兴师动众地前去迎接。因此四位年轻人在车站搭上人力车,在一片轻松的气氛中到达了别墅。

沿着树木葱郁的羊肠小道来到尽头,一座巨大的石门便出现在眼前。门柱上刻着"终南别业"四字,这是取自王摩诘[①]的诗名。

这座日本的"终南别业"占据了一个面积超过一万坪的山谷。上一代主人在这里建造的草顶房于几年前在一场火灾中焚毁,现侯爵紧接着便在这里修建了一栋日西结合的容纳十二套客房的宅邸,并将从阳台往南的整个院落全部改建成了西式庭园。

站在面南的阳台上,能远远望见正面的大岛[②]。夜间喷发的火山

[①] 即王维,"摩诘"为其字。
[②] 即伊豆大岛,位于伊豆诸岛北端。

从这里望去，仿佛一簇遥远的篝火。沿着庭院步行五六分钟，即可到达由比海滨。侯爵曾站在阳台上，用望远镜观看侯爵夫人洗海水浴的样子作为消遣。但庭院与大海间隔着一块旱地，这让景色显得极不协调。于是侯爵派人围绕着庭院南侧种了一片松林，用以遮挡旱地。等到松林茂盛起来，庭院里的景色就能够与大海连成一片。但这样做也有损失，那就是到时将会失去用望远镜观赏的乐趣。

这里的夏日风光壮丽夺目，无可比拟。由于山谷像扇面一样展开，远远望去，右侧的稻村崎和左侧的饭岛看上去就像庭院东西两侧山脊的延续，这令人觉得无论天空、大地还是两处岬角之间的海面，但凡目所能及之处，都属于松枝家别墅领地的一部分。至于能擅闯这片领地的，就只有恣意伸展的云影、偶尔掠过的鸟影以及行驶在海面上的船的小小船影了。

因此在这个云势磅礴的夏天，如果将扇形的山谷看作观众席，将辽阔的海面看作舞台，那么造访别墅的人，就无疑来到了乱云狂舞的剧场。设计师原本不同意用木板拼设阳台地面，但侯爵呵斥道："船上的甲板不也是木头铺的吗？"设计师顿时哑口无言。于是他让人用质地坚硬的柚木在阳台的地面上拼出了方格图案。清显曾在阳台上观察海面上空浮云的细微变换，一看就是一整天。

那是去年夏天的事。

海面上凝聚着积雨云，如同刚刚搅拌好的炼乳。沉郁的阳光照进了云层每一个褶皱的深处，照进去的光芒又使云朵每一处拥有阴影的部位显得格外立体而不羁。在云层沟壑间光芒黯淡的位置，似乎能望见慵懒的、流逝得极为缓慢的时间。而在另一边，太阳在猛健的云朵上洒下一片金光，这附近的时间流逝看上去又无比飞快，充满了悲剧性。云层两边都绝不可能有人存在，因此无论慵懒还是悲剧，在那里都属于别无二致的闹剧。

天上的云彩若紧紧地注视，它就纹丝不动，可若稍稍移开视线，就会瞬息万变。前一秒还像威武的马鬃，不知何时就突然变成了睡乱的鬓发。但抬头凝视后，那云彩却又变得呆若木鸡，保持着纷乱的样子一动不动了。

那是什么东西突然松散开来了呢？仿佛精神涣散一般，刚刚还饱满地蕴含着阳光洁白而坚固的形态，在下一瞬间就淹没在荒唐至极的柔弱感情中了。这也是一种解放。然而不一会儿，清显就看到破碎的云朵再次聚集在一起，那奇妙的云影也仿佛一支军队般攻入了庭院。那时，阴影首先笼罩了沙滩和旱地，接着便从庭院南面直扑过来。模仿修学院离宫①园林种满了庭院斜坡上的枫树、杨桐树、茶树、丝柏、瑞香、满天星、槲树、松树、黄杨和罗汉松等植物，刚刚还在日光强烈的照耀下，叶梢闪耀着斑斓的色彩，如今却突然笼罩在阴影中，连蝉声都似乎沉郁起来，一如丧葬的挽歌。

最为瑰丽的还是这里的晚霞。放眼望去，视线中的每一片云彩似乎都能预料到：一到傍晚，自己就会染上红色、紫色、橙色或淡绿色的其中一种。而染色之前，它们必定会因紧张而周身煞白……

"这庭院真是太美妙了。真没想到日本的夏天会如此美丽。"乔·彼目光炯炯地说。

---

① 日本三大皇家园林之一，是日本最大的庭园建筑群。

两位王子站在阳台上，没有什么比他们浅黑色的肌肤与眼前的景色更为搭配的了。今天他们的心情明显非常愉快。

对清显和本多来说，这样的阳光实在过于强烈。但对两位王子来说却温和适中，他们沐浴在日光中，怎么晒也不厌烦。

"先去冲个澡，休息一下，然后我带你们去院子里逛逛。"清显说道。

"非得休息干吗？咱们四个年纪轻轻，又有精力。"克利沙达殿下表示。

清显心想，或许对两位王子来说，最不可或缺的不是月光公主金婵，也不是绿宝石戒指，更不是朋友或学校，而是"夏天"。只有夏天能填补他们心中的一切空缺，治愈他们的一切悲哀，弥补他们的一切不幸。

清显想象着自己从未体会过的暹罗的酷暑，只觉得自己也沉醉在这豁然呈现于身边的夏天里了。庭院里响起阵阵蝉鸣。他觉得连头脑中冷静的理智都如冷汗一般，从额头上蒸发掉了。

四人下了阳台，来到宽阔草坪中央的日晷旁。

1716 Passing Shades①

老旧的日晷上刻着这样一行文字。它带着藤蔓花纹的青铜指针仿佛一只伸长脖子的鸟儿，固定地指向西北与东北之间用罗马数字刻着

---

① 日晷。

"Ⅻ"的位置，但投射出的影子已经指向将近三点。

本多用手指摩挲着晷盘上的字母"S"，想询问王子暹罗具体在哪个方位，又怕无故勾起他们的乡愁，便没有多嘴。接着他不由自主地背向太阳，用自己的影子遮住日晷，让指向将近三点的影子隐没在自己的影子之中。

"对了，只要这样做就好了。"乔·彼看到后说道，"如果一整天都这样做，就能够消除掉时间。等我回国后也让人在庭院里造个日晷，要是哪天觉得幸福而美妙，就让仆人在日晷旁站一整天，用影子挡着它，这样时间就不再流逝了。"

"那仆人怕不是要晒到中暑死掉。"

本多说着闪开身子，让强烈的日光再次照到晷盘上面，指向将近三点的影子又出现了。

"不会的，我们国家的仆人就算晒上一天的太阳也没事。那里的阳光比这儿还要强上三倍呢。"克利沙达表示。

清显猜想，在他们亮堂的褐色皮肤下，一定潜藏着一片昏暗的阴凉。而他们自己就躲在自身的这片阴凉下休息。

清显无意间对王子们提到在后山山路上散步的乐趣，这下可苦了本多，他连汗都来不及擦，就被迫跟着大伙爬上后山。清显原本对任何事情都提不起兴趣，如今却气势十足地带头做起各种事来。本多瞧着他，不禁为此惊愕不已。

但当他们登上山顶，即将来到山脊处时，只见海风鼓起阵阵松涛，比海滨一带的景色耀眼夺目，登山所带来的疲惫顿时一扫而空。

四个青年找回了少年时代的活泼劲儿。清显带头走在长满山白竹和蕨类植物的小道上。走着走着，清显停下步子，脚下踩着去年的落叶，指着西北方向喊道：

"你们看！只有在这儿才能看见。"

大伙停下脚步。透过树木的间隙，他们能望见一片开阔的山谷，那里有一片千家万户、杂乱无章的门前町①，以及一尊高高矗立其间的大佛。

从正面能够看到大佛浑圆的后背以及袈裟上粗犷的起伏。佛面只能望见半侧，至于胸脯，则只能见到从浑圆肩膀到飘逸衣袖处流畅线条那边的一小部分。大佛那浑圆的青铜肩膀反射着阳光，显得耀眼夺目，但宽阔的胸脯反射出的光线却澄净平缓。青铜的肉髻沐浴着西斜的日光，显得格外鲜明。两边垂下的长长的耳朵好像热带树木上悬挂的奇妙长形干果。

王子们一见到大佛，立刻跪在地上。本多和清显见此情景都大吃一惊。只见他们毫不吝惜笔挺的白色亚麻长裤，直接跪在地上那片湿漉漉的竹叶之上，双手合十，向着远方沐浴着日光的大佛虔诚地膜拜起来。

清显与本多不太礼貌地对视了一眼。这样的信仰已经距离两人过于遥远，在日常生活中根本无法找到。他们对王子们虔诚的膜拜当然毫无嘲笑之意，但两人过去始终把两位王子当作同学来对待，如今却觉得他们似乎突然飞到一个观念与信仰都与自己截然不同的世界当中去了。

---

① 通常为一般居民或信徒在寺院附近形成的集落。

三十二

在后山转悠了一圈，又逛遍了庭院的各个角落，四个人的心绪终于平静下来。他们坐在海风阵阵的客厅内稍事休息，喝过从横滨运来并用井水镇过的柠檬汽水后，感到疲劳尽消。于是又急着趁太阳落山之前去洗个海水浴，便各自准备起来。清显与本多穿好了学习院式的装束，下身系着红色兜裆布，上身穿着露出后背和两肋，用"之"字形针脚缝合的白棉布泳衣，头上戴着草帽，等待着迟来的两位王子。不一会儿，王子们出现了，他们穿着英国制的横纹泳衣，裸露着棕色的肩膀。

做了这么久的朋友，清显却还没在夏天把本多请到这栋别墅来过，只有一年秋天曾约他来捡过栗子。因此要是不算幼时在片濑学习院海水游泳场的那次活动，本多还是头一次与清显一同来到海边。不过当时两人的关系也还没这么好。

四个人向海边飞奔过去，穿过庭院尽头那片青葱的松林和与其相接的旱地后，来到了海滩之上。

清显和本多在下水前老老实实地做起了热身体操，王子们看着他俩，笑得东倒西歪。这其中或许包含着一丝对本多和清显望见大佛时没有立刻跪拜的报复之情。在两位王子看来，清显与本多这种只为自身的现代式修行，在这个世上显得颇为怪异。

但正因为能像这样开怀大笑，才说明王子们的心情的确舒畅无比。清显也好久没见过这两位异国友人露出如此开朗的神情了。几人在海水中尽情玩闹一番之后，清显几乎忘记了自己身为主人有要招待客人的义务。王子们用自己国家的语言交流，清显和本多则用日语交流，于是他们便两两分开地躺在沙滩上。

落日被一片薄云笼罩，阳光不再像方才那样强烈，但对皮肤白皙的清显来说刚好。他身上湿漉漉的，只系着一条红色的兜裆布，这会儿正闭着眼睛仰卧在沙滩上。

本多盘腿坐在他的左侧，一言不发地望着大海。海面上波澜不惊，本多却看得入迷。

他觉得自己视线的高度与水平线基本持平，但不可思议的是，大海的尽头却在他眼前，从这里开始就是陆地的起点。

本多想将手里干燥的沙子换到另一只手上，沙子却漏了下去，他的手心里空空如也。他不自觉地抓起另一把沙子，但视线和心神都已经归属于大海。

这里是大海的终点。这一望无际的大海，这汹涌澎湃的大海，居然就在自己眼前走到了终结。没有什么比立于时间或空间的分界线上更能令人感到神秘的了。身处海洋与陆地宏伟的分界线上，就像见证着一个时代向另一个时代推移这一重大的历史瞬间。而本多与清显所生活的现代，也只不过是一个潮起潮落的滩头，一条分界线罢了。

大海的尽头就在眼前。

远眺海涛的尽头，就能明白它们是经过了多么漫长的努力，才在这里迎来了终结。即整片大海在环绕世界后，其宏伟的意图最终在这里结束，只是一场徒劳。

但这种挫折又是多么的温柔而祥和啊。海浪最后的余波外层点缀着细小的花边，瞬间失去了感情的纷乱，与镜面般平滑而潮湿的沙滩融为一体。当只剩下淡淡的泡沫时，它的本体已经几乎全部退回海中了。

远处的白浪掼碎在海面上后分成了四到五段波涛，它们总是同时扮演着升腾、登顶、崩解、融合与退去的角色。

呈橄榄色、中部平滑的巨浪眼看着碎裂开来。纷乱的怒号一声接着一声，渐渐化为叫喊，继而变成低语。像一匹魁梧健壮的白色奔马逐渐缩小，最终消失在壮观的马队中，只在海滩上留下了它撒欢过后的白色蹄印。

左右粗暴张开的扇形是两道海浪的余波，它们相互侵蚀着，不知何时又融进了镜面般的沙滩。但在这过程中，"镜子"里的镜像也在开朗地活动着。海面如沸腾般翻涌的白浪映在"镜面"上，呈现出细细的条形，像晶莹剔透的霜柱。

退回远方的海浪与几道层层叠叠、翻涌向前的海涛融为一体，失去了白色而顺滑的浪峰，但紧接着便同其他海浪一起奋力地再次向海滩涌来。但如果将视线投向大洋的深处甚至更深处，就会发现冲向海滩的浩浩荡荡的海浪，其实只是更为浩大的巨浪所延伸出来的末端。越向深处海水颜色越深，而靠近海岸的末端则被浓缩并渐渐压榨，最终化作颜色深绿的水平线。经过无尽的凝练，海的蔚蓝终于化作了坚硬的结晶。尽管用距离与广度伪装着自己,但这种结晶才是大海的本质。这种浪涛冷漠而忙乱地涌起又退去无数次后所形成的蔚蓝结晶,才能算作真正的大海……

……

想到此处,本多的眼睛和内心都感到疲惫,于是望向清显。他觉得清显从方才起就已经酣然入梦了。

清显那白净而柔美的身体,与他唯一身着的红色兜裆布形成了鲜明的对比。只见他微微起伏的白皙小腹与兜裆布上侧相接的部位,沾着一道由干沙与贝壳组成的闪闪发亮的碎末。正巧清显将左臂枕在脑后,本多发现,在他那仿佛樱花花蕾般的乳头靠外的左侧腹部,平时会被上臂所遮挡的部位,有三颗细小的黑痣。

肉体上的记号真是不可思议。本多与清显交往这么久,却还是第一次发现这三颗黑痣。它们对他来说,就像朋友无意间透露的秘密,让他不愿细细端详。本多闭上双眼,眼皮内侧却如傍晚的天空般亮白而刺眼。那三颗黑痣,宛如远方的鸟影般鲜明地浮荡着。片刻,它们拍着翅膀越飞越近,呈现出鸟儿的形状飞掠头顶。

他又睁开双眼,看到清显扇动着秀美的鼻翼,发出鼻息声。微张的嘴唇之间,湿润而洁白的牙齿闪耀着光泽。本多的视线再次移向清显侧腹上的三颗黑痣,这次,他将黑痣看成了嵌在清显白净皮肤上的沙粒。

如今,本多的眼前就是干燥的沙滩的尽头。沙滩尽头的沙地尽管被海水浸泡得发黑,表面却依然散布着斑驳的白沙。细碎的海浪在沙滩上刻出浮雕般的道道细痕,里面嵌着化石一样的石子、贝壳、枯叶等。而且无论多小的石头,都会在退去的海面上留下痕迹,令海面恍如一把展开的扇子。

不只是石子、贝壳和枯叶等,随着波浪涌上沙滩的马尾藻、小木片、稻秸和柚子皮等也都嵌在里面。那么清显紧致而白皙的侧腹上嵌了几颗小小的黑色沙粒,自然也不无可能。

本多感到十分惋惜,便考虑着怎样才能在不使清显睁开眼睛的情况下除去那些沙粒。但细心凝视后,他发现那微小的黑粒正随着清显呼吸时起伏的胸口而生机勃勃地颤动着,怎么看也不像是无机物,而是清显身体的一部分。他终于意识到其实那只是清显的黑痣。

本多觉得这些黑痣与清显肉体的优雅相悖。

清显似乎感觉到有强烈的视线盯着他的肌肤,便突然睁开双眼,与朋友视线相交。本多有些茫然失措,但清显抬起脖颈追问:

"能帮我个忙吗?"

"好的。"

"我来镰仓,表面上是陪同两位王子,但实际上是为了让大家觉得我不在东京。"

"我就知道是这样。"

"我会偶尔撇下你和王子,偷偷回东京去。因为只要三天见不到她,我就心痒难耐。我不在这边时,你替我掩饰一下。万一我家里人从东京打来电话,也麻烦想个合适的借口蒙混过关,全看你的本事了。今晚我就坐末班车的三等座回东京,明天再坐首班车赶回来,拜托你了。"

"行。"

听到本多痛快地答应了自己，清显感到十分幸福，想伸手与本多相握。他接着又说：

"有栖川殿下的国葬，你父亲也会出席吧。"

"嗯，好像是的。"

"殿下死得正是时候。这件事是我昨天听说的。托他的福，洞院宫家的纳彩仪式似乎要延期了。"

从朋友的话中，本多发现清显的恋情与国家大事息息相关，再次真切地感到无比危险。

此时，王子们兴奋地一同跑来，打断了两人的对话。克利沙达殿下喘着粗气，用拙劣的日语说道：

"你们知道我和乔·彼刚才在聊什么吗？我们在聊轮回转生方面的事！"

三十三

两位日本青年闻听此言,不由得面面相觑,行事轻率的克利沙达毫不顾忌听话人的脸色。这半年来,乔·彼在异国吃尽种种苦头。与克利沙达相比,尽管他洁净的面庞并未发红,但似乎在犹豫着该不该继续讨论这个话题。接着,可能是为了给人以文明的印象,他用英语流利地说道:

"是这么回事,刚刚我跟克利聊到小时候乳母常常给我们讲的《本生经》①。经书中提到,连佛陀在过去世做菩萨时,都经历过多次转生,分别变为金色天鹅、鹌鹑、猴子和鹿王等。既然如此,我们的前世又会是什么呢?说到此处我们兴趣大发,便猜测了起来。克利坚持说他的前世是鹿,我的前世是猴子。我不太高兴,就反过来说我的前世是鹿,他的前世才是猴子。我们争辩了起来,于是就想过来问问你们是怎么看的。"

这个问题无论支持哪边都显得不太礼貌,因此清显和本多都笑而不答。接着清显转移话题,说自己对《本生经》一无所知,请他们挑

---

① 印度佛教寓言故事集,约产生于公元前三世纪,主要讲述佛陀释迦牟尼前生的故事。

其中的一个故事讲来听听。

"那我就讲一个金色天鹅的故事吧。"乔·彼说,"这是在佛陀还在做菩萨时,接连两次进行转生的故事。我们都知道,菩萨是会在未来悟道成佛的修行者,佛陀在过去世也是菩萨。而他的修行就是寻求无上菩提,普度众生,修习诸般波罗蜜。于是当时还是菩萨的佛陀便一边转生为各种生灵,一边行善积德。

"很久很久以前,菩萨生在一户婆罗门[①]家,长大后与同阶级的女性结婚,生了三个女儿后去世,遗属被其他人家所收养。

"菩萨去世后转生为一只金色的天鹅,而且具备回忆起前世的智慧。不久后,菩萨转生的天鹅长大了,披着一身黄金羽毛,其华美举世无双。当它游曳于水面,影子宛如月光般熠熠生辉;当它飞翔于林间,树梢的叶丛仿佛金笼般剔透生光;有时它停歇在枝头,那里就像是长出了不合时节的黄金果实。

"天鹅想起自己前世为人,知道妻子和女儿都还活着,被人收养后靠做家庭副业糊口。于是天鹅想道:

"'我的每一根羽毛都能打成金箔卖钱,留在世上的妻子穷苦、可怜,为了她能过得好些,今后就把羽毛一根根地送给她吧。'

"天鹅隔着窗户,望着自己留下的妻子和女儿们过着穷苦的生活,心头不禁涌上一阵怜惜。另一边,妻子和女儿们也看到了这只金光耀眼的天鹅站在窗框上,不禁大吃一惊。于是她们问道:

"'哎呀,多么漂亮的一只金天鹅呀!你是从哪儿飞来的?'

[①] 即婆罗门教僧侣,地位居于古印度四种姓之首。

"'我过去是你的丈夫和这些孩子的父亲,死后转生为金色的天鹅。我过来见你们,是为了帮你们摆脱贫困,过上幸福的日子。'

"说罢,天鹅便留下一根羽毛飞走了。

"就这样,天鹅会时不时飞来,留下一根羽毛后再离开,母女们的生活因此变得富足起来。

"有一天,母亲对女儿们说:

"'禽兽之心难以捉摸,你们的天鹅父亲说不定什么时候就一去不回了。等下次再过来时,就把它的羽毛给拔个精光!'

"'哎呀!妈妈真是太狠心了!'

"尽管女儿们叹息着表示反对,但后来有一天,金色天鹅再次飞来时,贪得无厌的母亲还是把它哄到身边,用双手抓住它,把它身上的羽毛揪了个一干二净。但奇怪的是,那些金羽毛一被揪下,就立即变得像仙鹤羽毛那样洁白。天鹅没了羽毛,无法飞翔,前世的妻子就将它装在一只大瓮里喂养,指望它能再次长出金羽毛来。但重新长出来的羽毛全都是纯白色的。羽毛长齐后,天鹅就飞走了,变成一个白色的光点消失在云端,再也没有回来。

"……这就是乳母给我们讲过的《本生经》里面的一个故事。"

本多和清显都觉得这个故事与在日本流传的童话极为相似,随后他们就是否相信转生的问题进行了讨论。

清显和本多过去从未被牵扯进这方面的讨论当中,难免有些不知所措。清显抬起眼睛瞥了本多一眼,表现出询问的意思。平日里放纵任性的清显,一旦讨论起抽象的话题,必定会像这样展现出手足无措的模样。但本多看到这样的清显,心里却反而像被银色的马刺轻轻戳了一下,激起了表现的欲望。

"如果这个世上真的存在转生。"本多多少有些性急地说,"如果像刚才那个金色天鹅的故事中那样,拥有能回忆起前世的智慧固然很好。但如果并非如此,那么中断过一次的精神,丧失过一次的思想,在接下来的人生中没有留下任何痕迹,重新开启了新一段精神以及与过去毫无关系的思想……这样一来,排列在时间当中的不同个体,与同一时代分散在空间里的不同个体,都只能具有相同的意义……这样一来,转生又有什么意义可言呢?如果将转生当作一种思想来看待的话,那它不就是一种将许多毫不相关的思想合并在一起的思想吗?现在我们没有任何关于前世的记忆,因此转生也不过是种试图证明一件绝对无法证实之事的徒劳之举。如果想要证明,就必须以对照的思想,立场平等地看待过去世与现在世。因为人类的思想必然会偏向于过去、现在或未来的其中之一,无法逃离存在于历史正中心,名为'个人思想'的精神内核。这似乎就是佛教中被称为'中道①'的道理。但所谓'中道'是否属于人类所能拥有的有机性思想,还很值得怀疑。

"就算退一步说,将人类怀有的一切思想都看作迷妄,那就必须拥有一种第三者的视角,以便识别一个从过去世转生到现在世的生命所怀有的过去世与现在世的迷妄。只有这种第三者的视角,才能证明

---

① 佛教教义之一,是佛教认为的最高真理。《大宝积经》卷一百一十二中有"常是一边,无常是一边,常无常是中,无色无形,无明无知,是名中道诸法实观;我是一边,无我是一边,我无我是中,无色无形,无明无知,是名中道诸法实观"之说。

转生是存在的。但转生对当事者而言，不过是个永恒的谜题。而这第三者的视角，恐怕就是悟道者的立场。因此只有从转生中超脱出来的人类，才能掌握关于转生的思想。但在此时，转生这件事情本身不就已经不复存在了吗？

"我们活着，但生命中与死亡相关的要素却不胜枚举。例如，葬礼、墓地、摆放在墓前的枯萎花束、有关死者的记忆、周遭亲人的死亡还有对自己死亡的预测。

"既然如此，死者或许也同样拥有许多关于活着的要素。他们从死者的国度远远地望着我们的城镇、学校、工厂的烟囱以及不断死去也不断出生的人类。

"我想所谓'转生'，仅仅是与我们从生存的角度来观察死亡相反，它是从死亡的角度来看待生存，只不过是换了一个观察的角度，不是吗？"

"那么人在死后，他的思想和精神为什么还能传递给其他人呢？"乔·彼平静地表示反对。

本多头脑明晰，年轻气盛，便用略显趾高气扬的口吻斩钉截铁地说：

"这和转生的问题不是一回事。"

"怎么不是一回事？"乔·彼的语气依旧平稳，"某种思想即使相隔一段时间，也能被不同的个体所继承，这点你是承认的吧？既然如此，某一个体相隔一段时间，被不同的思想所继承，这没什么可奇怪的吧？"

"猫和人能是相同的个体吗？就像你刚才在故事里讲到的人类、

金色天鹅、鹌鹑与鹿。"

"从转生的角度考虑，这些可以算作相同的个体。即使肉体并不连续，只要妄念是连续的，就不妨碍将它们考虑为同一个体。或许我们可以不用'个体'，而是用'一个生命的谱系'来称呼它。

"我丢失了那枚承载着深深回忆的绿宝石戒指。戒指不是生物，因此无法转生。但所谓丧失又算是什么呢？我认为丧失是出现的依据。说不定什么时候，那枚戒指又会像翠绿的星辰般出现在夜空中。"

说到这里，王子被一种悲哀的气氛所笼罩，让人觉得他脱离了正在谈论的话题。

"不过那枚戒指也有可能是什么生物偷偷变化而成的呢，乔·彼。"克利沙达天真无邪地说，"搞不好它是自己长出脚来跑掉的呢！"

"要是这样，那枚戒指如今或许已经转生成为月光公主金婵那样的美人了。"乔·彼突然沉浸在有关自己恋情的回忆中，"无论是谁写信给我，都说她活泼、健康。可为什么只有她本人没有给我来信？所有人都只是在安慰我。"

另一边，本多没有留心听这些话，他只沉浸在刚刚乔·彼用来反驳自己的观点中。不把人类看作"个体"，而是"一个生命的谱系"；不是看作静态的存在，而是看作流动的存在，这种想法的确可行。这种情况就像王子所说的，某种思想可以被不同的"生命的谱系"所继承，某个"生命的谱系"也可以被不同的思想所继承，两者其实是一回事。因为这等于将生命与思想一体化。于是，如果将生命与思想一体化的哲学推广开来,那么将无数"生命的谱系"整合为一个生命大潮的连环,即人们口中的"轮回",自然会成为一种思想,也的确有其道理所在了……

当本多沉浸在这种想法中时,暮色渐浓,清显与克利沙达将沙子拢到一起,专心致志地堆砌着一座寺院。但想用沙子堆出暹罗式样的尖塔和鸱尾极为困难。克利沙达巧妙地在沙子里掺了点水,堆出了一座纤细玲珑的尖塔。仿佛从女性的袖口中牵出她柔软的棕黑色手指般,他在浸湿的沙子堆成的屋顶上小心翼翼地拉出向后翘起的鸱尾。但那用沙子塑成的,仿佛抽搐般翘在空中的"棕黑色手指",在水分蒸发后便脆弱地垮掉了。

本多和乔·彼也停止争论,望着像孩童一样忙忙碌碌、不亦乐乎地玩着沙子的清显和克利沙达。看来用沙子砌成的珈蓝①也需要灯光的映衬,两人花了好大精力精雕细琢出建筑正面的细节和纵长的窗户,它们如今在黄昏中笼罩了一层阴影,看上去只剩下黑乎乎的一团。细碎的白色浪花仿佛临终者微翻的白眼,里面汇聚着回光返照般的微亮。寺院在这种白色的背景下,化作了一片朦胧的剪影。

不知不觉间,四人的头上已是一片星空。银河横挂天穹,真切可见。本多认识的星星不多,但还是很快就找出了被银河相隔两岸的牛郎星和织女星,以及张开巨大的翅膀为他们做媒的天鹅座北十字星。

此时,轰鸣的涛声变得远比白天响亮。四个年轻人发现大海与沙滩原本相隔甚远,此时却融入同一片黑暗中。夜空中的星辰愈发繁

---

① 即寺庙。

多，令他们感到无穷的威压……这种被笼罩在夜空与繁星之间的感觉，像是被关进了一把巨琴般的乐器当中。

没错，正是一把巨琴！而他们就是掉进琴身里的四颗沙粒。在他们眼中，这是一个无边无尽的黑暗世界，但琴身之外还有一个光芒万丈的世界。龙龈与凤额间紧紧绷着十三根弦，倘使有只无比白皙的纤纤玉手拨动琴弦，必将响起斗转星移般的琴音，令琴身中的这四颗沙粒随之震颤。

夜晚的海风轻轻吹拂，挟来一阵海潮和被冲上海岸的海藻味。这让年轻人们裸露在一片清凉中的肉体开始打颤。潮湿的海风缠绕在身边，反而令他心头涌上火一般的热情。

"该回去了。"

清显突然说道。

当然，这句话听着是请客人返回别墅享用晚餐。但本多知道，他一心惦记的是末班车的发车时间。

三 十 四

每隔不到三天，清显就偷偷回趟东京，回来后只和本多详细地讲述在那边发生的事。他说洞院宫家的纳彩仪式已经确定延期，但这当然对聪子的婚事没有任何影响。聪子常常受邀去洞院宫家，洞院宫殿下也对她关怀备至。

如今的状况还不能使清显满意。他有了一个打算：下次想办法把聪子接到"终南别业"来度过美好的一夜。他知道这个计划极其危险，想请本多帮他出谋划策。但一考虑到这件事，又觉得无比麻烦，障碍重重。

一个闷热难寐的夜晚，或许是在浅眠之中，清显做了一个过去从未做过的梦。梦中的一片浅滩上，海水暖洋洋的，从海里冲到岸上的各种漂流物与陆地上的垃圾堆积在一起，难以分辨。行走在海滩上的人们也被刺伤了双脚。

不知出于什么原因，清显身上穿着平时从未穿过的白棉布上衣和裙裤，带着一支猎枪，站在原野的道路上。微微起伏的原野并不如何广阔，极目远眺，只能望到远处一户户人家的房顶。路上有自行车经过，但整个环境的光照却显得异常沉郁哀伤。尽管夕阳还残留着最后一丝无力的光芒,但就连这光芒也分不清究竟是从空中还是地底传来。原野的起伏处生长着杂草,似乎有绿色的光辉从草丛里逸散出来。远处的自行车似乎也从车身上放出模糊的银光。清显无意间望了望脚下,看到木屐粗粗的白色屐带和脚背上的静脉似乎都亮闪闪地浮现了出来,看得清每一处细节。

此时,光线黯淡下来,天空的一角处突然冒出一群飞鸟,它们高声鸣叫着,劈头盖脸般地涌来。于是清显举起猎枪,对着空中扣动了扳机。这并非只是无情地开枪射击,而是满怀着难以形容的愤怒与哀伤。与其说他在向鸟群射击,不如说是在向着天空中那只巨大的蓝色眼睛射击。

伴随着枪声,飞鸟们被一同击落。此时却突然出现一阵通天彻地、由嘶鸣与鲜血组成的龙卷风。这是因为无数飞鸟在嘶鸣着,滴着鲜血,聚集成一根粗壮的巨柱,无休止地向着一个地点落去,如瀑布般滔滔不绝。以至于伴随着嘶鸣和鲜血,形成了一股永不止息的龙卷风。

随后,这股龙卷风眼见着凝固起来,化为一棵通天的巨树。无数鸟尸凝聚其中,因此树干呈现出一片异样的暗红色,而且没有枝叶。然而当这棵巨树最终定形并静止下来时,嘶鸣声也完全消失,周围又恢复了之前那种沉郁而哀伤的光照。原野的道路上再次出现了没有人骑在上面的崭新的银色自行车,晃晃悠悠地朝清显驶来。

清显感到十分自豪,因为是他将遮天蔽日的飞鸟们一扫而空的。

此时,一群和清显一样身着白衣的人,沿着原野的道路从远方走来。他们庄严肃穆地前进着,在离他两三米远的地方停下了脚步。定睛一看,他们每个人手中都拿着光洁的杨桐玉串。

为了给清显净身,这些人在他面前挥舞着玉串,发出一阵阵清朗的响声。

清显清楚地认出其中一个人的面孔正是他的学仆饭沼。而且饭沼还张口对清显这样说道:

"你一定是凶暴之神。"

饭沼这么一说,清显不禁望了自己一眼。他发现不知从何时起,自己的脖子上挂了一串浅紫与深红相间的勾玉[①]项链,玉石的冰冷触感在自己胸口扩散开来。而且他觉得,自己的胸膛仿佛一块平整厚实的岩石。

白衣人突然指着前方呼喊起来,清显顺着他们所指的方向回头望去,发现那棵由鸟尸凝聚而成的巨树上长出了茂密的嫩绿色树叶,连靠近下方的树枝都笼罩着一片鲜艳的绿意。

这时,清显醒了过来。

由于这个梦太不常见,清显打开了好久没写过的《梦境日记》,尽可能详细地记录下了刚才所做的梦。即便醒后,清显的心头依旧残留着刚刚他那疾风迅雷般的行动和勇气所激发出的热意。直到这时,他还觉得自己是一名从战场上刚刚归来的战士。

想在深夜将聪子带到镰仓,凌晨再送回东京,用马车肯定不行,

[①] 相传是自日本绳文时代就有的一种饰物形制,后来通常被当作权力的象征。传说天照大神的孙子琼琼杵尊从高天原降临苇原中国时,天照大神授予他三种神器:八咫镜、八尺琼勾玉、天丛云剑,勾玉就是其中之一。

火车也不行，人力车更是没门。因此一定得用汽车。

然而自家熟人的车是不能用的，聪子家熟人的车也不行。必须得有个谁都不认识、也不知道内情的司机，和一辆由他驾驶的汽车才行。

尽管"终南别业"极为广阔，却不能让聪子跟两位王子碰面。虽然不清楚王子们是否听说过聪子订婚的事，可一旦他们认出聪子，就必定会埋下祸根。

要闯过这重重难关，必须有本多从中活动，扮演一个他所不熟悉的角色。而本多为了朋友，也答应清显帮忙接送聪子。

本多想起了一个同学，他是富商五井家的儿子。在朋友中，只有他拥有能自由使用的汽车。本多为此特地赶回东京，拜访了位于麹町的五井家，请朋友将那辆福特汽车与司机借给自己一晚。

这个成绩总是游走在不及格边缘的纨绔子弟，此刻见到班上出了名的死板正经、品学兼优的好学生居然找他有事相求，不禁惊讶得愣了神。但接着就不失时机地摆出一副狂妄自大的神态，说如果能详细讲明理由，也不是不能借。

这不像本多平时能做出来的事。但面对这个蠢货，他还是装出一副胆小怕事的模样，假装透露了自己的心声，并为此感到一种欣喜。由于说谎，本多的话语不太顺畅，然而对方却把这当成他被逼无奈和感到害羞的表现。看着对方深信不疑的表情，本多不禁觉得好笑。用理智令人信服无比困难，用虚假的热情却能如此轻易地取得他人的信任。本多看着眼前的朋友，心头不禁泛起一种苦涩的喜悦。在清显的眼里，本多想必也是这样的吧。

"真得对你刮目相看了，没想到你小子还有这么一面。可你还没交代完呢，至少得把那丫头的名字说给我听听吧！"

"房子。"本多不假思索地说出了许久未见的从堂妹的名字。

"就是说松枝把房间借你一晚上，我把汽车借你一晚上呗。既然如此，下次考试你可得多照顾照顾我啊。"

五井半认真地低了低头，他的眼睛里如今闪烁着友情的光辉。从各种意义上讲，他都认为自己在智力上与本多取得了对等的关系。而他单纯的人生观也因此得到了确认，于是他用一副放心的语气表示：

"说到底，人与人之间没什么不一样的。"

这正是本多想要的结果。因为这事，本多也拜清显所赐，得到了每个十九岁青年都渴望得到的浪漫名声。换句话说，这是对清显、本多和五井三人都没有坏处的一笔交易。

五井拥有的是一九一二年产的最新型福特轿车。由于发明了自动点火装置，启动时司机再也不用费劲地下车手摇点火，省了不少的事。尽管是装配了普通二挡变速器的T型车[①]，但黑漆的涂装、边缘勾勒着的细细红线的车门以及用布幔笼罩的后座，依旧使其保留着一部分马车的痕迹。想联络司机时，只需打开通话管的开口，说话声就能传到司机耳边的喇叭处。车顶处装有轮胎和货架，可以支持长途旅行。

司机姓森，原本是五井家的马车夫。他的驾驶技术是从大老爷的司机那儿学到的。在警察局考驾照时，他让师傅公然站在警察局门口

[①] 福特汽车公司于1908年至1927年推出的一款汽车产品，全球销量达到1500万辆。

等着，笔试中一遇到不会的题目，就到门口来问，再回去继续作答。

本多在深夜从五井家借到车后，为了不让别人察觉聪子的身份，就让车停在之前用来幽会的那栋军人公寓附近，等着蓼科与乘坐人力车偷偷过来的聪子。清显不愿让蓼科来别墅这边，但其实她想来也来不了。因为蓼科肩负一个重任，就是在聪子外出时，营造出一副她还在卧室里安睡的假象。蓼科实在放心不下，啰里八唆地叮嘱个没完，费了好大劲儿才把聪子托付给本多。

"在司机面前，我会叫你房子小姐。"本多在聪子耳边说。

午夜的轰鸣声打破了住宅区的宁静，福特汽车发动引擎向前驶去。

本多为聪子对一切都毫不介意的果敢态度而感到惊讶，她的那身纯白西装更加突出了这一点。

本多初次感受到，在深更半夜与朋友的情人乘车兜风竟是种如此奇妙的感觉。他作为清显的替身，在夏日深夜摇晃的车厢内与一位女子贴身而坐，还闻着她身上传来的香水味。

她是"别人的情人"！聪子身为女人的这个事实近乎残忍无情。本多觉得在清显对自己的信任中，他们之间奇妙的关系，也就是清显那冷漠的毒素，第一次苏醒得如此鲜明。信任和侮辱，仿佛薄薄的皮手套和双手之间的关系，严丝合缝地贴合在一起。只因清显长得无比俊美，本多才对他如此容忍。

为了避开清显的侮辱，本多只能相信自己的高洁。本多不是那种盲目守旧的青年，他始终通过理智来保持对自己的信任。他绝不像饭沼那样自轻自贱,如果像他那样……最终只会成为清显的厮仆。

当然,尽管汽车在行驶中带来的冷风拂乱了聪子的头发,但她依旧矜持有度。两人在话里行间绝不提到清显,只有"房子"这个名字,成了两人之间虚构的小小亲密记号。

……

返回的路上则是另一种情景。

"啊,有件事我忘了跟清少爷说。"

汽车开了一会儿,聪子开口说道。但车子已经无法折返。如果不快点赶回东京,夏天太阳出来得早,没法在拂晓前回到家中。

"我替你转达吧。"本多说道。

"这个……"聪子稍加犹豫,随后仿佛下定决心般说道,"那就麻烦您转告了。前几天蓼科见到了松枝府的山田,知道了清少爷是在撒谎。蓼科已经知道清少爷假装留着的那封信,其实一早就当着山田的面撕碎后丢掉了……但不用担心蓼科会做什么。她已经听天由命,决定对一切视若无睹了……把我的原话说给清少爷听就好。"

本多复述了一遍。至于这段神秘的口信究竟是什么意思,他则毫不过问。

"为了朋友,您真是尽心尽力。清少爷能有您这样的朋友,是他天大的福气。像我们这样的女流之辈,哪儿会有什么真正的朋友。"

尽管聪子的眼里还残留着一丝放恣后的欲火,头发却整理得丝毫不乱。

见本多一言不发,聪子低下了头,声音显得有些难过:

"您一定觉得我是个轻浮浪荡的女人吧。"

"你可千万别这么说!"

本多不由自主地用强硬的语气打断了她的话。尽管本多心中并没有瞧不起聪子,但她还是刚巧说中了本多心中所想的事。

本多一夜未眠,忠实地完成了接送聪子的职责。无论是他抵达镰仓,将聪子交到清显手中,还是从清显手中接过聪子护送她返回时,他内心都毫无波动,没有任何非分之想。他为此而感到自豪。原本就不应产生任何波动,因为他通过这种行为,切实地参与到了一起严肃而危险的事件中去。

但当他望着清显牵着聪子的手,在洒满月光的庭院里,踏着树木的影子奔向海滩时,本多注意到,自己对他们的帮助是一种切实的犯罪。而且,他眼睁睁地目送着这桩罪行留下优美的背影飞向了远方。

"是啊,我不该这么说。因为就连我自己,也没觉得有哪里轻浮放荡了。"

"这是为什么呢?清少爷和我明明犯着可怕的罪行,我却丝毫不觉得身上有什么罪恶的污浊,只感到浑身都被荡涤得无比清净。先前我看到海滩附近的松林,只觉得这辈子怕是没法再见到了;听着吹拂过松林的风声,也觉得这辈子怕是没法再听到了。每一刹那都是那么澄澈,我对自己做过的事没有丝毫后悔。"

滔滔不绝的聪子,似乎觉得与清显的每一次幽会,都是他们之间所能够见到的最后一面。尤其今晚,两人置身于清净祥和的自然中,抵达了惊心动魄、飘飘欲仙的绝顶。她甚至想不顾自己的谨慎,将今晚发生的事毫无保留地讲述给本多听。她是如此地想让本多理解自己,甚至为此而心急如焚。但这种行为如同向他人传递死讯、形容宝石的光辉或是讲述夕阳之美般困难。

清显和聪子避开清朗而明亮的月影,在海滩上四处闲逛。深夜的海滩上空无一人,四周亮得有些晃眼。只有船头高高翘起的渔船投在沙滩上的黑影,才令人觉得心里有底。船板沐浴着月光,好似森森白骨。那月光锐利得仿佛能穿透伸出的手掌。

凉爽的海风拂过,两人立刻在渔船的阴影下紧紧相拥。聪子平时不怎么穿西装,今夜更是憎恨它耀眼的洁白,因此只想尽快将它脱下,藏身于黑暗中,但她忘记了自己的皮肤也同样无比洁白。

尽管不会有人窥探,但海面上无数月光的碎片就有如百万只眼睛。聪子望着夜空当中的云彩和挂在云梢的星辰。她感到清显将细小而坚硬的乳头顶在自己的乳头上蹭来蹭去,来回戏耍,最后将它深深按进了自己丰满的乳房中。这种做法比接吻更能勾起人的爱意,仿佛与自己饲养的小动物亲近玩耍时那种令人陶醉的甜蜜。聪子轻轻闭上双眼,这种肉体边际与末端亲密接触的感觉是如此出乎意料,不禁令她联想起悬挂在云端的璀璨星辰。

他们就这样一口气抵达了海洋般深邃的愉悦。聪子本想一心融入黑暗,但当她意识到这里只是停靠在岸边的渔船的阴影时,不禁感到有些害怕。因为这并不是坚固的建筑或山石的影子,而是一艘不久就会出海的渔船暂时的影子。渔船停放在陆地上这件事显得并不现实,即使影子实实在在,也依旧与幻影相仿。聪子担心这艘老旧的大渔船会随时从沙滩上悄无声息地滑走,逃进大海里去。想要追上它的影子,还要一直躲在它的影子当中,自己就得成为大海才行。于是聪子便在沉甸甸的充足感当中化身成了大海。

环绕在他们四周的一切，包括明月悬挂的夜空、浮光跃金的海面、拂过沙滩的海风以及远处松林的喧嚣声……这一切都终将灭亡。在时光单薄的另一面，响起了一个巨大的声音——"不许"。这不正是那松林的喧嚣声吗？聪子觉得四周围绕着、注视着、保护着他们的，都是决不允许这段感情的事物。仿佛一滴油落在水盆里，只能够被水所拱卫。但那水是漆黑、宽广而沉默的，这滴香油只能漂浮在这孤独的境界里。

这种"不许"又毫无疑问地拥抱着他们！他们不清楚这种"不许"对自己来说究竟是黑夜本身，还是即将到来的曙光。只知道它在自己身边叫嚷，却并未发动袭击。

两人抬起身来，费力地从阴影中伸出脖子，观看下沉的皓月。聪子只觉得夜空中这轮滚圆的明月，就是证明她和清显罪行的徽章。

四周杳无人迹，他们起身去拿藏在船底下的衣物。月光将他们的小腹照得煞白，再向下一些的部位则依旧残留着阴影的漆黑。两人向那里相互望了一眼，尽管短暂，却无比认真而专注。

穿好衣服后，清显坐在船舷上晃悠着双腿说：

"假如我们是一对关系公开的恋人，恐怕反倒做不出这么大胆的事儿了。"

"您这话说得好残忍，清少爷原来这么狠心吗？"

聪子表现出一副娇嗔的模样。两人嘴上尽管打着趣儿，心里却莫名其妙地有点不是滋味，因为绝望离他们只有一步之遥。聪子再次蹲在渔船的影子里。坐在船舷上的清显垂着双脚，脚背被月光映得一片雪白。聪子捧起清显的脚，将嘴唇贴在他趾尖上。

……

"或许我不该说起这些，但除了您以外，实在找不到其他人倾诉。我知道自己在做着非常可怕的事，但请求您不要制止。因为我知道总有一天会迎来终结……但也只能挨得一日算一日了，没有其他法子可想。"

"也就是说，你已经做好心理准备了吗？"本多的语气在不知不觉间变得悲惋。

"嗯，做好准备了。"

"我觉得松枝也是这样。"

"所以我们不该继续给您添麻烦了。"

本多突然涌起一种奇妙的冲动，他想去理解这个女人。这是对聪子微妙的回敬。既然聪子想把他当作"推心置腹的好友"，那么他也有权对她进行一种既非同情也非共鸣的理解。

但是，想要理解这样一个内心被爱意占据的、娇柔妩媚的女人，理解一个尽管身体近在咫尺，内心却飞向远方的女人，究竟要怎样去做呢……本多与生俱来的逻辑性探求癖又在他心里抬起了头。

汽车的颠簸使聪子的膝盖晃过来好几次，但聪子总是灵活地躲避着，不让两人的膝盖相触。那股灵活劲儿，简直像一只在小巧滚轮上飞奔的松鼠般令人眼花缭乱。这让本多心中有些急躁。他想，在清显面前，聪子是一定不会玩弄这种小伎俩的。

"你刚才说已经做好心理准备了，对吧？"本多在说话时没有看着聪子的脸，"那么这句话与'总有一天会迎来终结'的心情又有怎样的联系呢？等到迎来终结的那一天，再做心理准备不是就晚了吗？又或者说，如果已经做好心理准备，不就等于迎来终结了吗？我知道我这个问题有点残忍。"

"您这个问题提得很好。"

聪子泰然自若地回应道。本多不禁注视着她的侧脸。那张侧脸端正秀美，上面没有一丝慌乱。由于聪子突然间闭上了双眼，在车内昏暗的灯光里，她那本就十分纤长的睫毛投下了深深的阴影。黎明前繁茂的树木仿佛纠缠在一起的片片乌云从车窗外掠过。

那位姓森的司机始终安分地背对着他们专心驾驶。两人的座位与驾驶席间隔着一道厚厚的玻璃拉窗，要是不特地凑到通话管口说话，就不用担心被司机听见。

"您的意思是我总有一天要将这件事情做个了结，对吧？您身为清少爷的挚友，会这么说也很正常。要是活着的时候没法了结，就等死了以后……"

聪子可能在盼望着本多会慌张地不让她继续说下去，但本多固执地一言不发，等着聪子后面的话。

"……那一天终究会来，而且不会太远。我敢向您保证，到时候绝不会表现出固执的留恋。既然我已经体会到生命的可贵，就不打算对它过于贪恋。任何美梦都有个尽头，没有什么事物能保持永恒。若将永远占有看作一种权利，岂不是太愚蠢了吗？我与那些所谓'新女性'不同……不过，如果真的存在永恒，那它指的就是现在……我想您今后会明白的。"

本多突然理解了清显过去为什么会那样畏惧聪子了。

"刚才你说不该继续给我添麻烦，那是什么意思？"

"您是一位昂首挺胸地行走于光明正道之上的人。我们不能把您也牵扯进来，这都怪清少爷不好。"

"你不用把我想得那么正派，我的家庭的确相当顽固守旧。不过，今夜我已经毫无疑问地参与到了犯罪当中。"

"您千万别这么说。"聪子强硬地、似乎有些嗔怒地打断了他的话，"罪过只属于我和清少爷两个人。"

这句话听上去是在替本多开脱，但话里却掠过一丝不容外人靠近的冰冷与骄矜。本多明白了，她是把这种罪行看作一栋小巧到能托在手心，只有她和清显居住在内的水晶行宫。这栋行宫小到别人想进也进不去，只有他们能够通过变身在里面暂住一段时间。而且只有他们居住在里面的样子能够让人看得细微、清晰而真切。

聪子突然低下头来，本多正想伸手搀扶，却碰到了她的头发。

"抱歉，我已经很注意了，可鞋里好像还是留着沙子。蓼科不是管鞋的，要是一不小心回家脱了鞋后，女佣看见沙子觉得奇怪，跑去告密就不好了。"

女人在清理鞋子时，本多有些无所适从，便扭头望向窗外，刻意不去瞧她。

汽车已经驶入东京市内，天空呈现出一片鲜亮的青紫色。黎明时分的云彩横在建筑上空。尽管本多希望汽车尽早到达，却又有些舍不得这人生中奇妙而难逢的一夜。或许是幻听吧，本多听到背后传来细微的声音，大概是聪子在抖落鞋里的沙粒。在本多听来，那恍若世界上最可爱的沙漏声。

三十五

在"终南别业"生活的这几天,暹罗王子们对各方面都感到满意。

一天傍晚,四人在草坪上摆出四把藤椅,在晚餐前享受清凉的晚风。两位王子用母语交谈着,清显只顾着专心沉思,本多则将一本书放在膝头阅读。

"来根'弯子'吧。"

克利沙达殿下用日语说着,走过来分给大家几支威斯敏斯特牌的金嘴香烟。"弯子"是香烟在学习院中的隐语,王子们也很快学会了它。学校原本是禁止吸烟的,但只要不是公然犯禁,便会对高等科的学生睁一只眼闭一只眼。学校里有个半地下室的锅炉房,那里是烟枪们的老巢,被大家称作"弯子场"。

几人头顶晴朗的天空,肆无忌惮地享受着香烟,不禁感到身边萦绕着一丝"弯子场"中那神秘的香气。英国的香烟吸起来带着一种锅炉房内的煤炭味儿,这种味道加上在一片昏暗中提防着被人发现时转动的眼白、为了保持住烟头的火光尽可能猛嘬上一口的紧迫感……只有当这些要素结合在一起时,才能为吸烟这件事平添上一份特别的情趣。

　　清显背对着其他人，视线跟着烟雾飘向黄昏的天空。只见海面上的云彩开始破碎，继而变得朦胧不清，但依旧身披着一层淡淡的玫瑰黄。他仿佛在那里看到了聪子的身影。如今对清显来说，聪子的身影和味道似乎融进了身边的一切事物中。自然界中的一切细微变化，都不再与聪子无缘。晚风忽然不再吹拂，夏日傍晚温热的空气接触到皮肤时，他感到聪子一丝不挂的身体近在咫尺，仿佛直接触碰着自己的肌肤。合欢树渐渐笼罩在黄昏中，就连那宛如碧绿色羽毛的层层堆积的树荫内，似乎也飘荡着聪子的剪影。

　　本多身边一定要有本书，否则便会心头不安，这是他的习惯。如今摆在身边的是一位学仆偷偷借给他的禁书——由北辉次郎[①]所著的《国体论及纯正社会主义》。作者刚刚二十三岁，这不禁让本多觉得他简直就是日本的奥托·魏宁格[②]。但跟过于新奇而激进的思想，还是唤起了本多的警戒心。这并非由于本多看不惯偏激的政治思想，而是因为他不懂得如何愤怒。他将别人的愤怒视作一种传染性极强的病症，要他以观赏别人的愤怒为乐，他从良心的角度上并不觉得有趣。

　　另外，与王子们在转生方面的讨论，也令本多想要充实这方面的思想。在前几天送聪子回到东京的早晨，他顺便回了趟家，从父亲的书架上拿了本由斋藤唯信所著的《佛教学概论》。他对书中开头关于

[①] 即北一辉，日本思想家，国家主义者，著有《日本改造法案大纲》。在"二·二六事件"中受到牵连而被判处死刑。
[②] 奥地利哲学家，于二十三岁举枪自尽。其著作《性与性格》后来畅销国际，被译成数十种语言。

"业感缘起论"的描述颇感兴趣,这让他回忆起自己去年初冬潜心研读《摩奴法典》时的事情。由于担心太过沉浸其中会影响毕业考试的复习,当时他便忍着没有继续阅读下去。

就这样,他将几本书摆在藤椅的扶手上,心不在焉地看着,最后终于连膝盖上这本也看不下去了。他眯起轻度近视的眼睛,望向环绕在庭院西侧的山崖。

尽管头顶的天空还算明亮,山崖上却已笼罩一层阴影,黑漆漆地挡住视线。然而从覆盖在崖顶茂密树丛的缝隙中,依旧透出从西边天际处传来的细密白光。透过树丛所见到的天空宛如一张云母纸,展现过"盛夏一日"这色彩斑斓的画卷后,就只余下了长长的留白。

暮色渐浓,草坪的角落处有成群的蚊虫盘旋。几个年轻人游过泳后感到心满意足,带着身上金色的晒痕和几分倦意,愉快又有些愧疚地享受着吞云吐雾的滋味。

本多一言未发,但他发自内心地觉得这无疑算得上自己青春时代中无比幸福的一天。

对两位王子来说也一定是这样。

王子们对清显忙于处理恋情的样子视而不见,清显和本多也假装看不到王子们在海边与渔女们调情说笑的样子。不过最后还是给那些姑娘们的父亲塞了点钱作为补偿。两位王子每天早晨都会去山上跪拜大佛,于是在大佛的庇佑下,美丽的暑假悠然走向尾声。

一位男仆托着光洁耀眼的银盘出现在阳台上,银盘里摆放着一封信——与东京的主宅不同,这个男仆很少有机会使用银盘,因此十分遗憾，平日里一有时间就细细擦拭——继而向草坪这边走来。克利沙达首先发现了他。

他飞奔过去把信件拿来。当看到这是王太后写给乔·彼的亲笔信后，便故作怪相地双手捧信，将它恭恭敬敬地递给坐在椅子上的乔·彼。

清显和本多当然也注意到了这封信，但他们按捺住好奇心，耐心地等待着王子与他们分享喜悦或是思乡之情。厚厚的白色信笺被拆开时发出悦耳的沙沙声，在夕阳的映照下鲜明醒目，宛如白色的箭羽。突然，他们听见乔·彼尖叫一声，继而瘫倒在椅子上，于是赶忙站起身来。他们发现乔·彼已经不省人事。

克利沙达呆立在原地，茫然地望着两位日本朋友照顾着自己的堂兄。待他捡起掉落在草坪上的信件并读罢后，也趴在草地上放声大哭。无论是克利沙达的哭喊，还是他口中冒出的暹罗语，都令清显和本多感到难以理解。本多看了看信纸，上面写的同样是暹罗文。他只看到信笺上方带着烫金的王室纹章闪闪发亮，纹章十分复杂，中心是三头白象，四周围绕着佛塔、怪兽、玫瑰、宝剑、王笏等要素。

大伙立刻将乔·彼抬到床上，但此时他已经苏醒，脸上一副茫然若失的表情。克利沙达殿下哭号着跟在后面。

清显和本多虽然不知道发生了什么，但察觉到一定是传来了噩耗。天色渐暗，乔·彼的脑袋始终靠着枕头，浅黑色的面颊上，一双珍珠般的眼睛黯然失色。他一言不发，只是呆呆地望着天花板。最终，还是克利沙达首先冷静下来，用英语向清显与本多说明了事情的原委：

"月光公主金婵离开了人世。要知道她是乔·彼的恋人，也是我的妹妹啊……如果一开始只对我说，再由我寻找合适的时机告知乔·彼，或许就不会让他受到如此沉重的打击了。但恐怕王太后陛下更担心我受到打击，才会先行告知乔·彼的。陛下在这点上估计错误，但也有可能是她有着更为深远的打算，想让乔·彼直面悲伤，从而磨炼他的勇气。"

克利沙达一反常态，说出了经过深思熟虑的一番话语。无论清显还是本多，都为王子们热带骤雨般的叹息打动了心灵。可以想象这场伴随着电闪雷鸣的暴雨止息之后，那片悲恸的丛林定会洗尽尘埃，在短期间内变得更加茂盛，重新焕发生机。

这天的晚餐是送到王子们房中的，但两位王子谁也没有动筷。过了一会儿，克利沙达意识到自己应该尽到身为客人的义务与礼仪，便将清显与本多请到房中，将那封长长的亲笔信译成英文说给他们听。

实际上，月光公主金婵早在春天就已染病，尽管病症使她无法提笔写信，但她还是恳求别人千万不要将自己生病的事告诉哥哥和堂兄。

月光公主金婵那纤美而洁白的双手渐渐变得麻木僵硬，无法动弹，仿佛透过窗户射进来的一道幽冷月光。

虽然英国主治医师竭力治疗，却也没能阻止麻木扩散至她全身，最后月光公主金婵甚至连话也说不清楚了。但为了让乔·彼心中的自己永远和分别那天一样健康活泼，她依旧用僵硬的口吻叮嘱大家千万不要通知乔·彼自己得病的事。人们听了她的话语，纷纷潸然泪下。

王太后陛下常去探望公主，每次看到她都忍不住伤心落泪。得知公主的死讯后，陛下立刻拦住其他人，并表示：

"这件事由我直接通知帕拉纳迪特。"

这封亲笔信的开头是这样写的：

"有个令人悲痛的消息告诉你，你要做好心理准备后，再继续读下去。

"你深爱的贞特菈帕公主不幸因病离世。即使在病榻之上，她也无时无刻不在思念着你。但这方面暂且不表，因为母亲希望你能明白一切都是天意，也希望你保持身为王子的风度，勇敢地面对这个不幸的消息。你身在异国，得知这样的消息必定悲痛万分。不能在身边安慰你，母亲也深感遗憾。但在克利沙达面前，还请做好兄长的榜样，怀着对弟弟的关爱，委婉地向他告知妹妹的死讯吧。母亲之所以突然写这封亲笔信给你，正是因为相信你有不会屈服于悲伤的勇气。而且公主在生命的最后一刻还在思念着你，这也足以成为最好的慰藉了。未能见上公主最后一面，想必你深感悔恨，但她是为了将健康活泼的身影永远留在你的心间，万望你理解她一片痴心……"

安静地听克利沙达译完这封信后，乔·彼终于从床上坐起身来，对清显说道：

"我如此方寸大乱，有违母亲的训诫，真是无地自容。但也请您思考一下。

"从方才起，我始终想要弄清的并非月光公主金婵的死亡之谜，而是为什么在她染病直到离世，不，应该是她已经与世长辞的这二十天里，尽管我心头始终感到一丝不安，却依旧对她的事毫不知情，甚至还能若无其事地继续生活在这个虚假的世界中。这就是我想弄清的谜题。

"我的眼睛能清楚地看到耀眼的大海和沙滩,却为什么看不清发生在世界底部的细微的本质变化呢?这个世界就像一瓶葡萄酒,无时无刻不在悄悄地发生着变质。可我却只是用眼睛透过瓶子,如痴如醉地观看着里面鲜艳的紫红色。我起码应该每天品尝一次,验证它在味道上的细微变化才对,可我为何没有这样做呢?无论是清晨的微风,还是喧嚣的林涛,抑或是鸟儿的振翅与啼鸣,我都从未凝神观看,侧耳倾听。我只将它们当作是生命盛大的喜悦,从整体上接受它们,却没能发觉它们正是世界之美的沉淀,每天都在从底层起发生着变质。如果有一天,我的舌头品尝出世界的味道发生了细微的变化……啊!如果真的是这样,我一定能立刻感受到,这个世界已经变成'没有月光公主金婵的世界'了。"

说罢,乔·彼再次哽咽着泪流满面,说不下去了。

清显和本多将乔·彼交给克利沙达照顾,回到了自己的卧室,但两人都辗转反侧,难以成眠。

"王子们现在可能只想尽早回国。不管怎么说,他们都不可能有心情继续在这边留学了。"两人刚一独处,本多就这样说道。

"我也这么觉得。"清显沉痛地说。

他也被王子们的悲痛所影响,沉浸在一种难以名状而又不祥的感情中。

"王子他们一走,只有我们两个待在这儿就显得不自然了,我父母也有可能过来避暑。不管怎么说,咱们幸福的夏日都结束了。"清显仿佛自言自语般说道。

本多真切地感受到——恋爱中的男人心里容不下其他事物，甚至会丧失对他人悲伤的同情。不过他不得不承认，清显那颗冰冷而坚硬的琉璃心，原本就是最为适合容纳纯粹热情的容器。

一周后，王子们乘着英国轮船踏上归途，清显和本多来到横滨为他们送行。暑假还没结束，因此没有其他同学前来送别。只有与暹罗颇有交往的洞院宫家派了总管前来送别，清显用冷淡的态度与这位总管寒暄了几句。

巨大的客货混装轮船离开栈桥，用来送别的彩带转眼间纷纷断裂，继而飘散在风中。两位王子的身影出现在船尾，他们站在随风飘扬的英国国旗旁边，不停地挥舞着白色的手帕。

轮船在海面上渐行渐远，栈桥反射着夏日强烈的夕照。送行的人都离去了，只有清显还久久地眺望着，本多不得不催他回去。此时，清显觉得自己最为美好的青春年华，已经逐渐消失在大洋的彼岸。

三十六

　　秋天到来，学校开学后，清显和聪子幽会的限制越来越多，就连傍晚躲着人们的视线出门散步，都需要蓼科跟着，注意前后状况。

　　他们甚至对负责点亮煤气灯的灯夫都心存顾忌。这些灯夫会身穿煤气公司的立领工作服，举着长长的打火杆，将鸟居坂街角仅剩几处的、覆盖着灯罩的煤气灯点燃。每晚灯夫忙碌完这样的"仪式"后，附近都会空无一人。清显和聪子便常常趁此机会来到这条曲折的小巷中散步。此时，虫声唧唧，此起彼伏，各家各户灯火稀疏。一户没有院门的人家迎来了晚归的丈夫，进门的脚步声刚落，就传来了响亮的上锁声。

　　"再过一两个月，我们的缘分就尽了。洞院宫家不可能一直拖着纳彩仪式不办。"听着聪子平静的语气，简直不像是在谈论自己的事，"每天，每天我都在想，我们的关系或许明天就会结束，或许明天就会发生无可挽回的事。奇怪的是，尽管想着这些，我每晚都睡得非常踏实。我们明明已经做下了覆水难收的事情了啊！"

　　"就算办了纳彩仪式，也还是可以……"

　　"你在说什么呀，清少爷！一旦罪孽过于深重，善心是会被压垮的。我们还是趁现在算算今后能见几次面吧。"

"你已经铁了心，要在将来忘掉这一切吗？"

"是啊。虽然不清楚是以什么形式，但我们脚下的不是道路，而是栈桥。这种关系总有一天会走到尽头，从而面临无垠的大海。"

回想一下，这还是两人第一次谈论"终结"。

至于终结，两人至今为止始终保持着童稚的心态，没有考虑过责任的问题。既没有计划，也没有准备，更没有任何解决问题的对策，仿佛这才是保持纯粹的前提。尽管如此，如今一旦开口提及，"终结"的概念就会立刻锈死在两人心中一样，变得挥之不去。

他们之间的关系究竟是没有考虑到终结而开始的，还是仅仅考虑到终结才开始的？清显对此已经不得而知。假若两人这会儿立刻遭到天打雷劈，烧得灰飞烟灭倒也罢了，但如果就这样下去，没有任何惩戒和责罚，那又该如何是好呢？清显心中产生了一丝不安："到了那时，我还能像现在这样，爱聪子爱到发疯吗？"

清显还是初次感受到这样的不安，这使他握住了聪子的手。聪子也将手指穿过清显的指缝间用以回应。但这种十指交叉的握法令清显感到心烦意乱，他直接用力握住聪子的手，仿佛要将她的纤手捏碎一般。聪子没有表现出任何疼痛的意思，清显的手上也毫不松劲儿。借着远处二楼一户人家的余光，清显看到聪子眼中微微噙着泪花，心里浮现出一种阴暗的满足感。

他逐渐清楚，在自己过去所学到的优雅中，潜藏着一种血腥的本质。其实解决一切问题最简单的方法莫过于两人相约殉情，但这样会更加痛苦。仿佛他与聪子之间的幽会，时间每流逝掉一分一秒，清显都感到自己越是在犯禁中泥足深陷,就越是沉醉在一阵仅能听到却无法企及的金铃声中;越是犯下罪行,就越是远离罪愆……最后,一切都将完结在一场巨大的骗局之中。想到此处,清显不禁一阵战栗。

"像这样在一起散步,似乎并没有让你感到幸福。但当下的每一刻都令我感到幸福,对此我也无比珍惜……而您已经感到厌倦了吗?"

尽管聪子轻轻埋怨,声音却一如既往的清朗。

"因为太爱你,我的感情已经超越了幸福。"清显郑重其事地说道。

他知道即使在讲这些逃避之词时,也不用担心自己的话里带着丝毫的稚气了。

两人来到了六本木商店街附近。刨冰店紧闭着护窗板,只有店前写着"冰"字的小旗随风摆动,但在响彻街道的虫声中,依旧显得无精打采。继续向前走去,只见一大片灯光洒在阴暗的路上。为联队生产特供产品的"田边乐器店"似乎来了什么急活儿,正在彻夜赶工。

两人避开灯光继续走着,突然,玻璃窗里一阵炫目的黄铜亮光直逼眼角。只见玻璃窗后挂着一排崭新的军号,在明亮的灯光映照下,它们仿佛来到盛夏的练兵场般光辉四射。或许是检验成品吧,里面突然传来一声军号沉闷的爆响,随即又喑哑下去。清显听到这种声音,心里萌生了不祥的预感。

"两位请回吧,再往前走,就人多眼杂了。"蓼科不知何时出现在身后,对清显低声说道。

三十七

洞院宫家未对聪子的生活做出任何干预，治典王殿下也终日忙于军务。身边的人们既没有为他们创造什么见面的机会，殿下本人也没有表现出这方面的强烈愿望。但这绝不意味着王府对绫仓家态度冷漠，而是出于这种家庭订婚后的一种惯例。家里的人认为，既然两人已经订婚，在婚前频繁见面是有害而无益的。

另一方面，女方的门第如果不太够格，为了让女儿能成为合格的妃子，在素养方面就要重新进行培养。但绫仓伯爵的家教传统在这方面已经准备得十分充足，聪子在任何时候送出去做妃子，都不会有一丁点儿问题。高雅的家教令聪子随时能像一名合格的妃子那样作和歌、写字、插花。哪怕在十二岁就被选为妃子，也不会令人有丝毫担心。

但过去聪子没学过的有三件事。伯爵夫妇注意到了这点，想让她及早掌握。这三件事分别是妃殿下喜爱的长歌和麻将，以及治典王殿下的私人爱好——西洋音乐。松枝侯爵听伯爵说过后，立刻找到一位一流的长歌师傅去伯爵府上教授，还送去一台德津风根牌留声机，以及所有能弄到的唱片。只是想找教搓麻将的师傅就费劲了。伯爵的爱好是英式台球，没想到王府的人反而有着那样低级的趣味。

柳桥有不少招妓游乐的酒馆，最后侯爵只能从这些酒馆里找了一位老板娘和一位老艺伎，请她们去绫仓府上，算上蓼科凑成一桌，教聪子搓麻将。当然，雇用她们的报酬也都由侯爵支付。

算上这两个打麻将的行家里手，一共凑齐了四个女人。这让平日里一向安静的伯爵家一反常态地热闹起来。这本来算是件有趣的事儿，却使蓼科十分不悦。表面上她是嫌弃这些轻贱的女人，觉得与她们为伍有失身份。但实际上，她是怕这些在风月之所浸淫多年的行家用锐利的眼光识破了聪子的秘密。

而且对伯爵家来说，举行这种牌局，不啻于放进了侯爵家的密探。蓼科激烈而傲慢的排外态度立刻伤了老板娘和老艺伎的自尊，不出三天，她们的反应就传到了侯爵耳中。侯爵挑了个时机委婉地对伯爵说：

"贵府那位老婆子重视绫仓家的门风家规，这是很好的，但毕竟是为了迎合王府那边的爱好，希望她能尽量妥协一下。那两个柳桥的女人也是把这当作一件光荣的差使，才百忙之中抽出时间去府上的。"

伯爵将侯爵的抗议转告给了蓼科，搞得她很不好办。

原本，老板娘与老艺伎同聪子也算不上素未谋面。在松枝家那场赏樱会上，老板娘曾在后台指挥表演，老艺伎也扮演了俳谐师。第一次搓麻将时，老板娘还向伯爵夫妇奉上了一份厚礼，并致以婚约祝词：

"小姐真是国色天香，想必打从一生下来就注定要做王妃的。

能结下这桩美满的亲事，殿下恐怕不知有多称心如意呢！我们这些下人光是陪陪小姐，此番荣耀就足够回忆一辈子了。这件事当然不会外传，但肯定得讲给子孙后代听，以便自豪一番。"

面儿上虽然说得漂亮，但在厢房里围着麻将桌开搓时，她们就端不住架子，没法像表面上那么正经了。原本对聪子恭敬有礼的眼神也不再柔和，而是有如干涸的河床，透着一股评头论足的味道。那种视线甚至会扫到蓼科腰带上那颗过时的银纽扣上，惹得她一阵厌恶。

"松枝家的少爷不知道怎样了。我从未见过像他那样英姿飒爽的男子哩！"

老艺伎一边洗着牌，一边不经意地说道。老板娘立刻巧妙而不动声色地将话题转移到其他方面。蓼科听在耳中，不禁暗自起疑。当然，老板娘也有可能只是觉得老艺伎的话语不太得体，于是打断她而已……

聪子听从蓼科的指示，在这两个女人面前尽量少说几句。但她们眼光锐利，对女人的身体比任何人都要了解。聪子始终提防着她们，不去展现自己的感情，但这又引起了其他的顾虑。如果表现得过分沉闷，会让人怀疑她对这门亲事心存什么意见。这种风言风语若传出去也不太妙。如今聪子面临的危险就是：隐瞒了身体便隐瞒不了心灵，隐瞒了心灵便隐瞒不了身体。

最后还是蓼科运用机智，成功地取消了麻将练习。她是这样对伯爵说的：

"会随便听信那帮女人的逸言，侯爵老爷可真是犯了糊涂。小姐对麻将提不起劲，她们就倒打一耙，反倒赖上我蓼科了——毕竟是因为她们的过错惹得小姐不高兴嘛,于是只能打小报告,说我仗势欺人。虽说侯爵老爷出于一片好意,但让那些不正经的女人在府上进进出出,让人看见实在有损名声。更何况小姐的麻将技巧也算是入门了,出嫁后无非是和婆家人搓上几局,多输上几局,反而显得更加可爱。所以我建议搓麻将这档子事就到此为止吧。如果侯爵老爷依旧不肯,那老太婆我只好请辞了。"

伯爵自然没法拒绝她这种带着威胁的提议。

说到底,自打蓼科从松枝府上的管家山田口中得知清显手上并没有那封信时,就等于站在了一个岔路口上。一边是今后彻底与清显对立,一边是在清楚事态严峻的前提下,依旧按清显和聪子的意愿行事。最终蓼科选择了后者。

可以说这是蓼科对聪子发自内心的爱护,同时她也怕事到如今一旦硬生生拆散这对情侣,以聪子的性格保不准会自寻短见。因此最好的办法是先保守秘密,让他们随心所欲行事。等时候到了,自然会死了这条心。另外,自己只需要花费心思帮他们保守秘密就足够了。

蓼科深谙男女间冲动的规律,并为此感到自豪。同时她信奉一种人生哲学——不暴露就等于不存在。意思就是蓼科既没背叛主人绫仓伯爵,也没背叛洞院宫家。这种情况就像化学实验,一方面要亲自动手确保完成,另一方面要保守秘密,消除痕迹,彻底否定它的存在。蓼科这一行为毋庸置疑是在渡过一座危险的桥梁。但她相信,自己是为了替人随时修补破绽才来到这个世上的,只要多卖人情,对方一定会听从自己的建议行事。

蓼科安排两人尽可能频繁地幽会,并等待着他们之间那股冲动的消退。但她没有注意到,这种做法让她自己也冲动起来。她认为对清显贪得无厌的唯一报复,就是最终他会来求自己"我想和聪子分手,请你帮我开导她,别闹出事端来",这样就能让他亲眼看到自己冲动的崩溃。但如今就连蓼科自己,也只能对这种猜想半信半疑。而且如果真的这样,那聪子也未免太可怜了。

  这个谨小慎微的老太婆,信奉这个世上没有什么安全事物的哲学,本应坚守着明哲保身的态度。但她如今却舍弃了自身的安全,并将信奉的哲学当成了以身犯险的借口。这究竟是为什么呢?不知从何时起,蓼科被一种难以言说的愉悦所俘虏。一对年轻貌美的璧人在自己的安排下幽会,而她则遥望着他们没有希望可言的恋爱之火熊熊燃烧。

  在不知不觉间,蓼科心中猛然升起一阵愉悦。她感到无论面临什么危险,都已经在所不惜了。

  在这阵愉悦中,她感到两具年轻美丽的肉体融合的这件事本身,就是一种神圣、无望却符合正义的行为。

  两人见面时双目闪烁的光辉,两人靠近时胸口产生的悸动,都像暖炉一样温暖了蓼科那颗已经凉透的心。即使为了自己,她也不希望这火种熄灭。因为她见证了,直到见面前一刻还满面憔悴的两人,一旦见面就立刻就变得比六月的麦穗还要精神焕发……那一瞬间全世界似乎都充满奇迹,瘫子重新站起来了,盲人也恢复了光明。

  实际上蓼科的使命是保护聪子不受邪恶的侵犯,如今在眼前燃烧的事物又怎能称作邪恶呢?这种可歌可颂的事物绝非邪恶,毋宁说正是绫仓家族世世代代所传承下来的"优雅"。

然而蓼科依旧在静静等待着什么，就像等待着将一只放养的小鸟重新捉回笼子里的机会。但这种期待中却似乎藏匿着什么不祥而血腥的事物。每天早晨蓼科都会精心打扮，依照京都风格浓妆艳抹一番。用厚厚的白粉填满眼袋上波浪般的褶子，用京红耀眼的反光掩饰嘴唇上的皱纹。尽管如此，但她却不肯去审视镜中的自己，而是将昏暗的视线投向半空，仿佛在询问着什么。秋日高远的天空中一点光芒滴下，让她的眼睛里也出现了一个清澈的小光点儿。她的表情看上去仿佛在向未来的深处渴求着什么……为了检查自己的妆容，蓼科取出平时不太常用的老花镜，将纤细的金丝镜腿向耳朵上架去。镜腿的尖头一下子刺到了她那衰老而惨白的耳轮上，火辣辣的直疼……

入了十月，伯爵家收到了十二月举行纳彩仪式的通知。里面还附带了礼品清单：

西装面料　五匹

日本酒　两樽

鲜鲷鱼　一盒

清单中的后面两项不成问题，至于西装面料，是由松枝侯爵向五井物产集团的伦敦分公司经理拍了通长长的电报，让他们置备英国最上等的料子加急送回国内来的。

一天早晨，蓼科打算去叫醒聪子，却发现她已经睁开了双眼，但面色苍白。聪子迅速起身，拨开蓼科的手跑进走廊，在临进厕所前吐了出来。吐得不多，只是微微沾湿了睡衣的袖口。

蓼科陪聪子回到卧室，确认外边没人后关紧了拉门。

绫仓家后院里养了十多只鸡，每天雄鸡的报晓声都会穿过泛白的拉门，为绫仓家带来新一天的早晨。即使日头高高升起，雄鸡依旧叫个不停。聪子在一片鸡叫声中，再次顶着苍白的面容躺在枕头上，闭上了双眼。

蓼科凑到她耳边悄声说道：

"小姐听好，这件事绝不能说给任何人听。那件脏了的衣服由我私下处理，千万不要交给其他下人。小姐的伙食今后也由我精心安排，专挑合您口味的来，绝不会让其他下人发现端倪。出于对小姐的珍重，我还得叮嘱您一句，最最要紧的是今后一定要按我蓼科的话办呀！"

聪子轻轻点了点头，秀丽的面庞上流下一道泪水。

蓼科心里充满了欣喜。首先，最初的征兆除了她自己外谁也没有发现；其次，这正是蓼科期待已久的状况。所以事情刚一发生，她就极其自然地接受了。这样一来，聪子就完全落到自己的手里了！

如此想来，对蓼科来说，与纯粹的感情世界相比，她在这个世界更加游刃有余。聪子来初潮时，就是她最先发现并加以指点的。蓼科可谓擅长处理血色事件的专家。对世事关心甚少的伯爵夫人直到聪子来月经两年后，才从蓼科口中听说了这件事。

蓼科时时注意着聪子的身体状况，毫不倦怠。自从那天清晨聪子作呕之后，例如聪子肌肤上白粉的合适程度、因预感到遥远未来的不悦而皱起的眉头、饮食喜好的变化、日常起居中表现出来的紫堇色忧郁……蓼科都一一留意，一旦证据确凿便果断采取行动。

"整天闷在房间里对身体不好，我陪您去散散步吧。"

蓼科这句话通常是带她与清显见面的隐语，但这会儿刚过中午，天色还亮着呢。聪子有些讶异，抬起头来，向蓼科投去疑惑的眼神。

蓼科却一反常态地露出了不容拒绝的表情，她知道自己的做法关乎着国家的名誉。

她们打算从后门出去，便来到后院，刚好见到女佣在那儿喂鸡。伯爵夫人将两边的袖子交叉到胸前，站在一旁瞅着。群鸡在院子里走动，羽毛在秋日的阳光下闪耀着光泽。晒在晾衣处的白色衣物骄矜地在风中飘扬。

聪子一边任蓼科驱赶着脚边的鸡，自己跟在她身后，一边对母亲点头致意。群鸡每走一步，都会从蓬松的羽毛里面伸出刚健的腿脚。聪子初次感到来自生物的敌意，这种敌意源于她们之间的相似。她感到了一丝不祥。几根白花花的鸡毛脱落后飘下来，快要掉到地面上了。蓼科向伯爵夫人示意道：

"我陪小姐出门散散步。"

"散步啊，辛苦你啦。"

伯爵夫人说道。一方面，女儿的大喜之日越来越近，连夫人也有些惴惴不安起来。另一方面，她对女儿倒是越来越客气、越来越见外起来。这也算是公卿家庭的一种习惯。女儿即将成为皇室成员，夫人决不会再对她训斥一句。

两人走到龙土町内的小神社里，花岗岩栏杆上刻着"天祖神社"四字。秋日祭已经结束，她们走进神社狭小的院内，来到悬垂着紫色帷幔的正殿前方低头行礼。随后蓼科走向小小的神乐堂①，聪子紧随其后。

"清少爷会来这儿吗？"

不知为何，聪子今日的气势被蓼科盖了过去，她在询问时语气显得有些怯弱。

"他不会来，今天是我有话想对小姐您说，才带您来这儿的。在这里说话不必担心隔墙有耳。"

神乐堂侧面设有两三条石材，可以充当观看神乐时的座椅。蓼科将自己的外褂叠好，铺在布满青苔的石头上，请聪子坐在那里：

"小心别冰着腰。"

"我说小姐。"蓼科接着又说，"事到如今也不用我再多啰唆，您也知道皇家的事比天还大。"

"绫仓家世受皇恩，如今已是第二十七代。蓼科见识短浅，跟小姐说这样的话自然是班门弄斧。可一旦敕许过的婚事，就反悔不得了。违背它就等于违背皇恩，世上没有什么比这更加严重的罪过了……"

随后蓼科喋喋不休地说着，她说自己绝不是责怪聪子过去的行为，因为这方面她也是同罪。既然没被发现，就无须怀有罪恶感。不过这种行为总得有个尽头，既然已经怀孕，断绝这段关系的时候也就到了。尽管过去自己默不作声，但事已至此，两人也不能再一直黏着，把事情拖下去。如今聪子必须下定决心与清显分开，凡事听从蓼

---

① 日本艺术形式之一，通常在节日和民间风俗活动中祭神、敬神时表演。来源于古代原始氏族社会的祭祀祈祷活动。

科的指示才行……蓼科尽量不在话语中夹杂感情，只是将自己要表达的观点娓娓道来。

话说到这个份儿上，蓼科觉得聪子应该已经彻底明白，而且今后一定会对自己言听计从，便终于不再絮叨，继而掏出叠好的手帕，轻轻按在渗出汗珠的额头上。

蓼科本打算用道理说服聪子，但说着说着，脸上就流露出悲切而感同身受的表情，语气中甚至带了一丝哭腔。但蓼科也注意到，她对这个比对自己女儿还疼爱的姑娘，其实并不存在什么悲悯之情。疼爱和悲悯之间隔着一道栅栏，她越是疼爱聪子，就越盼望着聪子也能与自己共同体会一种潜藏在骇人的决心之中并难以名状的可怖欢愉。即用另一种犯罪，来拯救先前已经犯下的令人惶恐的罪恶。到头来这两桩罪行相互抵消，全都不复存在。将一种捏造的黑暗混入另一种黑暗中，最终换来的却是牡丹色的曙光，而且这一切都是在神不知鬼不觉的情况下发生的！

聪子始终一言不发，蓼科心中忐忑，不由得又问了一句：

"今后一切都照我说的去做，没问题吧？"

聪子面无表情，显得一点儿也不害怕。她不懂蓼科那种极为夸张的语气意义何在。

"那你是想让我怎么做呢？不说得具体点，我也不明白呀。"

蓼科打量四周，发现挂在神社正面的鳄口[①]微微发出的声音不是被人摇响，而是被微风吹响的。神乐堂地板的空隙下，断断续续地传来

[①] 一种金属制铃铛，通常挂在神社或佛堂高处，供人参拜时拉动绳索摇响。

蟋蟀的叫声。

"必须尽早将孩子打掉。"

聪子屏住了呼吸。

"你说什么呀,那样我会坐牢的。"

"您这是哪儿的话,事情交给蓼科我去办就好。就算走漏了点风声,警察也不敢给咱们定罪,因为婚事已经定下来了。到了十二月,纳彩仪式一办,那就更稳妥了。警察也是明白事理的。"

"可是小姐,您千万得好好想想。这事要是拖下去,将来肚子大起来,别说圣上,就连世人都容不下。到时候不仅这桩婚事会谈不成,就连老爷也会颜面尽失,再也没法见人。清显少爷也会相当难办。事情一旦暴露,说实话,无论松枝侯爵家族还是他自己的前途,都会被彻底断送掉,因此他一定会选择与你彻底撇清关系。到了那时,小姐您可就一无所有了。您真的能接受这样的结果吗?如今已经只有一条路可走了。"

"如果走漏风声,就算警察严守秘密,可早晚有一天会传到洞院宫家的耳朵里。到时候我哪还有面目嫁人,又哪有面目侍奉殿下呢?"

"一些流言蜚语何需畏惧。洞院宫家会怎么寻思,全凭小姐您的表现。您只要一辈子保持着美丽贞淑的妃子形象不就行了?那些风言风语,过一阵子就没人再说啦。"

"你能保证我不会被判刑,也不会坐牢吗?"

"我就敞开了说吧。首先,警察顾忌洞院宫家的颜面,绝不会把这种事情声张出去。万一您还是担心,可以把松枝侯爵也拉下水。有侯爵替咱们出头，没有压不下去的事。本来他也得给自家的少爷收拾这副烂摊子。"

"啊，那可不行！"聪子喊了出来，"只有这事万万不可！决不能请侯爵和清少爷帮忙。要是那样，我不就成了卑鄙下贱的女人了吗？"

"您别激动，我也只是假设而已。"

"其次在法律方面，我也决心誓死保护小姐。哪怕上了法庭，我也只说小姐你中了我的奸计，不明所以地闻了麻醉药后才落到这步田地。就算再怎么闹到明面上，我一个人承担罪责也就是了。"

"也就是说，我是绝不可能去坐牢了？"

"这方面您大可放心。"

蓼科说完，聪子的脸上却并没有流露出放心的神色，而是出人意料地说了一句：

"我倒是想去坐牢。"

这句话让蓼科的紧张劲儿松了下来，她没忍住，笑了。

"瞧您说的是什么孩子话！这又是为何呢？"

"真不知道女囚穿的是怎样的衣服。我想知道到了那时，清少爷还爱不爱我。"

聪子说出这句刁蛮的话时，非但没有流泪，眼眸中反而闪过欣喜若狂的亮光。蓼科不禁打了个寒战。

这两个女人尽管身份有别，但内心所真诚祈求的却毫无疑问是同一种力量，同一种勇气。为了隐瞒也好，为了真相也罢，她们所渴求的勇气，再也没有比此刻更同质同量的了。

蓼科觉得如今自己和聪子每一刹那都更加迫切地紧密结合在一起。恰如河流与一艘逆流而上的小船，它们的力量刚刚能够相互抗衡，因此小船便暂时停在了水面。同时，两人也相互理解了同样的喜悦。这种喜悦犹如一群为了逃避暴风雨而铺天盖地地飞过头顶的小鸟的振翅声……这是一种狂暴的感情，无论悲痛、讶异还是不安，都与它似是而非，只能将其称作"喜悦"。

"总而言之，今后您一切都会照我说的去做，对吧？"

蓼科望着聪子那被秋日晒得红扑扑的脸蛋问道。

"今天发生的事，一个字也不许向清少爷提起。当然，有关我身体的一切情况也是。"

"至于你的安排无论我听或不听，你都放心好了。我谁也不找，只同你一个人商量，之后我会选择自己认为合适的做法。"

聪子的话里已经带有了妃子的威严。

三十八

十月初的一天,清显在与父母共进晚餐时,听说了十二月终于要举行纳彩仪式的事。

父母对仪式明显表现出兴趣,争相讲起了与公家仪式相关的知识。

"为了迎接王府总管,绫仓伯爵得布置出一间正房,只是不知他们要用哪间?"

"因为是要站立行礼,所以安排在一间气派的西式房间里面举行是最好不过的。但绫仓家没有办法,只能在内客厅里铺上地毯,一直铺到门口,在那里迎接总管。到了那天,王府总管会带着两位跟班乘马车过去。绫仓家得准备好在大高檀纸①上书写的受领书,并同样用大高檀纸包好,再用两条纸捻拧成的纸绳扎好。总管会穿着宫廷礼服上门,接待他的伯爵恐怕也得穿爵位服才行。绫仓家最懂这些繁文缛节,咱们只要闭上嘴巴出钱就够了。"

这天晚上,清显辗转反侧。他似乎听见要来束缚自己恋情的铁链

---

① 一种高级日本纸,质地厚实。根据尺寸不同分为大高、中高及小高。

拖在地板上，在一片昏暗中向自己靠近的声音。但他在敕许下达时曾被激发出的那股畅快的力量，如今已经不复存在。那宛如白瓷般的，名为"绝不可能"的信念曾给予他莫大的激励，但这白瓷上面如今也布满了细微的裂纹。当时的决心曾让他心头涌上一阵狂喜，如今却令他感到伤感。那种感觉仿佛凝视着一个季节的终结。

清显扪心自问：难道我要就此死心？不！敕许的力量曾促使两人彼此爱到痴狂。可这充其量只能算作敕许后续步骤的纳彩仪式，却令他感到一种从外部将两人生生拆散的力量。面对前一种力量，他只需要顺遂自己的心意就好；但面对后一种力量，他却不知道该如何应对。

清显要联络聪子时，一向是先给军人公寓的老板打电话，而第二天他也这样做了。他传话给蓼科，说想立刻与聪子见面。清显让对方在傍晚前回话，所以白天上学时，课上的内容他一点儿也没听进去。放学后，他在校外又打了个电话，老板把蓼科的回信告诉他：您知道现在情况特殊，这十天里无法安排见面，有机会我会尽快通知，还请耐心等待。

清显茶饭不思地苦苦等了十天。这次他可谓是饱尝了过去自己冷落聪子的滋味，深深感到报应不爽。

秋色渐浓，尽管枫叶还未染红，樱树那红里透黑的叶子却已开始凋落。星期天，他无心请朋友来家做客，心中倍感酸楚。他眺望着湖面移动的云影，继而茫然若失地凝视着远处的九段瀑布，不禁感到讶异：为什么瀑布会源源不断地流淌下来？他思索着水流畅通无阻、连环落下的奥秘，觉得那就是自己情感的形态。

空虚而无法顺遂的心情在体内堆积,使他的身体忽冷忽热,连活动一下身子骨都会感到无比倦怠焦躁,好像生了场病。他在宽阔的宅邸里踱来踱去,走上通往正房后那片丝柏林的小道。刚好遇见年迈的园丁在挖掘藤叶已经泛黄的野山药。

清显隔着丝柏树的树梢望着蓝天,昨天挂在树上的雨水滴在他的额头。他甚至感到雨滴砸穿了自己的额头,给自己带来了清爽而强烈的讯息。他觉得自己从被人舍弃、被人遗忘的疑惑中得到了解救。他只是一味等待,没有等到任何事情发生。然而他内心却仿佛川流不息的十字路口,尽是忐忑和疑惑在不断来往。这甚至令他忘却了自身的美貌!

十天过去了,蓼科没有失信,但这次幽会却短暂到令他如撕心裂肺般痛苦。

聪子要去三越百货定做和服。伯爵夫人本打算一块过来,可因为有点感冒,就卧床休息了,只有蓼科一个人陪她过来。这便成了两个人见面的机会。可万一清显被和服店掌柜认出来就不妙了。于是蓼科便让清显下午三点在三越百货立着狮子雕像的入口处等待,看到聪子出来后也不要理会,跟在她和蓼科身后即可。她们会光顾附近一家不起眼的年糕小豆汤店,到时候清显就能跟着进去,与聪子聊上片刻。载着聪子前来的人力车就让它始终停在门口,假装聪子还在店内。

清显从学校早退了。他在外面披了件雨衣遮挡住校服领徽,把校服帽子塞进书包,随后站在三越百货入口杂沓往来的人流中。不久,聪子从里面走出来,用哀怨而火热的目光瞥了他一眼后,走到街道上。清显便按事先商量好的那样去做,终于走进了那家空旷的年糕小豆汤店，在店内一角与聪子相视而坐。

似乎是心理作用，清显觉得聪子和蓼科间似乎有了某种隔阂。聪子与平日里不同，脸上妆容十分明显，一眼就能看出她在勉强装出一副健康的模样。话说到最后时，声音显得空虚乏力，头发看上去也令她感到沉重。清显突然察觉到，眼前这幅过去呈现出万紫千红的画卷，今天却黯然失色。今天的聪子与清显热切期盼了十天的佳人，似乎有着些许不同。

"今晚方便见面吗？"

清显猴急地问道。但他的直觉告诉自己肯定得不到满意的答复。

"请别勉强我了。"

"怎么是勉强了？"

清显愤慨地抗议。他的心里空落落的。

聪子抑制不住眼泪，立刻低下了头。蓼科怕被周围的客人看见，立刻递上洁白的手帕，并推了推聪子的肩膀。清显觉得她推得怪野蛮的，便用锐利的目光瞪了一眼蓼科。

"干吗用这种眼神瞪我？"蓼科的语气明显有些无礼，"我拼了这条老命为少爷和小姐做事，可有谁知道呢？别说是少爷了，就连小姐又何曾体谅过我。像我这种人还不如死了算了。"

三碗年糕小豆汤被端到桌上，却没有人吃上一口。最后热乎乎的紫色豆沙从小小的漆盖下冒出来，仿佛春泥般慢慢变得干燥。

此次幽会相当短暂，两人约好再过十天见面，之后便告辞了，可谁也无法保证到时真的能够相见。

当天晚上，清显陷入了无尽的烦恼中。聪子究竟什么时候才能再次同意与自己夜会呢？想到这儿，他不禁觉得甚至整个世界都在拒绝自己。在这绝望的时候，清显再也不会怀疑自己深深爱着聪子这件事了。

聪子今天伤心落泪，说明她的芳心依旧属于清显，这一点毫无疑问。但与此同时，他也非常清楚，光靠心灵相通是无济于事的。

如今清显的心里怀着如假包换的爱意。这种感情与他过去所想象的一切恋情都要更加粗糙、单调、荒芜、漆黑，与高雅半点都不沾边儿，是一种无论如何也写不到和歌里去的事物。他生来第一次将如此丑恶的原料揽入自己体内。

清显熬过辗转反侧的一夜，早上顶着煞白的面孔来到学校。本多一眼就看出不太对劲，问他是怎么回事。这种带着几分犹豫却体贴入微的询问，差点让清显委屈得哭出来。

"你听我说，她不愿跟我同床共枕了。"

本多还未有过接触女性的经验，因此显得有些迷茫。

"这是怎么回事？"

"或许是因为十二月的纳彩仪式终于定了吧。"

"于是便想洁身自重了吗？"

"似乎只能这么认为。"

本多本想安慰朋友几句，却没有什么可说的。自己甚至无法通过自身的经验去开导清显，只能一如既往地做些广义上的分析，这令他感到悲哀。他认为自己需要代替朋友站在局外，以旁观者清的视角替他进行心理分析，哪怕只是勉力而为。

"你在镰仓和她幽会时，不是怀疑自己对她厌倦了吗？"

"可那只是一时的想法。"

"聪子是不是为了能得到你更加深刻而炽烈的爱情，才会表现出那种态度来呢？"

本多原以为清显自恋的幻想能够在此时起到安慰作用，但他考虑错了。清显不仅对自己的美貌，甚至连聪子的内心都已经不屑一顾了。

对清显来说，重要的是能让两人在毫无顾忌的前提下有自由相见的时间与地点。他怀疑自己的条件只有在世界之外才能得到满足，要么就是在世界毁灭的时候。

最重要的不是内心情感，而是现实状况。清显那充血发红的眼里满是疲惫与危险，他脑中幻想着整个世界的秩序为了自己和聪子而毁灭殆尽。

"要是发生一场严重的地震就好了，这样我就能英勇地去拯救她。爆发一场大战也行，那样我就……对了，干脆发生一件动摇国本的大事好了。"

"你小子说得倒好，可到底要谁去干呢？"本多怜悯地望着他的眼睛说道。他想到这时即使揶揄和笑话朋友两句，也能多少帮他打起些精神来，于是表示："要不干脆你自己去干吧？"

清显面露难色。热恋中的青年显然没有干这些事的闲工夫。

但本多的话语，在刹那间又一次在朋友眼中点起了象征着破坏的亮光，就连本多自己也为此而着迷。仿佛在清显眸子后面一尘不染的圣域内，有一群野狼在漆黑之中奔跑。这种力量无须刻意行使，因为就连清显本人都没有注意到：那狂暴之魂疾驰的身影，仅仅在他的瞳孔当中晃了一晃，便随即消逝……

"什么样的力量才能打破这种僵局？权力还是金钱？"

清显喃喃自语般说道。这种话出自松枝侯爵儿子的口中，未免显得有些滑稽。于是本多冷冷地反问道：

"如果是权力，你打算怎么做？"

"那我会不择手段地获得权力，但要花上不少时间。"

"无论权力还是金钱，从一开始就统统不起作用。别忘了，你从一开始就在与权力和金钱都无法战胜的对手抗衡。正因为绝无可能，你才会沉迷其中无法自拔。难道不是这样吗？能够轻易得到的事物，你反而会视如草芥。"

"但曾经一度明显是可能的。"

"这只是你看到了'可能'的幻象而已。你看到了彩虹，除此之外你还希望得到什么？"

"除此之外……"

清显语塞了。本多注意到，清显说到一半的话语背后，存在着一片他过去从未料到的广袤虚无，他因此感到不寒而栗。本多心想："我们之间的谈话就像许多石料杂乱无章地堆放在深夜的工地上。当它们注意到就连工地上面那片广袤的星空都一言未发时，不禁会觉得像自己这样的石料又有什么资格口若悬河，于是变得支支吾吾起来。"

这番话语是两人在第一节逻辑学下课后，漫步在环绕着洗血池的林间小径上时所交谈的。第二节课就要开始，他们沿着原路返回。到了秋天，林间小径的地面上掉满了各种显眼的物事。褐色的脉络显得格外清晰，层层堆积在地面上的潮湿落叶、橡果，还没成熟就从壳里蹦出，如今已经腐烂的板栗、烟屁股……在这其中，本多发现了一个歪歪扭扭、颜色显得病态而苍白的毛团。本多驻足细看，发现那是一只鼹鼠幼崽的尸体。这时清显也蹲下来，头顶着从树梢间透过的晨曦，默默地观察着尸体。

这只鼹鼠四脚朝天而死，只有胸口处的皮毛是白色的。两人刚刚看到的就是这部分。覆盖其他部位的黑毛则是湿漉漉的，像天鹅绒一样。灵活的小脚爪上布满白色褶皱，里面沾满了泥巴，看得出是在刨地时嵌进去的。它如同鸟喙般的尖嘴向后抬起，嘴巴微张，能够看到那躲在两颗精巧门牙后的柔软而呈玫瑰色的口腔。

两人同时回忆起过去挂在松枝家瀑布口上那具黑狗的尸体。当时它所享受的郑重祭奠，让所有人都未曾料及。

清显拎着光秃秃的尾巴，将鼹鼠幼崽的尸体轻轻地放在手心。早已干透的尸体看上去并不肮脏，只是这只卑小的动物，肉体注定要终生劳碌。这种命运让人感到厌恶。它张着小巧的脚掌，上面的细微构造看上去也令人作呕。

清显再次拎着它的尾巴站起身来，沿着小径走到池边，将尸体随手丢进池里。

"你这是干吗？"

看到朋友这种随意的举动，本多不禁皱起了眉头。乍一看这是一种带着学生气的粗暴行为，他却在其中体味到清显心中异乎寻常的颓废感。

三十九

　　七天过去了，八天过去了，蓼科依旧没有任何消息。到了第十天，清显给军人公寓的老板打电话，对方告诉他蓼科卧病在床。又过了几天，对方依旧表示蓼科尚未康复。清显不禁怀疑这只是推托之词。

　　清显想念聪子想到快要发疯了，受这种心情驱使，大晚上他独自一人跑去麻布，在绫仓家附近四处游荡。当转悠到鸟居坂一带的煤气灯下面时，他将手伸到亮处，发现自己的手背是煞白的，心中怏怏不乐。他想起了一个传言——临去世之前的患者总爱打量自己的手。

　　绫仓家的长院门紧闭着。门灯昏暗，连门牌上风化褪色的墨字都看不清楚。伯爵府的灯火太过稀疏，他知道自己根本不可能从墙外望见聪子房内的光亮。

　　长形屋内空无一人，年幼时的清显和聪子会偷偷钻进里面去玩。屋子里光线昏暗，又满是霉味儿，怪吓人的。每当这时他们便会怀念起室外的亮光，继而爬到窗沿上去。那格子窗的窗沿上，如今应该依旧布满着尘埃吧。当时正值五月，对门院子里的绿意耀眼夺目，随风翻涌。他们眼中绿意盎然的树木居然没有被细密的窗格分割开来，说明当时两人的脸蛋儿是多么小巧。卖秧苗的小贩从窗外走过，他叫卖茄子和牵牛花的吆喝声拖着老长的尾音，两个孩子也跟着吆喝起来，随后相视而笑。

他在这所宅邸里学到了许多，至今回忆里还萦绕着阵阵墨香，挥之不去。这种孤寂的回忆与他内心的优雅藕断丝连地结合在一起。伯爵给自己展示的青紫色打底、金字写就的手抄本经卷，绘着秋草的京都官廷式屏风……这些物品过去应当都释放着存在于肉体中执念的光辉，但在绫仓家里，这一切都被霉味和古梅园①的墨香所掩埋。如今，清显被这堵院墙拦在外面，当墙内许久未曾有过的优雅重新放射出明媚的光辉时，他甚至不能触碰分毫。

从墙外能看到二楼淡淡的灯光熄灭了，伯爵夫妇或许已经睡下。伯爵一向睡得很早，聪子可能正翻来覆去地睡不着吧，但清显依旧无法望见她房内的灯光。清显顺着外墙转到后门门口，鬼使神差地将手指伸向泛黄发裂的门铃。但最终还是忍住了冲动。

他恨自己胆小如鼠，便转身回家去了。

令人提心吊胆却风平浪静的日子过了几天。随后又过了几天。上学纯粹成了清显消磨时间的手段，至于一回到家里，更是连功课也不做了。

包括本多在内，多数同学都在为明年夏天的入学考试用功读书。因此吊儿郎当的清显在他们当中显得非常出格。打算报名免试大学的

---

① 位于日本奈良的一家制墨老铺。

学生们则在勤练体育项目。清显和哪边的人都不合拍,所以愈发孤单。别人跟他说话,他也爱搭不理,因此和大家越来越疏远。

一天他放学回家,管家山田端正地站在门厅处等着,并对他说:

"今天侯爵老爷回来得早,想和少爷打场台球,如今正在台球厅里等候。"

父亲过去从未有过这样的吩咐。清显心里一阵忐忑。

侯爵只有在家用过晚餐并喝到醉醺醺时,才会心血来潮地叫上清显一起打球,而且就连这种情况也极少出现。如今突然在大白天里起了这种兴致,要么就是心情极好,要么就是心情极差。

清显几乎从未在白天去过家里的台球厅。他推开沉甸甸的房门走进屋内,只见窗子悉数紧闭,夕阳透过波浪形状的窗玻璃,将屋内四面用橡木板铺成的壁板映得熠熠生辉。他甚至觉得自己进入了一个陌生的房间。

侯爵正俯着身,手持球杆对准一颗白球。他紧握球杆的左手手指宛如象牙琴柱般棱角分明。

清显还没换掉校服,就这样伫立在开着一半的门口。

"把门关上!"

侯爵在说话时依旧俯身面对着绿面的球案,脸上也映着球案那淡淡的绿色,因此清显没能看清父亲脸上的表情。

"把那个读了,是蓼科的遗书。"

侯爵终于直起身来,用球杆的杆头指了指放在窗边小桌上的一封信件。

清显拿起那封信,觉得双手发颤。他反问了一句:

"蓼科死了?"

"死倒是没死,抢救过来了。正因为没死成……才更可恨至极!"侯爵说道。他极力克制着自己,不去靠近儿子。

清显有些犹豫。

"还不快读!"

这是侯爵今天头一次厉声断喝。清显站在原地,读起了这封写在长卷纸上的遗书……

遗书

侯爵老爷阅览此信时,蓼科恐已不在人世。贱仆自知罪孽深重,唯有以死谢罪而已。但在了此贱命之前,仍需悔过自忏,故书信陈情,伏惟照鉴。

因贱仆蓼科之疏失,以至绫仓家小姐近期有妊娠之兆,深感忧惧。虽屡劝应尽早处置,然小姐听而不闻。假以时日,必生祸端。故贱仆擅作主张,将此事禀报于绫仓伯爵老爷,然老爷只是一味叹息为难,未做任何决断。若再放任一月,事态定将愈发难以收拾。贱仆深知此举关乎国家大事,故虽咎在蓼科,仍唯有舍身拜请侯爵老爷施以援手。

侯爵老爷闻听此事必然愠怒,然小姐妊娠乃家内之事,万万不可外扬,务请老爷明察秋毫。老妇死不足惜,独小姐之事万望老爷关照,蓼科于九泉之下惟乞圣恩。

贱仆蓼科顿首百拜

清显读罢了信,刚刚还有一瞬间因为信里没提到自己的名字而感到一丝卑鄙的安心,但马上就舍弃了这种想法。如今他只希望自己抬头望向父亲时,不会露出对整件事佯装不知的眼神。尽管如此,他依然觉得嘴唇发干,滚烫的太阳穴突突直跳。

"读完了?"侯爵说道,"那句'然小姐妊娠乃家内之事,万万不可外扬,务请老爷明察秋毫'也读到了吗?哪怕关系再怎么亲,绫仓家和咱们家也谈不上什么一家人,但蓼科却说是家内之事……如果你有什么要辩解的,放心说就是了。在你祖父的肖像画前说出来……要是推测有误,我会向你道歉。身为你的父亲,我也不愿这样推测。真该遭到唾骂!我居然会这样推测,真该遭到唾骂!"

父亲原本性格积极乐观,但清显从未觉得他像现在这样令人又畏又敬。侯爵背对着祖父的肖像画和那张日俄战争海战图,心烦意乱地用球杆抽打着自己的手心。

以日俄战争为主题的画作是张巨幅油画,描绘的是日俄海战中,日本舰队实施敌前大迂回的场景,一半以上的画面都被大洋中暗绿色的波涛所占据。清显平时都是在晚上看到这幅画,尤其是在灯光的照射下,波涛部分看不清细节,仿佛只是凹凸不平的与墙壁相接的暗块。但在白天看去,浓重的暗紫色海浪在眼前层层翻卷,汹涌澎湃,将那片暗绿中较为明亮的部分堆叠到远处,各处的浪尖儿都溅起洁白的浪花。这片狂放的北方之海容纳着舰队共同进行大迂回时所留下的平滑而渐渐扩散的水纹,不禁令人感到无比壮美。纵向划破海浪的大型舰队所冒出的浓烟全都飘向画面右侧,天空仿佛蒙上了一层五月北方嫩草般冷冽的淡青。

与这幅画相比，肖像画中穿着宫廷礼服的祖父则在坚毅中透露着和蔼。就连这种时候，祖父看上去也不像在训斥清显，而是温和中带着威严，谆谆教导着他。清显觉得面对着祖父的肖像画，他什么心里话都说得出口。

清显生性优柔寡断，但这种性格在祖父低垂的眼睑、脸颊上的瘊子以及厚厚的下嘴唇前为之一变，哪怕这只是暂时的。

"我没什么可辩解的，如您所言……是我的孩子。"

清显说出这句话的时候丝毫没有低头。

在这种情况下，别看松枝侯爵架势怪吓人的，心里却反而有些没谱。他原本就不太会处理这方面的事。照理说他应当立即将清显骂得狗血淋头，如今却只是自言自语般叨咕着：

"老婆子蓼科一而再再而三地到我这儿来告状。上次告学仆跟女佣私通也就算了，这次居然咬着我这个侯爵的儿子不撒口了……连自杀都死不利索，这个老不死的！"

侯爵每当遇到触及心灵的敏感问题时，总会呵呵一笑，应付过去。因此要为这种敏感的问题发火时，他便不知该如何是好了。这位脸庞通红、魁梧健壮的男子与他父亲截然不同的地方，就是在儿子面前都死要面子，不想让他觉得自己刻板无情。他原本不想带着这种老毛病对儿子发火的，但这样做的结果就是失去了蛮横的气势。从另一方面来说，这对他也有好处，毕竟这个世上再也找不出哪个比他距离反躬自省更遥远的人了。

父亲片刻的犹豫激发了清显的勇气。仿佛龟裂的地面里涌出一股清水般，这个年轻人说出了这辈子最为流畅自然的一句话：

"反正不管怎样，聪子都是我的女人。"

"你的女人？你再说一遍试试！你的女人？"

伯爵正愁没人扣动他怒火的扳机，儿子说出这样的话使他非常满意，这下他终于可以放心大胆地歇斯底里了。

"刚刚你说什么？王府向聪子提亲时，我是不是反复问过你'有什么意见'？我是不是说过'心里有什么迈不过去的坎儿，你就跟我说'？"

侯爵在发火时会将"老子"和"我"颠倒着用，说"我"时是痛骂，说"老子"时是怀柔。如今这种颠倒过来的说法正说明他处于盛怒之中。他沿着球案向清显逼近，攥着球杆的手也明显抖个不停。清显这才感到恐惧。

"当时你是怎么说的？啊？怎么说的？你说的是'没什么过不去的坎儿'吧？大丈夫言出如山，你这样还算什么男人？我早就后悔把你培养成一个没骨气的东西，可没想到居然如此严重。那可是天皇敕许的婚事，你不仅对王府的未婚妻做出这等丑事，甚至害得人怀了孕，真是败坏了松枝家的名声，丢尽了你父母的颜面！这要放在过去，我这个当爹的就得向天皇剖腹谢罪！你真是烂到了根子上，才会干出这等猪狗不如的勾当！说句话呀，清显？说说你是怎么想的！为什么不说话？你这是不服气吗？说话！清显……"

清显刚察觉到父亲喘着粗气，连话都一顿一顿的，侯爵便挥舞着球杆抽了过来。清显想闪身避过，这一击却狠狠抽在他穿着校服的后背上。他又想用左手护住后背，没想到也立刻挨了一下，整只手都麻了。下一杆是照脑袋打来的,但是挥偏了,清显此时刚要逃向屋门,这一下抽在鼻梁上。他随即被一把椅子绊倒,像是抱着椅子般倒在地上,登时鼻血长流。球杆没有再追打过来。

可能是因为清显每挨一下,就发出一声短促的尖叫,因此屋门开了,祖母和母亲出现在门口。侯爵夫人站在自己的婆婆身后瑟瑟发抖。

侯爵戳在原地,手握球杆,嘴里喘着粗气。

"怎么回事呀?"

清显的祖母问道。

听到这句话后,侯爵方才发现母亲来了,但他似乎依然不太相信母亲会来这里。他肯定没法料到,是妻子发觉事态危急,才匆忙叫来了婆婆。老太太平时总是待在自己的闲居处,一步也不离开,这回也算得上破天荒了。

"清显惹了乱子,蓼科的遗书就放在桌子上,您看看就明白了。"

"蓼科自寻短见了?"

"是邮寄过来的,我接到信后,就给绫仓打了电话……"

"这样啊,然后呢?"老太太坐在桌旁的座椅上,不慌不忙地掏出塞在腰带里的老花镜来。她像打开钱包那样,仔细打开了黑天鹅绒的眼镜盒。

侯爵夫人突然注意到,婆婆对倒在地上的孙子连瞥都没瞥上一眼。看来她是打算独自应付侯爵,这种行为恰恰是在护着孙子。夫人会意后放心地跑到清显身边。此时清显已经掏出手帕,捂在血流不止的鼻子上。其实他身上并没有什么明显的伤口。

"这样啊，然后呢？"

老太太展开信纸，问了一句同样的话。看得出侯爵的气焰已经消了几分。

"打电话问过后，说是蓼科保住了一条命，如今正在静养。伯爵挺纳闷的，问我怎么知道的，看来他还不知道是蓼科给我寄了遗书。我反复提醒他，蓼科吞了安眠药的事儿千万不能走漏一点风声。可不管怎么想，这事都与咱家清显有关，所以也没法一味责怪对方。最后这通电话打得两边都摸不着头脑，只好说定这几天找个机会面谈。可不管怎么说，咱们要是不表态，事情就没法往下谈啊。"

"这话倒是不假……这话倒是不假。"

老太太边用视线扫着遗书，边漫不经心地说着。

她那光洁厚实的前额和仿佛粗犷的线条一笔勾勒而成的脸庞上，还残留着过去的晒痕，只是盘成短发髻的白发染黑得比较随意，显得不太自然……不过她刚健而带着乡村风格的整体气质，反而与这间维多利亚式的台球厅极为契合，仿佛剪下来后嵌上去的纸画儿一样。

"可这封遗书从头到尾，就没提过咱家清显的名字呀。"

"您好好读读'家内之事'那段，那不明显是拐弯抹角地在说咱们吗……而且清显也招了，说是他的孩子。妈，您要抱曾孙子啦，可那是个见不得人的曾孙子。"

"说不定是清显护着别人，招了假供呢？"

"您就别替您孙子说话啦！您自己问问清显不就成了？"

老太太终于望向孙子那边，像对五六岁的孩童说话那样，用满怀

慈祥的语气问道:

"清显呀,把脸转过来,仔细瞧着奶奶的眼睛回答,这样你就撒不了谎啦。刚刚你爸爸说的都是真的吗?"

清显忍着后背的疼痛,抹了抹还没止住的鼻血,手里捏着猩红的手帕转向祖母。只见他端正的面庞上,因乱抹一通而变得血迹斑斑的清秀鼻尖像幼犬那样湿漉漉的。配上泪汪汪的眼睛,看上去充满了稚气。

"是真的。"

清显瓮声瓮气地说过后,接过母亲递给他的新手帕,再次按住了鼻孔。

此时,祖母的话语仿佛一匹自由驰骋的骏马,那清脆的蹄声酣畅淋漓地踢散了井然有序的一切。清显还是头一次听到如此痛快的话语。

"让王府未过门儿的媳妇怀上了你的种,可真行啊!如今的那些窝囊废们哪敢干出这种事儿来?相当了不起哪,不愧是你爷爷的好孙子。光凭这个,就算坐牢咱们也不后悔!再怎么说也不至于判死刑吧?"

祖母显然非常高兴。原本紧绷的嘴唇弛缓开来,长年的郁积得到了释放。她感到无比满足,仿佛宅邸传至侯爵这代后,始终淤塞在里面的什么东西,终于被自己这番话语一扫而空。而且这座宅邸之所以会如此沉闷,也并非他的儿子——侯爵一个人的过错。宅邸周围仿佛存在着一种力量,将她的晚年生活团团围住,企图将她挤垮。而祖母反击的声音,明显来自那个如今已经被人们所遗忘的、兵荒马乱的时代。在那时,没有人害怕坐牢,更不怕被处死,生活中弥漫着死亡和牢狱的味道。再不济也得属于像祖母那样的主妇们所处的,能够在尸体顺流而下的河边若无其事地刷洗餐具的时代。只有这样才叫生活!而这个乍看之下软弱不堪的孙子,却完美地使那个时代的幻象在自己眼前复苏。一时间,祖母的脸上不禁泛起了沉醉般的表情。但她的言语过于惊人,使侯爵夫妇一时难以回应,只得远远地、茫然地看着老太太那张素朴而严厉的面孔。松枝夫妇一向不太愿意这位侯爵家的老母亲在外人面前露面。

"您在说什么呀。"侯爵终于从一片茫然中清醒过来,软弱无力地回了句嘴,"那样的话,松枝家就要完蛋啦,这也对不起父亲他老人家啊。"

"那当然了。"老太太立刻回道,"所以你现在该考虑的不是责打清显,而是保住松枝家的办法。国家是很重要,可松枝家也不是无关紧要啊!咱可不像绫仓家,往上数二十七代吃的都是圣上的俸禄……然后呢,你有什么打算?"

"只能权当什么事都没发生过,从纳彩仪式到结婚典礼全部照常举行下去。"

"有这个思想准备就好。当务之急是得赶紧处理掉聪子的胎儿。要是在东京附近解决,可能会被报社记者的狗鼻子给闻出来。你有什么好主意没?"

"大阪更好。"侯爵考虑片刻后说道,"可以拜托大阪的森博士神不知鬼不觉地给处理掉。花销这方面可心疼不得。但聪子去大阪,还得找个说得通的借口……"

"绫仓家在大阪有不少亲戚,纳彩仪式定下来了,过去打个招呼不是名正言顺吗?"

"可挨家挨户走亲戚,一旦被人看出身体抱恙就不妙了……对了,这个主意不错。可以让她去奈良月修寺向主持尼道别致意。那边原本就是皇家寺院,有资格接受这种礼遇,在谁看来都不会有什么问题。聪子也从小受到主持尼的关爱……先让她去大阪,在森博士那儿做好手术,休养一两天后再去奈良就好。她的母亲应该也会跟着去……"

"这还不够。"老太太严厉地说,"绫仓太太纯粹是她们家的人,咱们家也得有人过去,从头到尾确认森博士的行动,所以得是个女人……对了,都志子,你去。"

老太太向清显的母亲说道。

"好的。"

"你只负责监视,奈良就不用去了。把该看的都仔细地看在眼里,然后尽快回到东京报告。"

"好的。"

"妈说得有道理,你就这么办吧。出发的日子由我和伯爵决定,必须做到万无一失才行……"

清显觉得自己已经离开前台,退居幕后。在祖母和父母眼里,自己的行为和爱情已经统统死去。他们说的每一句话,都传入了已故祖父的耳朵眼里,可他们却毫不在乎,只顾着在自己面前详细地讨论葬礼的相关事宜。不,在这场葬礼举行之前,有一种事物已经被埋葬了。清显一方面是个衰弱无比的死者,另一方面又是被责骂后心里受伤、形单影只、走投无路的孩子。

　　一切事宜已经与他这个当事人的意志无关，甚至绫仓家的意志也是无所谓的。就连刚刚还言语奔放的祖母，如今也埋头于处理特别事件这一愉悦的工作中去了。祖母的性格原本就与清显的纤细无缘，但她既能从不体面的行为中找出野性的高贵，也能为了维护名誉而将真正的高贵敏捷地隐藏在手中。这种能力与其说是源自鹿儿岛夏日的骄阳，不如说是从祖父身上并通过祖父习得的。

　　用球杆揍过他后，侯爵第一次正眼望向清显，并对他说：

　　"从今天起不许出门，你要遵守学生的本分，用功读书，准备入学考试，听见了吗？老子今后也不想多说什么，你到底能不能有出息，就看这段时间的了……聪子更不用提，禁止跟她见面。"

　　"按过去的说法，这叫闭门思过。要是学腻了，就到奶奶这儿来散心。"

　　祖母说道。

　　清显这才发现，这位做侯爵的父亲如今为了面子，甚至不能与自己断绝父子关系。

四 十

绫仓伯爵是个极其畏惧受伤、疾病和死亡的人。

那天早晨,由于不见蓼科起床,家中有些乱套。人们在她枕边发现了一封遗书,于是它立刻被送到伯爵夫人手上,又被送到伯爵手上。伯爵好像觉得上面沾着什么病菌一样,用指尖捻开这封遗书。里面的内容非常简单,即使被别人看到也没有什么问题——她只是表示自己品行不端,对不起伯爵夫妇及聪子小姐,并对绫仓家多年的恩惠表示感谢。

夫人立刻叫来了大夫。当然,伯爵没有亲自前去照看。后面发生的事是夫人详细说给伯爵听的。

"好像是吃了一百二十粒安眠药。本人还没恢复意识,但大夫是这么说的。又是抡胳膊又是蹬腿的,弓着身子抽搐个没完,可把人给折腾坏了。不知道一个老婆子哪儿来的那么大劲儿。大伙费了不少功夫才把她按住,又是打针,又是洗胃——洗胃那副模样太惨,我没敢看,最后大夫说总算是保住了性命。"

"到底是懂行的,我们什么都还没说,大夫光是闻了闻蓼科喘的气,一下子就明白了,然后说道:"

"'哦,一股大蒜味,吃安眠药了吧。'"

"要多久才能养好?"

"大夫说得静养十天左右。"

"得叮嘱家里的女佣和婆子,这事儿绝不能让外人知道,大夫那边也得拜托一下。聪子她怎么样?"

"聪子一直把自己关在房里,丝毫没有去看望蓼科的意思。毕竟要是看到那副模样,以聪子现在的身体,指不定会出什么乱子。而且自从蓼科告诉咱们那件事儿后,聪子就始终没理会过她。现在突然叫她过去探望也不太好,还是先不要惊动她了吧。"

五天前,蓼科没了主意,向伯爵夫妇坦白了聪子怀孕一事。本以为伯爵会痛斥自己,至少也会大惊失色,但没想到伯爵毫无反应。倒是蓼科自己心急如焚,于是给松枝侯爵留下一封遗书,随后吞服了安眠药。

首先,聪子拒不接受蓼科的建议。危险与日俱增,她却只是吩咐蓼科绝对不能将这件事透露出去,迟迟不像要做决断的样子。蓼科被逼无奈,只得背叛聪子,向伯爵夫妇坦白了一切。他们闻听此事,脸上一片茫然,那表情看上去像是听说养在自家后院的鸡被猫儿叼走了一样。

听闻如此严重的事,伯爵在第二天、第三天见到蓼科时,依旧是一副不愿提及的态度。

伯爵打心眼儿里感到为难。然而事态严重,他一个人无力处理;与别人商量吧,又怕丢了面子。如果可以的话,他宁愿把这件事从记忆中剔除出去。夫妻俩商量好:在着手处理这件事之前,对聪子只字不提。但聪子的洞察力愈发敏锐，她向蓼科逼问，得知事情暴露，就再也不理会蓼科，把自己关在房间里。于是，整个绫仓府陷入了一种诡异的沉默中。凡是外人对蓼科的联络，一概以她生病为由予以拒绝。

伯爵甚至不愿与夫人详谈这个话题。事态的确相当严峻，亟需想办法进行处理，但正因如此，他也只能拖一日算一日。至少伯爵是不相信会发生奇迹的。

不过此人的怠惰中也蕴含着一丝精妙的韵味。他对任何事情都犹豫不决的习惯，源于对一切决断的怀疑。他甚至不符合一般情况下人们所说的"生性多疑"。绫仓伯爵宁可终日苦思冥想，也不喜欢为能够忍受的丰富情感寻找一个解决的方案。他对事物的思考方式有如祖传下来的蹴鞠，脚下的皮球无论被踢得多高，都会迅速地掉回地面，这是众所周知的。即使有人能像有名的难波宗建①一样，拎着鹿皮白鞠的紫色提手对天一踢，让皮球越过那足有十五间②高的紫宸殿屋顶，引得人们高声赞叹，可它还是会立即落到皇宫内庭的御花园里去。

由于一切解决方式都会招致扫兴的结果，所以伯爵宁可等待别人来承受这种扫兴。这就等于必须靠别人的脚来接住下落的皮球，尽管那皮球是自己踢上去的。但当皮球飘在空中的一瞬间，或许自己会心血来潮，随风飞到令人意想不到的地方去。

伯爵从未在头脑中产生过幻想破灭的感觉。已经得到敕许的亲王家未过门媳妇，居然怀上了其他男人的孩子！如果这都不算大事，

---

① 江户时期的蹴鞠名家。
② 日本长度单位，一间等于六尺。

那这世上还有什么大事？但在伯爵心里，无论什么样的皮球，都不该停在自己手中。一定会有个可靠的人出现，替自己来接住这个皮球。依伯爵的性子，他绝不会让自己感到焦急，因此最终总是害得别人焦急。

蓼科自杀未遂，引起绫仓府上一片慌乱的第二天，伯爵就接到了松枝侯爵的电话。

侯爵居然已经知晓这件秘事，按理来说这是不可能的。但就算家里出了内鬼，伯爵如今也不觉得奇怪了。既然最有嫌疑的蓼科本人昨天一天都没苏醒，一切合乎逻辑的推测便也统统不成立了。

因此，当伯爵听夫人说蓼科的状况大为好转，既能说话也有了食欲时，便鼓起了十二分勇气，打算独自去病房探望蓼科。

"你就别来了，我一个人过去，或许更容易让她说出实话。"

"那地方脏乱得不行，没打过招呼就去，蓼科也会很尴尬吧。要不提前告知一声，让她收拾收拾再过去吧。"

"说的也是。"

接着，绫仓伯爵足足等了两个小时，因为那边说患者正在化妆。

伯爵在正房为蓼科安排了一个独间，但只有四叠半大，而且终日不见阳光，一个床铺就基本占满了房间。伯爵以前从未来过这个房间，如今难得到来，下人们专门为他在里面摆了一把椅子。伯爵到时被褥已经叠好，蓼科身披薄棉睡衣，双肘支撑在一摞坐垫上。当她为迎接主人而施礼时，额头低得都快贴到坐垫上了。她用心梳理过头发，浓厚的白粉也一直涂到发际。尽管身体虚弱，但为了不蹭掉白粉，她行礼时依旧在额头和坐垫之间留下了些微的空隙。伯爵把这些都看在眼里。

"真不得了，不过幸好抢救过来了。别让大家这么担心啊。"

伯爵坐在椅子上，只能俯视患者。虽然他并不觉得这样有什么不妥，但这样似乎使他与蓼科之间无法传递声音与内心的感受了。

"真是折煞老婆子了。我自知罪孽深重，不知如何道歉才好……"

蓼科始终低着头，从怀里掏出几张纸来，在眼角部位按了按。伯爵知道这也是为了护着擦在脸上的白粉。

"大夫说只要静养十天就能恢复。你就别客气了，安心休养吧。"

"真是感激不尽……落到这幅光景，最后苟延残喘下来，也只是丢人现眼罢了。"

蓼科身披带着小菊图案的暗红色薄棉睡衣跪坐在一旁的样子，像是去黄泉路上兜了一圈似的，散发出一种阴森而不祥的气氛。伯爵觉得连这间房里的茶器柜和小抽屉都缠绕着污秽的气息，不禁有些心神不宁。想到这里，他又见蓼科垂着脑袋，后颈上细心地用粉涂白，头发也梳理得一丝不乱，但这反而令他感到一种说不出的厌恶。

"事实上，今天我接到了松枝侯爵的电话，他居然知道了这件事，让我吓了一跳。关于这个，我想问问你是不是知道些什么……"

伯爵随口问了一句，但有些问题一问出口，答案自然一目了然。此刻他心中已经有了答案，便没再说下去。就在这时，蓼科也抬起头来。

蓼科今天的脸上化了比往常更加厚重的京都式浓妆。京红从嘴唇内侧倒映出暗红色的光泽；皱纹先用白粉填平，外边还要再抹一层。可能是昨天刚服了安眠药，肌肤有些反常，所以整张脸上像生了一层霉菌。伯爵若无其事地移开目光，接着问道：

"你事先将遗书寄给了侯爵，是这样吧？"

"是的。"蓼科依旧仰着面孔，语气显得毫不畏惧，"我是真打算去死的。为了将一切后事托付给侯爵，才寄出了那封遗书。"

"一切都写在里边？"

伯爵问道。

"不是。"

"也有没写的吗？"

"是啊，没写的多着呢。"

蓼科爽利地回答。

四 十 一

问出这样的问题后,尽管伯爵想不出什么让侯爵知道后会不太妙的事,但当蓼科表示还有很多没写的内容后,伯爵的内心倏然忐忑不安起来。

"没写的事情是什么?"

"您这是哪儿的话?刚刚不是您问我'一切都写在里边'吗?既然您都这么问了,想必是心里有数吧。"

"少在这儿装糊涂了。我会单独过来看你,就是为了在说话时能够没有顾忌。你就直说了吧。"

"没写在里面的可多着呢,其中就有八年前老爷在北崎家对我说过的话。我本来打算把这件事带到棺材里去的。"

"北崎……"

伯爵光是听着这个名字就觉得晦气,身上一阵战栗。他这才明白蓼科话中的含义。尽管如此,他却愈发忐忑,于是产生了再确认一次的想法。

"我在北崎家说了什么?"

"就是那个下着梅雨的夜晚呀。我想老爷是不可能忘记的。当时小姐渐渐懂事了，但也才十三岁。那天，松枝侯爵时隔许久才来府上做客，侯爵离开后，老爷闷闷不乐，便到北崎家去散心。您还记得当天晚上对我吩咐过些什么吗？"

没等蓼科说完，伯爵就彻底明白了。她是打算用伯爵说过的话做挡箭牌，将自己的过错全都推到伯爵头上。伯爵顿生疑心——连蓼科服安眠药的行为，或许也并非出于真的想自杀吧？

此时，蓼科的目光离开地上那摆坐垫，向上望去。她化着浓妆的面孔像一堵煞白的墙壁，两只眼睛恰似墙上开出的一对黑黢黢的射口。往事弥漫在墙内的那团黑暗当中，黑暗深处还有几支箭头，对准着外面笼罩在一片光明中的伯爵。

"事到如今还提它做什么？那只是句玩笑。"

"真的是这样吗？"

伯爵感到那双射口般的眼睛突然间缩得窄窄的，从里面挤出了锐利的黑暗。蓼科再次说道：

"不过那天晚上在北崎家……"

北崎。北崎。那个伯爵希望从记忆深处摒除的名字，如今却被蓼科的一张利口反复提及。

伯爵已经足足八年没有踏足过北崎家，但如今却连那里房屋的细微构造都觉得历历在目。北崎家的房子位于一处坡道下方，既无院门也无门厅，却有着格外宽敞的庭院，庭院外面围着墙板。门口阴暗潮湿，仿佛随时都会有蛞蝓爬出，那里摆放着四五双黑色长靴，靴子内侧的汗渍和被油乎乎的污渍所浸染出的褐色斑点隐约可见。一条又宽又短的条纹带子从靴子里面翻了出来，上面还写着鞋主的名字。哪怕在门口都能听见房内粗野狂放的高歌。当时,日俄战争正进行到白热化的阶段,经营军人公寓是个有保障的行当。但这里也因此显得寒酸,而且充满了马厩才有的那种难闻的味道。伯爵被带到最内侧的独间,一路上他像走在隔离医院的走廊里似的,连袖口都生怕不小心碰到柱子上。他打心眼里厌恶别人的汗水。

那个八年前的梅雨之夜,伯爵送走来访的松枝侯爵后,心情依旧难以平复。蓼科敏锐地察觉到伯爵心情烦闷,便劝说道:

"北崎似乎得到了一件好玩的物事,请老爷前去观看,不知您是否有意消遣一番?"

蓼科服侍聪子睡下后,便会得到名为"走亲戚"的自由时间。因此她晚上能轻易地在家门外与伯爵私会。北崎殷勤地招待了伯爵,他摆席置酒,并拿出一幅古色古香的卷轴,恭恭敬敬地放在桌上。

正房二楼的军人们齐声唱着军歌,用手击打拍子。北崎感到有些顾忌,便向伯爵说道:

"真是吵闹得很哪。那是一些将要出征的军人,今晚举办饯别会。虽然有点闷热,但还是把护窗板关上为妙……"

伯爵同意了。但把护窗板关上后,反而让人觉得整个房间都笼罩在雨声之中。旁边摆着一副隔扇,上面绘着《源氏物语》中的情景,画面的色彩为房间里增添了一种妖娆淫靡的气息。那气息压迫感十足,仿佛快要令人窒息了。

北崎站在案桌对面,用那双布满皱纹、耿直老实的手诚惶诚恐地解开了卷轴上紫色的系带。首先展现在伯爵面前的,是一首像煞有介事的赞词。它引用了《无门关》①中的一桩公案：

赵州至一庵主处问曰：

可有？可有？

庵主竖拳。

赵州曰：水浅，非泊舟之处也。

乃去。

当时暑气逼人，连蓼科在身后用团扇扇来的风，都夹杂着一股蒸笼般的热气。酒劲儿涌上来后，伯爵甚至觉得梅雨哗啦啦地都下到自己后脑勺里去了，而外面的世界则沉浸在一片天真的欢呼战胜的声音中。伯爵看到的是一幅春官画。北崎的手突然在空中划过，拍死了一只蚊子。随后他为惊吓到伯爵而道歉。伯爵瞥到被拍扁的蚊子在北崎惨白而干瘪的掌心里留下了黑点和血迹，觉得有些肮脏。为什么这只蚊子没有叮咬伯爵呢？难道说一切事物都在保护着他？

画卷内首先展现的，是一位身披暗黄色袈裟的和尚与年轻的小寡妇面对面坐在屏风前的场景。画师用俳画②笔法将此场景流利、洒脱地绘出，看那和尚的脸孔，十足像滑稽而雄伟的男根。

下一幅场景中，和尚突然扑在小寡妇身上，想要玷污她。尽管小

---

① 全称《禅宗无门关》。临济宗杨岐派僧无门慧开于绍定元年（1228），在福州永嘉龙翔寺，应学人之请益，从诸禅籍中拈提佛祖机缘之公案古则四十八则，加上评唱与颂而成本书。

② 日本画的一种，画中通常带有俳句。

寡妇进行着抵抗，却已经衣衫不整。接下来两人赤裸相拥，小寡妇的神色十分平和。

和尚的男根如巨松般蜷曲，他脸上露着喜悦的神色，伸出了褐色的舌头。小寡妇那用白色颜料绘出的脚趾遵循了传统画法，悉数向着内侧弯曲。一阵颤抖从交缠着的双腿一直传到脚趾。她紧绷的脚趾，看上去仿佛不愿让那销魂的感觉逃逸到无尽的虚空当中似的。伯爵认为这个女子值得赞许。

另一边，屏风外还有不少小和尚。他们或站在经案、木鱼上，或骑在别人的肩膀上，聚精会神地向屏风内侧窥视。他们按捺不住冲动的欲火，显得格外滑稽。屏风终于被挤倒了。浑身赤裸的女人掩着前身想要逃走，老和尚已经没有余力呵斥小和尚们，场面顿时陷入一片混乱。

小和尚们的男根被画得几乎有身子那么高。画师似乎是想借此表达出寻常尺寸无法容纳的欲望给他们带来的重负。当他们一同逼近女人时，脸上仿佛都刻着悲痛而滑稽的表情，并将男根一把扛在肩上，跟跟跄跄地走着。

经过一番折腾，女人全身苍白地死掉了。她的魂魄离了窍，出现在被风拂乱的柳树树荫之中。她已经化作面孔有如女阴的幽灵。

到了这里，画卷上没有了滑稽的氛围，而是弥漫着阴森惨淡的气息。女阴的幽灵此时已经不止一个，而是多个。她们披头散发，张开鲜红色的大口向男人们袭去。男人们东奔西窜，却没有办法抵挡疾风般飞来的幽灵。最终包括老和尚在内，所有和尚的男根都被幽灵们用嘴扯去了。

最后一幅场景是在海边，失去了男根的男人们赤身裸体地在海滩上鬼哭狼嚎。一条船只满载着刚刚幽灵们夺取的男根，驶向阴暗的大海。女阴的幽灵们也坐在船上，她们的头发随风飘舞，垂着苍白的手，大声嘲笑着岸上那些哭号的男人们。就连船头也被雕刻成女阴的形状，一撮阴毛在最前方迎着海风舞动……

看完这幅画卷之后，伯爵默默无语，只觉内心无比阴沉。酒劲儿上涌，他的心情愈发烦躁不安。他吩咐继续上酒，一声不吭地喝着。

但画卷上女人那紧绷着的足趾，以及那一抹色情的涂白，依旧留在他的心底。

此后发生的事，只能说是由于梅雨那令人慵懒的闷热以及伯爵的厌恶感所导致的。

自那个梅雨之夜再往前追溯十四年，早在夫人还怀着聪子的时候，伯爵就曾与蓼科有染。当时蓼科已经年过四十，因此只能说这是伯爵的一时兴起，后来很快就过去了。就连伯爵自己也没想到，十四年后他会与五十多岁的蓼科再燃旧情。而自从发生当晚那件事，伯爵就再也没踏进过北崎家门一步。

松枝侯爵的到访，被伤害的自尊，梅雨之夜，北崎家的独间、酒浆、凄惨的春宫画……

这一切加在一起，令伯爵心中厌恶感陡升，也令他沉迷于自我亵渎，最终做出了这样的行径。

蓼科没有丝毫抗拒的态度，这才是伯爵最厌恶的一点。"这个老婆子哪怕十四年、二十年、一百年，也打算一直等下去。无论何时，只要我一声吩咐，她随时都会准备得体贴周到。"……这件事对伯爵而言纯属偶然。他是出于极度的厌恶感,才跟跟跄跄地走进了昏暗的柳荫下,而春宫画里的幽灵正偷偷埋伏在那里。

此外,蓼科的行为毫不慌乱,展现出谦恭有礼的媚态,并为自己无人可及的房中术而自豪。与十四年前一样,这些要素都对伯爵起到了震慑的作用。

或许早已和蓼科串通好,北崎后面再也没露过面。事后两人默不作声,在一片漆黑中听着外面的雨声。此时,一阵军歌的合唱声冲破雨声。这次连他们所唱的歌词都能听得一清二楚:

铁血纷飞赴战场,
使命待君护国疆。
吾友务须行忠勇,
忠君卫国血满腔!

伯爵突然像个孩子似的,满腔怒火化为倾诉的冲动。于是他将本不该对下人提及的话语,一股脑儿地向蓼科抖了出来。其中既有自己的愤恨,也有祖先们代代传下的愤恨。

这一天松枝侯爵来访,聪子出来跟他打招呼。或许是因为带着几分醉意,侯爵摸着聪子顶着河童发的小脑袋瓜,在她面前突然说出这样的话:

"啊,聪子真是个小美人,等长大了一定会更倾国倾城。放心吧,到时候伯父一定替你找个乘龙快婿。一切都包在伯父身上,保准给你找来天底下最好的男人,让你爸爸一点儿都不用操心。伯父为你置办绫罗绸缎，让你的嫁妆排出去一百多米长！绫仓家世世代代都没有过这么豪华阔气的嫁妆……"

伯爵夫人皱了皱眉头，伯爵却温和地笑着。

绫仓家的代代祖先都不会以笑容面对羞辱，而是会展现出带着些许优雅的权威，并以这种方式进行反抗。然而如今，家传的蹴鞠早已失落，用来向俗人们炫示的把戏也不复存在。真正的贵族和真正的优雅丝毫不能伤害到伯爵，但面对充满善意的假贵族、假优雅对他无意间的羞辱，伯爵却只能以笑容来含糊过去。

对蓼科说完这些后，伯爵沉默了片刻。他考虑的是：如果要以优雅的方式复仇，自己究竟应该怎么做才好呢？就没有公卿世家那种袖里焚香一般的复仇方法吗？这种方法有如被长袖遮住的、缓缓燃烧的香料，尽管在整个过程中看不见一丝火光，却已慢慢焚为灰烬。熬炼出来的香料一旦点燃，就能令带有微妙芳香的毒气附着在袖子上，永远无法消除……

就像这样，当时伯爵的确向蓼科吩咐过这么一句——"今后的事就拜托你了。"

"也就是说，松枝家一定会在聪子长大成人后给她寻找婆家。既然如此，你就安排聪子在结婚前，和一个她中意的而且能严守秘密的男人上床。无论那个男人是什么身份都无所谓，只要聪子真心爱他就行。绝不能让松枝介绍的女婿得到聪子的处女之身。这样就能偷偷地打松枝一个措手不及。不过这件事不能透露给任何人，甚至不用和我多谈，要装出一副你擅自行事后犯下错误的样子去做。你深通房中之术，我想让你教给聪子两种完全相反的本领，一种是当她并非处女时，让那个与他上床的男人觉得她是处女；另一种是当她还是处女时，让那个与他上床的男人觉得她不是处女。"

伯爵说完这番话后，蓼科坚定地表示：

"无须您刻意强调，这两种手段我都在行。到时候任对方是什么轻浮浪子，也休想瞧得出来。我一定细细教导小姐。但请问第二种本领是为了什么呢？"

"这是为了防止婚前那个占了便宜的小子不自量力。要是让他知道聪子是处女，搞不好会想负起责任，那可难对付了。这方面也交给你了。"

"您的意思我明白了。"

蓼科没有随意地表示"遵命"，而是一脸严肃地应承了下来。

……

蓼科刚刚所说的正是发生在八年前那个晚上的事。

伯爵非常清楚她想要说的是什么。但精明如蓼科这样的老婆子，不可能蠢到看不出八年前应承下来的那件事已经发生了难以想象的变化。聪子的结婚对象是王府的王子，虽说依旧是由松枝侯爵牵线搭桥，可这桩婚事却足以帮助绫仓家东山再起。一切都与八年前伯爵大为光火时所做的预测有着天壤之别。而蓼科却对此视而不见，依旧刻板地执行着八年前的命令，不得不让人觉得她是有意而为。而且这个秘密更是传到了松枝侯爵的耳中。

难道蓼科认为将一切都推向不可收拾的局面，便能堂堂正正地为胆小怕事的伯爵报松枝侯爵的"一箭之仇"了吗？又或者说这并不是她对侯爵家的报复，而是对伯爵本人的报复？无论伯爵怎么做，蓼科手里终究抓着他的把柄。一旦她把八年前的那番枕边密语告诉侯爵，事情就不好了。

伯爵已经不想再多说什么。无论如何，事情都已发生，既然侯爵已经得知，他也做好了受对方冷嘲热讽的心理准备。而且在此之后，想必侯爵还会力挽狂澜，帮自己弥补糟糕的事态。从现在起，一切事情听凭别人去办就可以了。

伯爵明白的只有一件事，那就是无论嘴上说着什么，蓼科心里都不存在丝毫歉意。这个毫无歉意却服安眠药自杀、脸上涂满白粉的老婆子，简直像只滚进粉盒里的蟋蟀，身披暗红色薄棉睡衣跪坐在伯爵面前。她的样子越是显得瘦小，就越是似乎让整个世界充满了沉郁的气息。

伯爵注意到，这个房间与北崎家那个独间大小相同。他觉得耳畔突然又响起了淅沥的雨声，与时节不符的酷暑令人猛然感受到一阵加速腐败的味道。蓼科抬起那张涂白了的面孔，似乎想要说些什么。电灯灯光照到她干燥而布满皱纹的嘴唇内侧，那张涂过紫红色京红的嘴唇，看上去有如湿滑而充血的口腔。

蓼科想说的究竟是什么？伯爵感觉自己能够揣测得到。蓼科所做的一切正如她所言，全部与八年前的那个夜晚有关。伯爵自那以后从未对蓼科表示过关心，她只是想让伯爵回忆起那个夜晚……

伯爵突然像孩子般提出了一个残忍的问题：

"罢了……人能救回来比什么都好……不过，你真的打从一开始就不想活了吗？"

本以为蓼科会发火或哭泣，未曾想她只是嫣然一笑：

"谁知道呢……如果老爷让我去死,我或许真就不打算要这条命了。哪怕现在吩咐,我也会再来上一次。只不过即使您现在吩咐,八年后说不定又会把这事儿给忘得一干二净了……"

四 十 二

松枝侯爵见到绫仓伯爵后，发现他居然对此事一副无动于衷的态度，不禁目瞪口呆。但伯爵对他的要求悉数同意，侯爵的心情便好了些。伯爵表示：一切都按您说的办。侯爵夫人肯陪聪子前往京都，让人感到心里有底；能请到大阪的森博士在守口如瓶的前提下处理一切，更是求之不得的好运。今后所有事宜都依照侯爵家的指示行动，还请继续关照。

绫仓家只是恭谨地提了个小小的条件，侯爵也只得答应。那就是希望让聪子临离开东京之前，和清显见上一面。当然不是让两人私下交谈，而是以双方父母在场为前提的会面。这样也好了却心事，让他们今后死心。聪子已经许诺，只要满足这个要求，她今后可以再也不见清显……伯爵在犹豫一番后表示，这是聪子自己提出来的要求，做父母的打算至少实现她这个心愿。

侯爵夫人的同行似乎让两人的见面显得十分自然。母亲出门，儿子送行是理所应当的。此时与聪子打上几句招呼，也没什么可奇怪的。

就这样决定了各项事宜，侯爵听从夫人的建议，将忙碌不已的森博士以极其隐秘的方式接到了东京。在十一月十四日聪子出发那天的前一周，博士都在侯爵府上住下来了，并在暗中看着聪子。一旦伯爵府上传来消息，他立刻就能前往。

之所以要这样做，是因为聪子随时有流产的危险。一旦突然流产，博士就会亲自动手处理，以确保不会走漏风声。另外，此次大阪的长途旅行相当危险，博士被安排在其他车厢里与他们暗中同行。

像这样大把地占用这位妇科专家的时间，并对他任意使唤，侯爵的钱可没少花。如果计划顺利，聪子的这次旅行就能巧妙地掩过世人的耳目。毕竟外人连做梦也想象不到，一个孕妇居然会冒着危险乘坐火车出行。

博士身穿英国制西装，是位不折不扣的时髦绅士，但身材矮胖，长着一副掌柜的面孔。当他给人看诊时，会在枕头上垫一张高级奉书纸①。每看完一位患者，他便将原来那张纸使劲揉成一团扔掉，重新铺上一张。这也是博士大受好评的原因之一。他脸上总是挂着笑呵呵的表情，显得热情而稳重。许多上流社会的妇女都找他看诊。毕竟他除了医术高超以外，嘴巴还严实得像个牡蛎。

博士最爱谈论天气，此外很少会谈及其他话题。尽管如此，他那类似于"今天可真是闷热""真是一场春雨一场暖啊"之类的话头还是很吸引人的。博士常作汉诗，曾将自己在伦敦的见闻写成二十首七言绝句汇编为一部诗集，取名为《龙动诗抄》并自费出版。此外，他手上还戴着一枚足有三克拉的钻戒。每次看诊前，他都夸张地紧皱着

---

① 一种高级和纸，通常由雁皮、三桠或纸桑的纤维制成，质地结实。

眉头，装作很费力地将戒指从手上取下，随手就往桌上一抛。但也从没听说过他忘记戴回这枚戒指。他那两撇八字须总是像雨后的蕨类植物那样，带着黯淡的光泽。

出行之前，绫仓伯爵夫妇需要带着聪子前去王府打声招呼。乘坐马车更加危险，于是侯爵准备了一辆汽车，让森博士借穿山田的旧西装，打扮成管家的模样，坐在副驾驶席上陪他们一同过去。王子殿下参加军演，不在家中。因此这场令人担惊受怕的往返，最后总算平安无事。

到了十一月十四日出发那天，王府原本要派遣事务官前来送行，但伯爵婉拒了此事。这样一来，一切都在按照侯爵的计划顺利进行。绫仓一家与松枝母子约好在新桥车站会合，博士则装成素不相识的路人坐在二等车厢角落。这次旅行名义上是去奈良向主持尼道别致意，是个足以说得过去的借口。因此侯爵替夫人和绫仓一家订了观景车厢的车票。

这辆新桥至下关的特快列车，于上午九点半从新桥发车，十一点五十五分抵达大阪。

新桥站由美国建筑师布里简斯①设计，于明治五年②建成。整体为木制结构，外部用带有斑点的伊豆石砌筑。十一月早晨明媚的阳光，将带着轩蛇腹纹样的飞檐鲜明地映在车站黯淡无光的外墙上。想到自己连下人也没带一个，到时还要独自返回，侯爵夫人这会儿就紧张了

---

① 理查德·布里简斯（Richard Perkins Bridgens），幕末到明治时期活跃在日本的美国建筑师，为日本设计过横滨车站与新桥车站，享有"横滨洋馆之祖"的盛名。
② 1872年。

起来。因此这一路上她几乎没和人说话，无论是恭恭敬敬地抱着手提箱坐在副驾驶席上的扮成山田的森博士也好，还是清显也罢。到达车站后，三人从车站的门廊处登上了高高的石阶。

火车尚未进站。宽敞的梭形站台左右两侧都是铁道，借着斜照进来的朝阳的阳光，能看到空气中飘浮着细微的尘埃。对于旅途的不安，侯爵夫人深深地叹了一次又一次气。她说：

"伯爵一家人怎么还没来，该不会是出什么事了吧？"

"山田"的眼镜片上反射着白光，他只是低下头来，恭敬地做了句毫无意义的回答：

"这个……"

夫人其实明知他会这样，却还是不由得这么问了。

清显明知母亲心中忐忑，却不加以安慰，只是保持一定的距离伫立着。他觉得自己的意识在逐渐远离，光是肉体呆呆地保持着站立的姿势，或者自己现在就是在垂直着跌倒。仿佛保持着脱力的状态，以站立的姿势被浇铸在空气当中一样。站台上冷飕飕的，但清显依旧挺着校服波状饰带后面的胸膛。他觉得痛苦的等待几乎要让他的内脏冻结。

火车观景车厢上的栏杆终于出现在眼中。列车就像穿过一条光带，庄重地从后方驶入站台。这时夫人在候车的人群中望见了森博士脸上那两撇八字须，便稍稍放心了些。他们已经商量过，去大阪的途中如无意外情况，装作互不相识就好。

山田帮夫人把手提箱放进观景车厢。在夫人指示他做这做那时，清显始终隔着车窗盯着站台，终于望见绫仓伯爵夫妇和聪子从人群中走来。只见聪子的和服领子外边盖着彩虹色披肩。当她来到越过棚顶而洒进站台的阳光中时,清显看到她毫无表情的面容有如凝固的乳汁般洁白。

清显心中既感到悲伤,又感到无上的幸福。看到聪子在母亲的陪伴下慢慢靠近,一瞬间清显简直觉得正在迎接向自己走来的新娘。这场婚礼的速度无比缓慢,仿佛一点一滴积蓄着的疲惫,让清显既感到痛苦,又感到欣喜。

伯爵夫人走进观景车厢,顾不上为她放置手提箱的佣人,赶忙向清显母亲表示迟到的歉意。后者自然礼貌地予以回应,但眉间还是留着些傲慢的不悦。

聪子用彩虹色的披肩遮住嘴巴,始终躲避在母亲的肩膀后。尽管和清显随便打了几声招呼,但又立刻听侯爵夫人的话,坐在深红色的座椅上面。

清显这才明白聪子为什么会姗姗来迟。一定是因为十一月的阳光宛如药水般清澈而苦涩,离别之际那相对无言的感觉太过煎熬,她只希望能尽量缩短这段时间。在两位夫人谈话时,聪子依旧低着脑袋。清显注视着她,生怕自己的视线太过热切。当然,他巴不得自己的目光能显得热切,只是他害怕聪子那片脆弱的洁白会在炽烈的阳光中灼烧殆尽。清显清楚,在这种场合下,无论力量还是感情,都要表现得极其微妙才行,而自己表现出激情的形式却过于粗暴。清显不禁想对聪子赔礼道歉,他的头脑中第一次产生这种想法。

他对聪子和服下面的每个身体部位都了如指掌。他知道她肌肤的哪个部位会最先因害羞而泛起潮红;哪个部位最有柔顺的曲线美;

哪个部位在颤抖时与因被捕而扑翅的天鹅最为相似。哪个部位诉说喜悦,哪个部位诉说悲哀,这些他都一清二楚。而他所熟悉的一切,似乎都在散发着微弱的光芒,令他隔着和服也能看清她的身体。但此刻清显唯一不了解的,是聪子用和服衣袖轻掩着的小腹当中所萌生的事物。十九岁的清显缺乏对"孩子"的想象力。那似乎是种没有实体的事物,被牢牢包裹在一团昏暗的血肉中。

尽管如此,自己唯一传达到聪子体内的事物,就盘踞在那个名为"孩子"的部分当中。但这一部分马上就将被无情地斩除。两人的肉体又将回归到毫无牵连的状态,而他只能眼睁睁地看着事情发生,而对此毫无办法。不如说这个"孩子"正是清显本人,身上还没有任何力量。当其他人能高高兴兴地在外面游山玩水时,他这个孩子却因挨罚而只能留下看家。这种被抛弃的不安、委屈和寂寞令他浑身颤抖。

聪子将目光上移,呆呆地望着站台那边的车窗。清显深深地感受到:她的双眼已经被内心的投影所彻底占据,已经再也没有能容纳他的余地了。

窗外响起了尖锐的哨子声。聪子倏然站起。在清显眼中,她这一站似乎用尽了浑身的力气,表现出无尽的决绝。伯爵夫人连忙扶住她的胳膊。

"火车要开了,您该下去了。"

聪子的声调听起来高高的,声音里甚至透着一丝轻松。清显和母亲不得不赶忙相互叮嘱一番,说了些"路上小心""在家小心"之类母子间极为平常的话语。能如此流畅地表演这种戏码,连清显自己都感到惊讶。

好不容易与母亲道过别后，又简短地和伯爵夫人道别，最后他像是捎带般的转向聪子，对她说道：

"那就多加保重。"

清显的语气显得轻描淡写。这样一来，他似乎也可以顺势将手轻轻地搭在聪子的肩膀上。可他的双手却像麻痹一般动弹不得，因为此时，他的目光正好与聪子凝望着自己的目光碰个正着。

千真万确，聪子那双绝美的明眸湿润了，但清显一直害怕的泪水，最终并没有流出。泪水被硬生生地憋了回去。她的目光仿佛溺水者在求救般直勾勾地射向清显，但他却不由得感到畏惧。聪子那纤长美丽的睫毛宛如盛开的花苞，一齐向外绽放开来。

聪子用端庄有礼的语气流畅地说：

"清少爷您也多保重……祝您平安喜乐。"

清显仿佛被撵走般急切地下了车。这时，腰佩短剑、身穿带有五颗纽扣的黑色工作服的站长抬手示意，随即传来了列车员再次拉响汽笛的声音。

尽管顾忌站在身边的山田，可清显依旧在心中不断呼唤着聪子的名字。火车轻轻一晃，仿佛脱了线的线卷般缓缓开动。无论是聪子还是两位夫人，最终都没有出现在观景车厢尾部的栏杆处，最终就连那栏杆也迅速远去了。列车带起的煤烟倒卷回站台上，周遭立刻弥漫起呛人的烟雾。明明还是早晨，却已恍若黄昏。

四 十 三

一行人抵达大阪后的第三天早晨，侯爵夫人独自走出旅馆，来到最近的邮局发了一封电报。因为侯爵曾再三嘱咐要她亲自去发。

夫人打生下来还是第一次去邮局，在各方面都显得有些局促。同时她回想起一位刚刚去世不久的公爵夫人，这位夫人觉得金钱是肮脏的事物，因此一辈子都没触摸过。最后，侯爵夫人终于用电报发出了与丈夫事先商量好的暗号：

致意一事已办妥。

夫人终于切实体会到如释重负的感觉，于是立刻返回旅馆，收拾好行李，独自坐上了去大阪的返程火车，伯爵夫人将她送到车站。为了送行，伯爵夫人只能暂时离开聪子身边。

聪子使用假名在森博士的医院里住院。博士建议她静养两到三天。一直有伯爵夫人陪着，聪子的身体恢复得不错，但做完手术后便一言不发，这令夫人十分为难。

之所以要住院，纯粹是为了保险，因此在获得出院许可时，聪子的身体已经康复到能承受不少运动的程度,孕吐也不再发生,按理说身心都应该放松了,可聪子愣是一声不吭。

按照原定计划,母女要去月修寺向主持尼道别致意,并在那儿住上一宿,随后返回东京。十一月十八日过午,两人乘坐樱井线火车,在带解站下车。这一日是个绚丽的小阳春,尽管伯爵夫人依旧在担心一言不发的女儿,但心情也不禁和缓了许多。

为了避免打扰年迈的主持尼,两人没有预先通知到达时间,于是拜托车站的人帮她们雇了两辆人力车,可车子迟迟未到。在等待的时候,夫人见什么都觉得稀罕,便将女儿留在一等候车室里,任她在那儿陷入沉思,自己则在空无一人的车站附近踱步。

很快,她看到一块告示牌,上面的文字是用来介绍附近的寺庙——带解寺的。

> 日本最古老的安产求子祈愿圣地。
> 文德[①]、清和[②]两位天皇及染殿皇后[③]敕愿之所。
> 带解子安地藏,子安山带解寺。

夫人首先想到的是绝不能让聪子见到这些文字。等人力车来时,得让他们拉到停车场最里边,再让聪子上车,免得她看到这块告示牌。这片风景笼罩在十一月和煦的阳光里,但位于正中的这块告示牌

[①] 日本第五十五代天皇。
[②] 日本第五十六代天皇。
[③] 文德天皇的皇后。

在夫人眼里，不啻于猝不及防地掺入其中的一滴鲜血。

带解站白墙瓦顶，侧面有一口井，对面则是座旧宅邸，院里有着一座高大气派的泥灰墙仓库，外面圈着瓦顶板芯围墙。仓库外墙的白色与围墙的白色映照在明亮的阳光下，幽静的氛围仿佛令人融入一片幻境。

路上的霜已经融化，在阳光的照射下呈现出一片灰色，走起来有些困难。铁道沿线的枯树愈往前便愈高，延伸向一座小小的天桥。桥边有些黄莹莹的物事，十分漂亮。伯爵夫人被勾起了兴趣，便撩起下摆，登上坡道。

原来那是些盆栽小菊，在桥头浅绿色的柳树下随意摆放着好几盆。说是天桥，但不过是座状似马鞍的小木桥。木制的栏杆上晒着格子花纹的棉被。棉被吸足了日光，变得格外蓬松，眼看着要蠕动起来一般。

天桥附近有几栋民宅，有人把尿布挂出来晒，也有人把洗过的红布搭在张布架上晾晒。一串串柿饼挂在屋檐下，依旧保持着落日余晖般的润泽。四下里没一个人影。

伯爵夫人望见道路尽头有两辆人力车的黑色车篷向这边缓缓靠近，赶忙跑回车站招呼聪子。

阳光过于明媚，因此两辆人力车都摘掉了车篷。车子穿过有着两三家客栈的小镇，在田间小道上跑了一阵，毫不停歇地向着对面的群山进发。月修寺就坐落在一处山谷之中。

尽管道旁的柿树上只剩下两三片叶子，却仍硕果累累。每一片田地里都布满了迷宫似的稻架。夫人坐在前面的车上,时不时回头望望身后的女儿。看着聪子将叠起的披肩放在膝盖上,扭头张望四周的景色,稍稍感到放心。

走上山路后,人力车的速度变得比正常行路还要慢些。两位车夫都是老人,能明显看出他们脚下有些不稳。但夫人觉得反正没有什么急事,又可欣赏周边美景,这样倒也不赖。

月修寺的石门柱离两人越来越近,门内是一条缓缓的上坡道。透过一片芒草穗,能望见浅蓝色的天空。远远望去,除了一片起伏的矮山,便没有其他景色了。

车夫们终于停下车来,一边擦汗一边交谈。夫人用盖过他们的声音对女儿说道:

"从这儿到寺庙,一路上的景色好好记着些吧。我们想来随时都能再来,但以你今后的身份就不方便随意远行了。"

聪子只是轻轻点了点头,用无精打采的笑容当作回答。

车子再次走了起来,因为是上坡,速度比刚才还要缓慢。但进门后,道旁的树木立刻茂盛起来,日头便不再晒得人大汗淋漓了。

刚刚人力车停下时,夫人听到一阵白昼间的唧唧虫鸣,如今那声音依旧在她耳边回荡。但过了不久,夫人又发现道路左侧柿树上挂着的柿子愈发丰硕,她的视线被那鲜艳的色泽吸引了过去。

柿子在阳光的照射下显得光润可爱。一根小枝上结了一对柿子,其中一只的影子遮在另一只上。其中一棵柿树,所有枝条上都密密麻麻地结满了鲜红的果实。柿子的果实与花朵不同,除了残留在树枝上的枯叶以外,都丝毫不会被风吹动。因此无数抛洒在空中的柿子,就像被图钉牢牢地钉在原处那样，纹丝不动地嵌在碧蓝如洗的空中。

"怎么看不见红叶呢？"

夫人像一只反舌鸟似的向着后面的车子高声喊道，但聪子没有回话。

别说红叶，路边甚至连发红的野草都看不到几根，西边的萝卜地和东边的竹林里甚至还是一片惹眼的青葱。萝卜地里的绿叶茂密繁盛，阳光照射过来，留下斑驳、重叠的影子。过了一会儿，一排茶篱出现在西边，隔着一片沼泽。越过缠绕着结有殷红果实的南五味子的茶篱，能够望见另一边的泥淖。过了这里，道路立刻昏暗下来，原来是车子进入了一排老杉树的树荫之中。原本灿烂的阳光如今只能零星地洒在低矮的竹丛上，其中唯有一根竹子格外挺拔，反射着耀眼的光辉。

忽然一阵寒气袭来，夫人已经不再指望聪子能够回话。她披上自己的披肩，并向后面的车子示意。当她再次扭过头时，彩虹色的披肩在她眼角闪过。看来聪子虽然一声不吭，却依旧会听从母亲的话。

当人力车穿过两根黑漆门柱之间时，道路两旁皇家寺院的气氛才终于浓厚起来。夫人来到这里后第一次看见红叶，不禁赞叹起来。

尽管黑漆院门后面这几棵染红的枫树算不上色彩艳丽，但这片凝聚在深山老林之中的黑红色，却令夫人联想到一种无法彻底净化的罪孽。她心里忽然感到一阵不安，像被锥子扎了一下似的。她想到了自己身后的聪子。

红枫背后那些纤细的松树与杉树还不足以遮天蔽日。红叶被穿过枝叶间的宽敞缝隙的阳光一照，好似漫天朝霞萦绕在四处延伸的枝杈

四十三 | 323

间。在树枝下抬起头来,纤细而黑红的枫叶一片连着一片,仿佛隔着胭脂色的花边仰望天空似的。

伯爵夫人和聪子在平唐门前下车。门内铺着路石,从这儿能望见尽头的门厅。

四 十 四

无论夫人还是聪子，上次见到主持尼还是她去年进京的时候，中间隔了整整一年。两人先在一间十叠大小的房间里休息，寺里的一老①表示，主持尼对她们此次来访感到十分高兴。就在这时，主持尼被二老搀扶着，出现在二人面前。

伯爵夫人先讲了聪子将要出嫁的事。

"真是贺喜。下次再来就得住正房寝殿啦。"

主持尼说道。寺内的寝殿是用来招待皇室成员的。

到了这里，聪子没法再保持缄默。她用简短的语句做着应答，但这副愁容看上去也像是一种羞涩。主持尼为人谦和温顺，对此未露讶异之色。当伯爵夫人夸赞起摆在中庭的那几盆漂亮的菊花时，主持尼说道：

"村里有位种菊人，每年都会捧来几盆，还要絮絮叨叨地讲上一番。"

说罢，她让一老将种菊人的话复述给夫人和聪子听，例如哪是单

---

① 寺庙里除主持外地位最高之人。

株盆栽单瓣大红菊、哪是单株盆栽管状黄菊等。

不一会儿，主持尼亲自陪二人来到书院，她说：

"今年红叶上来得晚。"

说着，她让一老打开拉门，请二人欣赏庭院中染上枯黄色的草坪和美丽的假山。几棵高大的枫树，都是顶上泛红，枝叶愈往下颜色愈淡，分别呈杏黄、浅黄、嫩绿色。顶端的树叶红中透黑，仿佛凝结的血痂。山茶花初开，在庭院一角，百日红光滑而扭曲的枯枝反射着阳光，反而显得艳丽。

接着众人又返回十叠间，主持尼与夫人天南海北地聊着。这个季节日头较短，没过多久天就黑了。

为了欢迎二人，晚餐格外丰盛，寺里还特地准备了表示庆祝的红豆饭。一老和二老都盛情款待她们，但席间的气氛始终不够欢快。

主持尼说："今晚皇宫会举行焚火典礼。"

一老曾在宫中任职，因此还记得举行仪式时的情景。宫人会摆好一个烧得旺旺的火钵，由女官们围着火钵集体念诵咒文。说罢，她还为众人演示了一番。

那个古老的仪式在十一月十八日举行，宫人在天皇面前把火钵里的火烧得旺旺的，火舌几乎快燎着天花板。女官们身穿洁白的和式礼服，嘴里面不断诵祷着：

"烧啊，烧啊，熊熊地烧啊。神灵啊，熊熊地烧啊。神灵要蜜柑，要馒头……"

接着她们将事先投入火中、此时已经烧得差不多的蜜柑和馒头献给天皇。

对这种带着神秘氛围的宫中祭祀进行模仿，其实是有些不敬的，但想到一老是为了活跃席间气氛，主持尼便没有责怪。

月修寺的作息时间关门很早，五点钟寺门就已关闭。晚餐用完没多久，大家就各回寝室休息去了。寺里的人将绫仓母女带到客殿安歇。两人打算悠闲地逗留至明天下午，随后乘坐夜车返回东京。

只剩下母女二人后，夫人本想提醒聪子，说她今天一整天都郁郁不乐，显得不太礼貌。但考虑到聪子来到大阪后的心情，便忍住没有多说，而是默默钻进床铺。

月修寺客殿中的拉门在一片黑暗中白得无比庄严肃穆，十一月夜晚的寒气，似乎令白纸的每一根纤维都渗进了白霜。就连拉手旁边用剪纸装饰的十六瓣菊花和祥云图案都因此而变得洁白，并清晰地浮现出来。房间上头的昏暗处，柱子上的每个要紧部位都被遮住钉帽的挡片牢牢绷紧，挡片上装饰着六朵菊花包围的桔梗。在这个无风的夜晚固然听不见松涛摇曳的声音，却能令人深深感受到屋外便是寂暗的深山老林。

夫人觉得无论自己还是聪子，终于都完成了一件苦差。平安无事的日子将会慢慢到来，总算可以歇口气了。尽管她感觉到身旁的女儿辗转反侧，却依然不出一会儿就沉沉地睡着了。

一觉醒来，夫人突然发现女儿不在身边。黎明前的一片昏暗之中，她在床铺上摸到了女儿叠得整整齐齐的睡衣。她心头一慌，又安慰自己女儿可能只是去解个手，便等待了一会儿。在此期间，夫人的胸口突然感到一种麻木般的凉意。去厕所看了看，发现聪子并不在那儿。其他人似乎还未醒来，天空隐约呈现出一片暗蓝。

此时，远处的厨房传来响声，夫人连忙走去。早起的佣人看见夫人，立刻跪了下来。

"你见过聪子吗？"

夫人问道。可佣人吓得浑身哆嗦，一个劲儿地摇头，不肯为夫人带路。

夫人急得在寺内的走廊上乱走，刚巧遇到起床的二老，便对她说明了情况。二老吃了一惊，连忙带着夫人去寻找。

走廊的尽头是寺院正殿，离得老远就能看到里面摇曳着烛光。按理说，没有人会这么早到那儿去诵经。只见殿里点着两支花车模样的蜡烛，聪子正坐在佛像面前。夫人感到完全认不出女儿的背影，因为她已经削去了自己的一头秀发，并将头发供奉在经案上。她手里捏着念珠，专心致志地诵祷着。

见女儿还活着，夫人放下心来。她这才发现，就在这一瞬之前，她的潜意识里还坚信着女儿已经不在人世。

"孩子，你削发了？"

夫人搂住了女儿的身子。

"妈妈，我也是无可奈何。"

聪子这才望向自己的母亲。她的眸子里映着小小的烛焰，眼白处却投射着拂晓的曙光。夫人从未见过女儿的眼睛放射出如此可惧的曙光。挂在聪子指头上的水晶念珠里也都汇聚着同样的白光。可以说这一颗颗意志盛极而衰的冷冽佛珠，都一同向外渗透着曙光。

二老忙将事情的原委告知一老。当二老结束使命并告退后，一老陪着绫仓母女来到主持尼的卧室门前，在拉门外开口问道：

"主持，您起床了吗？"

"起来了。"

"容我们打扰了。"

打开拉门后，她们发现主持尼已经端坐在褥子上。

"有件事得向您禀报，聪子她，方才在正殿里，自己削了发……"

主持尼望着拉门外相貌变得截然不同的聪子，全无惊愕之色。

"果然是这样，我早已猜到几分了。"

稍过一会儿，主持尼若有所思般的表示，这其中肯定大有缘由，请包括伯爵夫人在内的其他人先行退避，让聪子独自留下，以便与她推心置腹地交谈一番。于是夫人与一老退下了，只有聪子还留在房间里。

主持尼与聪子谈话期间，一老负责陪着伯爵夫人，但夫人对早餐一口未动。一老察觉到夫人心烦意乱，想帮她排解烦闷，却又不知谈什么好。过了许久，主持尼叫夫人过去。夫人在那里当着女儿的面，听主持尼讲了一番令人难以置信的话语。她说聪子避世之意已决，月修寺打算将聪子作为弟子收归门下。

方才夫人一直在苦苦思索，想尽了各种补救措施。聪子无疑是下定了决心，但哪怕要花费几个月到半年时间等头发再长出来，只要能阻止她剃度，就可以用途中染疾为理由搪塞几个月。先拜托对方将纳彩仪式也往后延一延，再请侯爵和伯爵加以说服，说不定就能让聪子回心转意。听了主持尼的一番话后，夫人心里的想法不但没有打消，反而更加强烈。一般来说，想要成为寺院弟子，需得修行一年，然后在得度式①上完成剃度。无论如何,一切还是要看聪子头发的长势才行。若是聪子能够早日回心转意……夫人心头冒出一个奇妙的想法:要是处理得当,甚至可以用一顶精美的假发将纳彩仪式这关应付过去。

夫人当即敲定主意:不如先将聪子留在寺里,自己尽快赶回东京寻求对策。于是她对主持尼请示道:

"话是这么说,但毕竟是在旅途之中,事出突然,此事又与王府有关,请允许我即刻返回东京,与外子商量之后再做决定,不知您意下如何?这段时间里,聪子就承蒙您照顾了。"

听着母亲这番话,聪子甚至连眉梢都没挑一下。至于夫人,她已经不太敢和自己的亲生女儿说话了。

---

① 尼僧剃度的仪式。"得度"为佛教用语,指得以渡过生死之海而进入涅槃境界。

四 十 五

夫人赶回东京，将如此重大的变故告知绫仓伯爵。而伯爵却毫无作为，以至于事情整整拖了一周，这令松枝侯爵大为恼火。

松枝家还以为聪子已经返回，便早早向王府禀报了聪子返京一事。这的确是侯爵不该犯下的疏失。他听到妻子返回后的汇报，得知一切顺利完成，便过于乐观地估计了事态的后续发展。

而绫仓伯爵早已放弃了思考。他觉得相信这种必败之局不是高雅之士应有的趣味，因此始终不肯相信。与其直面败局，他宁可闭目塞听。即便眼睁睁地看着缓坡向着未来逐渐下滑，他也坚持认为皮球的下落是种常态，无须大惊小怪。无论愤怒还是悲哀之情，都与某种冲动相同，乃因缺乏优雅所犯下的过错。而伯爵绝不会缺乏这种优雅。

只要不停地拖延下去就好。享受像蜜糖般点滴落下的微妙时光，不比接受一切决断中潜藏的粗鄙要强上百倍？哪怕是惊天动地的大事，只要放任不管，就会从中诞生出利害关系，继而就会有人站在自己这边。这便是伯爵的处世之道。

在拥有这种性格的丈夫身边，夫人在月修寺感到的不安也日益淡薄。所幸的是，蓼科如今不在家中，因此她也不会轻举妄动，搞出什么乱子。受伯爵关照,蓼科病愈后去了汤河原,在那儿进行温泉疗养。

一周后,侯爵打听此事,伯爵终于无法继续隐瞒下去。他在电话里告诉松枝侯爵,聪子其实并未回家。侯爵顿时目瞪口呆,此刻在他心中,一切不祥的预感都纷至沓来。

侯爵立即与夫人一同拜访了绫仓家。起初伯爵还用模棱两可的语言搪塞,等得知真相后,松枝侯爵怒火中烧,一拳砸在桌子上。

绫仓家只有一处西式房间,还是由十叠大小的和式房间改造而成的,显得极其粗糙。这两对夫妇相处多年,如今终于在这间房里撕破了脸。

虽说如此,两位夫人还是彼此别过脸去,只是偷偷地望着自己的丈夫。两个大男人相对而坐,但伯爵始终低垂着脑袋,放在桌布上的手像女儿节人偶的手那样白皙瘦小。尽管侯爵内心缺乏坚实的精神力量,但他发火时横眉竖目,脸庞通红,直如凶神恶煞一般。在夫人们看来,伯爵是没有丝毫胜算的。

其实就连一开始骂骂咧咧的侯爵,骂着骂着也感觉自己得势不饶人的样子显得不太光彩,毕竟眼前这位对手已经懦弱无能到了极点。只见他面如土色,仿佛用泛黄的象牙雕成的略有棱角的面庞上,浮现出分不清是酸楚还是为难的表情,嘴里始终一声不吭。在伯爵那双动不动就将视线下垂的眼睛上,双眼皮深深地凹了进去,使他的眼窝显得更加深陷、寂寥。如今在侯爵看来,这简直是双娘们儿的眼睛。

伯爵倦怠而无可奈何地斜靠在椅子上。侯爵清楚地看出,如今在伯爵的血统内已经再也无法找到那种古老而纤弱的优雅。就像一具羽毛洁白的鸟尸被彻底弄脏。或许它生前的叫声是动听的，但肉味却绝不会好，总之是不堪食用的。

"真是既可悲又可耻！我无颜面对圣上，无颜面对国家！"

盛怒之下的侯爵胡乱地堆砌着夸张的字眼，但他也察觉到自己那根掌控怒气的弦已经濒临崩断的边缘。他知道无论怎样，伯爵都决不会做出任何理论，也不会采取任何行动，因此对他发火也只是徒劳。不只如此，侯爵还渐渐发现他越是发火，这股怒火反而越会烧回自己身上。

当然，侯爵并不认为这是伯爵的企图。但他这样无所作为下去，无论事态迎来怎样悲惨的结局，他都会坚守着把一切罪责推脱到别人身上的立场。这一点是无可改变的。

话说回来，原本将儿子托付给伯爵接受优雅教育的正是侯爵本人；此次事件的祸端也无疑正是清显的肉体。清显的精神固然自幼遭到了绫仓家族的毒害，但归根结底，导致清显被毒害的罪魁祸首正是侯爵本人；至于在紧要关头没能预见事情的后果，硬是将聪子送往关西的，依旧是侯爵本人……这样一来，侯爵的满腔怒火想不烧回自己身上也难。

最终侯爵焦躁不安，筋疲力尽地不做声响了。

房间里的四人沉默许久，仿佛在进行什么苦修。后院里传来白日鸡鸣。窗外，初冬的寒风吹拂着松树，松针敏感地反射出忽强忽弱的光辉。可能是察觉到会客室里的异样气氛，整座宅子里鸦雀无声。

绫仓夫人终于开口说道：

"都怪我一时疏忽，才导致发生这种事，真是不知该如何向松枝侯爵表示歉意。但事已至此，我想还是劝聪子早日回心转意，让纳彩仪式如期举行才好。"

"那头发怎么办？"

松枝侯爵立即反问。

"这件事嘛，我想可以加急定做一顶精美的假发，来瞒过外人的眼睛……"

"对呀，假发！这点倒是没想到呢！"

没等绫仓夫人说完，侯爵便扯着嗓门高兴地喊起来。

"可不是嘛！还真是没想到！"

侯爵夫人马上附和着自己的丈夫。

于是这几个人立即乘着侯爵的兴头，七嘴八舌地讨论起假发的事来，会客室里今天第一次响起了欢声笑语。这个绝妙的主意就像抛到四人中的小小肉片，使他们瞬间争得不可开交。

然而这四个人对此的相信程度有所不同，至少绫仓伯爵就丝毫不相信假发会起任何作用。松枝侯爵或许同样不信，但他却能保持威严，装出一副相信的样子。因此伯爵也只好赶紧有样学样。

"就算多少有些怀疑，治典王殿下总不至于去摸聪子的头发吧。"

伯爵用笑声掩盖住不自然的话语声。

一时间四人围绕着这种虚伪，居然其乐融融地友好相处起来。他们这才明白：在此类场合下，最需要的就是这种形式的虚伪。谁也没把聪子的心情放在心上，唯有她的一头秀发才关乎着国家大事。

松枝侯爵的父亲用令人敬畏的力量和满腔热情，为明治政府的建立做出了巨大的贡献。可如今侯爵家的名誉居然全部系于一介女子的假发之上，若他泉下有知，必会感到心灰意懒。这种微妙而阴暗的把戏并非松枝家的家传之技，倒不如说这反而是绫仓家的祖传绝活。只因被绫仓家那虚假的、已然死去的优雅与美丽所吸引，如今松枝家居然被迫沦落到与绫仓家共度窘境的地步。

尽管如此，那顶仍未存在于此的假发尚与聪子的意志无关，只是一顶梦幻中的假发。但如果能将这片名为假发的碎片成功地嵌入散落的拼图中，就能使其变得严丝合缝，精巧玲珑。侯爵认为一切问题都关乎这顶假发，便疯狂热衷于此。

大伙忘乎所以地谈论着这顶并不存在的假发。例如，纳彩仪式时需要的是垂髻式假发；平时需要的是束发式假发。因为难以避人视线，因此连入浴时也不能摘掉。

四人在心里各自描绘着这顶他们擅自替聪子决定要佩戴的假发。它比真正的头发还要光洁顺滑，宛如凉干的果实般乌黑亮丽。它是被迫授予的王权。漆黑发髻的形状飘浮在半空，放射着璀璨的光芒，仿佛夜之精髓飘浮在白昼的光芒中……假发下面还应该嵌入一张美丽而悲戚的面孔，但这件事相当困难。四个人当中想必有人想到了这件事，却又尽量不去考虑。

"这次就劳驾伯爵亲自前往，用明确的态度说服聪子回心转意。也劳驾夫人再去一趟，我会让内子一同前往。原本我也是非去不可的，不过……"侯爵顾及自己的面子，于是又说，"要是连我也一块过去，外人肯定会以为发生了什么大事，所以我就算了。这次的旅行不能走漏一点风声。内子不在东京期间，对外就宣称她身体抱恙。我还得暗地里在东京寻找一位手艺高超、能制作精美假发的匠人。要是报社记者打探到风声可就不得了了，所以这事儿就包在我身上。"

四十六

见母亲收拾行装又要出门,清显吃了一惊。但母亲既没说要去哪儿,也没说要做什么,只是禁止他对任何人提起此事。清显感到聪子身上发生了什么非同寻常的事,但山田始终在身边监视着,令他束手无策。

绫仓夫妇与松枝夫人赶到月修寺时,却遇到了令人惊愕的事态——聪子已经剃度出家。

聪子之所以仓促落发,是出于如下经过:
一天早晨,聪子向主持尼讲述了发生在自己身上的事。主持尼立刻明白,聪子已经只有削发为尼一条路可走了。依照传统,本寺向来由皇室成员担任主持。因此对主持尼来说,维护天皇尊严乃头等大事。尽管这种做法一时有违天皇圣意,但也只有这样,才能够维护皇室的尊严。于是便决定破例将聪子收归门下。

既然得知有人企图欺瞒圣上,主持尼便不能置之不理;既然清楚有人要掩饰不忠之举,主持尼便不能视而不见。

就这样,平日里谦谦温和的主持尼,如今却下定了不屈的决心。

哪怕要与世间一切为敌，或违背圣上的旨意，也要默默守护天皇的神圣。

聪子将主持尼下定决心的样子看在眼里，再次立誓斩断尘缘。她对此事已经考虑良久，但没想到主持尼能立刻满足这一心愿。聪子与佛有缘，主持尼也以一双慧眼识出她坚定的意志。

得度式原本需要修行一年之后才能举行，但事已至此，主持尼与聪子都希望能提前完成剃度。尽管如此，主持尼原本也没打算在绫仓夫人赶回寺里之前完成。按主持尼的想法，至少想让清显对聪子余下的青丝进行一番惜别。

可聪子却急不可待，每天都像缠着大人要糖果的孩童一般求主持尼为她剃度。主持尼拗不过她，便向她确认道：

"一旦剃度，就再也不能与清显见面了，你能接受吗？"

"我能接受。"

"要是你下定决心这辈子再也不与他见面，我就为你剃度，到时候可就没法后悔了。"

"我不后悔，我这辈子再也不会见他。我和他已经彻底分别了，所以请您……"

聪子的声音显得清澈而决绝。

"真的可以是吗？那就在明早为你剃度吧。"

主持尼多给了她一天时间用来考虑。

绫仓夫人依旧没有返回。

这期间，聪子已经自行过起了寺院的修行生活。

法相宗原本就是偏向教学启迪的宗派，与"修行"相比更注重

"修习"。性质倾向于为国家祈愿，因此不受施主供养。主持尼偶尔会用玩笑的语气表示："法相宗从不需要'感谢'什么。"因此在只顾祈求弥陀本愿①的净土宗兴起之前，并不存在什么"感激"的随喜之泪。

此外，大乘佛教原也没什么正儿八经的戒律，只是寺里借用了小乘佛教的规矩。这座尼寺遵守的是《梵网经》②的菩萨戒，即从杀生戒、盗戒、淫戒、妄语戒起，直到破法戒为止的四十八戒。

与戒律相比，反倒是修行更加困难。这几天里，聪子早早地背熟了法相宗的根本法典——《唯识十三颂》与《般若心经》。她总是早早起床，在主持尼诵经之前将正殿打扫干净，继而跟随主持尼研习经文。她已经不再把自己当作寺里的客人，而受主持尼之托进行指导的一老，也像变了个人似的严厉起来。

举行得度式的那天清早，聪子净身后，披上了墨色的袈裟，在正殿手持佛珠，双掌合十。主持尼用剃刀为她剃下第一缕青丝，一老用熟练的手法继续剃了下去。主持尼口中吟诵着《般若心经》，二老随即应和道：

观自在菩萨。

行深般若波罗蜜多时。

照见五蕴皆空。

---

① 指阿弥陀佛所立之誓愿。阿弥陀佛在往昔为法藏比丘时，立下誓愿救度一切众生，待成就是愿，方得成佛。
② 佛教大乘戒律经典，全称《梵网经卢舍那佛说菩萨心地戒品第十》。

度一切苦厄……

聪子亦紧闭双目，随声应和。她感到肉体这一浮舟渐渐卸去了重荷，拔起了船锚，乘上声声诵读的波浪，开始向着远方漂浮。

聪子始终闭着双眼。清晨的正殿有如冰库般寒冷，她感到尽管精神拔锚起航，身体周遭却布满了清冷的寒冰。庭院里忽然传来一声反舌鸟尖锐的啼叫，她身边的寒冰也如遭遇雷击般出现道道裂纹，但随即又恢复如初，变得光洁无瑕。

剃刀在聪子头上细致地削着，有时像小动物用锐利而细小的门牙不断地啃咬，有时又像草食动物用素朴的臼齿悠闲地咀嚼。

随着青丝一束束掉落，聪子感到头上渗入了一种清澈的冰冷，这是她有生以来初次体会到的感觉。那头既闷热又充满忧郁的烦恼丝始终隔绝着宇宙和自己，但随着头发纷纷落下，她觉得在头顶周围展开了一个从未有人触碰过的，新鲜、冰冷而清净的世界。越来越多的头皮裸露在空气中，也有越来越多的部位感受到刺骨的寒冷，仿佛涂了一层薄荷油。

聪子觉得头顶的寒气仿佛月亮这种沉寂天体的肌肤，并与宇宙的浩气密切接触。满头青丝有如尘世本身渐渐崩落，随即无限地离她远去。

对某种事物而言，头发是一种收获。饱含着夏日光辉的闷热的青丝，如今被剔除在身体之外。但那收获是种徒劳，因为当光亮、顺滑的青丝离开身体的一刹那，就成了头发丑陋的残骸。曾经属于她的肉体，与她内在美丽相关联的事物已经被一丝不剩地舍弃在体外。就像手足脱离人体那样，聪子的尘世也被剥离开来……

望着聪子剃度后泛青的头皮，主持尼怜悯地说：

"出家之后的日子才是最重要的。你的决心令我佩服，今后若能静心修行，一定能成为出类拔萃的僧尼。"

——以上便是聪子匆忙剃度的经过。见她已经做了尼姑，绫仓夫妇与松枝夫人都大为惊愕，但也仍未死心，因为还有靠假发挽回事态的余地。

四 十 七

来访的三个人中，只有绫仓伯爵始终和颜悦色，若无其事地与聪子和主持尼拉扯家常，丝毫听不出要催促聪子回心转意的意思。

松枝侯爵每天都发来催问结果的电报，最终绫仓夫人只得向聪子哭求，然而无济于事。

第三天，绫仓夫人与松枝夫人将伯爵独自留下，返回东京去了。伯爵夫人心力交瘁，一回到家就病倒了。

伯爵无所事事地在寺内待了一周，他害怕回到东京去。

劝聪子还俗的话，他一句都没说，主持尼也因此放下警戒，甚至给了聪子与伯爵独处的时间。但一老依然暗地里监视着这对父女。

廊檐边缘洒满了冬日的阳光，父女二人无言对坐于此。隔着枯枝的缝隙，能够望见蔚蓝的天空与淡薄的云影。一只鹡鸰鸟飞到百日红的枝头，发出"嘎嘎"的叫声。

两人沉默良久，最后伯爵露出讨好似的笑容说道：

"你这么一做，爸爸今后就没什么面目见人啦。"

"请您原谅我吧。"

聪子用平静而不带任何感情的语气说道。

"各种小鸟都会飞到院里来呢。"

"是的，各种小鸟都会飞来。"

"今早我外出散步，看见柿子都被小鸟啄了。熟透的就掉到地上，也没人捡。"

"是这样的。"

"快要下雪了吧。"

伯爵说了这句话，却没有得到回答。父女俩就这样望着庭院，一言不发。

第二天早晨，伯爵终于离开了寺院。看着一无所获返回东京的伯爵，松枝侯爵连气都生不起来了。

这天已经是十二月四日，离纳彩仪式举行的日子只剩一周。侯爵暗地里将警视总监叫到家里，企图动用警力夺回聪子。

警视总监对奈良警察下达了绝密指令，但那边的警察担心闯入皇家寺院，会与宫内省发生摩擦。尽管每年只有一千日元的拨款，但毕竟是受国库恩赐，警方对这里秋毫不敢有犯。警视总监只得身穿便服，亲自带领心腹手下来到关西，对月修寺进行拜访。主持尼看了经一老之手转递过来的名片后，连眉毛也没挑一下。

寺里端茶招待客人。警视总监与主持尼谈了一个小时左右，最终慑服于主持尼的凛然之威，只得悻悻退去。

松枝侯爵用尽一切手段，最终还是无计可施。他领悟到自己已经只有向王府退婚这一条路可走。王府也多次派总管到绫仓家沟通事宜，可绫仓家莫名其妙的态度令人颇为头疼。

松枝侯爵将绫仓伯爵叫到家里，陈说利害，面授机宜。他打算找名医开上一张"重度神经衰弱"的诊断书送到王府，让王府与松枝、绫仓两家人共同为此事保密。并通过分享秘密所产生的信赖感，来平息洞院宫家的怒气。接着故弄玄虚，在社会上传出王府无缘无故突然解除婚约，聪子看破红尘、厌世出家的风声。使用这种颠倒因果的方法，一方面，王府虽然承担些骂名，但能保持面子与威严；另一方面，绫仓家虽然不太光彩，但多少能博得一些同情。

但这事不能做过头，否则绫仓家得到社会上太多的同情，洞院宫家就会平白无故遭受世人的指责，届时只能被迫澄清真相，曝光医生的诊断书。最重要的是不能对报社记者说明王府解除婚约和聪子出家为尼之间的因果关系，只需将这两件事一并说出，并颠倒其先后顺序即可。尽管如此，记者应该仍会刨根问底地吵个没完，这时只要假装勉为其难地透露些许因果关系，再请他们笔下留情，多多关照一下就好。

商量完毕以后，侯爵立刻给小津脑科医院的小津博士打了一通电话，请他火速前往松枝府上看诊，而且要绝对保密。突然接到松枝侯爵这种显贵的委托，小津脑科医院确实严守了秘密。侯爵留住伯爵，让他和自己一同等候小津博士，但博士迟迟未到。侯爵难以掩饰内心的焦急，偏偏这时又没法派车去接，只得干等下去。

博士赶到后，侯爵将他请到洋馆二楼的小会客室。壁炉里的柴火烧得十分旺盛，侯爵做过自我介绍，又介绍了绫仓伯爵，随后为小津博士递上一支雪茄。

"请问患者在哪儿？"

小津博士问道。

"老实说,患者不在这里。"

侯爵答道。

当听说要自己为一个甚至没见过的患者开具诊断书时,小津博士顿时变了脸色。比这件事更令博士恼怒的是,看眼神,侯爵明显认为他会答应这个要求。

"为什么提出这种无礼的要求?难不成你以为我是那种见钱眼开的缺德医师?"

博士问道。

"我们绝没这样想过。"侯爵取下嘴里叼着的雪茄,在房间里踱来踱去。他远远地望着博士在壁炉火焰映照下颤抖的面庞,用深沉而镇定的口吻说道:"为了让陛下放心,必须献上一份这样的诊断书。"

诊断书一到手,侯爵立刻打听出洞院宫殿下方便的时候,并于深夜来到王府拜访。

幸好治典王殿下因联队演习不在家中,而且特地事先说明想与治久王殿下单独会见,因此妃殿下也没有露面。

洞院宫殿下打开一瓶贵腐白葡萄酒[①]招待侯爵,随即津津有味地谈起今年在松枝府上赏樱的乐趣。两人已经好久没有像这样促膝交谈了,侯爵也首先谈起了一九〇〇年奥运会那时在巴黎的往事,提到"带香槟酒喷泉的那家店"和在那里发生的种种趣闻逸事,仿佛这个

---

① 原文Château d'Yquem,是一种产于法国波尔多地区的高级葡萄酒,因利用附着于葡萄皮上的一种被称为"贵腐霉"的霉菌酿制而成,故名。

世界上已经没有任何烦恼。

但侯爵清楚,别看殿下威风凛凛、谈笑自若,心里却充满忐忑与畏惧,等待着自己的话语。殿下绝口不提几天后将要举行的纳彩仪式,他花白的美髯沐浴在灯光里,仿佛日光照耀下的疏林,嘴角上不时闪过疑惑的影子。

"半夜三更的过来打扰您……"侯爵刻意用一种轻佻的语气进入了正题。这种语气像只悠闲的小鸟,一阵上下翻飞之后,轻盈迅捷地闪进了巢箱。"有个坏消息真是不知如何向您说明,其实绫仓家的女儿患有脑病。"

"啊?"

洞院宫殿下吃惊得瞪大了双眼。

"绫仓这个人也是,居然始终隐瞒此事,为了保全名声,甚至都没和我商量一下,直接把聪子送去寺庙当了尼姑。直到今天他还不敢向殿下您说明内情。"

"都这种时候了,这算什么事儿呀!"

殿下死死地咬着嘴唇,嘴边的胡须也随之起伏。他紧紧地盯着伸向壁炉的靴尖。

"这是小津博士开具的诊断书,日期是在一个月前,绫仓居然连我也瞒着。这事儿都要怪我疏忽大意,真不知该如何向您谢罪才好……"

"既然有病那也没辙,可为什么不早说呢?去关西旅行原来是为了这事儿啊。这么说来,她来这边辞行时脸色的确不太对劲,内子当时还担心来着。"

"因为这个脑病,从今年九月起,她就一直做出种种怪异的举动。这我也是刚听说的。"

"既然是这样,那就没办法了。明儿个一早我立刻进宫,在圣上面前请罪,真不知陛下会作何表示。到时免不了要将诊断书给陛下过目,这个还请借我一用。"

洞院宫殿下说道。

殿下在说话时展现出崇高的风度,对治典王殿下只字未提。在这期间,侯爵则屏息凝神地观察着殿下神色的变化。只见一股暗涛摇晃着要冲撞上来,随即陷落回去,眼看就要平静下来,却再次往上一涌。几分钟后,侯爵终于感到可以放下心了。最可怕的那一瞬间已经过去。

当晚侯爵留在王府商讨善后事宜,直至深夜方才离开。妃殿下也参与了讨论。

第二天清晨,洞院宫殿下正要进宫,正巧遇到治典王演习归来。洞院宫殿下将治典王带进一间房内,向他挑明了一切。治典王年轻而英武的脸上没有出现丝毫慌乱,只说了句"一切听从父王安排",非但没有怨愤,更无一丝恼怒。

彻夜的演习令治典王身体疲惫,刚刚送走父王,他便匆匆回到卧室。然而妃殿下知道他定然无法入睡,便来到房间探望。

"这件事是昨晚松枝侯爵前来告知的吧?"

治典王勉强睁着因熬夜而布满血丝的双眼,开口向母亲问道。

"是啊。"

"不知为何,我想起一件很久以前的事。这件事发生在宫中,当时我还是少尉,先前我也与您提起过此事。有一次我进宫,刚巧在走廊里遇见山县元帅①。我无法忘记,那是在表御座所②的走廊里。元帅应该是拜谒过圣上后刚刚退下。他一如既往地穿着日常军服,外面披着宽领外套,军帽帽檐压得低低的,双手十分随意地插在口袋里,挎在腰间的军刀几乎要拖到地上,从幽暗的长廊深处向我走来。我立刻闪在一旁为元帅让路,并向他立正敬礼。元帅则用帽檐下丝毫不带笑意的锐利眼神瞥了我一眼。元帅不可能不知道我的身份,但他还是不悦地别过脸去,也不还礼,傲慢地耸着肩膀,沿着走廊径直远去。"

"不知为何,刚刚我想起了这件事。"

报纸上刊登了《洞院宫家因故解除婚约》,以及世人翘首期盼着要热烈庆贺的纳彩仪式就此终止的消息。家里的大事小情都瞒着清显,他是在看过报纸后才得知这件事的。

---

① 指山县有朋,日本军事家、政治家。1909年伊藤博文死后成为日本最有权势的元老,在日本军队和政府中势力庞大,是日本"陆军之父",开启了长州藩军人控制陆军的时代。
② 天皇执行日常事务之地。

四十八

　　此事公之于世之后，侯爵家愈发严格地看着清显。就连上学，管家山田都会跟在后面监视。不明原委的同学们见到这种对待小学生一样的做法，不禁目瞪口呆。后来，侯爵夫妇即使见了清显，也丝毫不谈起此事。松枝家里上上下下，都装得像什么事也不曾发生一样。

　　这件事闹得满城风雨。连学习院里一些家庭相当显赫的孩子都不了解事情的真相，甚至还有人询问清显的看法，这让他有些吃惊。

　　"社会上的人们都同情绫仓家，但我觉得此事有伤皇室尊严。不是说后来发现聪子这个人脑子有病吗，可为什么事先没有得知？"

　　清显不知如何作答，本多便在一旁帮他答话。

　　"既然是病，犯病之前自然没办法察觉呗！得啦，别像女生似的净谈些风言风语了。"

　　但这种伪装出来的"男子气概"在学习院里是行不通的。首先，本多的家世不足以令他成为那种消息灵通的人士，从而支撑他得出那样的结论。

　　能说出诸如"她是我表妹"或"她是我伯父小妾的孩子"之类的话，并多少与发生犯罪或丑闻的人沾亲带故，是值得自豪的；同时，丝毫不会被这件事所牵连,能够对此保持着高贵的冷漠,也同样值得自豪。只有能以冷淡的表情,在不经意间略微透露出一点与社会上风言风语完全不同的内幕的人,才有资格被看作消息灵通的人士。在这所学校,连十五六岁的少年都喜欢动不动就说:

"内府为此可是大伤脑筋,昨晚还打来电话与我家Father商量此事。"

要不就是:

"内务大臣说是偶染风寒,其实只是进宫太过慌忙,上马车时一脚踏空,扭伤了脚踝而已。"

但奇妙的是,在这起事件里,清显凡事不愿张扬的性格立了大功。没有任何人知晓他与聪子之间的关系,也没有人知晓松枝侯爵与此事大有关联。只有一位出身于公卿华族的同学是绫仓家的亲戚,他坚持表示聪子美丽聪慧,脑子不可能出问题。但他反而遭到了大伙的嘲笑,被认为是在替自己的亲戚说好话。

这一切都不断地伤害着清显的内心。但与聪子在公开场合所承受的骂名相比,他的心里没有遭到来自他人一丝一毫的非难。尽管暗自神伤,却也只是卑鄙之徒的烦恼。每当学友谈到这件事情,谈到聪子,他就仿佛能望见聪子的身影。她站在又高又远的位置,众人争相望去,可她一言不发,只是身上放射出洁白而耀眼的光芒。仿佛在一个天朗气清的早晨,隔着二楼教室的窗子眺望冬日远山上的积雪。

远处山巅上那片耀眼的洁白只映照在清显的眼睛里,投在清显的心坎上。她将一切罪孽、诋毁和疯狂都揽到自己身上,并因此而变得洁净无瑕。她是这样了,可清显呢?

有时清显真想大声招供出自己所有的罪孽,可这样会使聪子好不容易做出的自我牺牲付诸东流。难道说真正的勇气就是宁可让她的自我牺牲付诸东流,也要卸下良心的重担吗?抑或说正确的忍耐,就是如俘虏般默不作声地过着如今的生活吗?清显难以辨别。只是无论心里积压着多少苦恼,都要按父亲和家人希望的那样安分守己。这令他难以忍耐。

　　无为与悲伤对清显来说原本是最为平易近人的生活要素,但他究竟是在哪儿失去了对这些要素乐此不疲的能力呢?如此粗心大意,简直像是把伞落在了别人家里。

　　而如今清显需要一丝希望,才能挺过这无为与悲伤。但由于完全没有希望的曙光,他只能自己去创造。

　　"那些说她精神不正常的谣言,都是些不值一提的谎言,根本不能相信。说不定她的避世和剃度都是一种伪装,只是为了免于嫁入洞院宫家,也就是说她为了我而费尽心思地演了场戏。既然如此,我们虽然分处两地,但只要心灵相通,等到社会上的流言蜚语逐渐平息就好。她连明信片都没给我寄一张,不正是在用沉默来表达这种意思吗?"

　　如果清显了解聪子的性格,就会立刻注意到这只是痴人说梦。但倘若聪子要强的性格仅仅是清显往昔的怯弱所描绘的幻影,那么后来的聪子便是融化在他怀里的雪花。在他只顾注目于一种真相的过程中,会相信过去令真相勉强成立的虚假是一种永恒。这时,他将希望寄予到了欺瞒之中。

　　因此这种希望里始终掺杂着一丝鄙劣的阴影。倘若他将聪子描绘得十分美丽,就本不应有余力产生什么希望。

清显那颗坚硬的琉璃心,在不知不觉中被柔和而充满怜悯的夕阳染上了色彩。他突然想给旁人一丝体贴,便在四下里张望了一眼。

有位同学诞生于古老门第,父亲也是侯爵,大家都叫他"丑鬼"。有传言说他患过麻风病,但学校不会让一个麻风病患者来上学,所以他患的一定是其他不会传染的病。他头发掉了一半,面色灰暗无光,后背也向前驼着,学校甚至特别允许他在上课时戴着校服的帽子。他总是把帽檐压得很低,没人见过他的眼睛长什么样。他动不动就吸一下鼻涕,发出"哧溜哧溜"的声音。平时不与任何人进行交谈,一到休息时间,他就抱着一本书坐到校园一角的草地上去。

清显和他本来就不在一个学科,话更是一句也没谈过。如果说清显是在校生里美丽的象征,那么同为侯爵之子的他,就是丑陋、阴沉和凄惨的代表。

尽管冬日的阳光将"丑鬼"常坐的那片草地晒得暖洋洋的,大伙却都避之不及。清显来到这里刚一坐下,"丑鬼"就合上书本,绷紧身子,以便随时可以逃开。在一片沉默中只有他吸溜鼻涕的声音,像柔软的锁链拖在地上。

"你平时都看什么书?"

俊美的侯爵之子问道。

"没什么……"

丑陋的侯爵之子将书本藏到背后,但清显还是看到了书脊上印着莱奥帕尔迪[①]的名字。由于"丑鬼"藏得很快,封面上的烫金文字瞬时

[①] 意大利十九世纪著名的浪漫主义诗人。其诗语言洗练朴素,格律自由多变,开意大利现代自由体抒情诗的先河。

在枯草间甩出一道微弱的金光。

"丑鬼"不答话,清显只能挪到离他稍远的地方,也不掸掸沾在呢绒校服上枯草的草茎,而是用一只胳膊肘支在地上,把腿伸向前方。"丑鬼"有些尴尬地蹲坐在清显对面不远处,刚打开书本又立即合上。清显仿佛在他身上看到了自己滑稽的画像,原本的亲切之情转变为些许愤怒。冬日温暖的阳光将恩惠强加在两人身上。这时,丑陋的侯爵之子的姿态慢慢发生了变化,他小心翼翼地将蜷起来的双腿伸直,用与清显相反的胳膊支撑在地上,无论歪头、耸肩还是侧身的样子都与清显别无二致,两人简直像是门口的一对石狮。尽管看不到他压低的帽檐下的笑容,但可以确定的是,至少他在尝试着说句俏皮话。

俊美的侯爵之子与丑陋的侯爵之子如今变成了一对。为了对抗清显那心血来潮的亲切与怜悯,尽管"丑鬼"没有表示出愤怒或谢意,却在镜像般自我意识的驱使下,姑且描绘出一副对等的形象。要是不看面孔,这两个人坐在明亮的枯草上,从上衣的波状饰带一直到长裤的裤脚,简直形成了天衣无缝的对称。

对清显接近自己的尝试,"丑鬼"尽管予以彻底拒绝,却第一次如此充满了人情味。而清显也正因为被拒绝,才得以初次近距离接触到这样的温情。

附近的弓道训练场传来箭矢离弦的声响,里面仿佛凝结着冬日的凛风。与此相比,箭矢射中标靶的声音仿佛低沉的太鼓声。清显感到自己的内心的箭矢已经失去了锐利而洁白的箭翎。

四十九

学校一放寒假,勤奋的学生们纷纷开始准备起入学考试来,但清显却甚至不愿意碰一下书本。

包括本多在内,班上约三分之一的学生将会在来年春天从学校毕业,参加夏季的大学入学考试。多数学生要么利用免试的特权进入东京帝国大学招不满人的学科,要么进入京都帝国大学或东北帝国大学。清显应该会不顾父亲的打算,选择免试这条道路。若能进入京都帝国大学,离聪子所在的寺庙就近得很了。

因此,目前清显光明正大地沉浸在无所事事之中。十二月下了两场雪,已经积了起来。但雪日的早晨,他不再像个孩子那样心里充满喜悦,只是拉开窗帘,躺回被褥里面眺望着中之岛,心里却毫无闲情逸致享受美景。就连清显在宅邸内散步,山田都目光炯炯地跟在后面。为了进行报复,清显特地挑了个寒风大作的夜晚,让腿脚不便的山田拿着手电筒,自己则将下巴埋进外套的衣领里,跑步般急促地登上了红叶山。深夜的森林里一片喧嚣,在猫头鹰的啸叫声中,用疾风烈火般的步伐奔跑在崎岖不平的山路上,着实令人畅快无比。山路是那样阴暗,仿佛下一脚就会踏烂什么柔软生物。冬季的夜晚,星空在红叶山顶铺展开来。

年关将近,有人给侯爵家送来一份报纸,上面刊载着饭沼所写的文章。侯爵看后勃然大怒,痛骂饭沼忘恩负义。

那是一份右翼团体出的小报,发行量不大。依照侯爵所说,他们专用这样的报纸曝光上流社会的丑闻,随后进行恐吓式的威胁。倘若饭沼贫困潦倒,事先过来要钱也还罢了,但他连招呼也不打一声就写出这种文章,摆明了是种忘恩负义的挑衅行为。

文章里充斥着忧国忧民的口吻。标题叫作《不忠不孝的松枝侯爵》。文章谴责道此次婚事乃松枝侯爵从中牵线。为了防止出现争夺皇位继承权次序的问题,皇族的婚事在《皇室典范》当中做过详细规定。尽管是事后知晓,但侯爵居然给皇室介绍了一位脑子有问题的公卿之女,甚至还获得了敕许。直到纳彩仪式即将举行时才暴露出问题,以致婚事草草告吹。然而侯爵却只为自己的恶名未曾暴露而沾沾自喜,这种恬不知耻的行为乃大大的不忠;对于身为明治维新元勋的上一代侯爵来说,又是大大的不孝。

父亲大发雷霆,可清显在读过这篇署着饭沼本名的文章时,感到了一丝蹊跷。因为饭沼明明深知清显与聪子之间的关系,在文中却装作相信聪子患有脑病,还有一些其他不对劲的地方,凡此种种令人疑惑。或许饭沼真正的目的是想暗中将自己的住址告诉清显,为此不惜被侯爵指责为忘恩负义。甚至可以说,这篇文章就是为清显而写。清显觉得这篇文章至少是在暗示自己:不要变得像你身为侯爵的父亲那样。

清显突然怀念起了饭沼。他蓦地发觉,对自己来说,如今最能令自己感到慰藉的,就是再次接触到那种笨拙的恋爱,并拿它开上几句玩笑。不过父亲盛怒之下,自己如果还去会见饭沼,会让事态变得更加棘手。尽管清显怀念饭沼,却还没到不惜一切也要见面的程度。

要见蓼科或许倒是更容易些,但在她自杀未遂以后,清显就对这个老太婆产生了一种莫名的厌恶。既然她能用遗书把清显出卖给他父亲,就说明此女无疑有着这样的性格:所有经她牵线搭桥进行相会的男女,都会一个不剩地遭到她的出卖。清显发觉了世界上还有这样一种人——他们精心培育花朵的目的,只是亲手将盛开的花朵撕碎。

另一边,侯爵与自己的儿子几乎没有任何交流,夫人也有样学样,只想着尽量不去惊动儿子。

侯爵表面上大发雷霆,实际上颇为忌惮。经他申请,正门处增加了一名警察,后门也新添了两名警察。但后来并没有人到侯爵家里威胁闹事,饭沼的言论也没能掀起什么风波。渐渐地就到了年末。

平安夜那天,住在松枝家宅子里的两家洋人居客照例发来请柬。无论应邀去哪一家做客,都好像是在冷落另一家,因此侯爵就干脆两边都不去,不过会给两家的孩子赠送圣诞礼物。可不知为何,今年清显想在洋人家里团聚的和乐气氛中放松一下心情,便请母亲向父亲请示,但侯爵没有同意。

父亲拒绝的理由并非怕冷落其中一家,而是应邀参加居客宴会的行为有失侯爵公子的风度。这种说法似乎在暗示他对清显保持风度的能力心存怀疑。

侯爵家的扫除光靠除夕这一天是做不完的,因此到了年末,家里上上下下忙得不可开交。清显无事可做,只是在心里为一年的结束而感慨万千。他越来越觉得今年是人生中的巅峰，自己的生命里再也不会出现这样的一年了。

宅邸内的下人们都忙叨叨的，清显不理他们，独自来到湖边打算划船。山田连忙赶来，要陪他一起去，被清显狠狠地拒绝了。

清显将小船划进湖里，撞倒了枯苇败荷，惊起了几只野鸭。它们大惊小怪地扑腾着翅膀，瞬间飞上了冬日的晴空。抬起头来，能够清楚地望见它们小巧而扁平的腹部，那柔软的羽毛滴水不沾，泛着丝绸般的光泽，投下的影子斜斜地掠过茂密的苇丛。

蓝天白云在湖面上映出冰冷的色调。船桨划破水面，扩散出迟滞而厚重的波纹。清显有些疑惑：那沉重而幽暗的湖水所要诉说的话语，既不存在于冬日那质感如同琉璃的空气中，也不存在于浮云内部，或是其他地方。

清显停止划桨，回头远望正房的大厅。

在清显看来，那些忙碌着的人们恍似演员，在遥远的舞台上卖力地表演。瀑布尚未结冰，仍旧发出尖锐的鸣响，清晰可闻。但它位于中之岛的另一边，因此无法目视。隔着枯枝，能远远望见红叶山北侧脏兮兮的积雪。

过了没一会儿，清显将船划进中之岛小小的湖汊，把船拴在木桩上面，自己则登上丘顶，那上面的松树已经黯淡失色。三只铁鹤中作仰天状的那两只像在弓弦处搭上锐利的箭矢，对准了冬日的天空。

清显立刻找到了那片晒得暖洋洋的，如今已经满是枯草的草坪，他随即仰卧在上面。这样一来，没有任何人能看得见他，他进入了一种完美的独处状态。清显将手指交叉，枕在后脑勺处，他感到指尖上依旧残留着划船时的冰冷与麻木。那些不能展现在人前的悲惨的感慨，突然一股脑儿地涌上心头。他在心中高喊：

"啊啊……'属于我的一年'已经过了！已经过了！伴随着一片云彩就此飘过。"

清显的心里蹦出一个又一个残忍而夸张的字眼，仿佛在鞭笞着自己如今的境遇。而这些字眼是他过去决不允许自己去使用的。

"我承受着一切痛苦，已经失去了用来陶醉的工具。如今，一种极其强大的明晰统治着全世界，仿佛它只需用指尖轻轻一弹，就能让整片天空发出细致的、琉璃般的共鸣予以回应……而孤寂是滚烫的，仿佛又热又稠，不使劲吹便无法入口的羹汤，始终摆在我的面前。白色的汤盘是那样厚重，仿佛一床棉被般肮脏而笨重！给我点了这碗汤的究竟是谁？"

"我独自一人被抛弃于此。对爱欲的渴望、对命运的诅咒、漫无边际的彷徨、踟蹰不前的心愿……小小的自我陶醉、小小的自我辩护、小小的自我欺瞒……对失去的时光与事物的留恋仿佛火焰般灼烧。蹉跎岁月，虚度青春，碌碌无为，令人愤恨……孤身一人的房间，独自度过的一个个夜晚……绝望地与人类和世界隔绝……呐喊！无人能听到的呐喊！……虚有其表的华丽……内在空虚的高贵……"

"……这就是我！"

聚集在红叶山枯枝上的鸦群，一同发出无可奈何般的低鸣声，飞向神宫所在的矮丘。清显听到振翅声从自己头上传来。

五 十

过了年没几天，宫中举行和歌吟咏会。从清显十五岁那年，伯爵依照惯例，年年都邀请他参加。这也是伯爵对他实施优雅教育后一年一度的纪念。清显本以为今年不会再收到邀请，却没想到宫内省还是发来了准许参观的许可证。伯爵可谓寡廉鲜耻，今年居然依旧厚着脸皮担任和歌吟咏会的筹备要员。这封许可证显然是伯爵为清显争取到的。

松枝侯爵看到儿子拿给自己的许可证，以及四位联名要员之一的伯爵的姓名后，不禁皱起了眉头。他重新认清了伯爵优雅的执拗和优雅的无耻。

"既然是例行活动，那你去吧。倘若只有今年不去，人家还以为我们和绫仓家闹了什么不愉快呢。本来在那件事上，我们和绫仓家也没什么瓜葛。"

侯爵说道。

清显对这种例行的仪式已经颇为熟悉，甚至心怀期待。只有这种场合才能给伯爵添上几分威风，而且令人感到适宜。如今看到这样的伯爵，只会令清显感到痛苦，但他依然希望能尽情欣赏曾经深深扎根在自己心坎上的和歌的残骸。他觉得自己能借着参加歌会这件事来追忆聪子。

清显已经不再认为自己是扎在家族这根粗壮手指上的"优雅的刺",但他也并不觉得自己是那粗壮手指的其中一根。他曾深信过的优雅如今已经干涸,灵魂已经荒芜,能够化为和歌的流畅而华美的哀情也不复存在。如今在自己体内呼啸着的,唯有一阵空虚的风。他觉得自己从未像现在这样远离优雅,甚至远离了美。

但化身成为真正的美,或许就是这样的吧。没有任何感觉,也不为什么而陶醉。即使苦恼在眼前清晰可见,也不相信它真的属于自己,甚至连疼痛也不视为现实。化身为"美"这件事,与麻风病的症状可谓相差无几。

清显已经失去了对镜自视的习惯,因此丝毫没有发觉自己的脸上深深地刻着憔悴与忧愁,俨然一幅"为情所困的年轻人"面相。

一天,清显独自用着晚餐,女佣端来一个小巧的雕花玻璃杯,里面盛着黑红色的液体。清显懒得询问那是什么,还以为是葡萄酒,便端起来一饮而尽。喝完后觉得不太对劲,液体在他的口腔里留下了阴郁而滑腻的感觉。

"这是什么?"

"是甲鱼血。"女佣回答,"让我送来的人说,要是少爷不问,就不用主动告诉。厨子说要给少爷滋补一下,特地从湖里捞上来料理的。"

等着那滑腻而恶心的玩意儿通过自己的胸腔时,清显在心里描绘出一幅幻影——那些甲鱼躲在幽暗的池水中,抬着头向自己窥视。小时候佣人曾用这个吓过他好几次。甲鱼这种东西,将身子埋藏在湖底微热的淤泥里,时不时穿过半透明的湖水,扒拉开被时间侵蚀的梦想与不怀好意的水藻后浮出水面。它们多年以来,始终死死地盯着清显的成长,如今这道诅咒却突然得以解除。甲鱼被宰杀,它的鲜血也被清显在不知不觉间喝下了肚。于是,有什么事物突然就此终结。恐惧在清显的胃里,开始顺从地化为某种未知而难以捉摸的活力。

吟咏会上的规矩,是从预选作品中资历最低的人开始,逐渐向资历高者移动。只有吟咏第一个人的和歌时要念题头序文,接着是官位和姓名,从第二个人起就不念序文,直接念出官位和姓名,然后吟咏和歌正文。

绫仓伯爵担任光荣的讲师。

天皇陛下、皇后殿下及太子殿下也光临了此次吟咏会,用圣耳倾听了伯爵那阴柔、优美而澄澈的声音。伯爵在吟诵时没有任何过失,明朗到甚至有些哀伤。他慢吞吞地一首接着一首吟诵下去,仿佛一位脚踏黑鞋的神官,沿着沐浴在冬日阳光里的石阶一步一步向上攀登。这声音里没有丝毫符合他天性的味道。在官内这间连咳嗽声都听不见的房间里,只有伯爵的声音占据着沉默。但此时,他的声音依旧不会超越语言来挑逗人们的肉体。只有那带着明朗的悲愁且不知羞耻的优雅从伯爵的嗓子眼儿里直接传出,宛如房内萦绕着画卷里的云霞。

臣子的和歌都只吟咏一遍,而在吟罢太子殿下的御歌后则说:

"……太子殿下御歌恭读完毕。"

接下来吟咏第二遍。

皇后殿下的御歌要吟咏唱诵三遍,首先由讲师带头吟咏第一句,从第二句起，由全体吟诵者齐声合诵。吟咏皇后的御歌时，其他皇室成员，甚至包括太子殿下都要起立恭听。

在今年的吟咏会上，皇后殿下的御歌格外优美高雅。清显在起立恭听时偷偷瞧了一眼伯爵，他看到伯爵那双宛如女子般白净而纤细的手中，捧着两张桃红色的皇家诗笺。

尽管刚刚发生过那起举世震惊的事件，但清显在伯爵的声音里仍旧听不到一丝颤抖与怯意。更听不出他身为父亲，在刚刚失去了尘世女儿后的哀伤。但他对此已经不再惊讶。伯爵只不过是在这里奉献着他优美、无力而澄澈的嗓音。即使再过一千年，他依旧会像一只歌喉婉转的鸟儿那样继续奉献自己的嗓音。

吟咏会终于进入最后一个阶段，即吟咏天皇御歌。

讲师毕恭毕敬地来到圣上面前，拜受了放在砚盖上的御歌，随后吟咏唱诵五遍。

伯爵用异常澄澈的声音吟咏着天皇的和歌，最后高声说道：

"……圣上御歌恭读完毕。"

在这期间，清显诚惶诚恐地仰望着圣上的龙颜。他想起幼时先帝抚摸自己头顶的事来，当今圣上与先帝相比显得有些羸弱，听着自己的和歌，脸上也没有流露出自豪的神色，而是保持着冷若冰霜的表情。清显突然觉得这种表情里藏着对自己的愠怒——这当然是不可能的——不禁无比恐惧。

"我大逆不道，死到临头了。"

清显仿佛要倒在这片古雅的香气中。一种分不清是快感还是战栗的感受流遍了他的全身。

五 十 一

到了二月，毕业考试近在眼前。同学们看上去都很忙碌，只有对一切事物都丧失了兴趣的清显，独自展现出一种超然的态度。本多不是不愿意帮清显复习功课，只是觉得一定会遭到拒绝，才克制了这份冲动。他清楚清显最厌恶那种"啰唆的友情"。

这时，父亲突然开始劝清显报考牛津大学的马顿学院。这座著名的学院创立于十三世纪，有着悠久的历史。他在主任教授那边有些门路，方便让清显入学，只是至少要通过学习院的毕业考试。由于看到自己即将受赐从五位官衔的儿子日渐憔悴衰弱，侯爵才想出了这么一个法子来拯救他。但这个法子过于玄乎，反而勾起了清显的兴趣。他决定在父亲面前装出对这个建议欣然接受的样子。

过去清显也像其他人那样对西方充满向往之情，但如今他只执着于日本那最细微、最美丽的一点上。因此，即使在他面前展开世界地图，别说是广阔的其他国家，就连那个涂了红的，仿佛一只小虾的日本，都令他感到低级和庸俗。在他看来，日本原本应该是个更加郁郁葱葱、形态难以捉摸、弥漫着雾气般哀伤的国度。

侯爵又让人在台球室的一面墙上贴了一张巨幅世界地图，这似乎是想令清显成为一个胸襟开阔、气魄雄伟的人。然而地图上冰冷而单调的海洋并未令清显心潮澎湃，而是唤醒了他关于镰仓夏夜的回忆。那片夜晚的大海，宛如一只拥有体温、脉搏、鲜血与吼声的漆黑巨兽，因内心的苦闷而发出震天动地的咆哮。

　　清显时常头晕目眩，夹杂着轻微的头痛，但他不曾对人提起。失眠的症状也愈发严重，夜里躺在床铺上，他总是详细地臆想着这样一幅情景：聪子明天就会给他来信，两人约好了私奔的时间和地点。几天后，他来到一个不为人知的乡村小镇，在一个街角处等待，那里有家银行，四面墙上都涂抹着泥灰……过了一会儿，聪子向自己奔跑过来，清显张开双臂将她拥入怀中……然而这种想象背后贴的是一层锡箔纸般冰冷易碎的物事，偶尔能透过它望见后面的一片苍茫。清显的泪水打湿了枕头。在深夜里，他无数次徒劳地呼唤着聪子的名字。

　　每当这时，聪子的身影就会清晰地出现在梦境与现实的分界线上。如今，清显的梦已经不会编织出他在《梦境日记》里所记叙的那种客观性故事了，只是在希望与绝望的此消彼长、梦境与现实的相互抵消中描绘着海滩般模糊不清的界线。突然，从平滑的沙滩退去的水面上，出现了聪子的面容。她从未如此美丽，也从未如此悲哀，那张面孔宛如启明星般闪烁着高雅的光辉。清显凑过嘴唇想去亲吻，她却转瞬间消失无踪。

　　逃离家里的想法日益强烈，逐渐在他心中汇聚成一股无法抗拒的力量。时间、早晨、白昼、夜晚，以及天空、树木、云彩、北风，这一切都在告诉清显——你只能死了这条心。但捉摸不定的现状依旧使他饱受折磨。他想亲手把握住某些能够确认的事情，想从聪子口中听到明明白白的话语。要是不能说话,哪怕只是见上一面也行。他思念聪子到了近乎癫狂的地步。

另一边,社会上的流言蜚语很快就平息了。敕许下达,纳彩已近,却在这个节骨眼上解除婚约,这种前所未有的丑闻被逐渐淡忘,社会上的人们已经转而为海军受贿的问题大发脾气了。

清显下定了离家出走的决心,但家里人戒备着他,零花钱也丝毫不给。因此他能随意支配的钱,可以说是一分也无。

他只得向本多借钱,本多听后不禁感到惊讶。出于家教方针,本多的父亲给了儿子一笔能够自由取用的存款。本多将这些钱全部取出,拿来给清显救急,而且连一句话也没多问。

二月二十一日早晨,本多将这笔钱带到学校,交给清显。那是一个晴朗而寒冷的早晨。清显接过钱后,怯生生地说道:

"还有二十分钟才上课呢,过来送送我吧。"

"你要去哪儿?"

本多反问的语气有些惊讶,因为他知道山田牢牢地守在学校门口。

"那边。"

清显微笑着指了指树林的方向。时隔许久见到朋友脸上流露出来的精气神儿,本多感到十分快慰。但清显消瘦的面庞并没有因此而泛起血色,却反而因紧张而愈显苍白,仿佛结上了一层早春的薄冰。

"身子撑得住吗?"

"有点感冒,不过不成问题。"

清显一边回答,一边率先迈着轻快的脚步走在林间小路上。本多已经许久不曾见过朋友如此轻快的步伐了。尽管他察觉到朋友的脚步将要迈向何处,却没开口说破。

一道道晨曦照进树林深处,在结冰的池沼上投下斑驳而黯淡的影子,仿佛水面上漂浮着破碎的木片。两人在此起彼伏的鸟鸣声中穿过树林,来到学校东侧。从这里延伸出一道缓坡,通向东边的工厂街。这边没有围墙,只是随便拉了些铁丝网作为阻拦,经常有孩子从上面的破洞处钻进来。铁丝网外的斜坡上杂草丛生,斜坡与道路相交处的矮石墙那儿,还竖着一道低矮的栅栏。

两人到这儿后停下了脚步。

右边是通往学校的电车轨道,工厂街近在眼前。铺在厂房建筑锯齿状屋顶的石棉瓦沐浴在晨曦中熠熠生辉,各式各样的机器的轰鸣声交织在一起,宛如海涛般隆隆作响。耸立的烟囱显得格外悲怆,浓烟的影子爬过房顶,继而笼罩了混在工厂之间的贫民街晾衣场。有的人家从屋顶延伸出一个台子,上面摆着几盆植物作为装饰。不知何处一直闪着亮光,它要么是某个在电线杆上工作的电工腰间钳子的反光,要么是闪烁在某家化工厂窗内的如梦似幻的火焰……一处轰鸣刚刚停歇,另一处用锤子敲打铁板的噪声便紧接着涌入耳中。

明亮的太阳悬挂在天边,眼前就是一条沿着校园旁边伸展出去的雪白道路,矮檐的影子投射在上面,显得无比清晰而鲜明。他们看到几个孩子在玩跳房子的游戏,一辆锈迹斑驳、黯淡无光的自行车从这条路上经过。

"那我走了。"

清显说出了这句明显象征着"出发"的话语。朋友竟然说出了如此符合青年身份的豪爽言语，本多不禁将他说话时的样子记在心间。清显连书包都搁在教室里，只穿了校服与缀着一列樱花形金扣的外套。他潇洒地敞开外套的领子，露出里面海军式的立领与一条细细的纯白色领圈，领圈挤压着他柔软的肌肤，使人看得到他那洋溢着青春气息的喉结。他的面孔在校帽帽檐的阴影下面，但那上面露出一抹微笑。随后他用一只戴着皮手套的手掰弯了破洞那里的铁丝网，侧着身子向外钻去……

学校很快将清显失踪一事通知了他家里，侯爵夫妇大为震惊。又是清显祖母的见解挽救了混乱局面。

"这不是明摆着的吗？他对出国留学感到那么兴奋，是不会有事儿的。既然下定决心要去国外念书，那他肯定是找聪子道别去了呗。就算他提前打招呼，你们也不会答应，所以他才一声不吭地跑掉了嘛。除此之外不会有其他可能了。"

"可聪子是不会见他的。"

"那他自然就会心灰意懒地回来了。毕竟是年轻人，总得让他们放开手脚大干一番。正因为你们太过限制他的自由，才闹出这样的事儿来。"

"妈！他惹出那种乱子，限制他不是理所应当吗？"

"所以他这次出走，也是理所应当的呗！"

"可不管怎么说，这件事要是传到社会上去就麻烦了，得赶紧联络警视总监，让他们暗中寻找。"

"找不找都是一回事儿，他的去向一目了然。"

"得让他们尽快把这小子给我逮回来……"

"错啦!"老太太怒目圆睁,振声说道,"那样做就错啦!要是这样,下次清显指不定会做出什么不可挽回的事儿来。"

"当然,为防万一,也可以让警察在暗地里帮忙寻找。一旦找到清显的所在,只要立即告知咱们就足够了。不过既然清楚了他的目的和去处,也可以只叫警察暗中监视,不要让他发觉。这种紧要关头千万不能束缚他的行动,只要远远看着就好。一切都要稳妥解决。为了不把事情闹大,没有旁的法子。我丑话说在前头,这事儿要是办砸了,谁都没有好果子吃!"

二十一日晚,清显在大阪的旅馆里住了一宿,第二天一早便动身离开,乘坐樱井线火车到达带解站。接着他在带解镇上一家叫作葛屋的商人旅馆订了间房。随后立即雇了辆人力车,令车夫前往月修寺。过了石门柱走上坡道后,清显一个劲儿地催促,到达平唐门处便下了车。

门厅处洁白的纸门关得死死的,清显站在外面高声喊叫。寺院里的男仆循声出门,问清了姓名和来意。过了会儿,一老出现了,但坚决不许他进门。她说主持尼尚不见客,门下弟子更加不能。随即用一副冷淡的面孔将他赶了出去。这多少也在意料之中,于是清显没有强求,暂时回了旅馆。

他将希望寄托在第二天。在独自深思熟虑之后,他觉得第一次失败的原因在于自己疏忽大意,居然搭乘人力车来到接近门厅的入口。虽然这种行为是出于他争分夺秒的心情,但既然与聪子见面是自己的

"心愿",那么无论到最后能不能如愿,都应该在寺庙大门口处下车徒步前行。修行这种事,总是要做些的。

旅馆的房间又脏又乱,食物也难以下咽。到了晚上,寒冷难耐。但与在东京那时不同,一想到聪子就生活在离自己不远的地方,清显心中顿感快慰。当晚,他难得地睡了个安稳觉。

二十三日,清显感到精力充沛,便在上、下午分别去寺庙里拜访了一次。两次都是让人力车等在大门前,自己徒步登上长长的参道①。但寺院冰冷的态度依旧没有改变。清显在回去的路上开始咳嗽,他感到胸口深处隐隐作痛。为了保险起见,他回到旅馆后甚至没有洗澡。

从这天晚上起,这家乡下旅馆突然为他提供了过于丰盛美味的饭菜,接待他的态度也明显发生了改变,甚至还硬是要他换到最好的房间里。清显询问女佣,女佣不答。清显再三追问,才终于解开了谜团。据女佣说,今天清显出门时,镇上的警察来询问过他的事。他们说住在店里的是位出身高贵的少爷,要他们精心侍候。还有,这件事要对他本人严格保密,但如果他要动身去其他地方,就立即暗中通报警察。清显心头十分焦躁,他想这下得抓紧行动了。

二十四日。清显一早醒来就觉得身体不太舒服,头晕脑涨,身体乏力。但他觉得只有进一步潜心修行、承受苦难,才有资格见到聪子。因此他连人力车也不雇,从旅馆一路走到寺院,走了大约四公里。所幸这一日是个风和日丽的好天气,但一路上,他依旧十分痛苦。咳嗽愈发严重,胸口也时不时地疼痛,那感觉就像胸肺里沉淀着

---

① 用于行人参拜寺庙或神社的道路。

金沙。站在月修寺门前时,他再次发出了一阵激烈的咳嗽,但出来接待的一老神色丝毫不为所动,用与之前相同的话语拒绝了他。

翌日,二十五日。清显浑身发冷,发起了高烧。他本打算休息一天,最后却还是叫上人力车勉强去了一趟,同样吃了闭门羹。清显开始感到绝望。他不顾高烧,苦苦思索,却想不出任何主意,最终只好托旅馆老板给本多发去一封电报。

> 请速来樱井线带解站葛屋,务必对我父母保密。——松枝清显

就这样,清显熬过难以成眠的一宿,终于迎来了二十六日的早晨。

五十二

　　这一日，被芒草染成一片淡黄的大和平原上细雪飞舞。若说这是春雪，未免太过淡薄，雪花更像是小小的飞虫从天而降。天空里阴云密布，雪花融入天色之中，只有在微弱的阳光照射下，才能看清那是纷纷而落的粉雪。尽管如此，天气却远比一般的雪日要寒冷刺骨。

　　清显依旧把脑袋枕在枕头上，寻思着如何才能将自己的满腔赤诚展现给聪子。昨夜他终于向本多发出求救讯息，今天他一定会赶来。凭借本多的友情，或许能让主持尼改变心意。但在此之前还有一件应当去做的事、应当尝试的事，那就是不借助任何人的力量，独自展现出自己最后的诚意。回想起来，他还从未有机会向聪子展示过这样的诚意。或许是出于怯懦，他过去一直逃避着这样的机会。

　　如今自己能做到的事只有一件——越是病痛缠身，越要顶着病痛修行，只有这样才算有意义、有力度。聪子可能会感应到他的诚意，也可能不会感应到。但事到如今，他已经不再奢求聪子能有所感应，只是如果不这样做，他自己都无法心安。一开始，想见聪子一面的渴望占据了他的整个灵魂，但后来，灵魂自身行动起来，超越了原有的期盼和目的。

然而他的肉体却抵抗着想要游离出去的灵魂。高烧与隐痛仿佛沉重的金丝，深深缝进他的体内，缝遍了他的全身。他感到自己的身体仿佛被织成了一匹锦缎。四肢肌肉无力，光是抬下胳膊，裸露的肌肤上都会立刻冒出一层鸡皮疙瘩，那条胳膊竟比装满水的吊桶还沉。他只觉得咳意越发来自自己的胸腔深处，仿佛遥远的雷声响彻在一片墨色的天际。连指尖都丧失了力气，如今贯穿于他那软弱无力、行动不得自主的肉体当中的，唯有真真切切发烧与疾病。

他在心里一个劲儿地呼唤着聪子的名字，空虚地度过时间。旅馆里的人直到今天才发现他得了病，于是想方设法把房间弄暖，对他关怀备至。但清显硬是不让别人来照顾他，或是给他看病。

到了下午，清显吩咐女佣帮他叫人力车，女佣不敢照办，而是通知了旅店老板。老板连忙赶来劝说。清显为了向他证明自己还很健康，不得不站起身来，在没有别人帮忙的情况下穿上了校服和外套。人力车到了，旅馆的人还是不放心，硬是塞给清显一条毛毯，他把毛毯裹在膝盖上出发了。尽管身体被包裹得严严实实，他还是觉得异常寒冷。

从黑色车篷的缝隙处漏进来的几片雪花，触动了清显去年与聪子乘车观赏春雪那令人难以忘怀的回忆。他不禁感到胸口一紧。事实上，清显的胸口的确疼痛难忍。

车身不断颠簸，清显忍着头痛蜷缩在一片昏暗中。他突然对这样的自己感到厌恶，于是摘掉前面的车篷，用围巾盖住口鼻，用因高烧而变得湿漉漉的眼睛追望着车外不断变化的景色。他觉得这样心里会好受一些，会勾起内心痛苦回忆的事物，他一点都不想看到。

车子早已穿过带解镇里一个个狭窄的十字路口，月修寺就坐落在远处那云雾笼罩的半山腰。到达寺庙之前，车夫要走的都是这种平坦的乡间小道。粉雪悄无声息地落在已经收过稻子但残留着稻架的稻田上、桑田里早已干枯的桑枝上、两片田地间那绿葱葱的冬菜田上以及沼泽里带着几分暗红的枯萎的芦草和蒲穗上，但都马上就融化了，没法积存下来。有些雪花落在清显膝盖上的毛毯上，可眼看着就消失了，连水滴也没有结成。

清显刚觉得天空如水一般泛白，头上就射下几束微弱的阳光。细雪在光束里更显轻盈，宛如飘浮在空中的尘埃。

到处都是随着微风摇曳的枯萎的芒草。低垂的芒穗被微弱的阳光一照，茸毛散发出淡淡的光辉。原野尽头，低矮的群山周围雾霭朦胧，遥远的天际却有一小片澄澈的湛蓝，远方的山巅白雪皑皑，耀眼夺目。

清显只觉得脑袋里嗡嗡作响。他望着这片风景，不禁想到自己到底有多少个月没有接触过户外世界了。这里确实是个孤寂宁静之处。或许是人力车过于颠簸，或许是眼皮过于沉重，这幅景色在清显的眼中有些扭曲混乱。但他在度过了无数个充满烦恼与悲哀并极端不稳定的日子后，不禁感叹好久没有见过如此清晰透彻的风景了。更何况这附近连一个人影也没有。

车子即将到达茂林深篁之中的月修寺所在的半山腰，大门内侧夹着坡道而生的两排松树也看得愈发清楚。当清显望见仅仅竖着两根石柱的大门出现在田间曲折小道的远方时，一种痛切的思绪袭向他的心间。

"我有预感，要是坐着车子进了大门，再经过三百米到达门厅跟前，聪子今天一定不会见我。这会儿，寺里或许正发生着微妙的变化,一老说服了主持尼,主持尼也终于心软下来。若我今日再冒雪前往,说不定她真的会恩准我和聪子见上一面哩!可若我乘车进入大门,就会导致对方心中产生感应,继而引发微妙的反转,最终决定不让我与聪子见面。我的这一番努力,正在她们的心里渐渐凝成结晶。此刻,现实正将许多看不见的薄片汇聚在一起,打算用它们编成一柄透明的扇子。稍有不慎,扇轴从中心滑脱,扇面就会四散开来……退一步讲,如果我坐着车子到了门厅跟前,聪子今天又不肯与我见面,我一定又会无比自责,心想:'都怪我诚意不足,不管怎样吃苦受累,要是能弃车徒步而行,以不为人知的热诚打动她的内心,她今天就会答应见我了……'没错,绝不能因诚意不足而徒留懊悔。不赌上这条性命就见不到她,这种念头或许能将她推向美的极顶,我正是为此而来的。"

清显无法区分这究竟是保持着理智的思考,还是因高烧导致的谵妄。

他下了车,吩咐车夫在门口等待,随即登上正门后的坡道。

天空又晴朗了些,尽管微弱的阳光里依旧飞舞着雪花,道旁的竹林中却已传来云雀婉转的啼鸣。几棵樱树夹杂在并排的松树间,干枯的树干上已经长满青苔。只见茂密的竹林里,一棵白梅树上缀有不少花朵。

清显已经是第五天,第六次拜访此处,对这里的景色原本应该不以为奇。但如今下了车,像踩着棉花那样晃晃悠悠一路前行,用发了高烧的眼睛环顾四周,只觉得一切景物都异常虚幻而澄澈。原已司空见惯的景色,今天看上去却像初见那样新奇,甚至令人畏惧。在这期间，清显依旧不停地打着寒战，仿佛锐利的银箭射中了他的脊梁。

　　白茫茫的道路上，一条结了冰的车辙穿过路边的蕨草、紫金牛红色的果实、风中抖动的松针、主干青翠但叶子却已泛黄的竹林以及大片的芒草，继而消失在前方杉树林中的寂暗里。这片沉静当中存在着一个纯洁的世界，它的每个角落都无比明晰，而且带着一种难以用言语形容的悲愁。毫无疑问，聪子宛如一尊小巧玲珑的纯金佛像，悄无声息地存在于这个世界中心比至深更深的至深处。不过这个如此澄澈而陌生的世界，真的是那个她习惯居住的"现世"吗？

　　走着走着，清显感到喘不上气了，便坐在路旁的一块大石上。尽管隔着好几层衣服，他依旧感到十分冰冷，仿佛石头直接触碰着肌肤。突然，他剧烈咳嗽起来，咳到手帕上的那一口痰，他发现呈铁锈色。

　　好容易不再咳了，他回过头远远望去，疏林遥远的另一端是一座耸立的山岭，山头积满了白雪。刚刚的咳嗽引出不少泪水，因此他觉得那白雪有些湿润，愈发显得灿烂夺目。此时，十三岁的记忆在脑中倏然闪过，当时的情景仿佛又出现在眼前——他为春日宫妃提裾，抬起头来，只见一头乌黑的秀发之下，正是妃殿下白皙而炫目的后颈。那是他有生以来第一次对熠熠生辉的女性美产生向往。

　　日光再次暗了下来，雪也下得稍紧了些。他摘掉皮手套，让雪花落在手心里。雪花一落到温热的掌心里，就眼见着消失无踪。他秀美的双手是那样白净，连老茧都不曾起过一个。清显心想，自己始终保护着这双漂亮的手不被泥土、血渍和汗水所弄脏。这是一双仅仅用来表现感情的手。

　　他费了好大劲才站起身来。

他突然感到担心：自己真的能迎着这场雪走到寺院吗？

过了不久，他走进一片杉树林，只觉得寒风愈发凛冽，在耳边呼呼作响。抬头望去，冬日的天空在杉树树梢之间宛如池沼，表面泛起冷冽的涟漪。穿过这里后，老杉树显得越发苍郁，落在身上的雪花也少了许多。

清显的脑中除了向前迈步，已经没有其他念头。他的回忆已经悉数崩溃。未来在慢慢靠近，而他只打算一点点剥去它那层薄薄的外皮。

不知不觉间，清显穿过黑色的庙门，平唐门已经近在眼前。覆盖着成排菊花瓦的门檐被雪花染上了洁白的颜色。

他在门厅的拉门前倒下，剧烈咳嗽起来，因此连叫门都省了。一老走出门来，抚着他的背部。清显只觉得一切恍如梦境，还以为是聪子在轻抚自己的后背，于是感到一种难以形容的幸福。

一老没有像过去那样当场拒绝，而是将清显安顿在原地后离去。清显感到自己等待了一段仿佛无尽般漫长的时间。等待的过程中，他觉得眼前好像笼罩着一层雾气，无论痛苦还是幸福都在一片朦胧中融合在一起。

他似乎听到女人之间匆促的对话声，那声音随即停止了。又过了好一阵，出来的只有一老自己。

"还是不能让你见她，来多少趟也都一样。寺里派人送你，请速回吧。"

接着，清显被寺里一位强壮的男仆搀扶着，顶着飞舞的雪花回到了人力车上。

五 十 三

二月二十六日深夜,本多赶到了带解镇的葛屋旅馆。他一见清显病情非比寻常,便打算立刻将他带回东京,但清显坚决不肯。听说傍晚那会儿找乡里的医生来给他看过,说是有肺炎的征兆。

清显希望本多明天去一趟月修寺,面见主持尼,恳请她改变心意。如果是旁人劝说,主持尼或许听得进去。若是她同意两人见面,就把他这副身子骨抬过去。

本多一开始不同意,但最后还是听了清显的话,决定推迟一天返回东京。他答应清显自己会想方设法求见主持尼,尽量让她满足清显的愿望。但也和清显约好,万一遭到拒绝,清显就得立刻跟他返回东京。当晚,本多整夜都在为清显替换胸口的敷布。借着煤油灯昏暗的灯光,能看到清显那洁白异常的胸脯被敷出一大片红晕。

毕业考试将在三天之后举行。本多原以为这个节骨眼上,父母不可能同意他出门。没想到父亲看过清显的电报后也没细问,只是说了声"去吧"。母亲也同意此事。这倒是出乎本多意料之外。

当年由于终身任职制度的废除,大审院法官本多有不少老友被勒令退职。他原本想与朋友们共进退,但最终没能如愿,因此想通过这件事让儿子领悟到友情的可贵。在前往带解的车上,本多还在专心复习。来到这里,他在整夜看护清显的时候,依旧将逻辑学的笔记打开放在身旁,有空就读一读。

在煤油灯宛如昏黄薄雾的光圈里,两位年轻人心中迥然不同的世界之影,分别展现出锐利的顶端。一个人因刻骨铭心的爱恋而病痛缠身,另一个人则为牢不可破的现实而彻夜苦读。清显恍似做了一场大梦,梦里,他在混沌的恋爱之海中被海藻缠住双腿,但依旧艰难地游弋;本多则在陆地上以理智为砖石,稳稳地建起了一排井然有序的建筑。早春寒夜,在这间老旧旅馆的客房内,同时存在着两个年轻的头脑,一个高烧患病,另一个却冷静清醒。它们被束缚在各自的世界里,被迫等待着终结之时的到来。

本多从未像此时这样深切地感受到,自己绝不可能将清显脑内的思想据为己有。清显的身体躺在自己面前,灵魂却在看不见的地方飞驰。他意识模糊,口中时不时地唤着聪子的名字。绯红的脸颊上丝毫看不出憔悴的模样,倒不如说比平日更有生气,宛如在象牙内部点燃了一团火焰,显得剔透而美丽。但本多也知道,那里面的事物是丝毫触碰不得的。同时,那里存在着自己绝对无法化身成为的一种情感,不,或许自己本来就无法化身为任何情感。他欠缺着允许这种事物渗透到自身内部的天性。尽管他不乏友情与同情心,却缺乏一种真正用来"感受"的事物。为什么自己光是一心维持着内外秩序的稳定,却不能像清显那样,将火风水土这无形的四大元素统统收归于体内呢?

他将视线挪回笔记本上,只见那里写满了密密麻麻、工工整整的小字。

直到中世纪末期，亚里士多德的形式逻辑学始终统治着欧洲学术界。按照时代可划分为两个时期，首先是"古逻辑学"，以《工具论》中的《范畴篇》及《解释篇》为祖述；而"新逻辑学"则起步于十二世纪中叶《工具论》拉丁语完整译本的完成……

本多不禁感到这些文字仿佛风化后的石头，在自己脑中渐渐地分崩离析。

五 十 四

本多听说寺院里的人起得早,因此还没等破晓就从浅睡中醒来,吃过早饭后,便匆匆雇了辆人力车准备前往月修寺。

清显在床褥里用湿漉漉的眼睛向上望去,但依旧没法从枕头上抬起脑袋。他只顾用求恳的眼神望着本多,使本多心头一痛。直到这会儿,本多都还只是抱着去寺院试试运气的心态,心里还是倾向于带清显尽早返回东京。然而见到清显的眼神,他突然下定决心,要凭借自己的力量让清显与聪子见上一面。

所幸这天早晨颇有春意,天气温暖。到达月修寺的本多注意到,打扫寺院的男仆远远望见他的身影,便立刻向里面跑去。他知道,可能是自己身上与清显相同的校服引起了他的警觉。出来接待他的尼姑还没等他自报家门,便露出一副拒人于千里之外的僵硬表情。

"敝姓本多,是松枝的友人,为了他的事从东京而来。想求见贵寺的主持尼,能否烦请通报一声?"

"请稍等片刻。"

本多在门厅的台阶上等待许久,心里盘算着要是被拒绝该如何应对。又过了一会儿,刚刚那个尼姑走了出来,请他前去客厅。本多不禁感到意外,心里萌生出一丝希望。

　　他在客厅里又等了半天。拉门紧紧关着,没法看到庭院,却能听见黄莺的鸣啼。拉门的把手周围隐约浮现着剪纸的菊花与祥云纹饰。摆放在壁龛的花瓶里插着油菜花和桃花,油菜花的金黄展现出浓厚的乡土气息,含苞吐蕾的桃花骨朵从暗色的枝条与淡绿色的叶子之间冒出头来。纸隔扇是纯白色的,房间里的屏风却似乎大有来头。本多膝行过去,细心观赏屏风上面的四季图——那是一幅用大和绘①风格进行着色的狩野派②画作。

　　画面从右侧春季的庭院开始。几位殿上人③在植有白梅和青松的院中游赏,围在丝柏木板墙内的宫殿在金色的云层中露出一角。视线左移,能看到毛色各异的野马在春季的旷野中欢跑。看着看着,池沼变成了水田,田里有几个姑娘正在插秧。一道小小的瀑布分两段从金色的云层中倾泻而下,池畔芳草青青,仿佛在宣告夏日的到来。池边还竖有御币,几位殿上人正在这里举行越夏祓禊④仪式,厮仆和朱衣侍从侍立一旁。红色的鸟居旁群鹿嬉戏,几个背着弓箭的武官从神苑里牵出白马,忙着准备祭祀。继续看下去,只见池水里映着红叶,万物萧条的冬季即将到来。反射着金光的雪中,人们开始撒鹰捕猎。竹林被大雪覆盖,从竹林的空隙间能望见闪烁着金光的天空。一只颈

---

① 日本10世纪前后产生于日本本土的民族绘画。它以日本的题材、方式和技法制作,与当时流行于日本的中国风格的唐绘相区别。
② 日本著名的宗族画派之一,其画风发展于15—19世纪。
③ 古时日本宫廷中官居五品以上,准许上殿的人。
④ 原文为"無月被",于阴历六月三十在水边举行的祭礼,用以洗濯去垢,消除不祥。

毛呈红色的野鸡如箭矢般飞过冬日的天空，又有一只白犬在枯苇中对它狂吠。猎鹰停在人们手上，用锐利的目光牢牢地盯着野鸡飞去的方向……

欣赏完屏风上的四季，本多回到座位上，但主持尼依旧没有出现。方才那位尼姑用木制托盘端来了点心和茶水，说主持尼马上就到，并留下一句：

"您慢用。"

桌上摆着一个贴画的小匣子，不用说，一定是这里的尼姑亲手制作的。它的做工看上去略显粗糙，说不定正是出自聪子那生疏的手艺呢。小匣子四周贴着彩色的花纹纸，匣盖是隆起的，上面的贴画呈宫廷风，华美的色调一层接着一层，甚至令人感到沉闷。贴画上的图案是追逐蝴蝶的童子。只见童子光着身子，追在分别是紫色与红色的两只蝴蝶后面。童子的五官呈现宫廷人偶风格，用白色皱纹纸做成的身体向外膨起，看上去肥嘟嘟的。在穿过早春荒凉的田地，登上枯木萧瑟的坡道后，本多在月修寺这间微暗的客厅中央，初次邂逅了一种仿佛蜜糖熬干后浓郁的女子甘甜。

本多听到衣服的窸窣声，只见一老搀着主持尼的身影映在纸拉门上。他摆正了姿势，可心依旧突突直跳。

主持尼按说已经上了年纪，但身披紫色僧衣的她，小巧的脸庞却宛如黄杨木雕般清秀，丝毫看不出岁月留下的痕迹。她带着微笑坐了下来，一老在她身旁侍奉。

"听说你是从东京过来的？"

"是这样的。"

在主持尼面前,本多的话语显得不太利索。

"他自称松枝的同学。"

"老实说,这位松枝少爷的确怪可怜的……"

"松枝高烧不退,病倒在旅馆里面。我收到他的电报,立刻赶了过来。今天来这是想为他求情,希望您能好心成全。"

本多这才清晰地表明了来意。

本多觉得,自己的心情或许与站在法庭上的年轻律师类似——丝毫不考虑法官的心情,只是一味主张自己的观点,替被告人辩护,试图证明被告人的清白。本多首先谈起自己和清显的友谊,继而谈到清显如今的病情,以及他为了见聪子一面,已经豁出性命的情况。最后甚至表示,要是清显出现什么意外,月修寺这边一定也会追悔莫及。本多的言语无比热切,最后连身体也跟着燥热起来。尽管寺院里的这间客厅冷飕飕的,他却感到自己耳朵发热,头脑发烧。

他这番真切的言语似乎打动了主持尼和一老的心,但她们依旧一言未发。

"希望您也能体谅一下我的处境。松枝是我的朋友,因为他向我诉苦,我才借了他一笔钱当作旅费。而他在旅途中患病,对他父母来说,我是有责任的。或许你们觉得将患者尽早带回东京才是上策,按常理来说我也是这么想的。但我已经下定决心,即使事后被他父母责怪、怨恨,也要恳请您能实现他的愿望。我想,要是您看到松枝那种豁出性命不要的眼神,也一定会被打动的。在我眼中,松枝的这个心愿可谓比治病更加重要,因此我也不能置之不理。这句话可能不太吉利,但我觉得他的病已经很难治好了。我所传达的是他生命中最后的愿望,所以万望大发慈悲,让他与聪子见上一面。难道您无论如何也不愿答应这个请求吗?"

主持尼依旧缄默不语。

本多怕自己说得太多,反而会影响她改变心意。尽管他的情绪依旧难以平复,却依旧管住了嘴。

冰冷的客厅里一时间寂静无声,雪白的拉门透出雾气般的光芒。

这时,本多仿佛听见一阵宛若红梅之花幽然开放般的窃笑。那笑声并非只隔着一层拉门那么近,却也并非很远;它不是来自走廊的角落,就是来自隔壁的隔壁。但他立刻又想了想,觉得如果不是自己听错了,那年轻女子窃笑般的声响,实际上毫无疑问是一阵带着早春寒气的呜咽。呜咽的声音仿佛琴弦根根崩断,暗中传来不绝如缕的余韵。本多甚至怀疑这是不是自己一时间产生的错觉。

"我的话似乎有些不留情面。"主持尼终于开口说道,"或许你会认为是我不许他们俩见面的,但实际上,这件事并非人力所能够阻止。毕竟聪子已经在佛祖面前发过重誓,说这辈子再也不会见他,所以这一切都是佛祖的安排。不过少爷确实可怜。"

"就是说,依旧不能同意吗?"

"是的。"

主持尼的话里带着一股难以形容的威严,令本多无言以对。这声"是的"当中仿佛蕴含着一股能将天空如锦帛般撕裂的力量。

主持尼用优美的嗓音对沮丧的本多讲了许多宝贵的话语,但本多没怎么用心去听。他之所以迟迟没有辞别,完全是因为不想见到清显那副万念俱灰的神情。

主持尼谈起了因陀罗网的故事。因陀罗是印度的神明,一旦这位神明撒开一张大网,世间一切生灵都会被网罗其中,无可逃遁。一切生灵都与因陀罗网脱离不了关系。

一切事物都遵循着因缘果的法则而发生,这叫"缘起"。而因陀罗网就是缘起本身。

至于法相宗月修寺的根本法典,乃唯识的开祖视亲菩萨的《唯识十三颂》。有关唯识教义的缘起则采用赖耶缘起[①]论,其本源为阿赖耶识[②]。阿赖耶由梵语ALAYA音译而来,意译为"藏",即当中蕴藏着一切活动结果的种子。

我们在眼、耳、鼻、舌、身、意这六识深处,还存在着第七识——末那识,即自我意识。阿赖耶识就藏在其中更深处,正如《唯识十三颂》中所言:

永恒如激流般回转。

仿佛水之激流,周而复始,回转不息。这一识才是有情总报[③]的果体。

[①] 佛学术语,为四种缘起之一。法相宗之唯识说,主张一切万法皆由阿赖耶识缘起。

[②] 佛学术语,阿赖耶在梵文中的原义为:藏,能藏、集藏,阿赖耶识是指能够集藏分段生死等有漏无漏法种的第八识如来藏。

[③] 总报,教义名词。亦称"总果"。指由"引业"感得的果报。瑜伽行派认为,第八识之引业力能够牵引有情感得五趣、四生等异熟之总体,所以第八识之果,称为"总报"。与"别报"相对,此指众生个体身心的全部及其命运的总和。

无著的《摄大乘论》①中有关时间那独特的缘起论，就是从阿赖耶识那变幻无常的形态中拓展出来的。这被称作阿赖耶识与染污法的同时互为因果。唯识论认为诸法（其实毫无疑问这就是"识"）只存在于现在这一刹那，一刹那过后便湮灭并化为虚无。所谓因果同时，指的是阿赖耶识与染污法同时存在于现在这一刹那，彼此互为因果，并在一刹那过后共同化为虚无。而在下一刹那，又会再次诞生出新的阿赖耶识与染污法，并且彼此互为因果。随着存在者（即阿赖耶识与染污法）在每个刹那的湮灭产生了时间；也随着每个刹那的断绝和湮灭产生了时间的连续性。这似乎可以比喻为点与线的关系……

听着听着，本多感到自己被主持尼深奥的教义所深深吸引。但这种特殊场合，他没有拿出那股用于探究的精神劲儿来。他像冷不防地淋了场骤雨般接触到这些冷僻的佛教用语。此外，蕴含着时间的流逝、理应在无始之后出现的因果，通过驱使同时更互因果这一乍看之下彼此矛盾的观念，反而成了产生时间的要素……种种晦涩难懂的思想令人疑惑不解，但他没有闲情逸致向主持尼请教。更何况主持尼每说完一句话，一老就在旁边符合着"说得是啊""正是如此""言之有理"之类的话，令本多愈发焦躁。他只将主持尼所列举的《唯识十三论》与《摄大乘论》两个书名记在心中，打算改天慢慢研究，并在过后向主持尼请教心中的疑问。本多觉得：主持尼的言论看似不切实际，仿佛挂在天心映照水池的明月，却又将如今清显与自己的命运细致地映照了出来。

本多向主持尼表示感谢，继而匆匆告辞，离开了月修寺。

---

① 由印度古代印度大乘佛教瑜伽行派创始人之一——无著所撰写的佛教大乘瑜伽派的基本论书，简称《摄论》。

五十五

返回东京的火车上，看着清显那副痛苦的模样，本多有如芒刺在背。他心急火燎地盼着火车尽早到达东京，甚至已经无心温习功课。清显是那样殷切地盼望能与聪子见上一面，可如今希望落空，还染上了重病，躺在卧铺车里被人送回东京。本多望着他，不禁悔青了肠子——当初自己帮助清显出逃，真的是挚友应有的作为吗？

清显迷迷糊糊地睡了一小会儿，本多缺乏睡眠的头脑反而愈发清醒。他放任回忆在头脑中往来穿梭，在这些回忆中，月修寺主持尼的两次讲法令他心中泛起两种完全不同的印象。前年秋天聆听的第一次说法，是元晓鞠饮骷髅之水的故事。本多将其比喻成恋爱，觉得若能将自己心灵的本质与世界的本质牢牢地结合在一起，那就可谓了不起了。后来他研习法律，接触到《摩奴法典》中轮回转世的思想。而今天早晨第二次聆听主持尼的说法后，本多觉得能解开那道未知谜题的唯一钥匙仿佛就在自己眼前轻轻摇晃，但另一方面，他又觉得这道谜题充满了难以理解的跳跃性理论，使它显得愈发高深莫测。

火车将于明早六点到达新桥。夜已经深了，旅客们酣睡的呼吸声夹杂在列车行进的隆隆声中。本多的位置是清显对面的下铺，他打算坐在那里，整夜守着清显。卧铺的窗帘是开着的，无论清显产生多么细微的变化，他都能迅速应对。他透过玻璃窗望向车外，那里是一片被黑夜笼罩的原野。

原野一片漆黑，夜空一派阴沉，山脉的轮廓也模糊不清。火车明明在向前奔驰，却几乎感受不到夜景发生任何变化。时不时能望见一团小小的火焰或一豆小小的灯光在黑暗中鲜明地绽放着，但那都无法作为指引方向的标记。广阔无边的黑暗紧紧环绕着在铁轨上徒然前行的列车，那隆隆作响的声音仿佛并非由火车，而是由那黑暗所发出的轰鸣。

当他们收拾行李准备离开旅馆时，清显递给本多一张粗糙的信笺，说让他转交给母亲。信笺上潦草地写着几行字，纸笔或许都是清显从旅馆老板那儿借来的。本多将这封信笺郑重地藏在校服内侧的口袋里。如今闲来无事，便取出来，借着昏暗的灯光阅读。这封信是用铅笔写的，字迹看着有些拧歪，不似清显平日里那种虽显稚嫩却豪宕有力的笔迹。

母亲大人：

　　我有一样东西送给本多，就是放在我抽屉里面的《梦境日记》。本多喜欢这样的东西。旁人读了只会感到无趣，故请务必送给本多。

清显

这明显是清显用失去力气的手指作为遗书而写下的。如果真的要写遗书，至少也该问候母亲几句才是，可他只是做了些事务性的交代。

本多听到清显痛苦的呻吟，忙把信笺揣进怀内，起身来到对面卧铺，望着清显的面孔。

"怎么了？"

"胸口疼，像刀扎似的。"

清显喘息急促，这句话说得断断续续。

本多却无计可施，只能伸手在他所说的左胸下侧轻轻按揉。清显的面孔在昏暗的灯光里显得模糊不清，但能看到他极其痛苦的表情。

然而那张因痛苦而扭曲的面容却显得无比俊美，痛苦带给了他过去从未有过的精力与青铜器般严峻的棱角。清显秀美的双眼被泪水沾湿，眼角被扯向紧蹙的眉梢。眉毛紧紧拧在一起，反而令他更加气宇轩昂，也令他漆黑瞳孔中闪烁的悲怆之光更加璀璨。只见清显端正的鼻翼不住开翕，仿佛要捕捉飞在空中的什么东西。因高烧而干裂的嘴唇微张，门牙反射出璀璨的光芒，宛如珍珠贝内侧的流光溢彩。

过了一会儿，清显的痛苦减轻了些。

本多对他说：

"睡得着吗？还是睡会儿的好。"

他望着清显痛苦的表情，恍惚间突然感到怀疑：方才清显莫不是在阳世的尽头见到了什么不该见到的事物，因此露出了欢喜的表情？想到清显能看见那些事物，本多那微妙的羞耻与自责内，不禁混入了一丝对朋友的妒意。本多轻轻摇了摇头。悲伤令他的头脑有些麻木，将自己都尚未了解的感情像抽丝剥茧那样一根根地抽出，使他感到忐忐不安。

有那么一瞬间，清显似乎睡着了，却又忽然睁开眼睛，想要拽住本多的手。

"刚刚我做了个梦。还会见面的。一定还会见面的，就在那道瀑布下面。"

本多思忖着，清显一定是梦见在自家庭院里徜徉，并在心中描绘着位于侯爵家广阔庭院一角的那道九段瀑布。

回到东京两日后，松枝清显死去了。这一年他二十岁。